전쟁과 북한 문학예술의 행방

북한문학예술의 지형도 5

전쟁과 북한 문학예술의 행방

남북문학예술연구회 편

역락

머리말

'한국전쟁'은 남과 북에서 가장 큰 역사적 인식차를 드러내는 역사적 개념어 중 하나다. 남한에서는 '6·25' 또는 '6·25동란', '6·25전쟁' 등의 표현이 사용되어 왔으며, 북한에서는 '북침에 따른 반침략투쟁'으로서 '조국해방전쟁' '국토완정'이라 불리운다. 또한 국제전으로 비화된 이 전쟁은 중국에서 '항미원조전쟁'이라고 지칭되는 것과 달리 서구 역사학에서는 '한국전쟁(Korean War)'이라 지칭한다. 그러니까, 1950년 6월 25일 미명에 발발하여 1953년 7월 27일 휴전체제로 막을 내린 이 전쟁을 두고 남과 북의 의미규정 간극은 너무나 커서 어떠한 접점도 보이지 않는다.

탈식민 이후 전쟁으로 치달아가는 '해방공간'이라는 시간대에 남북의 지리적 정치경제적 분단이 일어났다. 또한 남북 체제가 등장한 이후부터 두 체제 간에 군사적 긴장과 충돌이 빈발하면서 내전은 차츰 열전으로 비화되어 갔다. 1948년 남북체제가 성립하기 전후로 6·25전쟁에 이르는 기간 동안 남북의 군사적 충돌 횟수는 2천여 회를 상회했다. 사태의 이 같은 복잡성은 전쟁에 대한 학문적 실증조차 한낱 부분성을 면치 못하게 만든다. 남북 체제가 내세우는 전쟁에 대한 서로 다른 정의는 전쟁과 함께 정치체가 내세운 명분 외에는 해명 불가능한 영역으로 이행함으로써 개인의 체험이 가진 명징함조차 전쟁의 전모를 가늠할 수 없는 불투명성 속에 놓이게 만들었다. 휴전일(또는 전승절)을 맞은 지 65년이 된 지금에도 우리가

6·25전쟁을 앞에 두고 여전히 두터운 장벽과 마주 선 느낌인 것은 그 어떤 상상력조차 허용하지 않는 거대한 아이러니 때문이다.

북한체제에서 '한국전쟁'은 '남한체제의 북침에 대한 반침략전쟁'이자 '조국의 완전한 해방(국토완정, 國土完整)'을 의미한다. 전쟁 발발의 책임문제를 둘러싼 남한의 전통적이고 반공주의적인 정의와는 달리, 북한에서는 '북침'을 전제로 한 역사적 사실 자체의 왜곡도 엄존하는 실정이다. 1953년 7월 27일을 남한에서는 '휴전'으로 정의 내리는 데 반해 북한에서는 '전승일'로 명명한다. 북한사회의 관점이 여전히 그리고 너무나 낯설다.

이번에 발간되는 남북문학예술연구회의 다섯 번째 저작은 이상과 같은 문제의식을 바탕으로 전쟁 전후의 문학예술 미디어를 함께 읽어온 이들의 성과를 한데 모은 결실이다.

지난 몇 년간 우리 연구회는 해방기 미디어 장을 형성했던 『조쏘문화』를 비롯하여 『문화전선』를 함께 읽어왔고, 『문화예술』을 거쳐 1950년대 『조선문학』을 모두 읽었으며 현재 60년대 『조선문학』과 최근의 북한문학을 함께 읽어나가고 있는 중이다. 50년대 북한문학을 함께 읽어오는 과정에서 하나의 매듭이 필요하다는 합의에 이르렀다. 전쟁기와 전후복구기에 이르는 시기에 걸쳐 연구회 성원들은 각자 자신의 관심사를 의제화하고 연구 테마로 나누어 검토하는 과정을 거쳤다. 각자 논문을 작성하면서 함께 토론하며 학술대회의 세션에서 함께 또는 독자적으로 발표하는 절차에 이르기까지 연구회 일원이 각자 자신들의 역할에 충실했다. 논문집에 발간되었던 형식적 제약을 모두 거둬내고 본인들의 애초 취지를 살리는 한편 책의 입체적 구성에 어울리게 보완하는 과정을 거쳤다. 이 과정은 회원들의 동의하에 유임하와 김민선 선생이 전담했고 전원의 합의하에 진행하는 방식을 취했다.

자천이든 타인의 추천이든 대부분의 글을 '전쟁 전후 북한 문학예술의 행방'이라는 관점에서 모으는 일은 쉽지 않았다. 그 중에서도 몇몇 분은 취지를 이해했으나 수록하고자 한 글이 준비 중인 저서에 편입되는 관계로 정중하게 거절했고, 조은정 선생처럼 흔쾌히 동의해 주시기도 했다. 유임하는 논문 전체를 읽으면서 단행본의 취지에 걸맞게 제목을 비롯한 글 전반에 걸쳐 정정과 삭제와 보완 등을 부탁했고, 필자들은 이에 즐거이 화답하며 글의 완성도를 높여 나갔다.

연구자들의 다양한 관심만큼이나 책에 수록한 글들은 미디어의 문화정치학, 미군 폭격, 삐라, 문화공작대 활동, 세균전, 화선음악 등등의 여러 분야와, 시집과 소설문학, 종군실기문학, 소설 속 전쟁서사, 소설 속 서울 평양 이미지, 소설 문제작에 대한 상찬과 비판, 포섭과 배제 등등, 작품 분석과 해석, 서지학적 논의, 해석의 추이과정 추적 등의 방법론이 구사되고 있다. 이 다채로운 관심사들이야말로 지금 북한문학예술을 연구하는 최전선에 해당한다.

책은 총론과 두 개의 장으로 구성되어 있다. 전쟁을 전후로 문학예술 미디어의 전개를 조감한 뒤 각 장과 절의 내용을 접할 수 있게 한 것은 우리 연구회의 시야가 거시적 조감과 미시적 해석을 겸하고자 하는 데 이유가 있다. 제1부 '전쟁의 공포와 전위로서의 문학예술'은 문학의 외부에서 벌어진 비극적 사태가 어떻게 문학으로 재현되었는지에 대한 일종의 외삽법을 통해 논의를 풍성하게 만든다는 점에서 연구의 외연을 보다 넓힌 성과들이라 할 수 있다. 미군 폭격과 삐라의 선전선동, 신문 미디어에 나타난 문화공작대의 활동, 세균전과 화선음악공연에 이르는 전쟁의 사회학적 풍경 속에 놓인 북한 문학예술의 면면을 흥미롭게 접할 수 있다. 또한 2부에서는 문학텍스트를 중심으로 한 해석을 시도한 글들을 배치하여 '전쟁과 문학예술의 평화적 전유'이라고 명명했다.

총론 「전쟁기 북한문예 미디어 『문학예술』(1948.4-1953.9)의 문화정치학」은 문학예술 미디어 장이라는 개념틀에 입각하여 편집체제의 변모를 살피는 한편, 문학의 선전선동성과 문학예술성의 길항 관계에 초점을 맞추어 문학사적 지형을 조감한 글이다. 이 글에서는 『문학예술』 발간의 5년 기간 동안 3개의 층위를 발견해낸다. 소련파 정률과 프로문맹 출신 안함광이 주도한 북문예총 기관지 시기에는 선전지적 성향이 강한 제1기(1948.4~50.7), 임화·이태준·김남천 등 조선문학가동맹 출신 남로당계 문인 예술가들이 남북연합대회를 열며 헤게모니를 장악하고 전쟁기 문예총 시절에는 김조규 주필을 중심으로 선전지적 성향과 문예지적 성향의 균형을 맞추려 한 제2기(1951.4~52.11), 임화 등 남로당계의 헤게모니 소실과정에서 부각되는 선전지적 성향과 반대파 숙청을 위한 이론 투쟁의 장으로 기능하는 제3기(1952.12~53.9)의 시기 구획에 따른 세부적인 논의는 매우 인상적이다. 특히 논자는 이 글에서 『문학예술』이 임화·김남천·이태준·김순석 등 남북의 공식 문학사에서 소거된 전쟁기 창작활동과 사회주의 문학 건설기의 대표작을 수록함으로써 북한문단을 풍요롭게 만들었을 뿐만 아니라, 남북 문학의 분단이 고착화되는 과정이나 월북·재북 작가들의 당대 동향, 그리고 사후적으로 주조된 전통인 수령론과 주체문예론 프레임에 의해 배제된 북한 문학사 초기의 사회주의 리얼리즘문학의 실체 복원의 저장고라고 보는 입장을 취한다.

제1부에서 「미군 폭격과 전쟁의 서사화」, 「삐라와 문학의 공통감각」 등, 이 두 편의 글은 한국전쟁을 경험한 북한문학의 반응 중에서도 특히 미군 폭격과 선전삐라에 주목한 경우다. 전자의 경우, 미군의 폭격과 공습을 경험한 북한 문학의 대응을 살폈다. 특히 북한문학에서 미군의 폭격은 공포

를 증오와 적개심, 혐오와 냉소, 동지애와 공동체를 향한 열망으로 응전하고 있다는 점에 주목하였다. 전쟁 초기부터 전력의 열세를 정신적 사상적 승리를 반복해서 재현함으로써 민족의 자부심과 애국심으로 전쟁을 수행하는 특징을 드러낸다는 것이 글의 요지다. 「삐라와 문학의 공통감각」은 심리전술의 일환이었던 삐라에 주목하여 북한문학과의 연관을 살피고 있는 글이다. 이 글에서는 미국 삐라의 선동에 맞서 북한문학의 대응에 주목하여 미군 삐라와 북한 삐라를 대조한다. 그리하여 논자는 비전문적이었던 북한 삐라의 유통경로가 후방인민들의 이탈을 차단하고 적에 대한 증오심을 부각시키기 위해 종군작가의 르포르타쥬나 취재를 작품 생산과정에 포함시켰다고 본다.

「한국전쟁기 선전선동사업과 문화공작대」는 전쟁기 『해방일보』를 통해서 북한의 남한 지역 점령통치 기간에 실시된 문화인들을 동원한 선전선동사업을 살핀 역작이다. 이 글에서는 인민군의 서울 점령을 뜻하는 소위 '적치 90일'의 기간 동안 점령기 미디어와 문화 및 문학 활동에서 전쟁 초기부터 선전사업의 중요성을 강조하고 전방위적이고 총력적인 선전활동을 실시했는데, 선전원-문화선전실-서클사업의 연계 체제를 구축하여 실제 선전활동에서 공연예술을 적극적으로 활용한 점을 밝히고 있다. 또한, 소대로 편성되어 지방을 순회할 때 기동성에 유리한 음악과 무용이 중심이 되었고, 문학인들의 경우 종군기자나 종군작가로서 신문 방송에서 선전선동의 텍스트를 생산했다는 사실도 새로이 밝혀낸다. 이태준과 임화는 종군기, 시 등을 통해 전쟁의 대의를 재현하였고 서울을 학대받은 도시로 맥락화하며 전쟁의 정당성을 확보하고자 했다는 점도 논의하고 있다.

「한국전쟁과 세균전」은 매우 논쟁적인 테마인데, 1952년 2월 유엔 총회에서부터 공산진영은 공식적인 항의를 시작하였고, 북한에서는 전쟁 시기 미군이 생물화학무기를 사용하였다는 점을 주장해왔기 때문이다. 이러한 점에 착안하여 이 글은 세균전을 다룬 남북의 문학 텍스트를 생화학무기와 세균전을 '폭격'과 함께 한국전쟁을 읽는 키워드로 삼는다. 논자는 생화학무기와 세균전이 '미국'이 표상하는 테크놀로지의 경험이라는 가설을 바탕으로, 압도적인 화력과 물량공세로 형상화되는 폭격의 텍스트에 비해 세균무기는 테크놀로지와 비도덕성의 음험한 결합으로 그려지는 차이에 주목한다. 나아가 세균전 텍스트들에서 세균무기를 활용하는 '적'이 몰윤리적인 자신의 기술로 인해 파멸에 이르게 맥락화하는 점과, 세균무기에 대한 불안을 간첩 혹은 내부의 적이라는 은유로 처리하는 서사를 배태한다는 점을 해명하고 있다.

「전쟁기 북한의 화선(火線)음악」은 6·25전쟁기 전후의 북한음악의 양상과 화선음악(火線音樂)의 실체를 알아보고자 한 글이다. 북한의 체제 성립 초기부터 체제의 이념과 인민성에 기초한 새로운 음악이 창작되는데, 전쟁기인 1951년부터 1953년에 창작된 가요가 전체 악곡의 절반을 넘는다. 이러한 결과는 인민군을 독려하는 연주의 기동성과 빠른 보급을 고려한 결과라고 보는 것이 논자의 입장이다. 논자는 악곡들이 이후 농어촌을 포함한 노동현장, 그리고 학교에 이르기까지 직맹, 농맹, 여맹 등 다양한 조직체계에 걸맞게 빠르게 보급되었고 군대에서도 부대 내 음악써클을 통해 다양한 형식으로 가창이 이루어진 점을 밝히고 있다. 이 글에서는 체계적인 조직의 구축을 통한 음악활동에 주목하여 전쟁기에 인민군대 내에서 혁명적 낙관주의를 보급하였는데 인민군협주단은 최전선의 인민군대를 독려, 고무하는 활동을 전개하였고 전쟁기간 중인 1953년 5월, 군무자예술축전에 참가하여 위용을 뽐내기도 하였다는 점도 새로이 밝히고 있다. 또한 이 글에서는 김정일을 군사지도자로 만들기 위해 화선예술활동이라고 명명하였을 뿐만 아니라 1990년대 고난의 행군 시기에도 화선음악을 호명하여 충성심과 투쟁정신, 혁명적 낙관주의를 고무하고자 한 점도 해명하고 있다. 덧붙여 이 글에서는 김정은 시대의 화선공연이라는 제명이 여전히 존속하고 있는데, 이는 남과 북이 대치하는 지금의 상황도 '전쟁기'라고 보기 때문이라고 진단한다.

제2부 첫번째 글 「전쟁경험의 구성과 평화의 시적 횡단」은 8·15해방 기념시집 『평화의 초소에서』를 통해 1952년의 전쟁상황과 함께 전유한 평화의 담론에 주목한 경우다. 이 글에서는 전쟁의 시공간을 재현한 시집 전반을 관류하는 핵심어를 '초소'와 '평화'라고 보고 있다. 8·15해방을 기념하는 이 시집이 핵전쟁의 위기 속에 전쟁의 당위성으로 '평화'를 내세웠다는 것은 소련을 주축으로 한 사회주의 진영의 핵 반대운동과 같은 국제정치적 상황과 결부되었다는 점에서 의미가 있다는 것이 논자의 관점이다. 기념시집을 가로지르는 '평화'의 담론은 휴전협정의 막바지에 정치적 도덕적 우위를 내세워 종전으로 이끌어가려는 정치적 헤게모니이자 북한의 정체성 발명이라는 것이 이 글의 주된 논지이다. 또한 전쟁 공간인 '초소'가 영웅을 목격하고 전쟁의 당위성을 선전하는 체제 문학의 공간으로 재현된 누빔점으로 발견되는 과정을 추적하면서 논자는, 전쟁으로 고통 받는 개인들이 파편화된 흔적으로 남은 대목까지 살핀다. 이 과정에서 전사의 죽음을 숭고함으로 승화시키는 이면에 어른거리는 원한과 불면, 가족의 이산과 해체라는 비극, 전후 재건 계획에 담긴 전쟁에 대한 피로감, 전망과 희망 뒤편에 자리 잡은 절망과 죽음에의 공포 등등을 포착하면서, 이러한 파편적인 이면성이야말로 대주체 국가의 기억에서는 배제된 하위주체들의 흔적이라고 본다.

「한국전쟁의 시적 재현과 안룡만의 『나의 따발총』」은 1935년 "조선 프롤레타리아 시의 최초의 발전"라는 최고의 찬사를 받으며 등장한 안룡만의 북한문학사에서 높은 평가를 받은 시집을 서지학적 시선과 문학연구자의 관점에서 살핀 경우이다. 이 글에서는 『나의 따발총』(문화전선사, 1951)이

전쟁 당시 전선문고의 현실적 요구에 응하여 한국전쟁 당시의 북한의 피해상황, 전선의 전개에 따른 인민군의 감성의 변화가 표현된 점에 주목한다. 또한 이 글은 시집이 한국전쟁 발발 시기부터 1951년 중반까지의 상황을 리얼리즘적 태도를 견지하며 인민군의 자신감, 고향에 대한 향수, 미군 폭격으로 인한 공포, 교착 상태에 빠진 전선으로 인한 초조함 등을 사실적으로 재현하고 있는 점을 논의한다. 또한 논자는 시집에서 전세 변화에 따라 낭만성으로 고양된 의식이 침체되면서 복수심이 요동치는 서사적 흐름을 형성한다는 점도 포착하고 있다. 논자는 이 시집은 개작 연구라는 측면에서도 의미 있다고 보는데, 1951년, 1956년, 1979년에 걸쳐 개작을 거치는 과정이 북한의 공식적인 작품 해석과 시대 변화에 부응한 것이었다고 평가하면서 북한문학 담론의 역사적 변화를 실증하고 문학사적으로 유의미한 텍스트로 평가한다.

「종군실기문학과 전쟁서사」는 1950년대 북한문학에서 종군실기문학 전반을 개괄하는 한편 소설에 나타난 전쟁서사의 윤곽을 살펴본 경우다. 북한문학에서 전쟁의 함의가 '미 제국주의와 남한의 북침에 반공격으로 맞선' '조국해방' '완전한 국토완정'을 표방하고 있다는 것, 이러한 체제의 정치적 헤게모니가 군사행위를 정당화하는 명분으로 반복 재생산되고 있는 것을 주목하고 있다. 논자는 전쟁 발발과 함께 전장의 긴박한 현장성을 내세운 종군실기문학이 하나의 장르를 형성하는데, 전쟁의 대의와 전장의 긴박한 현장성은 '무기로서의 문학'이 갖는 면모라고 본다. 또한 1950년대 북한소설에서 발견되는 전쟁서사에는 전사들의 자기헌신과 승전을 위한 국가주의적 개인들의 무훈담으로 수렴되는 국가서사라는 점과 함께, 전세 역전으로 후방인민들의 전쟁서사에서는 전쟁의 여파에 따른 체제의 불안과 인민들의 공포가 담겨 있다는 것이 주된 논지이다.

「전쟁기 북한 소설에 나타난 서울과 평양의 도시 이미지」는 북한 소설에 나타난 6·25전쟁 전후의 서울과 평양의 도시 이미지를 비교한 경우이다. 이 글에서는 전쟁 상황을 형상화한 남북한 양대 수도의 문화 표상과 상징투쟁에 대한 문학적 분석을 흥미롭게 보여주는데, 서울과 평양 주민들의 자기 도시에 대한 자부심이 상대에 대한 대타의식과 경쟁의식 속에서 분단체제의 심리적 기제로 정착되는 과정을 살필 수 있게 해준다. 북한소설에서 서울은 전쟁을 겪고도 6백 년 고도로서 문화유산은 보존했으나 식민지 잔재와 해방 직후 혼란기의 낡은 도시 이미지로 구성하고, 전쟁 후에는 이러한 낡은 이미지에다 분단 도시, 병영 도시라는 이미지를 중첩시켜 기형적인 면모를 갖는다. 반면, 평양은 전쟁 때문에 전통 문화 유산과 식민지 도시의 면모는 철저히 파괴되었으나 사회주의적 계획도시의 면모를 새로 갖추어 나가는 모습으로 그려낸다. 전쟁 후 복구사업을 통해 평양은 주체사상에 입각한 '주체형' 현대도시, 수도로서의 상징성, 문화적 표상까지 획득해 나갔다는 것이다. 이러한 이미지 축조과정을 살핀 논자는, 소설에 나타난 서울과 평양의 상호인식이 비대칭적이지만, 두 도시의 문화적 상징성을 적대의 관계에 배치하기보다 교류 협력을 위한 호혜적 관점에서 재구성해야 한다는 입장이다.

마지막에 수록한 「분단초기 북한소설의 균열적 틈새」는 해방에서 한국전쟁기까지(1945~1953)에 이르는 문제작을 중심으로 북한문학의 지배 담론과 실제 텍스트의 균열 양상을 고찰한 경우다. 발표 당시 '조소 친선'의 주제의식을 고평 받았으나 소련군 병사의 동요하는 내면을 담은 점 때문에 리얼리티의 훼손이라고 비판받은 한설야의 「모자」(1946), 문맹퇴치 사업의 성과로 내세운 인물 성격이 상찬되었다가 근로인민 전체에 대한 모독과 제도 비방이라고 혹독한 비판받은 이태준의 「호랑이 할머니」(1949), 전쟁기 부상병의 독백을 새로운 전형으로 고평하다가 센티멘털리즘에 젖은 패배주의적 반동성으로 비판받은 김남천의 「꿀」(1951) 등이 그 사례다. 이들 사례를 통해, 논자는 북한 문학이 담론의 강제와 시대적 길항을 거쳐 문학의 영토를 다양한 해석의 지평으로 이끄는 다성성의 장르임을 실감한다. 하지만 논자는 이들 사례가 '종자'의 차원이 아니라 레토릭의 수준에서라도 지속적으로 개인과 사회의 관계를 조망하며 시대적 모순을 착목했던 점에 주목한다. 그리하여 시대와 길항한 작품들이 지배 담론 생산자들에게 상찬과 비판, 선택과 배제의 경합을 벌이는 과정에서 노출되는 균열과 틈새를 면밀히 살핀다. 논자는 이러한 '균열적 틈새'를 주목하는 것이야말로 남북한 통합문학사를 기술하는 기반이 된다고 강조한다.

북한문학예술을 공부해온 우리들로서는 휴전 65년을 맞는 시기에 판문점에서 열린 4.27 남북정상회담은 여러 모로 감회가 깊다. 무엇보다 오랜 냉전의 대치 국면을 평화의 상생 국면으로 전환시킨 점이 놀랍다 못해 극적이기까지 하다. 한 연구자의 탄식처럼 재외동포문학보다도 못한 처지에 있는 북한 문학과 예술에 대한 관심과 애정이 필요한 시점이다. 이 책이 그러한 소망에 화답하는, 작지만 알찬 성과로 받아들여졌으면 하는 게 논자들 모두의 소박한 심정들이다.

오랜 기간 학문의 여정을 함께 해온 남북문학예술연구회 회원 모두의 열정에 감사드린다. 또한 이 책에 귀한 성과를 보태주신 조은정 선생께 고마움을 표한다. 점점 어려워지는 출판 여건 속에서도 흔쾌히 출간을 허락해준 역락출판사 이대현 사장께 각별한 마음으로 고마움을 전한다. 또한 그 선한 마음과 인연을 담아 편집해준 편집진들의 노고에도 진심으로 깊이 감사드린다.

필자들을 대표하여 유임하
2018 햇빛 가득한 가을날에

차례

전쟁기 문예미디어
『문학예술』(1948.4~1953.9)의 문화정치학*

| 김성수 |

1. 서론 : 6·25전쟁기 문예지 연구와 북한문학

이 글에서는 북한의 6·25전쟁 전후 시기 북조선문학예술총동맹 기관지인 월간『문학예술』을 전반적으로 논의한다. 왜 북한 문예지『문학예술』인가? 1948년 4월 창간되어 전쟁기를 거쳐 1953년 9월 종간된 북한 문예지『문학예술』에 대해서는 남북한 학계에서 본격 논의는커녕 전모가 제대로 확인된 바 없다. 월북 작가 임화, 이태준, 김남천 등이 6·25전쟁 패전 책임론으로 평양에서 숙청되기 전까지 활동했던 대표적인 문학장이라 할 전쟁기 문예지의 실체 파악과 특징이 제대로 밝혀지지 않았기에 만시지탄의 감이 없지 않지만 이제 본격 논의를 시작한다.

8·15해방부터 6·25전쟁 직후까지 북한 초기 문학예술장(場, field)의 미디어 지형을 개괄적으로 살펴보면, 『조쏘문화(朝蘇文化)』부터 시작하

---

* 이 글은「6·25전쟁 전후시기 북한 문예지의 문화정치학-문학예술(1948.4~1953.9) 연구」(『민족문학사연구』62호, 2016.12)를 단행본 취지에 맞게 수정 보완한 것이다.

여 『문화전선(文化戰線)』, 『조선문학(朝鮮文學)』『문학예술(文學藝術)』을 거쳐 월간 『조선문학』이 북한 문예를 대표하는 유일 문예지로 정착되기까지 7년 간의 문학예술장이 역동적으로 펼쳐졌다. 북한 문예지의 70년 역사를 통시적으로 도식화하면 문예총 기관지와 산하 기관인 작가동맹(문학동맹) 기관지의 역사로 이원적, 입체적으로 인식하는 다음 도식을 상정할 수 있다.

(북)문예총 기관지 : 『문화전선(文化戰線)』(분기간, 1946.7~1947.8) →『문화전선』(주간, 1948.2~1950.8)과 『문학예술(文學藝術)』(월간, 1948.4~1953.9)의 병존 →『조선예술』(월간, 1956.9~2018.현재)
(북)조선작가동맹 기관지 : 『조선문학(朝鮮文學)』(분기간, 1947.9~12) →『조선문학』(월간, 1953.10~2018.현재), 『청년문학』(월간, 1956.3~2018.현재), 『문학신문』(주간, 1956.12~2018.현재)의 병존[1]

전쟁 전후의 문학-미디어 지형을 개관하면 계간 『조선문학』, 월간 『문학예술』, 주간 『문화전선』, 월간 『조선문학』 등의 역동적인 간행을 찾아볼 수 있다. 이 가운데 1948년 북한 정권 수립기부터 6·25전쟁기에 간행되었던 북한의 대표적 문예지는 『문학예술』(1948.4~1953.9)이다. 1948년 4월 창간되어 1950년 7호까지 발행된 후 전쟁으로 휴간되었다가 전쟁이 소강 상태로 빠진 1951년 4월(실제 간행일은 5.20) 복간된 후 1953년 9월 종간된 잡지이다. 그런데 통권 몇 권 몇 호가 간행되었는지 통권 누계조차 적확하게 알 수 없는데다가 53회 간행된 것조차 실물을 다 확인할 수 없다. 그런 탓에 본격적인 연구가 이루어지지 않았다. 하지만 이 문예지가 간

---

1) 남원진, 『이야기의 힘과 근대 미달의 양식』, 경진, 2011 ; 김성수, 「북한 초기 문학예술의 미디어 전장 : 『문화전선』에서 『조선문학』으로」, 『상허학보』 45집, 상허문학회, 2015.10 참조. 63년간 휴간 없이 발행된 『조선문학』과 달리 『청년문학』 『문학신문』 『조선예술』은 1968~85년 사이 간헐적인 휴간기가 있었다.

행 유포된 시기가 남북한 문학사의 분단 초기에다가 전쟁기여서 월북·재북 작가들의 당시 동향과 북한 문학사 초기의 전개과정을 살펴보는 데 간과할 수 없는 중요 자료이기도 하다.

필자는 이 잡지의 전수조사를 하지 못했다. 1949년 2, 3, 4, 11호는 실물을 확인하지 못했고, 1952년 8호, 1953년 9호는 목차만 확인했을 뿐이다. 나머지 47호도 영인본을 대상으로 한 탓에 판권지가 누락된 것이 5호나 된다. 게다가 물자 조달이 여의치 않았던 전쟁기에 나온 탓에 지질이 썩 좋지 않은 잡지를 미군이 노획한 문서를 보관한 미국 공문서보관청(NARA, 워싱턴DC)에서 복사한 것을 저본으로 한 영인본이라서 상태가 영 좋지 못하다.

상황이 이런데도 왜 연구를 해야 하는가? 베일에 싸인 '6·25전쟁 직전-전쟁기-전쟁 직후' 시기 북한의 재·월북 작가·예술인의 활동 실상을 매체 상의 실체로 파악하고 전쟁기 문예 기관지의 실제 내용과 미디어 형식을 분석하여, 당시의 문학사 지형과 매체사적 쟁점을 확인할 수 있기 때문이다. 그를 통해 분단 초기 한반도 문학이 어떻게 남북 문학으로 분단 고착화되었으며 누구의 어떤 문학작품이 훗날의 공식 문학사에서 축소, 왜곡, 소거되었는지 객관적 실상을 재조명하고자 한다. 남북의 문학사 어디에도 이 시기 문학의 실상을 있었던 그대로 객관적으로 정리하지 '못하고/않고' 있기에 문제는 더욱 심각하고 해결이 시급하다.

이러한 문제의식을 가지고 본론에서는 문예 기관지 『문학예술』(1948.4 창간~ 1950.7 (휴간)~ 1951.4~ 1953.9 종간)의 미디어 역사를 서지적으로 개관하고 목차와 본문 배치 등 편집양식적 특징과 그 역사적 변모를 분석한다. 미디어 역사를 실증적으로 개괄하기 위하여 표지와 판권지를 살펴보고[2]

---

2) 본격 논의에 앞서 전제할 것은 자료 수집의 한계 때문에 제1권 1호부터 제5권 9호까지 총 53호 중 47호만 실물(영인본)을 확인했다는 사실이다. 후술하겠지만 66회로 추산되는

목차와 본문 배치 등 편집양식적 특징과 그 역사적 변모를 분석한다. 또한 문예 기관지의 특징을 보다 직접적으로 확인할 수 있는 특집 기획과 주요 이슈를 담은 기사의 특징과 그 역사적 변모도 추적한다. 이와 관련한 선행 연구로 필자는 이미 해방 직후 1946년 7월 창간된 북한 첫 문예지 『문화전선』부터 현행의 북한 대표 문예지 『조선문학』이 1953년 10월 창간되기까지의 미디어-문학장의 전반적 경개를 학계에 보고한 바 있다.[3] 그 기반 위에서 『문학예술』(1948.4~1953.9) 총 53호의 문학 미디어적 성격[4] 규정과 문학사적 쟁점을 살펴보고자 한다.

먼저 미디어 『문학예술』의 '주체'부터 살펴보자. 주체란 잡지 발행인과 발행기관, 편집진인데, 북한의 경우 모든 미디어가 특정 조직이나 단체의 기관지이므로 상급기관과 미디어사의 조직과, 편집진 내 조직인 발행인, 주필, 편집위원(편집진), 출판사 등을 검토해야 한다. 『문학예술』은 1948년 4월 북조선문학예술총동맹 기관지로 문화전선사에서 발행 겸 편집인 정률(정상진)이 주체가 되어 창간된 후, 1953년 9월 조선문학예술총동맹 기관지로 문예총출판사에서 책임주필 김조규 편집진으로 종간되었다. 그 경과를 정리하면 다음과 같다.

『문학예술』(계간) 창간호(1948.4)~제1권2호(1948.7)

잡지의 통권호수, '루계' 자체도 의문이다.

3) 남원진, 『이야기의 힘과 근대 미달의 양식』; 김성수, 「북한 초기 문학예술의 미디어 전장 : 『문화전선』에서 『조선문학』으로」; 김성수, 「선전과 개인숭배 : 북한 『조선문학』의 편집 주체와 특집의 역사적 변모」, 『한국근대문학연구』 32호, 한국근대문학회, 2015.10 등 참조.

4) 문예지 같은 미디어를 체계적으로 연구하려면 간행물의 성격(이념), 편집주체, 편집양식, 주요 이슈, 대표작 등의 항목을 공시적 통시적으로 분석해야 할 것이다. 이들 분석항목을 좀더 자세히 정리하면, 미디어의 '성격(이념)'은 창간사, 권두 기사(머리말, 권두언, 권두평론, 정론 등), 편집후기, 공고(광고) 등을 대상으로 하고, '형식'은 미디어의 판형, 인쇄 및 표기방식, 표지, 목차, 실제 기사 배치, 지면의 레이아웃, 박스기사와 슬로건(글상자 속 구호와 표어), 사진 도판, 활자체, 지질 등 매체 편집의 형식을 미학적으로 접근해야 한다.

북조선문학예술총동맹(발행 겸 편집인 정률, 문화전선사)
『문학예술』(월간) 제1권3호(1948.11)~2권1호(1949.1)
북조선문학예술총동맹(발행인 정률, 문화전선사)
『문학예술』(월간) 제2권5호(1949.5)~제3권7호(1950.7)
북조선문학예술총동맹(책임주필 안함광, 문화전선사)
『문학예술』(월간) 제4권1호(1951.4)~제4권7호(1951.12)
조선문학예술총동맹(책임주필 김조규, 문학예술사)
『문학예술』(월간) 제5권1호(1952.1)~제6권9호(1953.9)
조선문학예술총동맹(책임주필 김조규, 문예총출판사)

창간을 주도한 소련파 정률에서 프로문맹 출신 안함광으로 책임주필
이 변경되던 1949년 2~5월 사이의 추이를 보면, 정률은 1948년 2월부터
주간『문화전선』주필직을 수행하던 안함광에게『문학예술』편집권까지
내준 셈이 된다. 잡지는 1950년 제3권은 제1호부터 7호까지만 나오고 8월
호부터 이듬해인 1951년의 제4권은 3월호까지 발간되지 않았다. 6·25전
쟁이 발발하여 문예지뿐만 아니라 대부분의 정간물 연속 간행이 불가능
했던 처지였기 때문이다. 제3권 제8호가 나와야 할 8월호부터 이듬해인
1951년 4월호(간행일자 5.20)까지『문학예술』은 휴간되었다.

전쟁 중이던 1951년 3월 평양에서는 남북 작가 예술가 연합대회가 소
집되었다.[5] 대회에서는 원래 북한에 있던 '북조선문학예술총동맹'을 해체
하고 남한 좌익 진영의 '남조선문화단체총련맹'과 통합하여 '조선문학예
술총동맹'(약칭 '문예총')이라는 한반도 문인 예술가의 단일 조직체가 결성
되었다. 문예총 결성과 함께 기존의 '북조선문학동맹'은 '조선문학동맹'으

---

5) 엄호석, 「조국해방전쟁시기의 우리 문학」, 『해방후 10년간의 조선문학』(조선작가동맹출
   판사, 1955), 176-197쪽. 이후 안함광의 다른 글에서는 1951년 3월의 회의 명칭을 '조선
   작가대회'라 했지만 1953년 9월의 1차 대회와 혼동한 듯하다. 안함광, 「해방후 조선문학
   의 발전과 조선 로동당의 향도적 역할」, 『해방후 10년간의 조선문학』(조선작가동맹출판
   사, 1955), 33쪽 참조.

로 개편되었다. 그 주도권은 이태준, 임화, 김남천 등이 상당 부분 차지하게 되었다. 이에 따라 6·25전쟁으로 휴간되었던 『문학예술』도 새로 출범한 조선문학예술총동맹 기관지로 1951년 5월, 제4권 제1호(1951년 4월호)부터 문학예술사에서 복간되었다.[6] 이후 제5권 1호(1952.1)부터 제6권 9호(1953.9)까지는 문예총출판사에서 간행되었다.[7] 흥미로운 사실은 이태준, 임화 등에 의해 임명된 김조규 주필이 『문학예술』 1951년 4호부터 1953년 9호 종간호뿐만 아니라, 전면적인 문단 개편이 이루어져 새로 나온 월간 『조선문학』 1953년 10월 창간호부터 1954년 12월호까지 역대 최장수 주필을 역임했다는 점이다.

　『문학예술』의 '통권 호수'를 정리하면 총 53회 발행된 것으로 확인된다. 다만, 『문학예술』의 후신인 『조선문학』 1956년 1월호 표지의 '루계 101호'로 역산하면 총 66회 간행분으로 통권 호수가 산정되었다. 하지만 '루계' 산정과 실물 확인을 면밀하게 비교한 결과 6·25전쟁기 휴간호를 통권에 포함한 것으로 추정된다. 필자는 분기간 『문화전선』 5회, 분기간 『조선문학』 2회, 월간 『문학예술』 66회, 월간 『조선문학』 27회의 합계 100호로 '루계'를 추정한다. 월간 『문학예술』은 실제로 53회(1948년 4회, 1949년 12회, 1950년 7회, 1951년 9회, 1952년 12회, 1953년 9회) 간행되었다. 하지만 '루계 101호'를 표기한 『조선문학』 1956년 1월호의 편집진(엄호석 주필)이 『문학예술』의 간행횟수를 1948년 4월호부터 1953년 9월호까지 단순 계산하여 66회로 산정한 것으로 추측한다. 이는 오류라기보다 의도적인 역사 만들기 작업의 산물로 짐작된다.[8]

---

6) 『문학예술』 제4권 제1호는 1951년 4월호로 표지와 목차에 표기되었으나 판권지의 실제 간행일자는 5월20일이다. 전쟁기인 1951년치 제 4권 1~4호는 표지와 목차에 표기된 간행월수와 판권지의 실제 간행월일이 모두 다르다.
7) 「조선문학예술총동맹 및 각 동맹 중앙위원」, 『문학예술』 4-1, 1951.4, 35쪽 참조.
8) 이 추정이 『(주간)문화전선』 8~10회와 전쟁기 『문학예술』 미간분 5~7회를 합산하는 식으로 100호를 산정한 남원진보다는 합리적이라 판단한다. 남원진, 『이야기의 힘과 근대

『문학예술』의 잡지 '분량과 정가'를 살펴보면, 창간호(1948.4)부터 제1권 제4호인 12월호까지 국판 248, 212, 236, 188쪽 모두 정가 65원이었다. 1949년 제2권을 보면, 1호 216쪽, 5호 207쪽, 6호 229쪽, 7호 257+33=290쪽 모두 70원이었다가, 8호 375쪽만 '임시정가 100원'이 된다. 다시 9호 257쪽, 10호 224쪽은 70원이었다가, 12호부터 183쪽 60원, 1950년 1호 193쪽 60원이 된다. 제3권 2호 178쪽 55원, 3호 152쪽 55원, 4호부터 정가 50원으로 인하하여 4호 150쪽, 5호 148쪽, 6호 150쪽, 7호 162쪽으로 휴간된다. 1951년 4월 복간호 107쪽 75원이던 것이 1952년 2월호까지 계속 100쪽 정도 75원을 유지한다. 1952년 3월호부터 100쪽 내외 90원으로 인상되었다가 7월호부터 149쪽으로 증면되면서 100원으로 인상된 후 1953년 9월 종간까지 145~155쪽을 유지한다.[9]

잡지의 '표기방식'을 보면, 창간호부터 줄곧 국한혼용문이었다가 출판사가 문예총출판사로 바뀐 1952년 1호부터 숫자를 제외한 본문이 한글 전용으로 표기되었다. 창간호에는 표지가 '文學藝術(가로쓰기)+創刊號(세로쓰기)+北朝鮮文學藝術總同盟機關紙'(가로쓰기)로 되어 있고 2호에는 제호 위에 '조선민주주의인민공화국 만세'가 표기되었다. 1952년 『문학예술』 제5권 제1호부터 제호를 한글로 바꾸고 본문도 종래의 국한혼용문 표기에서 한자 숫자 이외는 모두 한글 전용으로 표기하였다.[10] 본문 조판 방식은 통단(通段)과 2단(二段) 구성을 겸했으나, 대체로 시, 소설, 희곡 등 창작물은 통단(通段), 나머지 산문은 2단인 경우가 많았으며, 동양서 전통의 우종

미달의 양식」, 102-103쪽 참조. 남원진이 『(주간)문화전선』의 일부만 '루계'에 포함한 것은 4쪽짜리 타블로이드 주간신문이 1950년 8월 23일자 113호 이상 연속 간행된 사실을 몰랐기 때문이다.

9) 전전 1950년 7호까지는 국판 150-250쪽이던 것이, 전쟁 중 속간된 1951년 4호부터 호당 100쪽 내외 분량인 것으로 보아 지면이 줄었거나 판형이 변형국판, 46배판으로 커졌을 것으로 추정된다.

10) 참고로 수치까지 한글 전용으로 표기하게 된 것은 『조선문학』 1956년 1월호부터이다.

서(右縱書) 세로쓰기를 고수하였다.[11]

2. 선전매체와 문예매체의 길항 : 『문학예술』 편집체제의 역사적 변모

『문학예술』은 1948년 4월, 월간지로 창간되었다. 편집 겸 발행인은 정
률이다. 북조선문학동맹 기관지로 단 2호로 종간된 『朝鮮文學』(분기간)의
뒤를 이어 북조선문학예술총동맹 기관지 『문학예술』이 1948년 4월, 문화
전선사에서 월간지로 창간되었다. '북조선문학예술총동맹' 제13차 중앙
상임위원회 결정[12]에 따라, 1948년 4월 25일 문학 부문을 비롯하여 각 예
술 부문의 성과를 집약한 북조선문학예술총동맹 기관지로 창간된 것이
다. 이는 북문예총 제13차 중앙상임위 결정에 따른 『조선문학』 폐간의
후속 조치 결과물이다. 1948년 2월 중순, 4쪽짜리 타블로이드 주간신문으
로 간행된 『문화전선』(분기간 문예 기관지의 통권을 계승한 6~113호)이 선전기
능을 주로 담당했기에 창작 중심의 순문학 잡지로 기능했던 『朝鮮文學』
의 때 이른 폐간은 이미 2호에 표명되어 있다.[13]

다만 계간 『조선문학』 종간호와 『문학예술』 창간호에 최명익 중편소
설 「기계」가 연이어 2회 연재된 것을 통해 두 매체의 연속적 관계를 간
접 확인할 수 있다. 마치 훗날 『문학예술』 종간호와 월간 『조선문학』 창
간호에 소련 비평가 웨. 오제로브의 평론 「쏘베트 문학에 있어서의 전형
성의 문제」가 연속 게재된 것과 같은 사례라 할 것이다.

---

11) 『조선문학』 1975년 2월호부터 본문 조판방식이 요즘 방식의 좌횡서(左橫書) 가로쓰기
로 바뀌었다.

12) 북조선문학예술총동맹 중앙위원회, 「본지 창간에 제하여」, 『문학예술』 창간호, 1948.4, 1쪽.

13) 미상, 「북조선문학예술총동맹(北朝鮮文學藝術總同盟) 제4차 중앙위원회 결정서(第四次中
央委員會決定書)」, 계간 『조선문학』 2집, 문화전선사, 1947.12.20, 214~220쪽. 결정 제
8항. "문화전선 사업의 혁신"으로 『문화전선』을 규정하고 계간 『조선문학』 대신 새로운
매체가 필요하다는 인식이 감지된다. 220쪽 참조.

『문학예술』 창간사인 북조선문학예술총동맹 중앙위원회 명의의 「본지 창간에 제하여」를 보자.

  본 총동맹의 제2차 조직개편을 계기로 앙양되는 문학예술 사업의 창조적 성과를 제 때에 보다 신속하게 반영시키기 위하여 본 총동맹의 종래의 기관 월간지 『문화전선』을 주간으로 이미 변경하였거니와 아울러 북조선문학동맹기관지 『조선문학』을 폐간하고 새로 본 총동맹 기관지로써 본지를 창간할 것을 본 동맹 제13차 중앙상임위원회에서 결정하고 문학부문을 비롯한 각 예술부문의 창조적 성과와 지도적 이론을 널리 수록하기로 한다.[14]

이를 보면 문학예술사업의 창조적 성과를 '제 때에' 보다 신속하게 반영시키기 위하여 문학부문을 비롯한 각 예술부문의 창조적 성과와 지도적 이론을 널리 보급한다고 되어 있다. 그러나 월간지 정기 간행이라는 공언은 1948년 11월의 제1권 제3호에서야 실현된다.

창간사의 핵심인 '지도적 이론'의 실상은 결국 비(非)문학 정치 문건 우대를 위한 정책 전달의 메가폰 기능이라는 레닌적 당(黨)문학 원칙의 경직된 작동이라 아니할 수 없다. 가령 창간호 권두사 「김일성 장군의 애국적 호소에 격려된 전 문학가 예술가들은 조국을 예속화시키려는 미(米)제국주의의 침략적 기도를 반대하여 투쟁한다」를 보면 문예지라기보다는 당 정책 선전지에 가깝다.[15] 첫 문장과 마지막 결구가 도발적인 선전

---

14) 북조선문학예술총동맹 중앙위원회, 「본지 간행에 제하여」, 『문학예술』 제1집, 내표지 1면.
15) "우리 민족의 영명한 지도자 김일성 장군의 백전백승하는 영용한 투쟁정신에 고무된 전 문학가 예술가들은 조국과 인민을 사랑하고 진리와 정의를 위하여 싸우는 애국적 헌신성으로써 자기들의 전 재능과 전 역량을 들어 민족분열과 조국의 예속화를 기도하는 국제반동의 앞잡이 유엔 위원단과 조선 인민의 원쑤인 민족반역자 친일분자 매국도당들의 음모를 반대하여 총궐기하고 있다. (… 중략 …) 전 문학가 예술가들이여! 우리 조국의 자유와 독립을 침해하는 제국주의적 침략을 반대하자! 우리 민족의 이익을 팔아먹는 민족반역자 반동분자 등 일체 매국노의 죄악을 폭로분쇄하자! 남조선에서 실시되는 선거희극에

문구의 구호로 마무리되는 선동적 문구라서 그런지, 이전 매체인 『조선문학』 종간호의 문예지적 지향과 전반적 논조가 뚜렷이 구별된다.

한편 창간호 이후의 초기 논조를 지배하는 것은 편집 겸 발행인이 소련파 정률이었기 때문인지 '조소친선' 주제이다. 지면 상당량이 소련 문예정책과 비평, 작품 등의 문건 번역물로 채워지는데, 이를 선진 모방과 프롤레타리아 국제주의 연대라는 미명으로 치장하여 노골적인 친소성향을 표방한다. 가령 기석영(奇石永)의 권두 평론, 「위대한 혁명적 민주주의자 겔쩬 벨린스끼 체르늬솁스끼 도부로류보브는 로씨야 사회민주주의의 선구자들이다」16)를 보면, "이들 맑쓰 이전 시대의 사상가 중에서 로씨야의 혁명적 민주주의자는 세계의 과학적 해설의 입장에 가장 가까이 서고 있다. 쏘련 인민은 레닌이 말씀한 바와 같이 혁명적 사상이 풍부한 전통성으로 또 견실한 전통성으로 자랑할 수 있으며 자유와 민주주의를 위하여 또 진보적 인간사회를 위한 투쟁에서 중요한 역할을 감행하였다."17)라고 찬양하면서, 정작 북한문학의 현 단계에 그러한 소련 선례가 어떤 의의가 있는지는 제대로 연관시키거나 현안 타개책을 해명하지 못한다.

참가하지 말며 선거반대운동을 광범히 전개하자! 민주조국 건설의 튼튼한 토대가 되는 인민경제계획의 초과완수를 위하여 전 인민을 영예스러운 노력과 과학에로 고무추동시키자! 통일적 민주주의 조선독립만세!" 「김일성 장군의 애국적 호소에 격려된 전 문학가 예술가들은 조국을 예속화시키려는 米제국주의의 침략적 기도를 반대하여 투쟁한다」(권두사), 『문학예술』 창간호, 1948.4, 2-5쪽. '기도을'은 '기도를'의 오식이다.

16) 기석영, 「위대한 혁명적 민주주의자(겔쩬 데린스끼 체르늬솁쓰끼 도브로류보브)는 로씨야 사회민주주의자들이다」(목차 제목)(본문 제목 : 위대한 혁명적 민주주의자 겔쩬 벨린스끼 체르늬솁쓰끼 도부로류보브는 로씨야 사회민주주의의 선구자들이다), 『문학예술』 창간호, 1948.4, 6-28쪽. 『문학예술』 전권에 걸쳐 목차 제목과 본문 제목이 다른 것이 적지 않아 미디어적 불안정성을 보인다고 판단된다. 심지어 같은 잡지의 전반부 오식을 후반부에 정정한 사례까지 있어 전쟁기 인쇄사정의 열악함을 알게 한다. 『문학예술』 1951년 제1호(5.20 발행된 4월호) 81쪽을 보면, 35쪽의 예총 중앙상무위 명단에 누락된 '리면상'을 추가한다는 정정기사가 있다. 같은 잡지 전후반을 따로 편집, 인쇄, 제본한 매체내적 증거이다.

17) 위의 글, 6-7쪽.

이런 맥락에서 1949년 5월호에 실린 기석영의 「레알리즘의 제특징(諸特徵)」[18]은 소련의 선진사례를 북한문학의 당면과제와 연관시키는 소련파 이론의 좀더 진전된 시각을 보인다. 즉 소련의 리얼리즘 역사에 기대어 북한 근대문학의 리얼리즘을 거시적으로 정리한다. 리얼리즘(사실주의)의 세계사적 기원과 원칙, 사회적 역할, 기법적 특징들을 고전주의·낭만주의 사조와 비교·대조하여 설명한다. 사실주의를 옹호하는 데에 논거가 되는 것이 엥겔스, 푸쉬킨의 언술이며(5-10쪽), 그에 기대어 해방 전 조선문학에서 사실주의적 작품의 대표적 예로 강경애 단편 「마약」을 상세히 분석 설명한다(11-16쪽). 사실주의 문학의 통시적 전개과정을 설명하는데, 톨스토이와 해방전 강경애의 「지하촌」의 예를 들어 부르주아 시대의 사실주의인 '비판적 사실주의'를 일부 긍정하며, 민주주의를 확증하기 위해 사회주의문학의 새로운 사실주의인 '고상한 레알리즘'을 구현해야 하는 것을 북한의 당대 문학 목표로 설정(16-22쪽)하는 점은 창간호 평론보다 진전된 사고의 산물이라는 점에서 고무적이다.

창간호에서 가장 중요한 글은 월북 비평가 한식의 「조선문학의 발전을 위하여- 창작방법에 대한 제문제」와 민병균의 「북조선시단의 회고와 전망」이다. 권두사와 기석영 평론이 당 문예정책과 관련된 비문학적 정치 구호와 소련이론의 소개라면 이 평론들이야말로 1948년 당대의 문학적 지향을 정면에서 표명하고 있기 때문이다. 한식은 정권 수립기 북한문학의 '위대한 신 발족을 위하여 가장 심각한 자아비판'들이 있었으며 그 내용은 "각 지방에서 나타난 무사상적이고 비건설적이며, 정치와 문학을 분리시키는 예술지상주의적 경향들과 열렬히 투쟁하며 또 그 극복을 위하여 철저한 노력들이 있었던 것"이라고 주장한다. 이는 원산, 함흥

---

18) 기석영, 「레알리즘의 제특징(諸特徵)」, 『문학예술』 제2권 제5호, 1949.5, 5-22쪽.

등지에서 벌어진『응향』『관서시인집』『예원써클』『문장독본』등의 자유주의적이고 부르주아적인 창작과 출판 행태에 대한 반종파투쟁이 결실을 맺었다는 의미이다.

> 우리 조선문학가들은 이 위대한 시대에 전 인민과 같이 생활하며 같이 호흡하면서 '고상한 리얼리즘'을 그 제작의 실천 도정에서 하루 바삐 체득하면서 우리 인민들이 조국건설을 위한 위대한 민주주의의 승리적 조성을 위하여 그 정신적 원동력이 되며 그 창조적 노력이 되는 방향에로 그리하여 근로인민들의 우리들의 자유로운 민주주의 사회를 건설함에 있어서 여하한 방해에도 굴하지 않으며 쾌활한 애국적 정열에 불타게 하는 그와 같은 창조적 교육에 약진함으로써만이 그야말로 인민들의 정신의 기사가 될 수 있는 문학가가 될 것이며 조선문학이 진실로 비약적 발전을 초래할 수가 있게 될 것이다.[19]

대안은 문학예술이 당 정책의 실현을 위한 도구라는 '레닌적 당문학 원칙' 고수이며, 아직 사회주의체제가 완성되지 못한 인민민주주의체제 하에서 '고상한 리얼리즘'을 주창하는 계기가 된다. 하지만 '고상한 리얼리즘'의 구체적인 창작방법 내용이 무엇인지는 제시하지 못한다.

민병균은 해방 후 2,3년간 문단의 진용을 제대로 갖춘 북조선의 시단에 풍부함을 더한 신인 시인의 면면을, "강승한, 김광섭, 김귀련, 김명선, 김북원, 김상오, 김순석, 김우철, 김조규, 김춘희, 이경희, 이원우, 이정구, 이찬, 이호남, 마우룡, 민병균, 백인준, 박세영, 박석정, 서순구, 신동철, 안룡만, 양명문, 윤시철, 원진관, 조기천, 조명환, 한명천, 황민, 한식, 홍순철(이상 가나다순)" 등으로 열거한다. 그들 모두 "조국과 인민에게 복무하여 그와 동시에 민주주의 조선시문학의 영예스러운 체계를 세우는 하나

---

19) 한식, 「조선문학의 발전을 위하여-창작방법에 대한 제문제」, 『문학예술』 창간호, 1948.4, 29-47쪽.

의 초석이 되려고 노력하는 그 열의와 지향에 있어서는 근본적 통일점을 발견할 수 있다"고 자부한다.[20] 그런 한편 구체적인 작품 평에서는 북조선시단의 급속한 발전과 확산을 자랑하는 이면에 '주제의 빈곤, 사상적 애매성, 시적 용어의 비인민성' 등의 결함을 비판하고, '보다 더 우수하고 참되게 조국과 인민에게 복무하는 새로운 시문학을 창조할' 것을 다짐하고 있다.

『문학예술』(1948.4~50.7 휴간, 1951.4~1952.12~1953.9 종간),『조선문학』(1953. 10 창간)의 미디어 역사를 개괄해보면 '전쟁 이전--전쟁기--전후시기' 북한 문학사의 역동적 흐름을 문예지라는 역동적인 미디어 장으로 파악할 수 있다. 특히 4쪽짜리 주간 문예신문『(주간)문화전선』(1948.2월 중순, 6호로 시작, 1950.8.26.일자 118호?)과의 전시 문예지 이원(二元) 발행까지 감안하면 같은 전쟁기 기관지 내에서 한편으론 문예지적 읽을거리, 다른 한편으로는 기동력을 갖춘 선전지적 기능을 상보적으로 수행했다고 추정된다. 상급기관인 (북)문예총의 기관지 성격이라는 한도 내에서 때로는 선전매체적 성격이 강화되고 때로는 문예매체적 성격이 상대적으로 강해지는 등, 선전매체와 문예매체의 길항관계도 감지된다.

참고로,『문학예술』의 전신인 계간『문화전선』의 목차 배열 및 각종 기사의 배치 등 전반적인 편집체제를 보면 시, 소설 등 문학작품보다는 당 정책 및 문예정책의 전달과 대중 교양에 더 비중을 두었다. 게다가 문학작품 내에서도 시, 소설, 희곡 등 창작물의 비중이 평론, 정론보다 적고 그나마 잡지 후반에 배치된다. 이러한 '창작'에 대한 '평론 우위'와, '문학예술'에 대한 '당 정책의 절대 우위'라는 편집 원칙은 문예, 문화에 대한 당, 정치 우선이며, 문예 부문 내에서도 창작보다는 정책담론 우위라는

---

20) 민병균,「북조선시단의 회고와 전망」,『문학예술』창간호, 1948.4, 48-49쪽.

것을 의미한다. 한마디로 북문예총 기관지로서 레닌적 당문학 원칙에 충실한 선전지적 편향을 보인다고 평가할 수 있다. 전쟁 이전의 첫 문예지 『문화전선』(1946.7~47.8)은 비문학 우위의 종합 선전매체였고, 분기간 『조선문학』(1947.9~12)이 문예지적 성향이 상대적으로 강했던 양 편향을 '『문학예술』과 『(주간)문화전선』'의 이원 발행으로 지양하려 했던, 문예조직 상부의 고뇌의 산물인 셈이다.

『문학예술』은 이전의 북조선문학동맹 기관지 『조선문학』의 우편향적 문예지적 성향에 대한 당과 조직 상층부의 기대에 맞추어 선전지적 경향을 강화하였다. 1950년치 목차만 해도 장르순이긴 하지만 '평론-시-창작(소설)'이 대세였다. 평론도 문학평론만큼 비문학 정론도 적잖이 실렸다.

『문학예술』 역대 권두사 및 권두 평론, 특집 등을 일별하면 당 정책 및 문예노선에 대한 선전 교양물도 많지만 그에 못지않게 지도자 개인숭배가 눈에 띤다. 다음은 이러한 특징을 잘 보여주는 『문학예술』 권호별 권두 기사와 특집 목록이다.

> 창간호(1948.4); 김일성 장군의 애국적 호소에 격려된 전 문학가 예술가들은 조국을 예속화시키려는 미 제국주의의 침략적 기도를 반대하여 투쟁한다
> 1-2(1948.7); 미제국주의자(米帝國主義者)들의 음흉간악한 기도를 반대하여 결사적으로 투쟁하자
> 2-5(1949.5)[21]; 평화 옹호를 위한 문학예술인의 임무
> 3-1(1950.1); 1950년을 맞이하며 공화국 전체 인민에게 보내는 조선민주주의 인민공화국 내각 수상 김일성 장군의 신년사
> 3-7(1950.7); 전체 조선인민들에게 호소한 조선민주주의 인민공화국 내각 수상 김일성 장군의 방송연설

---

21) 『문학예술』 2-2(1949.2)~2-4(1949.4) 세 권은 국내외에서 자료를 구할 수 없었다. 남원진의 앞의 책 참조.

4-3(1951.6); 전체 작가 예술가들에게 주신 김일성 장군의 격려의 말씀

4-4(1951.7); 김 장군(金將軍)의 말씀은 창조사업의 지침이다(결의문)

4-9(1951.12); 문화예술인들과 접견석상에서의 김일성 장군의 연설

5-1(1952.1); 신년사

5-3(1952.3); 김남천, 김일성 장군의 「현 계단에 있어서 지방정권기관들
  의 임무와 역할」에 대한 교시의 말씀을 작가 예술가들은 어떻게 실
  천에 옮길 것인가

5-7(1952.7); 김남천, 김일성 장군 령도 하에 장성 발전하는 조선민족문
  학예술

5-10(1952.10); 한설야, 우리의 스승 김일성 장군

6-4~6-7(1953.4~7); 안함광, 김일성 원수와 조선문학의 발전 (1~4)

6-8(1953.8); 정전협정 체결에 제하여 전체 조선인민에게 보내는 김일성
  원수의 방송 연설

친소 경향과 지도자에 대한 개인숭배가 넘쳤던 문예지가 기존의 선전
지적 성향에서 조금 벗어나 그나마 비교적 문예지 본래적 성향을 복원하
여 '선전과 문예의 균형'을 이루게 된 것은 1951년 4월의 조직 개편 후 임
화, 이태준 등이 문예총의 헤게모니를 장악한 이후였다.[22] 전쟁 중 휴간
했던 『문학예술』은 조선문학예술총동맹 기관지로 1951년 5월 20일, 제4
권 제1호(1951년 4월호)가 문학예술사에서 복간되었다. 이때부터 제6권 9호
(1953.9)로 종간되기까지 책임주필은 시인 김조규가 맡았다. 제5권 1호
(1952.1)부터 제6권 9호(1953.9)까지는 문예총출판사에서 간행되었다.

1951년 복간호부터 임화, 이태준 등 조선문학가동맹 출신의 월북 작가
들이 통합 문예총 내의 헤게모니를 얻게 되면서 문예미디어도 변화의 바
람이 분다. 즉 김조규 주필이 새로 편집하면서부터 이전과 달리 창작, 시

---

22) 「조선문학예술총동맹 및 각 동맹 중앙위원」, 『문학예술』, 1951.4, 35쪽 참조. 임화는 조
  쏘문화협회 부위원장, 이태준은 문예총 부위원장, 김남천은 문예총 서기장이었다. 「미제
  국주의 고용간첩 박헌영 리승엽 도당의 조선민주주의인민공화국 정권 전복음모와 간첩
  사건 공판 문헌」(1955.12.15) 참조.

를 앞세우고 당 정책 전달용 정론이나 그와 유사한 정론형 평론 기타를 뒤에 배치한 것이다. 이는, 문예보다는 노골적인 비문학 선전지 편향을 드러냈던『문화전선』에 대한 반작용으로 비문학 정론을 배제하고 오로지 창작물 위주로 문예지를 편집했다가 2호만 발간하고 폐간된 바 있는 1947년의『조선문학』처럼 문예지적 지향을 일정 정도 복원하여 선전과 문예의 균형을 꾀한 것으로 풀이할 수 있다. 같은 평론장르의 경우에도 특집 기획이 아니라면 이전처럼 정론과 조직 결정서 격의 선도비평, 메타담론 비중이 상대적으로 줄고 구체적인 작가, 작품론 같은 실제비평의 비중이 늘어난 점도 주목하게 된다.

가령 복간호인 제4권 제1호(1951.4월호, 5.20일자 발행)의 편집체제를 보면, 이전까지 당 정책과 당 문예노선부터 무조건 앞세웠던 정론형 비문학 권두사와 권두 평론 대신 권두 소설로 시작한다.『문학예술』의 제1권 1호(1948.4)에서 제3권 7호(1950.7)의 목차 편집체제가 '평론-시-창작' 또는 '기획(권두기사-평론-수필)-시-창작-후기'인 데 반해, 제4권 1호(1951.4)부터 편집체제가 '창작-평론-시' 또는 '기획(권두정론)-창작-시-평론'식으로 변경된 것이다. 제5권 4호(1952.5.5.) 목차체제를 보면 '기획(권두정론)-소설-기사(기획)-시-평론'으로 되어 있어, 목차 명칭에서 '창작' 대신 '소설'로 표기되기 시작한다. 문예 우위, 창작 중심 문예지로의 편집 개편은 당시가 전시통제기란 사실을 감안하면 김일성 권력의 강고한 구심점에도 불구하고 문예지적 면모를 지키려 한 뚝심의 발현이라 아니할 수 없다. 1953년 들어서서 임화 계열 문인 예술가들이 비판, 숙청되면서 다시 문예지 편제가 비문학 정론을 앞세우는 등 전후 통제가 강화되고 선전지로 경직된 것과 비교할 때 그 의미는 작지 않다고 할 수 있다.

『문학예술』1951년 9월호 목차를 보면 '창작-평론-수필-시' 순으로 되어 있어, 문학 중심의 페이지 정렬 목차(목차와 본문순 일치) 배치방식을 택하고 있다. 이는 장르별 목차 배치와 본문의 주제별 배치라는 '페이지 비정렬 목차'[23])처럼 지도자 연설과 당 정책 선전을 앞세운 비문학 정론 중심의 비정렬 목차(목차와 본문순 불일치) 배치방식을 택했던 『문화전선』이나 『문학예술』1기와 다르다. 이전에 2호로 단명했던 『조선문학』의 목차 체제와 매우 유사한 문예지 지향적 편집미학의 산물이다. 이러한 단순미(미니멀리즘) 지향의 편집미학 덕분인지 전쟁기의 식상하기 쉬운 내용들이 별로 지겹지 않게 읽힌다. 즉, 북한군의 전략적 후퇴기 잔류자들의 빨치산 투쟁이나 인천상륙작전 이후 서울 사수 전투를 그린 권두 소설 2편(황건, 「안해」, 한효, 「서울사람들」)을 비롯해서 전시 시문학 특징을 다룬 안함광 평론, 수령과 조중 전쟁영웅 찬가(시), '항미원조' 보답 차원의 방중 예술단 수필 등이 비교적 큰 부담감 없이 읽힌다. 즉 도식적으로 반복되는 전쟁 영웅담의 과장과 비장미를 통해 후방 독자들의 부채의식, 책임감을 억지로 부추기며 지도자 수령을 상투적으로 찬양하고 반미 반남 선동을 과잉 반복하는 등등의 선전문학 일변도에서 벗어나 문학 자체를 향유하는 여지가 생긴다는 점이다.

전시 문예지의 '선전과 문예의 균형' 현상은 "모든 것을 전쟁 승리를 위하여!"란 당 정책 슬로건에 맞춰지던 전쟁기로선 의외라 하겠다. 이는 아마도 주간 『문화전선』 기타 미디어가 선전지적 기능을 전담하고 읽을거리 위주의 대중교양으로 『문학예술』지가 역할분담한 산물일지도 모른다. 하지만 1950년 8월 26일 이후의 주간 『문화전선』이 발견되지 않기에, 전시 이원 발행체제가 1951~53년 사이에도 지속되어 이러한 역할 분담이 실제로 이루어졌는지는 의문이다. 오히려 '선전과 문예의 균형' 현상

---

23) '페이지 비정렬 목차'의 의미와 해석에 대해서는 최수일의 『조광』 분석에서 '흐트러진 목차'를 참고하였다. 최수일, 「잡지 『조광』의 목차, 독법, 세계관」, 『상허학보』 40집, 상허학회, 2014.2, 119-131쪽 참조.

은 기존 북문예총 편집주체(정률, 안함광 주필체제)보다는 상대적으로 선전 지적 편향을 분리하고 조금이나마 문예지적 지향을 고수하려는 이태준, 임화 등 남로당계 문인 헤게모니에 편승한 김조규 주필체제의 '자신감'의 산물 아닐까 추측해본다. 문화전선의 투사로 전쟁 승리에 기여했다는 자부심 말이다. 남로당계는 숫적 열세에도 불구하고 적잖은 수가 전쟁 공훈[24]에 올랐기 때문에 이러한 자신감은 근거 없는 추정이 아니리라.

한편 매체론적 시각에서 주목할 사실로 전쟁기 출판사정의 열악함 때문인지 여전히 발행연월일을 제 때에 맞추지 못하고 있는 점이다.『문학예술』1951년 9월호 즉 4권 6호가 간행월을 한참 넘겨 12월 15일에야 발행되었기 때문이다. 게다가 목차와 본문 상의 상이점이 적잖아 원고와 인쇄, 교정이 제대로 이루어졌는지도 의문이다. 가령 리춘진 수필의 목차 제목「王全信의 이야기」는 본문에선「왕쵄신의 이야기」로, 리병철 시 목차 제목「구름도 섰다 가라」는 본문에는「흘러가는 구름도 섰다 가라-영웅 박석봉 동무의 자랑 앞에」로 되어 있다. 이는 전쟁기 출판 기획과 편집 및 인쇄 간의 유기적 관계가 훼손된 미디어장의 열악함을 잘 보여주는 증거로 판단된다.

참고로,『문학예술』제4권 1호는 4월호인데 1951년 5월 20일 간행되었고, 마찬가지로 2호 5월호는 6.10, 3호 6월호는 7.20, 4호 7월호는 11.15, 5호 8월호는 11.30, 6호 9월호는 12.15, 7호 10월호는 12.25, 8호 11월호는 12.30, 9호 12월호는 1952년 1.15에 발간되었다. 왜 권호수와 실제 간행월일을 맞추지 않았/못했을까? 당연한 추정이지만 전쟁기니까 그랬을 것이

---

24)「국기훈장, 군공메달 및 공로메달 수여받은 문학예술인들」,『문학예술』, 1951.6, 38쪽. 1951년 4월 26일 최고인민회의 상임위 정령으로 공화국 훈장 및 메달을 수여받은 문학예술인들은 다음과 같다. 국기훈장 제2급 리기영 리태준 림화 조기천 최승희(무용) 한설야 황철(배우) 7명, 국기훈장 제3급 23명 중 문인은 김조규 박웅걸 신고송 3명, 군공메달 34명 중 문인은 김북원 남궁만 리원우 황하일, 공로메달 38명 중 문인은 김남천 김승구 리북명 민병균 박팔양 정서촌 최석두 등이다.

다. 가령 전투 소강 국면에는 원고 수합이 다 이루어졌어도 인쇄-교정-제본 사이에 전투가 격렬해져 공습경보 등으로 출판사, 인쇄소 시설 파괴나 갑작스런 이동이 되면 간행, 배포까지 출판시스템이 정상적으로 작동하기 어려웠을 것으로 짐작된다. 그러다보니 전쟁기임에도 비교적 안정적이었던 1951년 말에 가서 밀렸던 4~9호(7~12월호)를 2주 간격으로 간행했던 것이다.

발행소(출판사)가 문학예술사에서 문예총출판사로 바뀐 1952년 들어서도 한동안 제 때 발간은 어려웠다. 5권 1호인 1952년 1월호는 2월 25일, 2월호는 3월 20일, 3월호는 4월 15일, 4월호는 5월 5일, 5월호에 와서 비로소 5월 30일, 제 달에 제 호가 발간됨으로써 정간물로서의 안정을 (1950년 7월호 이후 2년만에) 되찾았다.

이 사이에 임화 김남천 계열과 안함광, 정률, 김조규 계열 사이에 헤게모니 쟁투가 벌어진 것으로 추정된다. 1952년 1월부터 출판사가 문학예술사에서 문예총출판사로 바뀌었고 간행일을 제 때에 맞추지 못하고 발행일자가 늦춰졌다. 이는 편집 주체 사이에 뭔가 암투가 벌어졌다는 증거라 하겠다. 무엇보다도 매체의 정치적 지향이 변화하였다. 한마디로 임화, 김남천에 대한 비판 조로 기류가 바뀌기 시작했다는 사실이다.

미디어 주체의 입장에서 문제를 다시 정리해보자. 1951년 복간호 때 『문학예술』 편집권을 새로 얻은 김조규 주필 체제는 두 시기로 나누어 생각할 수 있다. 즉, 임화·김남천·이태준 계열이 문단의 헤게모니를 쥐었던 남북 연합('통합'?) 조직체인 문예총 1기(1951.4~1953.9) 때는 『문학예술』이 상대적이나마 문학지적 성향을 그런대로 보였지만, 1952년 12월 '부르주아미학사상 잔재와의 투쟁'이라는 명목 하에 수행된 반종파투쟁의 전후 처리과정으로 정세가 바뀌자 편집 지향점도 1953년 1월호부터 선전지적 성향으로 복귀한다. 즉 임화 계열 작가들을 '부르주아 미학사상 유포자,

종파분자'로 비판하기 시작한 1952년 12월호부터 그들을 비난 매도하는 당 정책 전달자 기능에 충실한 선전지적 편향을 드러내기 시작하더니, 1953년 9월의 문예총 전격 해체와 작가동맹으로의 재편에 따라 『문학예술』 폐간 및 『조선문학』 창간(1953년 10월)부터 1954년 12월까지는 선전지적 성향을 노골화했던 것이다.

이러한 문예지의 미디어적 지향점과 관련하여 볼 때 가령 『문학예술』 제5권 11호 1952년 11월호는 한창 전쟁 중인데도 문단 중심의 문예지가 안정적으로 정착되었던 매체적 면모를 잘 보여준다. 즉 창작 중심의 문예지적 면모로 해서 당 정책 전달 중심의 선전매체적 성향을 띠었던 1950년 7월호까지의 『문학예술』 특징과 달라졌음을 의미한다. 이는 1951년 3월의 남북 작가 예술가 연합대회로 문단 헤게모니를 잡은 조선문학예술총동맹의 임화 김남천 계열이 문예지 편집권도 틀어쥐고 있었다는 한 반증이 된다.

임화 김남천 계열의 매체 헤게모니가 관철된 사례로 『문학예술』 5-11(1952년 11월호)를 보자. 이 잡지에서 가장 주목되는 문건은 「인정 세계의 외부적 묘사」 기사이다. '박태원 작 「조국의 깃발」 합평회' 부제가 붙은 소설 합평회 기사인데, 합평회 참석 인사의 면모와 발언을 분석하면 당시 북한 문단 분위기를 파악할 수 있어 흥미롭다. 『문학예술』 1952년 2~4월호에 3회 연재된 중편에 대하여 천청송의 발제, 최명익, 윤시철, 김남천, 이갑기, 현덕, 황건, 정서촌이 난상토론을 했고 이태준이 결론지었다는 기사 내용이다. 천청송의 보고는 이 소설의 "우수한 점은 작중인물들이 집단적인 애국주의 사상으로 무장된 인민군대들이었다는 것과 그것의 형상화에 대한 작가의 로력"이다. 결함은 "첫째 영웅성 형상화의 부족, 둘째 전사들의 투쟁 모습 부족, 셋째 인민군대를 맞이하는 인민들의 묘사 부족"(72면) 등이다. 총알 한두 방에 픽픽 쓰러지는 인물들의 모습을 그리는 식의 작가의 문장투는 전투장면에 적합한 것이 아니라 예전 「천변풍경」(『조광』 1937.1~9 연재; 단행본, 박문서관, 1938)을 썼을 때나 적당하다. 왜냐하면 독자들에게 "전투에만 참가하면 반드시 죽게 된다는 두려움을 주게 된다.(72쪽)"는 것이 비판의 근거이다. 또 전투장면 묘사에 군사 지식이 부족하고 "산기슭의 90도 각도"같이 과장된 묘사 등 수많은 결함들이 있는데, 결론적으로 볼 때 이는 사상성 부족이 원인이라 지적한다.

그런데 토론자 최명익은 보고자와 달리 "문장이 섬세해서 재미없다는 것은 정확치 않은 지적이다."(73쪽)라 반론한다. 인민군대의 영용성을 취급한 것은 틀림없으나 범박할 뿐이며, 구체적인 결론과 작가의 주장이 모호한 게 문제라 지적한다. 윤시철은 소설의 구성이 미약하여 "루뽀루따쥬를 읽는 감이 있"(73쪽)고, 사상성 부족에 서술만 많아서 평면적이긴 하지만 그래도 자연묘사와 인정세계를 그리는 데는 인상이 남는다고 긍부정 양면을 균형 있게 지적한다.

김남천은 6·28 이후 참전한 작가로서 자기 개조를 어느 정도 완성했다는 점을 긍정한다. 그동안 박태원은 "현실을 대하는 태도가 외부적"이기에 "이 작가의 결함은 내부 생활에 들어가려는 레알리즘에 대해서는 약하고 심각하지 못하며 정신적 충족감이 없다."(73쪽) "구성이 영화적인 립장, 렌즈의 립장에서 묘사"(74쪽)된 점 등은 상당한 성과라고 전반적인 긍정 기조를 보인다. 반면 카프 당시 평론가, 미술가이자 월북 후 소설을 쓴 이갑기는 작가의 군사지식 부족을 지적한다. 아마도 전장 묘사에서의 '디테일의 진실성'이 기대 밖이라는 의미일 것이다. 그런데도 현덕은 해방전 "「천변풍경」은 인정적인 애수를 그린 부정적인 작품이지만 이 작품은 긍정적인 인물을 통하여 인정세계를 취급한 작품이다."(74쪽)라고 옹호한다.

끝으로 이태준이 나서서 월북 후 별로 주목받지 못했던 박태원에게 다음과 같은 충고 섞인 격려로 결론을 내린다 : "결함을 지적해주고 용기를 북돋아주면 더 좋은 작품을 쓸 수 있을 것이다. 이 작가는 우수한 수완을 가지고 있다. 힘들여 쓴 작품이라고 하나 우리는 실패한 작품이라고 규정한다. 그러면서도 인물을 영웅적 형상으로 고쳐야 할 것이다. 문장에 있어 「리순신」 같은 력사물을 쓰는 데에도 낡았다고 할 수 있다. 이야기는 정확하게 하면서도 묘사는 개념적이다. 문장에서 피로한 빛을 보여준다. 말하자면 투식적이다. 력사물을 쓰는데 있어 새 경지를 열어주었으면 좋겠다."25) 이태준은 오랜 문단 동료를 감싸면서 기교파 모더니스트 출신에게 어울리지 않는 전쟁물 대신 잘 쓸 수 있는 역사소설에 주력하라고 대안 제시까지 온당한 지적을 하고 있다.

김남천이 기획하고 재북 작가, 신인들이 난상토론하면 마지막에 이태준이 전반적인 총평을 하는 이러한 합평회 구도의 상징성이란! 1952년 12월 남로당계 종파로 몰려 비판받기 시작하여 1953년 전후부터 50년대 내내 '부르주아미학사상 잔재'로 몰려 종파분자로 악마화되고, 문학적 부관참시까지 당했던 자신들의 운명을 모른 채 문단을 활보했던 점에서 일종의 서산일락 직전의 화려함이라고 아니할 수 없다. 이것이 임화 이태준 계열이 숙청당하기 직전의 남북 통합 문단의 높은 수준이자 현주소였는데, 불과 몇 달 뒤 상전벽해가 된 것은 주지의 사실이다.

지금까지 6년간 발행되었던 『문학예술』 편집체제의 역사적 변모를 크게 3시기로 나누어 개관한 바, 대략적으로 선전매체적 지향과 문예매체적 지향의 길항관계를 보였음을 알 수 있다. 이를 『문학예술』 편집체제의 역사적 변모로 정리하면 다음과 같다.

　　제1기(1948.4~50.7) 정률, 안함광 주필의 북문예총 기관지 시기 ; 선전

---

25) 이태준 외, 「인정 세계의 외부적 묘사」, 『문학예술』, 1952.11, 74쪽.

지적 성향

제2기(1951.4~52.1~52.11) 김조규 주필 1기의 문예총 기관지 시기; 선전
　　지적 성향과 문예지적 성향의 균형

제3기(1952.12~53.9) 김조규 주필 2기의 문예총 기관지 시기 ; 선전지적
　　성향과 이론 투쟁의 담론장

3. 『문학예술』지로 다시 보는 6·25전쟁 전후시기 북한문학의 쟁점

미디어의 특징을 잘 보여주는 메시지는 시대별 특집('특간호')이나 호별
정례 특집과 기획기사 등 주요 '쟁점'을 검토해야 하며, '대표작'을 추출하
기 위해서는 제호별 시대별 유형별 주제별 대표 작가와 작품을 정리해야
한다. 이 경우 미디어의 특성상 문학예술의 '선집, 문학사, 교과서' 수록
과 각종 상훈 수여 등 정전화 과정을 찾을 수 있겠다. 정전화란 나중에
승리한 자의 정당성을 확보하는 도구로 기능한 반면 문예 정기간행물은
훗날의 첨삭으로 가릴 수 없는 그때 당시의 문학적 실상을 고스란히 보
여준다. 따라서 문학사와 미디어와 때로는 대립적 관계에 놓이기도 한다.

오늘날 우리가 보는 북한의 공식 문학사는 김일성 중심의 항일혁명문
학·주체문학으로의 일방적 도정으로 일관되게 서술되어 있다. 그럼에도
불구하고 『문학예술』지에는 임화·김남천·이태준·김순석 등 남북의
공식 문학사에서 소거된 전쟁기 창작활동과 사회주의 문학 건설기의 대
표작이 실려 당대 문단을 풍요롭게 했다는 새로운 평가가 가능하다. 남
북 문학의 분단이 고착화되는 과정, 월북·재북 작가들의 당시 동향, 그
리고 나중에 만들어진 전통인 수령론과 주체문예론 때문에 소거된 북한
문학사 초기의 리얼리즘문학의 실체를 복원, 복권할 수 있는 것이다. 이
러한 문제의식에서 『문학예술』의 가장 주요한 쟁점은 이 미디어의 발행
시기가 1948년 4월부터 53년 9월까지이기에 월북, 재북, 월남작가의 전쟁

전후 활동상을 잘 보여주는 직접 증거를 찾을 수 있다는 사실이다.

먼저 월북작가의 시를 살펴보면, 오장환의, 「2월의 노래」(1948.4, 129쪽), 「탑」(1949.1, 107쪽), 「비행기 위에서」(1949.6, 58쪽), 「소련시첩」(1949.10, 146쪽), 「속 소련시첩」(1950.3, 34쪽), 「모쓰크바의 5.1절」(1950.4, 46쪽)을 찾아볼 수 있다. 김순석의, 「향(香)나무」(1949.8, 160쪽), 「거러서 나는 가리라」(1950.3, 41쪽), 「고 개길 넘어」(1951.6, 81쪽), 「들꽃은 펴도」(1951.11, 70쪽), 「귀향」(1952.5, 69쪽), 「수 령의 노래」(1952.9, 88쪽), 「우리는 말하리라」(1953.5, 79쪽)도 눈에 띤다. 흥미 로운 것은 임화의 시 두 편이 실려 있는데, 「평양」(1951.4, 46쪽)26)이나 「40 년-김일성 장군의 탄생 40년에 제하여」(1952.4, 70쪽) 모두 다 평소의 기교 주의적인 임화 시답지 않은 도식적인 지도자 찬가라는 점이 특이하다.

월북작가의 소설 중 중요한 것으로는, 이태준의 「첫 전투」(1948.12, 137 쪽), 「먼지」(1950.3, 46~91쪽), 「고향길」(1950.7, 88쪽), 김남천의 「꿀」(1951.4, 36쪽) 등이다. 「첫 전투」는 1948년 5월 중순, 5.10 단선 조치 이후 남조선 빨치 산이 강원도 한 지서를 습격한 유격전을 소재로 한 단편소설이다. 다섯 명이서 20명이 중무장한 지서를 기습하고 퇴각하는 내용을 통해 당의 명 령 수행, 친일 민족 반역자 처단 등을 다루고 있다. 판돌의 캐릭터와 반 골 기질의 윤동무, '셋재'의 형상이 자연스럽게 유격조의 3일간의 이야기

---

26) 림화, 「평양」, 『문학예술』 1951.4, 46-47쪽.
강물 풀려/ 얼음장 내리나/ 이른 봄 바람이/ 아직도 차서/ 옷깃에 스미는 밤//
전선으로 가는/ 차 위에/ 가슴 아래//
흰 성애/ 꽃처럼 피어/ 가지마다 구름 같은/ 모란봉 위에/ 달이 뜨면//
룽라도/ 강기슭/ 꿈속처럼/ 아름다운/ 밤이어//
강토가 짓밟혀/ 피에 젖었고/ 형제들의 죽엄이/ 섬돌마다 사모쳐/ 가시지 않는 이 거리에//
바라볼 수 없는 이 폐허가/ 우리들의 도시//
즐거운 로력/ 조국 위하여 애낌 없고/ 청춘의 노래/ 수령 위하여 죽엄도 즐겁던/ 우리들
의 평양이다//
아 어느 누가/ 죽엄과 패망으로/ 원쑤를 멸하기 전/ 살어 다시/ 여기에 도라오리//
피 흘린/ 강토의 아픔과/ 죽은/ 형제들의 원한이/ 백배로 천배로 풀리는 날//
그 날에야 우리는/ 수령의 이름 부르며/ 사랑하는 우리/ 평양 거리로/ 도라오리라 도라오
리라

를 잘 드러내주고 있다.

「먼지」는 양심적 중간파 지식인인 한뫼선생의 눈으로 본 해방기 남한 사회의 부패상을 그린다. 특히 친일파와 미제 식민지로 전락한 남에 비해 북의 체제 우위를 내세워 작가 자신의 월북행위의 정당성을 확보한 것으로 평가할 수 있다. 그러나 이태준의 의심벽과 정치감각이 떨어지는 지점이 날카로운 분석을 요한다. 가령 중간파 입지가 사라지는 분단 현실과 남한사회의 혼란상이 의도적으로 과잉 묘사되면서 일제에서 미제로의 식민체제 변경뿐이라는 남한사회에 대한 규정은 결국 북한 체제의 우위와 정당성을 인정하는 방향으로 진행된다. 결구에서 38선의 감각은 비극적이다. 북행을 결정한 한뫼선생을 죽임으로써, 남한 민중들의 정치적 억압과 고통을 더한층 인상적으로 강화했다는 긍정평도 가능하지만 나중의 숙청 빌미로 작동되기도 한다.

김남천의 「꿀」은 합천 관기리 야전병원 부상병의 사연을 다룬 단편이다. 6·25전쟁 초기 남하하던 인민군의 거창전투 중 선발대로 위장 정찰하하다 국방군에 피격 총상당한 주인공이 산속에서 78세 할머니에게 구출되어 꿀물과 미숫가루로 기사회생하게 된다. 알고보니 할머니 가족은 아들 손자가 다 빨치산 집안이라 1946년 10월 투쟁부터 1948년 8월 남조선의 비밀선거 때까지 지리산 야산대로 활동한 바 있다. 주인공이 그 동네에 나타난 최초의 인민군이었는데 할머니 연락을 받은 유격대에 의해 본대에 구출되어 야전병원까지 오게 된 것이다.

그런데 이 소설은 회상 형식의 액자소설이 문제시되어 훗날 엄청난 사상투쟁, 정치투쟁의 실마리를 제공한다. 가령 평론가 엄호석은 「작가들의 사업과 정열」에서 김남천의 「꿀」이 현덕의 「복쑤」(『문학예술』 1951.5)와 함께 형식주의적 편향이 있으며, 개인 회상기 형식은 서구 낭만파들이 개인의 심정 고백과 로마네스크한 것의 추구를 위한 수법으로 사실주의에는 부합되지 않는 낡은 형식적 잔재라 비판한다.[27] 이러한 비판등을 근거로 해서 전후 1953~56년에 남로당 계열 문학을 부르주아미학사상의 잔재로 비판할 때 「꿀」을 두고 형식주의, 자연주의로 비판하게 된다. 더욱이 엄호석 비평에 소련파 비평가 기석복이 김남천을 한때 옹호했다가 나중에 싸잡아서 더 비판받은 것이 역사적 사실이다.

기실 전쟁 당시 김남천은 문예총 서기장이라는 지위 때문인지 부단히 당과 지도자에 대한 충성을 맹세하고 개인숭배적인 문건을 남겼는데도 소용없었다. 가령 전시 문예총 결의대회에서 작가동맹 대표 자격의 결의문으로 낸 「김일성 장군(金日成將軍)의 격려의 말씀 높이 받들고 작가 예술가들의 새 결의 '김장군(金將軍)의 말씀은 창조사업의 지침이다' 기획물(1951.7, 45-46쪽)이라든가, 최고 지도자의 당 정책을 문학예술적으로 실천할 과제를 살파한 권두언인 「김일성 장군의 '현 계단에 있어서 지방정권기관들의 임무와 역할'에 대한 교시의 말씀을 작가 예술가들은 어떻게 실천에 옮길 것인가」(1952.3, 1쪽), 개인숭배 격인 평론 「김일성 장군 령도 하에 장성 발전하는 조선민족문학예술」(1952.7) 등을 보면 전후 숙청되기 전까지, 북한 문단사에서 한설야가 일상적으로 했던 '당 문예정책의 보고자 겸 대독자' 역할을 충실하게 수행했음을 알 수 있다.

다음으로 재북작가의 시와 소설 중 특기할만한 작품으로 최명익, 「기계」(1947.12~48.4), 「기관사」(1951.5) 등은 해방 전 주지주의 심리소설을 주로 창작했던 모더니스트가 해방후 인민민주주의 체제에서 소련의 사회주의 리얼리즘의 영향을 받은 노동소설가로 변신한 증좌가 담겨 있어 흥미롭다. 문예지에 실린 이 시기 단편소설 중 재북 작가의 문학사적 주요작으로 황건, 「목축기」(1948.7), 「탄맥」(1949.5), 이북명, 「악마」(1951.4), 「조선의 딸」

---

27) 엄호석, 「작가들의 사업과 정열- 최근 창작을 중심으로」, 『문학예술』 1951. 7, 74-88쪽. 특히 82쪽.

(1952.10~12) 등이 있다. 전자는 인민민주주의 체제에서 사회주의체제로의 건설기에 농민과 광부의 혁명적 열정을 그렸으며 후자는 전쟁기 남한과 미국에 대한 적개심과 인민의 저항을 찬양하는 내용이다. 특히 1949년 7 월호에 실린 단편소설 두 편, 10월 인민항쟁 이후 남한에서의 유격투쟁, 빨치산 문화공작 투쟁을 형상화한 박태민의 출세작 「제2전구」와, 해방직후 일제에게 접수한 질소공장 재건을 둘러싼 우여곡절을 세련된 심리 묘사와 함께 애정담도 담아 흥미롭게 읽히는 박웅걸 출세작인 공장노동소설 「류산」 등도 문학사적 대표작이다.

재북 시인의 문학사적 시 작품으로는 1930년대 유랑농민의 애환을 향토성 짙은 이야기시로 이름을 날렸던 이용악의 재북 활동시 이념적 변모 (적응?)의 출발을 보여주는 전쟁기 선동시 「막아보라 아메리카여」(1951.11), 「어디에나 싸우는 형제들과 함께」(1952.1) 등이 눈에 띤다. 또한, 당대 북한 최고의 시인으로 평가받았던 민병균의 사회주의 건설기 농촌 개조의 전변을 서사시적으로 그린 「어러리벌」(1953.1)이라는 장편서사시가 특기할 만하다.

마지막으로 그동안 관련 연구자들이 주목하지 않았던/못했던 월남 작가들의 재북 당시 작품이 『문학예술』에 실려 있는 사실도 새롭게 드러난다. 박남수, 「할아버지 2제」(1948.7, 72쪽), 「내 손에 한장 유서가 있다」 (1949.8, 143쪽), 「상봉」(1949.10, 138쪽), 「어서 오시라」(1950.4, 50쪽), 양명문, 「용광로」(1948.11, 114쪽) 등의 시와 최인준의 단편 「소」(1949.8, 255쪽) 등이 있다. 월남 후 반공투사로 자처했던 이들의 재북 당시 작품에 대한 은폐 여부와 상관없이 온당한 문학사적 평가를 해야 할 터이다. 잘 알려지지는 않았지만 민촌 이기영과 한자가 다른 동명이인 이기영(李基榮)의 평론 「소설가(小說家) 황건(黃健)을 말함」(1950.3, 22쪽), 「시인(詩人) 김상오(金常午)를 말함」 (1950.6, 39쪽)28) 등도 언젠가 써야 할 '남북 통합 문학사'에서 복원·복권할 텍스트라 하겠다.

『문학예술』지의 두 번째 쟁점은 초기 북한 문학사를 뒤흔들었던 '부르주아미학사상 잔재 비판'이라는 이름의 반종파투쟁과 문예미디어의 관계이다. 전후 패전 책임용으로 거론된 박헌영 이승엽 등 남로당계 종파 숙청의 전조로 1952년 말 임화 등에 대한 숙청이 미제 간첩행위에 대한 처벌 형태로 전격적으로 이루어진 것은 주지의 사실이다. 그러한 정치 투쟁의 문학-미디어적 의미를 『문학예술』지 안에서 다시 찬찬히 살펴보자.

먼저 1952년 1월 문예지 출판사가 변경되었다. 목차체제도 바뀌었다. 1951년 4월 복간호부터 장르별 목차 배치와 본문의 장르별 배치라는 '페이지 정렬 목차' 중심의 안정적인 편집체제를 갖추었는데, 1952년 초부터 페이지 비정렬 목차의 빈번한 사용 등 편집방식에 미묘한 변동이 있었다. 이는 편집 주체 사이에 뭔가 암투가 벌어졌다는 증거라 하겠다. 무엇보다도 매체의 정치적 지향이 변화하였다. 한마디로 임화, 김남천에 대한 비판 기조가 시작된 사실이다. 가장 확실한 매체 자체의 증거로는 1952년 11월호까지 광고로 게재되었던 임화 문학사 『조선문학』이 지면에서 사라져버린 사실이다.[29] 가령 1952년 12월호부터 임화의 『조선문학』 광고가 사라지더니 1953년 1월호부터 임화 일파를 겨냥한 한효의 평론, 「자연주의를 반대하는 투쟁에 있어서의 조선문학」(1~4회) 연재를 시작하여 3

---

28) 『문학예술』지에 실린 월남 작가 이기영(李基榮, 1917~2013)은 빨치산 경력으로 7년간 복역 후 이기형으로 변성명하고 『망향』 『설제(雪祭)』 『지리산』 등의 시집과 『여운형 평전』을 냈다. 김성수 편, 『한국근현대예술사구술채록사업 (2003년도) 이기형(李基炯, 1917~) 구술채록문』, 한국문화예술진흥원, 2004. 이기형 시인의 녹취문은 2004.2. 26~4.10 사이에 5회에 걸쳐 총 10여 시간 분량의 녹음과 영상자료를 얻었다. 녹취문은 A4 용지 157쪽(2백자 원고지 1827장)에 달한다. 채록 장소 : 경기도 용인시 구성읍 보정리 진산마을 삼성 7차아파트 705-401 이기형 시인 자택 서재.

29) 『문학예술』 1952년 11월호 표지4면(뒤표지) '도서안내'란에 '종별, 책명, 저자, 페지, 값원' 순서로 게재된 광고 중 "문학사, 『조선문학』, 림화, 62페지, 53원"이라 적힌 것이 다음호부터 사라졌다. 도서안내란에 함께 실린 다른 책 광고는 그대로 게재되어 있다.

월호(4.30 발행)에서 직접적으로 임화를 겨냥한 비판이 본격화된다. 이는 '부르주아미학사상 잔재 비판'이라는 전후처리과정의 미디어적 징표이라 하겠다.

게다가 안함광의 후속 평론이 「김일성 원수와 조선문학의 발전」(1~4회 연재, 4~7월호)이라는 개인숭배 지향 담론이라서 더욱 문제적이다. 자연주의와의 투쟁이라는 미명 하에 실제로는 "반당적, 반인민적, 매국적 종파분자로서의 림화 일파"(1회, 1953.4호,)에 대한 당 상층부의 권력투쟁형 결정=당명에 문예조직과 이론이 추수하는 상명하복식 숙청이라는 점을 간과할 수 없다. 이런 까닭에 전후 처리(패전 책임자 심판론)를 겸한 정치적 반대파 숙청이 먼저 결정되고 그를 문단 조직(남로당계 조선문학가동맹 출신을 '종파주의자'로 호명하는 주체)이 이견 없이 따르고 나중에 미학적 이론투쟁('자연주의 등 부르주아미학사상 잔재' 비판 담론)으로 모양새만 갖춰 사후심판한 격이 아닐까 하는 비판적 해석도 가능하다. 이 문제는 1954~56년도의 전 문단적인 대대적 '부르주아미학사상 잔재 비판'론이 전개되기에 별도의 논의가 필요하다.

이 분석과 관련하여 『문학예술』지 목차체계의 역사를 미디어독법으로 다시 보면 시기별 특징을 변별해낼 수 있다. 즉 제1기(1948.4~50.7) 정률, 안함광 주필 체제 하의 북문예총 기관지였을 때는 '비문학 권두사'를 앞세운 '페이지 비정렬 목차'체제를 주로 보이는바, 그 지향은 선전지적 성향이 강했다. 제2기(1951.4~52.1~52.11) 임화·이태준·김남천 등 남로당계가 문단 및 문예미디어 편집의 헤게모니를 잡았을 전쟁기 문예총 시절에는 김조규 주필 책임 하에 목차체제와 본문 순서가 비교적 일치하는 '페이지 정렬 목차'를 주로 보이는바, 그 매체적 지향은 선전지적 성향과 문예지적 성향의 균형 잡기였다고 할 수 있다. 목차는 대체로 '창작-시-평론' 장르순으로 배치되었고 본문도 목차와 순서가 크게 다르지 않아 전형적인 '페이지 정렬 목차'방식을 보인다. 이는 문예지적 안정성과 비정렬 목차방식에서 흔히 보이는 편집진의 선전지적 의도를 최대한 배제한 결과로 추정된다.

그러나 1952년 말을 기점으로 변화가 감지된다. 즉 패전 책임용 남로당 숙청이라는 정세 급변과 '부르주아미학사상 잔재와의 투쟁'이라는 문예노선 변화, 그에 따른 문예 조직 개편과 문예매체 편집지침의 변경이 문예지 목차 같은 편집체제 상으로도 암암리에 읽힌다는 점이다. 가령 1953년 1월호를 보면 문예지 권두 기사가 비문학 당 정책 관련 기사로 나오고 창작, 시는 이전과 대동소이하지만 평론 분야에서는 문예노선 변화, 가령 임화 일파를 자연주의 내지 부르주아미학파로 비판 비난 매도하기에 이르는 것이다.[30] 제3기(1952.12~539) 남로당계의 헤게모니가 반종파투쟁으로 축소되고 급격하게 상실되면서 같은 김조규 주필체제이지만 문예지의 목차체계와 본문 순서가 불일치하고 다시 비문학 문건이 권두에 배치되는 등 미디어 지향이 선전지적 성향을 강화하게 되었다. 나아가 그 내용 또한 '자연주의 등 '부르주아미학사상 비판'이라는 반종파 이론 투쟁의 담론장 구실을 하게 되었다.

일반화의 오류를 무릅쓰고 과감한 추정을 한다면 편집 주체의 문예지 지향이 안정적일 때는 '페이지 정렬 목차'방식이 대부분이고 다만 특집, 기획만 도드라져 보인다. 그러다가 정세 변화에 따른 문예노선의 급변과 '문예정책 변화 - 조직 개편 - 편집진 교체' 등 일련의 미디어적 변곡점이 생기면 문예지 편집체제에도 '페이지 비정렬 목차'방식이 부쩍 늘어나고 그 방식도 파격적일 때가 많다. 문예지 자체의 창작물 등 내용보다는 비문학 정책 담론이나 정론, 평론, 메타비평 위주로 내용을 구성하고 목차

---

30) 한효, 「자연주의를 반대하는 투쟁에 있어서의 조선문학」(1~4), 『문학예술』 1953.1~4 ; 안함광, 「김일성 원수와 조선문학의 발전」(1~4), 『문학예술』 1953.4~7.

만으로도 편집 주체의 의도를 드러나게끔 독자가 불편하게 읽도록 유도한다. 게으른 독자는 목차와 광고만으로 내용을 짐작하고 성실한 독자만 읽을거리를 찾게 만드는 방식이 바로 목차와 본문 순을 고의적으로 불일치시키는 '페이지 비정렬 목차'이다. 유추하건대 문예지 전체를 통시적으로 분석하면 목차체제 변모의 의미를 더 찾을 수 있을 터이다.

4. 마무리 : 문학-미디어 내전의 함의

『문학예술』은 1948년 4월호에서부터 1953년 9월호까지 총 53호('루계' 산정은 66호?)가 실제 발행되었다. 미디어사적으로 시기를 구분하면 제1기(1948.4~50.7) 소련파 정률과 프로문맹 출신 안함광이 주도한 북문예총 기관지 시기에는 선전지적 성향이 강하고, 제2기(1951.4~52.11) 임화·이태준·김남천 등 조선문학가동맹 출신 남로당계 문인 예술가들이 남북 연합 대화를 통해 헤게모니를 장악한 전쟁기 문예총 시절에는 김조규 주필을 중심으로 선전지적 성향과 문예지적 성향의 균형을 맞추려 하였다. 제3기(1952.12~53.9) 임화 등 남로당계의 헤게모니 축소·상실과정에서는 선전지적 성향, 특히 반대파 숙청의 이론 투쟁의 담론장으로 기능하였다.

『문학예술』 폐간 후 1953년 10월 『조선문학』 창간으로 이전 문예미디어와의 단절 및 계승이 동시에 이루어진다. 미디어의 제호와 발행 기관 변경에는 전후처리과정의 문예노선과 조직 변화 배경이 있었다. 즉, 1953년 9월 열린 제1차 전국 작가 예술가 대회에서, '부르조아미학사상의 잔재'에 물들어있다는 기존 7개 예술장르별 동맹 연합체였던 조선문학예술총동맹을 해체하고 별도로 남긴 3개 동맹 중 하나인 조선작가동맹의 기관지로 재탄생하게 된 것이다. 발행소 또한 이전의 문예총출판사에서 조선작가동맹출판사로 변경되었다.

그런 까닭에 1953년 10월『조선문학』으로 창간될 당시에는 앞선『문학예술』과의 연속성·계승성 등 관계 설정이나 제호 변경 등에 대한 아무런 언급 없이 '창간호'로 표기되었다. 이는 문예 미디어의 역사상 일종의 단절이라 볼 수 있겠다. 상급기관인 문예총이 임화 이태준 김남천 계열의 헤게모니 숙청으로 인한 해체를 맞이함으로써 기관지 상급기관이 조선작가동맹으로 바뀌었고, 발행소도 문예총출판사에서 조선작가동맹출판사로 변경되었다.『문학예술』식 내표지 그림과 표지3면의 가곡 악보도 사라졌다. 문예지의 역사를 연속된 일련번호체계로 나타내는 통권 '루계'도 없다.

하지만『조선문학』창간호의 미디어 분석을 해보면 의외로『문학예술』과의 연속성·계승성도 발견된다. 소련 번역물이 양쪽 문예지에 연재되었고, 무엇보다도 주필 김조규가 유임되었다. 임화 일파의 헤게모니가 작동했던 문예총-문학동맹-매체 편집진이 대거 교체되었겠지만 주필은 유임되었던 것이다. 전후 처리의 일환으로 박헌영 등 남로당 계열의 숙청과, 임화 계열 조선문학가동맹 출신의 월북 작가가 헤게모니를 쥐었던 전쟁기 후반(1951.3~1952.12) 문예총 주류의 숙청으로 일단락되자, 미디어 역사가 단절에서 계승으로 다시 쓰여졌던 셈이다.

어찌 보면 자연주의 등 '부르죠아미학사상 잔재와의 투쟁'이나『문학예술』폐간과『조선문학』창간이라는 '미디어 내전'은 정치와 이념이 문학과 예술을 일방적으로 규정하는 레닌적 당문학 원칙이 관철되는 사회주의 문예시스템 하에선 주어진 숙명인지도 모를 일이다. 그럼에도 불구하고『문학예술』지에는 임화·이태준·김남천·김순석 등 남북의 공식 문학사에서 소거된 전쟁기 창작활동과 사회주의 건설기의 문학사적 대표작이 실려 문단을 풍성하게 했다는 평가가 가능하다. 남북 문학의 분단이 고착화되는 과정, 월북·재북·월남 작가들의 당시 동향, 그리고 나중에 만들어진 전통인 수령론과 주체문예론의 프레임 때문에 너무나 많은 폭력적 배제의 논리로 말미암아 남북의 풍성한 문학적 실상들이 훗날의 공식 문학사에선 소멸되었다. 따라서『문학예술』의 문학-미디어적 복원이란 역사의 이면으로 사라진 수많은 미디어 내전 패배자들의 복권 또한 염두에 둔 작업이란 입론이 다시금 힘을 얻게 되는 것이다.『문학예술』를 중심으로 한 6·25전쟁기 북한문학예술 연구는 이제 비로소 본격적으로 시작되었다고 아니할 수 없다.

제1부
전쟁의 공포와 전위로서의 문학예술

미군 폭격과 전쟁의 서사화*

| 김은정 |

1. 한국전쟁과 미군폭격

이카루스가 밀랍으로 붙인 날개를 달고 하늘을 날다 추락한 이후 라이트 형제에 의해 실현된 하늘을 나는 꿈은 지상의 운송 수단을 능가하는 거리에 대한 시간단축을 가져왔으며, 제공권을 통해 손쉽게 세계를 지배할 수 있는 힘을 부여하였다. 전쟁에서 적에게 굴복을 강요하는 행위 중 아군의 손실을 최소화하면서 적에게 최대의 타격을 주어 굴복을 이끌어내기 쉬운 전략 중의 하나가 폭격이다.

비행기를 통한 전쟁 수행은 폭격과 공습으로 나눌 수 있다. 폭격은 비행기에서 폭탄을 떨어뜨려 적의 군대나 시설물, 또는 국토를 파괴하는 것을 목적으로 하며, 공습은 공중습격의 줄임말로 총격이나 폭격으로써 적을 습격하는 것을 목적한다. 폭격과 공습의 횟수와 성공여부는 제공권 장악과 연결되는데 현대전에서 제공권 장악의 여부는 지상 작전과 해상 작전의 성공과 실패를 좌우하며, 전쟁의 승패에 영향을 미친다. 따라서

---

* 이 논문은 「『문학예술』에 나타난 폭격의 서사—한국전쟁기 미국 폭격을 중심으로」,『민족문학사연구』 54호, 민족문학사 연구소 2014에 게재된 논문을 수정·보완한 글이다.

적 후방의 핵심시설을 파괴하여 군과 민간인의 사기를 꺾고, 전쟁 수행 중인 자국 군인의 보호라는 전략 아래 폭격이 전쟁 전술의 하나로 자리매김을 했다. 폭격은 군사적 성격의 목표물만 폭격한다는 명목은 있으나 현대전에서 폭격은 교전국의 국민의 목숨을 담보로 하고 있다는 점에서 대량학살과 다를 바가 없다. 그럼에도 교전국을 초토화시켜 저항과 사기를 효율적으로 저하시키고 자국군을 보호할 수 있는 가장 손쉬운 수단으로 폭격이 인식되면서 대량 학살에 대한 죄의식은 희석된 지 이미 오래다. 특히 폭격은 최소의 인원으로 최대의 피해를 유발시켜 폭격지역 주민들의 제압이 손쉽고, 가해자로 하여금 죄의식마저도 마비시킨다는 점에서 효율적이다. 공중폭격은 도시 전체를 무력화 시키거나 작전성공의 열쇠가 되기 때문에 제공권의 장악은 2차 세계대전을 거치며 전쟁에서 매우 중요한 요소가 된다.

미공군 폭격의 문제는 진상의 문제와 깊은 연관이 있어 역사학계와 정치학 쪽에서 주로 연구되고 있으며, 문학에서도 한국전쟁의 기억과 트라우마, 병리적 현상은 다루고 있지만 공습이나 폭격 소재의 소설이나 문제를 직접적으로 다루고 있는 연구가 거의 없다. 남·북한의 전후 소설이나 전쟁당시 창작된 소설에는 폭격에 대한 피해와 공포 그리고 상처가 작품 속에 그려지고 있다. 장용학은 「요한시집」에서 폭격에 의해 막 익기 시작한 돌배나무가 송두리째 뜯겨 나오는 것을 목격하면서 의식을 잃은 후 포로가 된 동호의 시선으로 포로수용소 안의 이념의 대립과 갈등을 그리고 있다. 동호는 포로수용소에서도 비행기 소리만 들으면 발작을 일으켜 반편이 취급을 당한다. 남한 소설이 폭격에 의한 트라우마를 인물을 통해 보여주고 있다면 한국전쟁 시기를 다루는 북한 소설은 폭격에 의한 가족 상실이나 상처를 분노로 표출하고 있다. 남북 소설의 폭격에 대한 반응이 다르다는 점에 착안하여 폭격관련 남북소설을 비교하기 위한 전제로 북한의 폭격에 대한 대응 양식을 살피고자한다.

　이 글에서는 한국전쟁기 미공군 폭격의 실체 및 북한 인민들의 폭격에 대한 인식을 살피기 위해 한국전쟁기에 출간된『문학예술』중 (1951년 4월~1953년 8월호)에 실린 작품을 대상으로 하였다. 1950년 개전 이후 폭격 피해와 상황, 감정을 다룬 작품들이 1951년 4월에 속간된『문학예술』부터 반영되고 있기 때문이다.

　미국은 제2차 세계대전 이후 현재까지 정밀폭격을 선호하고 있다. 이러한 전술적 방침은 한국전쟁에서도 유지되는데 이 글에서는 작품에서 묘사된 상황을 통해 미공군의 폭격 방식을 검토하고 이에 대한 북한의 대응 방식과 대응 방식의 하나인 서사전략을 살피고자한다.

2. 폭격과 폭력

　폭격에는 전략폭격과 전술폭격이 있다. 전략폭격(strategic bombing)이란 적의 전쟁수행능력과 전쟁의지를 없애기 위해 적 점령하의 주요 도시나 생산시설, 동력시설, 교통·통신시설, 정치·군사의 중추부 등을 파괴하는 현대 공군의 폭격작전을 의미한다. 전략폭격을 최초로 개념화한 사람은 이탈리아의 군인인 듀헤(Douhet)로 그가 구상하는 군사작전의 핵심, 파괴 대상이란 적 병력이 아니라 오히려 적 점령지역의 민간인들이었다.

　전략폭격의 방식으로는 지역폭격(aera bombing)과 정밀폭격(precision bombing)이 있다. 지역폭격의 개념을 현실화 시킨 인물은 도살자 해리스라는 별칭으로 불렸던 영국의 아서 해리스(Arthur Harris)이다. 지역폭격은 시가지 즉 '군수공장, 항구, 철도와 같은 군사용도 시설과 주변 주거구역을 하나의 군사목표로 간주해 일정지역을 융단폭격'[1]하는 방식으로 영국군이 선호하는 전술이다. 정밀폭격은 주요군사, 산업시설에 국한되는 전술로 미국과 독일군이 선호하는 작전이다. 폭격의 범위와 대상에 따라 시간도 주야간으로 나뉘는데 지역폭격은 주로 야간에 수행되었으며, 정밀폭격은 주간에 주로 이루어진다. 반면 전술폭격(tactical bombing)은 지상부대나 해상부대의 작전을 돕기 위한 폭격을 뜻한다.'[2]

한국전쟁에서도 공습과 폭격으로 많은 도시와 마을이 파괴됐는데 미공군이 '한국 상공에 처음 출동한 것은 미국인 철수를 지원하기 위해 1950년 6월 26일부터 27일까지였다. 이때 F-82 전투기가 북한 Yak-9기를 격추해 미공군의 6·25전쟁 첫번째 공중전을 기록했으며, 28일에는 극동공군 예하 5공군 소속 B-26 폭격기가 문산 부근을 공격해, 폭격기의 첫 출동 사례가 됐다. 29일에는 개전 이후 처음으로 북한 지역에 대한 공습'[3] 이루어졌으며 그 대상이 평양이었다.

미국은 한국전쟁초기 북한군의 전쟁수행을 지원하는 북한의 주요산업시설을 폭격 파괴하기 위해 북한지역의 목표물을 구체적으로 배정했는데 '철도와 도로교통의 중심이었던 평양, 원산, 함흥 등과 같은 대도시와 수상교통인 항구가 있는 흥남·청진·나진·신의주·진남포·웅기, 길주, 성진 등과 같은 공업도시[4]가 그 대상이었다. 전쟁초기 미국은 폭격기 B-29를 동원하여 흥남 화학공장과 질소비료공장, 원산 정유공장과 철도조차장 및 철도차량수리공장, 평양의 군수공장과 철도조차장, 청진 제철공장 등 북한의 주요산업시설을 폭격해서 북한군의 전쟁지원능력을 약화시키는데 크게 기여하였다. 『조선통사』에 폭격으로 인해 '운수수단이

---

1) 요시다 도시히로, 안해경·안해룡 옮김, 『공습』, 휴머니스트, 2006, 111쪽.
2) 김태우, 『폭격 : 미공군의 공중폭격 기록으로 읽는 한국전쟁』 창비, 2013, 28쪽.
3) 김병륜, 「1950년의 항공전—美 전투기 등 1172대 투입 제공권 장악」, 『국방일보』, 2011. 11.20.
4) 한국전쟁 초기 미공군의 폭격이 북한의 대도시로 제한된 이유는 폭격기 사령부의 작전이 '차단작전'과 '전략폭격'이라는 두 전제하에 진행되었기 때문이다. 김태우, 위의 책, 104쪽.

원만치 못했으며 노동자들이 낮과 밤을 이어 공장시설들과 철도운수기재들을 안전지대로 이전하는 사업[5])을 성과적으로 수행하였다는 기록은 이를 뒷받침하고 있다.

한국전쟁 초기 미공군에는 2가지 원칙이 있었다. "하나는 중국과 소련의 국경지역은 폭격하지 말라는 것이었고, 두 번째는 북한 지역 내 군사시설만 정밀폭격하라"[6])는 지시였다. 첫 번째 원칙은 종전까지 지켜졌으나 두 번째 원칙은 지켜지기 어려운 원칙이었다. 현대전에서도 이미 여러 차례 이라크전이나, 아프가니스탄 전에서의 오폭에 의한 정밀폭격의 허상이 증명된 바 있다. 정밀폭격이 미국의 욕망이고, 불가능한 꿈임을 미공군이 한국전쟁에서 1950년 7월30일부터 3일간 진행된 흥남폭격을 이례적인 성공사례로 평가하는 것으로도 알 수 있다. 뿐만 아니라 두 번째 원칙은 언제든지 깨질 수 있는 원칙이었음에도 미국은 정밀폭격을 고집했다. 정밀폭격의 허상은 원산폭격에서 드러난다. 1950년 7월 6일과 13일 두 차례의 원산폭격 당시 미군은 레이더 폭격이 아닌 목표물의 적중률이 현저히 떨어지는 육안폭격에 의존했는데 '주택구역을 선택하여 폭탄을 투하한 13일에만 1249명[7])이 사망했다.

그럼에도 미국은 2차 세계대전에서부터 현재까지 정밀폭격 정책을 선호·유지하고 있다. 미국이 정밀폭격을 선호하는 것은 정밀폭격은 군사시설물이나 공공기관을 목표로 삼기 때문에 지역폭격에 비해 도덕적 우월성을 주장하기가 유리하기 때문이다.

미군이 살포한 <그림 1> 삐라의 삽화는 다리, 비행장, 철도, 수송트럭과 도로 등 공공기관을 목표로 정밀폭격을 할 것임을 선전하고 있다.

---

5) 과학원 연구소, 『조선통사』(하), 오월, 1989, 416쪽.
6) 김태우, 위의 책, 101쪽.
7) 김태우, 앞의 책, 114쪽.

<그림 1> 「공산 침략자가 얻은 것은 이것」

그러나 폭탄 사용량과 폭격 대상 지역을 보면 정밀폭격을 가장한 지역폭격이라 할 수 있다. 남한지역에서 폭격 또는 오폭으로 인해 민간인 사상자가 발생한 건수만 100여건이나 된다. 남한지역의 계획적인 폭격의 한 예로 국립문서보관소(NARA)의 기록 1951년 1월20일 영천 폭격과 관련된 'RG 342, Entry 54-7025, Box 35'에 의하면 F51이 폭격을 수행하다 추락했으며, 조종사의 안전 여부, 폭격으로 손상된 건물의 수, 사상자의 수가 기록되어 있다.[8]

미국은 북한 전역에 1평방킬로미터당 18개의 폭탄을 퍼부었다. 그중

---

8) *RG 342, Entry 54-7025, Box 35. HEADQUARTERS FIFTH AIR FORCE APO 970 DAILY SUMMARY REPORT AND STATISTICAL SUMMARY PERIOD: 0001-2400/1, 20 JAN 51 DAILY SUMMARY.*

평양에만 43만발의 폭탄이 투하되었다. 개전 이후 1953년 4월말까지 미군은 26만발의 중대형 폭탄[9], 2억 발의 탄환, 약 40만 발의 로켓탄을 쏟아 부었으며, 한국전쟁에서 사용된 네이팜탄[10]은 총 3만2천357톤으로 그 중 4천 313톤이 1951년 8월부터 1952년 6월 사이 전개된 '질식작전'[11] 때 투하됐다.[12] 이러한 융단폭격으로 한반도는 폐허로 변했고, 특히 북한 지역은 초토화되었다. 아래는 공습이후 상황을 묘사한 글이다.

> 평양시내 건물이란 건물은 하나도 남아있지 않고 모두 부서져서 허허벌판이 되어 있었다. 더구나 평양시민들은 오갈 데가 없이 부서진 집 속에 토굴 비슷하게 파놓고 살아가는데 마치 원시인들 같았다. 도시 전체가 완전히 빈민 소굴이요 난민 소굴이었다. 식량도 동이 날대로 나버렸고 비바람을 피할 천막이나 움집조차도 없었다. 굶주리고 병든 사람이 하나 둘 비참한 최후를 맞이하고 있었다. 살아 움직이는 사람보다 죽어 나자빠진 시체가 더 흔했다. 아니 살아있는 사람도 반쯤은 죽어 있었다. (…) 전쟁 후 원산에 들린 적이 있었는데 그 곳도 평양과 다를 바 없었다. 아니 평양보다 더하면 더 했지 덜하지는 않았다.[13]

위의 인용문은 1953년 3~4월 경 평양과 원산이 폭격 당한 이후의 상황을 기술한 글로 원시상태이자 생지옥인 평양과 원산의 모습을 통해 폭격이 살육이며, 폭력이었음을 보여주고 있다. 공중 폭격의 무차별적 공격성을 견제하기 위한 노력이 없었던 것은 아니다. '1차 세계대전 직후 전쟁

---

9) 왜관대폭격 B29호 99대 1950년 8월 16일, 청진공습 B29호 60대 1950년 8월 19일 (이후 B29호 50대 1950년 7월 16일), 원산폭격 B29호 80대 1950년 9월 16일, 신의주폭격 600대 1951년 6월 23일, 수풍발전소 폭격 500대 1952년 6월 23일 문인화, 「한국전쟁 3년간의 총결산」, 『국민보』, 1956년 3월 7일, 4쪽.
10) 네이팜탄은 질식작전과 싹쓸이 작전과 같이 도시 또는 마을을 초토화할 때 사용되었다.
11) 질식작전이란 정전 회담이 교착상태에 빠질 때마다 북한지역에 가한 융단 폭격을 말한다.
12) 김기진, 『한국전쟁과 집단학살』, 푸른역사, 2005, 152쪽.
13) 김진계 구술, 기록 김응교, 『조국 ―어느 북조선 인민의 수기』(상), 현장문학사, 1990, 182쪽.

시 폭격을 통해 대규모의 민간인 희생을 정당화하기 위한 시도가 진행되는데 그 시도라 것이 명목상으로 나마 엄밀하게 군사적 성격의 목표물에만 폭격을 국한함으로써 체면을 유지하는 것이 낫다는 주장'14)이었다.

폭격은 북한지역 뿐만 아니라 남한지역에도 이루어졌는데 김사량의 종군기 「바다가 보인다」15)는 방호산16) 부대의 마산 전선 기록으로 폭격에 대한 묘사가 자주 언급되고 있다. 김사량은 "위선(爲先- 한자 인용자) 항공 때문에 놈들에게는 하루에 싸울 수 있는 시간이 열세시간이 있는 반면에 우리들에게는 오직 밤이 되어 어두운 아홉시간이 있다"17)고 기술한 것을 볼 때 전쟁초기 미국이 제공권을 장악하고 있었으며, 주간에는 활동을 할 수 없을 정도로 폭격이 심했음을 알 수 있다. 그리고 폭격이 전쟁 초기 미군이 철도와 교량, 군사시설물이나 공공기관을 목표로 하였음이 시간 속에서 드러나고 있다.

　　적군들의 항공대는 언제나 수십대의 편대를 지여 잔인무도하게도 폭탄, 소이탄, 화염발사통, 휘발유통, 기관포들로써 아군의 진지에 맹공격을 지속하고 있다. (…) 우리들의 은폐호 옆을 인민들로 조직된 단기대와 가마니때기를 질머진 진지구축대가 연연하게 줄을 지여 고지 쪽을 노리며 산길을 오르고 있었다. 모두가 이 근방의 재난민들이였다. 놈들의 포

14) 김태우, 위의 책, 27쪽.
15) 루뽀루따-쥬 「바다가 보인다」는 마산, 진주 등을 사수하려는 유엔연합군과 맞서 매복 작전을 성공시키는 과정을 기록하고 있으며, 1950년 9월 17일 마산진중에서 집필한 것이다.
16) 방호산 6사단은 한강을 최초로 도하한 병력이다. 방호산은 중국공산당 팔로군 출신으로 중국 동북의용군 116사단의 정치위원이었다. 그는 116사단을 이끌고 북한으로 와 116사단을 기반으로 북한군 6사단을 창설하고 사단장이 된다. 방호산의 인민군 6사단은 최선봉 사단으로 서울점령과 더불어 호남지역을 단숨에 휩쓸면서 낙동강전선의 서부지역까지 파죽지세로 밀고 내려 왔다. 김영호, 『한국전쟁의 기원과 전개과정』(서울 : 성신여자대학교출판부, 2006), 249쪽. 전세가 바뀐 후에도 점령지역에 파견된 행정관리까지 이끌고 철수한 인물로 영웅중의 영웅이라는 이중영웅 칭호 받았다. 1958년 8월 인민군 제5군단장, 육군대학 총장을 역임했으나, 8월 종파 사건에 연루되어 숙청되었다. 김호웅, 『김학철 평전』, 실천문학사, 2007, 209쪽.
17) 김사량, 「바다가 보인다」, 『문학예술』, 1951.5, 45쪽.

격과 폭격과 기관포에 혹은 가족을 잃고 혹은 집을 잃고서 물 흐르는 골
짜기들에 피난하여 찬 이슬 나리는 밤을 땅 위에서 새우는 사람들이다.
이 근방 깊은 산골짜기 속은 재난민들로 어두운 밤도 하얗다. 그러나 이
들은 결코 울음 소리를 지르지 않는다. 어느 놈이 자기의 안해와 어린애
들을 죽였으며 어느 놈이 자기 집에 불을 질러놓았는가를 똑똑히 알고
있는 것이다.[18] (밑줄 인용자)

위의 밑줄 친 인용을 보면 전쟁 초기 미공군이 사용한 무기로 사람이
나 건조물 등을 화염이나 고열로 불살라서 살상하거나 파괴하는 폭탄이
주로 사용되고 있음을 알 수 있다. 이러한 폭격의 형태는 개전 1년 후를
묘사하고 있는 1952년 작품 천세봉의「고향의 아들」에서도 보인다.

『항공!』저감치 서 있던 키다리 신동무의 다급한 목소리다. 그들은 언
제 전호를 굴절 새도 없었다.(…) 쌕쌔기는 산봉우리를 스치며 몇 번 저
회했다. (…) 기관총이며 기관포를 몇 방 갈기다가 그 담엔 본격적으로
발광이 났다. 그들이 있는 주변 일대가 흔들흔들 진동을 했다. <u>놈들은 불
달은 휘발유통과 폭탄, 유산탄까지를 뒤섞어 뿌리며 악착스럽게 덤벼든
다.</u> (…) 산이 무너지는 소리가 났다.[19] (밑줄 인용자)

위의 두 인용문의 폭탄과 리갑기의「죽령」(『문학예술』 1953.1)에서 보이
는 삐루병[20] 폭탄 등이 사용된 것을 볼 때 미공군의 폭격형태가 건물이
나 지역의 부분적 파괴가 아니라 피폭지역을 모조리 불살라 초토화하는
데 목표를 두고 있었음을 알 수 있다. "도라구, 마차 소달구지 심지여 리
야카까지도 미국놈의 비행기와 경쟁해 가면서 싸우는 판"[21]이라는 한설

---

18) 김사량, 위의 책, 45쪽, 56쪽.
19) 천세봉,「고향의 아들」,『문학예술』, 1952.1, 17–18쪽.
20) 삐루병은 맥주병으로 화염병의 형태로 제작되어 비행기에서 투하된 것으로 보인다. 이
    작품에서는 쌕쌔기 네 대가 령을 가로질러 기관총과 삐루병 폭탄을 내려 쏟았다고 표사
    한고 있다. 리갑기,「죽령」,『문학예술』, 1953.1, 62쪽.

야의 「황초령」과 시가지의 폭격이 시작되고 그 사방이 온통 불더미로 변하자 학교에서 산으로 피신해 폭격에 학교 건물이 무너지는 것을 보면서 손발이 떨려 아무 말도 못한 채 서로를 바라보는 교사들과 아이들의 모습을 묘사하고 있는 황건의 「행복」(『문학예술』 1953.2)은 폭격의 공포는 물론 미공군의 폭격이 정밀폭격이 아닌 지역폭격이었음을 보여준다. 이것은 폭격의 대상뿐 아니라 인명을 살상하기 위한 무기가 함께 사용되고 있는 것에서 확인할 수 있다. 한설야의 「황초령」은 학교에서 놀고 있는 아이들에게 미군의 비행기가 유산탄을 뿌려 아이들 중 하나는 두 손이 잘리고 두 눈이 떨어지고, 턱이 떨어져 성대까지 상했다고 묘사하고 있다. 이것은 폭격으로 인한·민간인의 피해를 염두에 두지 않았을 뿐더러 민간인을 목표로 폭격이 가해졌음을 보여준다.

이처럼 집단적인 폭력은 폭력의 희생자들에게 동지애적 공감대를 형성하게 하며, 새로운 공동체를 희망하게 한다. 한나 아렌트는 '그러한 종류의 동지애보다 일시적인 인간관계는 없으며, 그것도 생명과 신체를 직접적인 위험이라는 조건에서만 현실화될 수 있을 뿐'22)이라고 지적하고 있다. 그러나 「고향의 아들」에서 폭격으로 왼쪽다리를 부상당했음에도 자신의 고향인 파운동을 되찾기 위한 습격에 솔선수범하여 나서는 박동구와 비행기에서 투하된 유산탄에 의해 부상당한 아들의 처참한 모습에 기절하는 어머니를 보면서 자신에게 총을 달라고 외치는 「황초령」의 복실, 폭격으로 학생들을 잃고 교원에서 간호병이 되는 「행복」의 례주의 모습은 폭력에 의한 죽음의 공포, 가족 및 생활터전 상실23)에서 비롯된 분노와 적개심 그리고 민족애가 공동의 적에 대한

---

21) 한설야, 「황초령」, 『문학예술』, 1952.6, 5쪽.
22) 한나 아렌트, 『폭력의 세기』, 이후, 1999, 108쪽.
23) 폭력으로 인한 생활터전의 상실은 리갑기의 「사진」에 잘 묘사되어 있다. "「허 그 개놈의 새끼들, 집도 집이지만 남의 밥통을 이렇게 부셔놓았으니, 어떻게……」 사진사는 부셔

동지애적 공감대를 넘어서 새로운 공동체에 대한 희망이 아닌 편입으로 나타나고 있음을 보여준다. 아래의 인용문은 미군의 폭격을 견디며 하나의 완강한 단체, 새사람이 되어 저항하는 북한 인민의 모습을 기사화하고 있다.

> 미국 침략군을 영웅스럽게도 항전하는 오늘에 보면 영웅의 도시라고 부를 수밖에 없다.- 一九五十년 十월에 미국 군대가 원산에 상륙할 적에 원산에 있는 인민들은 七일 七야를 계속하여 피와 생명으로써 항전하였다. 대략 三천명의 강병을 죽여 버린 후에야 미군은 원산시를 점령하였다. 원수의 강점 하에서 두 달 동안 피에 젖은 원산시는 오히려 항복하지 않았다. 노동당의 지도 하에 유격대가 조직되어 시가에서 시외에서 원산시를 해방시킬 때까지 영용하게 싸웠다. (…) 원산시가의 북편 산정에서는 동해에 뜬 연합군의 군함들을 분명히 볼 수 있게 되었다. 저녁이면 원수들의 군함으로부터 대포알이 번개같이 터져오는 것도 분명히 볼 수 있다. 밤과 낮을 연이어 폭탄과 폭격을 원산시에 퍼부었다. 그들은 원산을 가리켜 죽음의 도시라고 불렀다. 그러나 원산은 다시 살았고 원산은 아직까지 장쾌히 싸우고 있다. 조·중(북한·중국) 인민군들은 주야를 불계하고 이 영웅의 도시를 지키고 있다. 포병들은 원수들의 포병과 싸우고 고사포대들은 침입하는 비행기를 향하여 맹렬히 사격을 내뿜어 다수의 비행기를 동해바다에 쓰러 넣으며 육군들은 적병들의 상륙계획을 매번 파탄시킨다. 전쟁기간에 북한 인민들은 완강한 단체가 되고 말았다. 원수들을 격퇴할 뿐만 아니라 지금은 그 인민군과 인민들은 이미 그들이 시련을 받쳐 새사람들이 되었다.[24](밑줄- 인용자)

진 집 자리에서 사진 가구의 이것저것을 주어 맞추면서 혼자서 중얼거리고 있다.(…) 집은 한편 벽이 달아나고 다른 벽은 파편으로 곰보가 되었다." 리갑기, 「사진」, 『문학예술』, 1952.9, 29-30쪽.
24) 독자, 「원산항은 영웅의 도시」, 『국민보』, 1952년 9월 24일, 2쪽.

아래의 인용문은 비행기를 몰고 북으로 귀순한 국군소위 국영암[25]의 기자회견문의 일부이다.

　　우선 북반부에서 첫 번 눈에 띄운 것은 미국놈의 야수적 맹폭격이다. 내가 내린 곳은 아무러한 군사목표도 없는 곳이지만은 미국놈들의 무차별 폭격으로 모든 건물들이 파괴되었다. 그들은 북반부의 농촌과 기타 평화적 주 지구에 대한 폭격을 감행하고는 언제든지 군사 목표에 대하여 폭격하였다고 발표하고 있다. 그러나 그것이 허위 선전이며 그들은 우리 조선 사람들을 대량적으로 학살하고 있다는 사실을 나의 눈으로 똑똑히 보고 민족적 적개심에 불타올랐다.[26]

귀순자인 국영암이 자신의 신상 소개 후 북한에 대한 인상에 대해 첫 번째로 언급한 것이 미군의 무차별적인 맹폭의 피해에 관한 것이다. 아래 <그림 2-1>의 삐라에서 국영암은 민족애와 조선민족의 피를 강조하며 자신의 입북을 재생의 길로 표현하고 있다. 물론 삐라에 실린 그의 소감은 북한의 의도가 다분히 담겨 있었겠지만 민족이라는 공동체는 폭력 상황 앞에서 동지애를 일시적인 인간관계가 아닌 동포애[27]로 전환시키고 있음을 볼 수 있다.

---

25) 국영암은 생활난에 못 이겨 서울에서 부산으로 가는 도중 노상에서 잡혀 제2 국민병이라는 명목 하에 1952년 5월 15일 강제로 징모되어 입대한 후 육군보병학교 갑종간부 후보생 23기생으로 수업을 곧 마치고 7월 19일 소위로 임명되었다. 그 후 육군 기본 조종 1기생으로 항공대에 편입되어 광주에서 비행조종사의 훈련을 받다가 졸업기를 20일 앞두고 1월 3일 비행기를 몰고 입북한 인물이다.

26) 「의거 입북한 괴뢰군 소위 국영암 재 평양 내외기자들과 회견」, 『국민보』, 1953년 1월 7일, 1쪽.

27) 북한은 <미국놈이 조선민족의 원수다 동족끼리 피를 흘리지 말자! (당신들의 안해나 누이들을 미국놈들의 마수에서 구원하라!)>, <미국놈들을 위하여 죽겠는가>, <리승만 군대 병사 형제들이여> 등의 삐라에서도 동포애에 호소함으로써 반전의 목소리와 전쟁노력을 동시에 보여주면서 전의를 독려하고 있다. 김은정, 「삐라와 문학의 공통감각- 한국전쟁기 북한 삐라를 중심으로-」, 『국제어문』 59집, 국제어문학회, 2013.12, 308쪽.

<그림 2-1> 「북반부로 넘어온 후나의 소감」이라는 국영암의 글이 담긴 삐라

<그림 2-2> 타고 온 비행기 앞에 서있는 국영암의 사진이 담긴 삐라

『문학예술』에 실린 작품에는 폭격 피해와 상황 그리고 폭격에 대한 분개와 가족·친구·전우를 잃은 인물들의 증오가 적개심으로 응집되어 드러나고 있다.

> 왼종일 잠시도 쉬지 않고 미쳐날뛰던 항공습격이 오후 다섯시가 지나서야 겨우 뜸해졌다. 기관포와 불탄에 맞아 불붙고 허무러진 집들에서 확확 소구쳐 나오던 불길이 차츰 잦아들고 이곳 저곳에서 치솟아 오르는 시커먼 연기기둥들이 가을 상공에 흐터져 서울시가는 왼통 시뿌연 매연 속에 휩싸인채 잠시 조용해졌다.[28]

위의 인용은 폭격의 피해 상황을 묘사하고 있는 박찬모의 「수류탄」[29]의 첫 장 첫줄이다. 영우는 자위대 당원으로 서울 방어전투 중 애오개 고개에서 진격해오는 탱크에 수류탄을 안고 돌격하여 자폭한다. 영우는 죽을 각오를 하고 서울 방어 전투에 참가한다. "죽을 각오는 됐습니다." 그가 시당 조직부 부부장 앞에서 했던 이 말은 죽은 어머니에게 한 맹세의

---

28) 박찬모, 「手榴彈」, 『문학예술』, 1951.4, 66쪽.
29) 한효, 「우리文學의 戰鬪的 모습과 提起되는 몇가지 問題」『문학예술』, 1951.6, 96-100쪽.

말이었다. "죽을 각오는 됐습니다. 어머니" 영우는 폭격 피해자로 그의 어머니는 연초공장 옆을 지나다 미군의 소이탄 폭격을 맞았고, 시체조차 간데 없어진다. 다음날 그에게 전해진 것은 어머니가 그에게 주려고 싼 차갑게 식어버린 보리밥과 굳어버린 고추장이 든 도시락뿐이었다. 영우는 도시락 한 귀퉁이에 엉겨 붙은 고추장이 어머니의 피처럼 진한 붉은 빛을 띠고 있어 뜨끔함을 느낀다. 영우는 자위대 당원으로 선거장에 폭탄을 투척하여 무기징역을 선고 받은 후 인민군이 서울 점령한 후 1950년 6월 28일 서대문 형무소에서 나온 인물이지만 그의 죽을 각오로 싸우겠다는 결심은 어머니를 잃은 슬픔과 분노에서 기인한다. 슬픔과 분노의 원인이 된 폭격은 남한정부와 미국에 대한 응집된 증오로 표출되고 한 남자로 하여금 죽을 각오로 수류탄을 안고 탱크 밑에서 자폭하는 결과를 야기한다.

이 작품에 대해 한효는 서울방어전투의 영웅적 제재로 쓰인 작품임에도 불구하고 내용이 매우 빈약한 작품이라 평하면서 그 이유를 근본 줄거리만이 나서고 부차적인 사건들이 너무 없으며, 심지가 타는 수류탄을 안고 탱크에 뛰어 들었음에도 폭파 이후 살아남아서 붉은 석양을 본 후 죽은 것은 진실하지 못한 장면설정이라고 비판하고 있다.[30] 한효의 평가처럼 특히 마지막 장면은 당원의 영웅성을 보여주려 한 것이지만 개연성이 너무 떨어진다는 점에서 문학적으로 완성도가 있는 작품이라고는 할 수 없지만 서울 방어전투와 남한 지역 폭격을 다루고 있는 점에서 눈길을 끄는 작품이다.

> 오리에 한 채, 십리에 몇 채, 떨어져 있는 강 기슭 외딴 집도 야수들은 그대로 두지 않았다. 구류통이 엎어진 오양간에는 쇠똥만 남아 있고 지

---

30) 박찬모, 위의 책, 69쪽.

붕이 날라간 토방에 머리가 흰 노파가 혼자 앉아 뚫려진 창구멍에 종이를 바르고 있다. 기적처럼 남아있는 몇 채의 집에는 뚫려진 바람벽을 트러막은 대문에(…) 그러나 물릴 줄 모르는 흡혈귀들은 오늘도 새로운 희생물을 찾아 머리위에 배회하며 거리에 동이를 녀인들이 물을 길러가는 우물길에, 교사를 잃은 나어린 학동들이 다섯씩 여섯씩 분교실을 찾아가는 고개길에 폭탄을 떨구었다.[31]

현덕의 「복수」는 독로강(함경남도) 기슭의 민가와 후방병원까지 폭격을 받은 날, 자신의 반신 같았던 전우 박을 잃은 김은 증오와 분노로 곧 퇴원하여 전선에 투입된다. 그는 전선에서 폭격, 성폭행, 집단학살을 보게 되고, 박의 고향에서 집단학살의 생존자인 박의 어린 동생으로부터 원수 갚아 달라는 소리를 듣는다. 「복수」 역시 폭격은 김으로 하여금 부상당한 몸을 이끌고 전선에 나가게 하는 기제가 되고 있다. 그리고 위의 인용문처럼 폭격으로 인한 폭력인 상황은 김으로 하여금 적에 대한 적개심을 한층 더 고조시킨다. 「복수」에서 현덕은 미군이 자행한 집단학살, 성폭행의 일화를 폭격피해와 함께 배치하면서 미군의 폭격을 전쟁 수행이 아닌 민간인을 향한 만행 또는 살육으로 그리고 있다.

이처럼 폭격은 북한 소설에서 증오[32]와 복수의 기제가 된다. 북한 피해의 85%가 폭격에 의한 것인 만큼 북한은 미군 폭격에 예민했다. 그러나 대부분의 북한 소설[33]에서 묘사되는 폭격은 증오의 대상이지 공포의

---

31) 현덕, 「復讐」, 『문학예술』, 1951.5, 29쪽.
32) 기계공인 전금순의 시선을 통해 공중전 모습을 그리고 있는 「아름다운 하늘」은 '제비'와 원쑤놈의 '쌕쌔기'의 공중전투 장면을 땅에서 관찰하면서 '제비'가 승리했다는 사실을 기술하고 있는데, 눈먼 폭탄을 투하하고 '제비'에게 쫓기며 편대가 흩어지는 모습을 보며 꼬락서니가 추잡스러웠다는 감상과 폭격으로 인한 피해상황과 처참한 주변인의 모습에 대해 적으면서 분노를 표출하고 있다. 전금순, 「아름다운 하늘」, 『문학예술』, 1951.10, 84-85쪽.
33) 천세봉의 『석개울의 새봄』의 창혁도 폭격으로 가족을 잃은 인물이고, 석윤기의 『시대의 탄생』과 『전사들』에는 폭격에 대한 묘사가 직접적으로 그려진다. 『시대의 탄생』에서 폭격이 인민이 전쟁의 당위성을 깨닫는 요소 로 작용한다면 『전사들』은 죽음의 공포에 초

대상이 아닌 것처럼 보인다. 전쟁 당시 창작된 소설 속의 북한 인민들은 『전사들』의 전사들처럼 죽음의 공포에 떨지 않는다. 극심한 폭격이 일상이 되어 버렸기 때문이다. 따라서 표피적으로는 폭격으로 인한 처참한 인민들의 상황 묘사와 그러한 상황을 야기한 적에 대한 분노와 증오의 응집만이 보이는 것이다. 그러나 박찬모의 「수류탄」이 폭격 당한 도시에 대한 묘사로 시작되는 점, 앞에 인용한 현덕의 「복수」에서 묘사된 폭격 상황에서 내면화 되어 있는 공포가 감지되고 있다.

> 적들은 땅크, 비행기 등 자기들의 우세한 군사기술을 가지고 일격에 우리나라와 우리 인민을 정복할 수 있으리라고 타산하였습니다. (…) 미 제국주의자들과 그 주구들의 무력침공을 반대하는 우리 인민의 영웅적 투쟁은 동방식민지피압박민족들의 해방운동의 기치로 되고있습니다.[34]

위의 교시에서 알 수 있듯이 북한은 미국의 탱크와 비행기라는 압도적인 과학기술에 대한 공포를 교시, 삐라, 비평에서는 미군이 기계화된 최신식 무기로 무장했지만 인민의 영웅적인 투쟁과 애국심으로 극복할 수 있다는 서사전략을 통해 전투성을 고취시키려하고 있다. 그렇다면 문학에서 나타나는 서사전략이 삐라나 비평문과 차별성이 있는지에 대한 문제가 제기된다. 이에 대해 다음 장에서 폭격의 대응 양상과 서사 전략을 통해 살펴보도록 하겠다.

점이 맞춰져 있다. 김은정, 「석윤기의 『시대의 탄생』과 『전사들』에 나타난 한국전쟁 수용양상-북한인민들의 한국전쟁에 대한 인식을 중심으로」, 『국제어문』 54집, 국제어문학회, 55쪽.
34) 김일성, 「현시기 당단체들과 인민정권기관들앞에 나서는 몇가지 과업에 대하여」, 『김일성 저작집』 7, 조선로동당출판사, 1980, 31쪽.

3. 북한의 폭격에 대한 대응양상과 서사 전략

　　오후에도 전사들이 흔히 「구라망」이라고 부르는 「피51」 전투기와 「쌕
쌕기」가 두 대 세대 씩 두 차례나 날아들었다. 다른 「사냥꾼」들과 함께
김의성은 그 때마다 올려 쏘았다.[35]

　　위의 인용은 김만선의 「사냥꾼」의 일부이다. 위의 인용처럼 북한 소설
에서 자주 등장하는 전투기는 B29폭격기, F-51무스탕(Mustang)[36], 쌕쌕기로
더 유명한 F-84 썬더제트(Thunderjet) 등이 있다. F-84는 한국전쟁 중 무려 8
만6천4백8회를 출격하면서 지상 폭격 임무의 60%를 수행한다. B-29전략
폭격기의 주 임무는 다리, 철도, 교통수단, 댐, 주요 군사목표, 산업시설
등 전략목표를 폭격해서 적의 전쟁수행능력을 파괴하고 전쟁의지를 분
쇄하는 것이었으나 한국전쟁 초기에는 전략폭격 임무보다 지상군지원
임무에 주로 사용되었다. 북한은 B-29폭격기로 인해 막대한 피해를 입자
B-29폭격기를 요격하기 위해 최신형 미그(Mig)기를 만주에 배치하고 또
주요 산업 및 군사시설 주변에 대공화기를 집중 배치했다. 소련의 Mig-15
가 등장하면서 F-80의 열세가 입증되고 제공권의 판도가 북한에게 넘어
가게 되자 미공군 사령부는 F-86 세이버(Sabre)[37]와 함께 F-84 썬더제트 부
대를 한반도로 급파한다. 그리하여 야간 폭격을 담당했던 B29는 전담 호
위 임무를 맡은 F-80슈팅스타(Shooting star)[38]나 F-51무스탕과 짝을 이뤄 폭

---

35) 김만선, 「사냥꾼」, 『문학예술』, 1951.8, 57쪽.
36) 폭격기의 엄호를 위하여 탄생한 기종으로 항공모함에서 출격하는 헬켓 전투기이다.
37) 한국전쟁부터 70년대까지 대한민국 공군에서 사용한 주력 전투기로 공중 전투뿐 아니라
　　지상공격을 염두에 두고 개발되어 한국전쟁에 투입되었다. 세이버가 제4 전투요격 비행
　.단에 배치된 것은 1960년12월13일이며, 최초 투입된 것은 1950년 12월 17일로 세이버
　　전투기들이 압록강 서쪽 상공에서 미그기 사냥에 나선다.
38) F-80(원래 명칭 P-80)은 한국전쟁에 처음 투입된 기종으로 제트엔진 소리를 빗대어
　　F-84썬더제트와 함께 쌕쌕기로 불렸다. 소련군의 최신예 전투기 Mig-15에 있어 속도
　　에서 밀리면서 F-86 세이버에 그 자리를 내주고 B29 엄호와 지상 폭격 임무 그리고

격에 참여했다. P-51 무스탕은 전폭기의 엄호뿐만 아니라 주간 폭격에도 애용되었다. 인용문에서 F-51을 「피51」로 기술하는 이유는 1948년 P-51이라는 기종 명이 F-51로 변경된 것이 반영되지 않았기 때문이다. 북한군은 P-51을 제작사인 그루먼의 일본식 발음인 구라망(グラマン 그루먼) 또는 비아냥거리는 의미에서 머저리로 불렀다. 구라망으로 불리는 F-51은 1950년 7월3일 첫 출격을 시작으로 130대의 무스탕이 휴전까지 8천5백회를 출격하여 작전을 수행한다. 한국전쟁 중 창작된 북한 소설에 등장하는 쌕쌔기는 전쟁 초기에는 F-80, 1951년 배경의 소설에서는 F-84 썬더제트로 이해하면 될 것이다.

미국의 폭격에 대한 북한의 대응은 하늘에서는 미그기로 지상에서는 사냥꾼조의 조직으로 가시화 된다. 비행기 사냥꾼조는 1950년 12월 29일 조선인민군 최고사령관 명령 제238호가 하달되면서 조직되었다. 명령 제238호는 각 군단장과 군사위원, 사단장과 연대장 및 정치일군, 포병부군단장과 포병부사단장, 포병부연대장들은 군사규정의 요구대로 반항공대책을 세우는 동시에 1951년 1월 5일까지 각 보병연대에 2~3개조의 비행기 사냥꾼조를 조직할 것을 명령하면서 비행기 사냥꾼조는 대구경기관총, 특별히 장치한 반땅크총, 고류노브중기관총, 보병총과 전리품무기 및 기타 다른 종류의 무기로 무장할 것을 지시하고 있다. 명령 238호에는 사냥꾼조 교육 방법 포상내용 및 사단장들이 직접 성과를 김일성에게 보고[39]하라는 내용이 담겨있다.

1950년 6월 28일 이후부터 12월까지 미공군은 B29 폭격기, F-51 무스탕, F-80 슈팅스타를 앞세워 한반도의 상공을 완전히 장악하는데 성공한다.

전쟁 막바지에는 정찰 임무만을 수행했다.
39) 김일성, 「비행기사냥군조를 조직할데 대하여-조선인민군 최고사령관 명령 제238호」 1950년 12월 29일, 「김일성 저작집」6, 조선로동당출판사 1980, 233~234쪽.

특히 공중전과 지상 폭격 임무를 수행했던 F-80은 소련제 프로펠러 전투기 Yak-9이나 Il-10보다 전투력이나 속도 면에서 우세하여 1951년 1월 소련의 미그기가 참전하기 전까지 한반도의 제공권을 장악하는데 일등공신이었다. 명령 제238호의 비행기 사냥꾼조 조직은 미그기가 참전하기 전으로 제공권을 장악 당했던 북한이 소련의 도움 없이 자력으로 제공권 회복에 기여하고, 폭격의 피해를 줄일 수 있는 유일한 방법이었다.

북한 최고 사령관인 김일성의 명령 제238호에 따른 비행기 사냥꾼조 조직은 1951년과 1952년 소설의 소재가 되어 재생산되는데 그것이 김만선의 「사냥꾼」과 리종민의 「남강마을의 새로운 노래」이다.[40] 김만선의 「사냥꾼」은 농부였던 김의성이 자원입대하여 사냥꾼조가 된 후 기관총을 개조하여 쌕쌔기를 잡는데 성공한다는 이야기다. 인민군대에 편입된 그는 많은 적을 잡기 위해 자청하여 중기 사수가 된다. 그가 자원입대를 한 것은 미국놈들의 쌕쌔기가 애매한 그의 부락 농민들을 죽이는 것을 보고 분을 참지 못해서이다. 「사냥꾼」에서는 사냥꾼조의 조직 목적과 상황을 다음과 같이 묘사하고 있다.

> 그들 부대가 인천방면에 주둔해 있을 ○월 중순경이다. 상부지시에 의하여 각 부대에서는 「사냥꾼조」가 조직되게 되었다. 이 조직은 자원제에 의한 특수한 조직이였다. 각 부대 정치부에서는 지체하지 않고 회합에 회합을 거듭했다. 계속해서 세포회의와 민청회의를 갖게 되었다. 이 회의들에서 먼저 이 특수한 조직의 정치적 군사적 의의가 다음과 같이 강조되었다. 패망에 패망을 거듭하고 있는 원쑤 미제는 비행기로써 우리를 위하려든다. 그러나 비행기로서는 전쟁의 승리를 좌우하지 못한다. 그것은 지나간 전쟁 과정을 통해서도 충분히 실증된 바다……. 이제 「사냥꾼조」가 조직되어 각처에서 무수한 적기를 추락시킨다면 우선 놈들에

---

40) 시로는 조기천의 유고작 「비행기 사냥꾼」이 있다. 이 작품은 『문학예술』(1953.7)에 실려 있다. 이 작품은 그가 폭격으로 사망하기 전인 1951년 7월에 창작한 것으로 보인다.

게 공포심을 일으키는 정신적인 타격을 줄 것이며 다음으로는 우리의 지
상부대들의 자유로운 활동을 보장하게 될 것이며 나아가 우리의 종국적
승리를 촉진시키게 됨으로써 비행기로써는 전쟁의 승패를 가릴 수 없다
는 명제를 더욱 또렷하게 실증할 것이다. 다음으로 당원들은 다른 어떤
전투 조직에서와나 마찬가지로 솔선 자원하여 자기 희생적인 영웅적 투
쟁을 할 것이 요구되었다. 민청원들에게는 선봉적 당원들에게 뒤지지 않
을 애국적이며 영웅적인 투쟁이 있어야 할 것이 강조되었다.[41](밑줄 인
용자)

위의 인용은 사냥꾼조의 조직 목적을 지상부대들의 자유로운 활동 보
장과 비행기로써 전쟁에 승리할 수 없다는 명제를 실증하기 위함이라고
기술하고 있다. 비행기 사냥이 어느 정도의 성과를 거두었는지는 알 수
없지만 지상부대의 자유로운 활동 보장이라는 처절한 목적은 1951년 비
행기 사냥꾼조의 조직과 미그기의 투입으로 제공권을 회복하는 데 기여
한 것으로 보인다.

한편 위의 인용문은 명령 제238호에 의해 인천에 주둔한 군부내의 사
냥꾼조 조직과정을 잘 묘사하고 있다. 그 과정과 범위를 보면 정치부에
의해 회의가 소집되며, 조직은 세포조직과 남한 내 남로당 계열의 민청
조직까지 포괄하고 있음을 알 수 있다. 1951년 소설에는 서울 시당이나
남한 내 민청조직원의 투쟁을 묘사한 작품이 상당수 있다. 박찬모, 「수류
탄」(1051.4), 최명익의 「기관사」(1951.5), 한효의 중편소설, 「서울 사람들』
(1951.8-10), 황건의 「아내」(1951.9) 등은 민청 조직원 또는 서울 시당의 당원
인 인물들이 인민군에 협력하여 투쟁하거나 빨치산으로 활약하면서 영
웅적 투쟁을 하는 모습들이 담겨 있다. 이 작품들은 인물들의 서울 방어
전투나 서울 후퇴과정 및 빨치산 투쟁을 영웅적 형상으로 그림으로써 남

41) 김만선, 위의 책, 51쪽.

로당계열의 서울 시당에 대한 우호적인 태도를 보여주면서 연합전선의 중요성을 강조하고 있는데 이는 전쟁 승리에 있어 남한 조직의 적극적인 지원이 필요했음을 보여준다.[42)

김일성은 1951년 2월7일 연설에서 비행기 사냥꾼조 활동 강화에 대해 다음과 같이 말하며 미전투기의 유인책을 제시하고 있다.

> 적비행기를 더 많이 사냥하여야 하겠습니다. 우리는 앞으로 비행기사냥군조대회를 소집하여 지난 기간 비행기사냥군조들의 활동정형을 총화하고 적의 비행전술의 변화에 따르는 새로운 투쟁방법을 제기함으로써 이 운동에서 커다란 전환이 일어나도록 하려고 합니다. 비행기사냥에서 성과를 거두려면 비행기사냥군조들이 한자리에 고착되여있을 것이 아니라 부단히 기동하면서 각종 허위시설물과 허위포, 허위자동차 같은 것을 만들어놓고 적비행기를 기만유인하여 쏴떨구어야 합니다.[43)

뿐만 아니라 1951년 6월24일 담화에서는 교직원들에게 전투원들이 전투기술 기재들을 창안, 자체 제작하고 있는데 그 예로 비행기사냥꾼조를 들면서 교직원들이 이러한 경험담들을 학생들에게 가르쳐야[44)한다고 말하고 있다. 구식무기로 최첨단 무기에 대항하는 북한군이 항일빨치산투쟁시기처럼 자력갱생, 창조성을 발휘하고 있음을 지적하고 있는 것이다. 이는 김의성이 사냥꾼조에 편입되기 위하여 중기를 "바쿠 위에다 실으문

---

42) 남로당계열이 숙청되기 전인 1952년 작품에는 남로당 계열의 활동 모습이 포착되지 않는다. 다만 김남천의 「김일성장군의 「현계단에 있어서 지방정권 기관들의 임무와 역할」에 대한 교시의 말씀을 작가예술가들은 어떻게 실천에 옮길것인가」(1952.3) 통해 1952년까지 건재했음을 확인 할 수 있을 뿐이다.

43) 김일성, 「조국해방전쟁의 종국적승리를 이룩하기 위하여 인민군대앞에 나서는 몇가지 과업」조선인민군 련대간부들을 위한 단기강습에서 한 연설」, 1952년 2월 7일, 『김일성저작집』 7, 조선로동당출판사, 1980, 57쪽.

44) 김일성, 「실지싸움에 필요한 것을 가르쳐야 한다— 강건군관학교 교직원들과 한 담화」 1952년 6월 24일, 위의 책, 292쪽.

뻥뻥 돌면서 쏠 수가 있"45)다는 의견을 내여 사냥꾼조가 되고, 기관총을 개조하는 장면에서도 잘 드러난다.

고사총으로 비행기를 격추시킨다는 것이 상식적으로 불가능한 일처럼 보이지만 1951년 2월7일 연설처럼 북한은 비행기 사냥의 성공 사례를 삐라로 제작하여 살포하고 있다.

"비행기 산양꾼들이여! 이렇게 공중의 살인귀를 잡아라 김재경 산양꾼조 오학용 사격조원들「구라망」또한마리 잡았다. 명중사수 박순선 동무" 라는 제목의 1951년 2월2일자 삐라는 '지난 1월 23일 오학용 사격조의 고사총수 리운수 동무가 구라망 한 대를 격추 시켰는데 24일 저녁 동조에서 사냥성적을 올리기 위해 결의 대회를 한 후 25일 하루에서 30-40대가 떠도는 비행기를 향해 포대를 설정하고 기다리고 있는 중 15시 15분 사격을 하고 오르는 구라망 1기를 발견하고 제1사격을 개시한 결과 발사한 탄환이 명중하여 비행기는 추락하고 적 비행사는 낙하산을 타고 적구에 떨어졌다'는 내용으로 박순선처럼 비행기 한 대 사냥하지 못한 채 2.8절을 맞을 것인가 물으며 전제 사냥꾼들이 강도의 날짐승을 한 마리씩 잡아 2.8절 축연 석상을 화려하게 하자고 독려하고 있다.

이 삐라는 3일 동안 2대의 F-51을 격추시킨 오학용 사격조원들의 무용담으로 사냥꾼조 결성 이후 미군 비행기 격추 성과를 선전함으로써 사기를 진작시키고, 그들이 반복하여 강조하고 있는 최첨단 무기의 무력화를 보여주고 있다.

또한 삐라는 북한은 전쟁 초기 미약했던 일화적 범주의 대민 선전선동을 강화해 나가고 있음을 보여주는 예이기도 하다. 당시 비행기 사냥꾼조에 의해 주로 격추된 비행기는 F-51 무스탕(그루먼)이었던 것으로 보인

---

45) 김만선, 위의 책 60쪽.

다. 김만선의「사냥꾼」에서 김의성이 격추시키는 비행기가 쌕쌔기라면,
삐라에서 확인되는 기종과 리종민의「남강마을의 새로운 노래」의 성호
가 격추 시키는 비행기는 F-51(그루맨)이다. 그런데「남강마을의 새로운 노
래」가 비행기 사냥의 성과를 사실적으로 반영하고 있는 반면 김만선의「사
냥꾼」은 당 지침에 충실한 작품으로 영웅서사의 확장과 갈망을 담고 있
다. 애국심의 고무, 고사총으로 비행기를 격추 시킨다는 명제, 당 지침에
서 강조하고 있는 창발성에 매몰되어 있기 때문이다. 폭격을 위해 낮게
저공 비행을 했던 F-51 무스탕과는 달리 최고시속 960km를 자랑하는 최
첨단 과학기술의 결정체인 쌕쌔기를 격추한다는 것이 현실적으로 불가
능하기 때문이다. '중기라는 이름조차 몰라「저것」이라고 무기를 손짓하
는 한 농민에게 처음부터 중기 사수로 임명한다는 것은 믿을 수 없으며,
정규군으로서 훈련된 당당한 인민군대의 위용을 약화시키는 인상을 주
며 인민군대에 대한 연구가 충분하지 못한 디테일의 비진실성'[46]이라는
엄호석의 지적처럼 총기에 대한 전문지식이 없는 농부가 관련 무기의 지
식 습득의 과정이 없이 기관총을 개조한다는 묘사는 디테일의 진실성에
손상을 가하고 있는데 이것은 압도적 과학기술이 가하는 공포를 승리에
대한 열망으로 전환하고자하는 데서 빚어진 문학적 왜곡으로 보인다. 따
라서 이 작품은 농민출신 영웅이 최신 과학기술의 무대인 전선에서 자력
갱생과 지혜를 발휘하여 북한의 기술력을 보충해 주는 기술적 의의만이
빛나고 있다.

　「남강마을의 새로운 노래」는 남강마을을 소재로 한 것으로서 마을 출
신의 성호가 비행기 사냥꾼조가 되어 남강다리와 마을을 폭격하는 비행
기를 격추하는 이야기를 그리고 있다. 이 작품은 비행기 사냥꾼조뿐만

---

46) 엄호석,「조국해방전쟁과 문학의 앙양」,『문학예술』, 1952.5, 101쪽.

아니라 마을의 아이들마저 비행기가 날아들면 안 맞을 줄 뻔히 알면서도 거기대고 고무줄 총에 돌 탄환이라도 쏴야지 속이 시원해하였고, 그것도 없는 아이들은 "미국비행기 퉤퉤 영국비행기 퉤퉤 내 돌맹이에 맞아라 사냥꾼 총에 맞았네 돌 벼랑에 떨어져라 시궁창에 떨어지네 앞윗놈은 내 쏠겡이 뒷윗놈은 너 쏴라"[47] 노래를 지어 부를 만큼 폭격이 아이들에게 도 전쟁에 대한 인상 중 가장 강렬하게 새겨진 장면 또는 일상이었음을 보여준다.

미군의 무차별적 폭격에 대해 북한은 이처럼 사냥꾼조의 일화나 영웅 서사를 통해 영웅담론을 생산해 내며 승리적 관점을 갖도록 진술하고 있 는데 이것은 기사나 수필에서 더욱 직접적으로 드러나고 있다. 『국민보』 에 독자 투고된 「하늘을 지키는 여자들」[48]은 1950년 늦은 가을 공장, 병 원, 학교들이 모두가 화염과 잿더미 속에 묻히자 악독한 미국 항공기의 진저리나는 폭음 속에서도 부녀자들의 애타는 그 환경을 똑똑히 분간하 여 사무소 직원이었던 이영자라는 여성이 원수에 대한 증오와 격동으로 미어질 듯한 가슴을 움켜쥐고 불타는 거리를 한 걸음에 달려 군사 동원 부를 찾아와 군입대를 자원하고 항공학교에 입참하여 출격 날을 기다리 며 훈련을 받고 있다는 기사이다. 이 기사는 미군을 청소할 '매'로 거듭 나기 위해 고된 훈련을 견뎌내는 그녀의 투쟁의지와 애국심을 칭찬하면 서 조국해방 전쟁 앞에서 여성마저도 영웅의 문으로 들어서고 있음을 보 여주고 있다.

주영섭은 「영웅 탄생」에서 미군이 장악한 하늘과 지상의 탱크에 맞서 싸우는 인민들을 영웅으로 명명하면서 전쟁 시기를 영웅의 시대로 규정 한다.

---

47) 리종민, 「남강마을의 새로운 노래」, 『문학예술』, 1952.9, 19–20쪽.
48) 독자, 「하늘을 지키는 여자들」, 『국민보』, 1952년 9월 3일, 3쪽.

미제의 비행기는 오늘도 우리 머리 위를 날고 있으며 우리 머리 우에 폭탄을 퍼붓는다. 그러나 우리는 무서워하지 않는다. 조선인민은 잘 알고 있다. 그런 것은 모두가 '종이 범'에 지나지 않는다는 것을. 조선의 하늘과 땅이 미제의 비행기와 땅크로 정복되지 않는 것처럼 조선인민은 미군의 무력이나 공갈이나 협박으로 정복되지 않을 것이다.[49]

영웅적 인민들이 있기에 미군의 화력 앞에서 굴복하지 않을 것이라는 것이 그의 생각이다. 이와 같은 전 국민의 영웅화는 전쟁 영웅들의 서사에서 출발하며, 영웅담론은 곧 조국수호로 이어진다. 하지만 폭격과 관련된 수기, 수필, 기사들의 강한 어조는 북한인민들의 내면화된 공포의 표출로도 읽힌다.

실존 인물을 다룬 임순득의 소설 「조옥희」는 5장으로 구성된 단편소설로 조옥희의 영웅적인 투쟁을 그리고 있다. 이 작품은 조옥희[50]가 서부 경남지역에서 빨치산으로 활동하다가 붙잡혀 고문을 당하다가 죽어간 과정을 소설화한 것이다. 임순득은 이 작품에서 미군을 식인종과 짐승으로 이미지화하고 있다. 짐승의 살을 뜯어 먹으며 짐승의 날피가 줄줄 흘러내림에도 씻을 줄 모르고 다음에 물어뜯을 살점을 탐하는 "「문명」한 미국 식인종"[51]이라는 조옥희 생각에서 미군에 대한 혐오감이 느껴진다. 이 혐오감은 멸시로 확장되는데 그들의 행태를 보며 "꼭 즘생이다.」"라고 중얼거리는 그녀의 말에는 미군에 대한 멸시가 담겨 있다. 체포 후

49) 주영섭, 「영웅 탄생」, 『문학예술』, 1951.10, 82쪽.
50) 조옥희(1923.9.25~1950.11.27)는 1951년 3월 한국전쟁 시기 공로로 공화국영웅칭호를 받은 유격대원으로 1947년 2월 조선로동당에 입당하였으며, 리녀맹위원장을 거쳐 군녀맹위원장으로 활동했다. 한국전쟁이 일어나자 전선원호사업을 벌이다 후퇴시기에 지남산 인민유격대로 활동하다 정찰 임무 중 체포되어 고문으로 사망하였다. '조옥희', 전자사전프로그람 ≪조선대백과사전≫(2001-2005 백과사전출판사・2001-2005 삼일포정보센터). 조옥희 관련 작품은 임순득의 소설 외에 리북명의 중편소설 「조선의 딸」1-3(『문학예술』1952.10-12)이 있으며 유화 <영웅 조옥희>(1952)가 있다.
51) 임순득, 「趙玉姬」, 『문학예술』, 1951.6, 26쪽.

보게 된 동지의 아들의 시체와 고문 속에서 조옥희의 미군에 대한 혐오감과 멸시는 증오로 증폭된다. 그럼에도 그녀는 햇살을 보며 삶을 갈망한다. 그러나 동지들의 몫까지 살고 싶다는 욕망을 꺾는 것은 노동당원이라는 영예이다. 조옥희가 총살되면서 "미제놈들아 저주를 받으라! 나는 죽지만 나의 배후에는 수백만 우리 로동당원이 있다. 민주녀성이 있다. 인민군대가 있다. 청조한 공화국이 있다"[52]며 미국에게 퍼붓는 저주와 부르짖음에는 앞으로도 영웅적 희생과 투쟁을 이어갈 인민과 인민군대 그리고 그들의 영웅적 행동의 근본이 되는 북한 정부가 있다는 믿음때문이다. 이처럼 영웅서사 속에는 정신적 승리와 민족적 자부심과 자립성과 승리의 신심 고취라는 전략이 숨어있다.

또한 임순득은 고산면에서 활동하던 도중 폭격을 받아 정신없이 도망친 후의 상황을 다음과 같이 묘사하면서 당시의 공포를 웃음으로 승화시키고 있다.

> 모두 연기에 거스른 새까만 얼굴이 웃은 찢어지고 손 발은 화상을 입었으나눈만은 은산의 화광이 그냥 반사된듯 황황히 빛나고 있다. 그런 중에도 동무들은 서로 마주보며 킬킬거리며 웃었다. 제 형상을 가진 사람이 하나도 없는 것이다. 숨을 몰아 쉴 기력도 없던 사람들이 이렇게 웃음으로써 겨우 제 정신에 돌아오는 것을 느끼였다.[53]

위의 인용에서 볼 수 있듯이 이들의 웃음은 제 형상이 아닌 동지들의 우스운 모습에서 나오는 것으로 정신을 차림으로서 살아있음을 느끼게 하는 웃음, 안심하는 과정에서 나오는 웃음이다. 이처럼 북한 문학은 폭격과 관련된 소재를 문학으로 형상화하면서 내면화된 공포를 증오와 적

---

52) 임순득 위의 책, 36쪽.
53) 임순득 위의 책, 30쪽.

개심, 혐오와 비아냥, 동지애와 새로운 공동체에 대한 희망 그리고 살아 있음을 감지하게 하는 웃음으로 그려내고 있다. 화력의 열세를 전쟁 초기부터 인정한 북한이 정신적 승리라는 서사 전략을 되풀이하는 것은 비록 화력은 열세이지만 민족적 자부심과 애국심으로 무장한 인민영웅과 인민군대가 있어 전력은 우세하다는 것을 강조함으로써 전쟁 수행에 모든 역량을 집중해야 국토를 방위할 수 있었기 때문이다. 이 외에도 나아가 세계 평화라는 전쟁의 당위성을 확보하기 위함으로 보인다.

4. 아직 끝나지 않은 비극

폭격기를 연상시키는 과자 '비29'. '비29'는 농심이 스낵시장을 융단 폭격기인 B29처럼 평정하겠다는 의미에서 네이밍된 스토리텔링형 상품 중의 하나다.[54] B29는 2차 세계대전 당시 히로시마와 나가사키에 원자폭탄을 투하한 폭격기로 공훈과 대량학살의 요체가 과자로 재생산된 것이다. '비29'가 국내에서 판매된 시기는 군부독재 시절로 군사적 방식으로 국가를 통제하던 때와 맞물려 있다. 반백년이라는 시간 속에서 분단 상황에 대한 인식 무뎌지고, 사람들은 대량학살의 대명사인 B29로 네이밍된 과자로 먹으며 학살기계를 추억했다. 2003년 3월에는 이라크에 대한 미국의 무차별 폭격이 CNN으로 중계되면서 한 나라의 주권과 국민의 목숨이 볼거리로 전락하는 상황까지 연출되었다. 아직도 평화라는 이름 아래 폭격은 지속되고 있으며, 그에 의한 대량학살도 현재진행형이다. 일본이 군국주의의 상징인 전함 야마토를 애니메이션화하고, 캐릭터로 그리고 피규어와 프라모델로 상품화하여 군국주의의 부활을 무의식적으로 기리

---

54) '비29'는 1981년에 농심에서 출시되어 10년간 팔렸다. B29 폭격기를 탄 조종사 그림과 함께 낙하산을 타고 내려오는 병사 그림이 그려진 B29는 삽화형 과자이다.

는 것처럼 다시 단종 되긴 했지만 잠시나마 부활했던 과자 '비29'를 마냥 고운 시선으로 볼 수 없는 까닭이 여기에 있다. 현재도 전투기는 아군의 피해를 최소화하면서 적군을 무력화시키고, 적국의 국토를 유린할 수 있다는 점에서 전쟁의 첨병역할을 하고 있기 때문이다.

한국전쟁에서 북한과 남한은 폭격으로 심각한 피해를 입었다. 한국전쟁은 높은 민간인 사상비율을 보인다. 인명피해 가운데 민간인 사상자가 남한이 전체 사상자의 50%, 북한은 80%를 차지하고 있는데 이것은 미군의 전략폭격을 가장한 무차별 폭격 때문이었다. 민간인 사상자의 80%를 차지했던 북한의 경우 전선문학이나 전쟁주제 문학에서 폭격에 대한 묘사가 빠지지 않는 것은 당시의 폭격이 얼마나 무차별적이었으며 극심했는가를 잘 보여주는 예이다.

북한의 미군 폭격에 대한 대응 양상은 물리적·정신적 두 가지 측면에서 나타난다. 물리적 측면은 미그기의 배치와 비행기 사냥꾼조의 조직으로 제공권을 회복하고자하는 노력이고, 정신적 측면은 폭격을 소재로 영웅담론을 생산해 내며 승리적 관점을 제시함으로서 정신적 승리를 강조하는 방식이다. 이러한 관점 제시는 교시에서 시작되어 문학-삐라-포스터 제작에 반영된다. 특히 문학과 삐라는 특정 사건에 대해 서로 영향관계[55]를 보인다. 그 예가 사냥꾼조를 다룬 소설과 삐라이다.

전쟁시기 창작된 북한 문학은 과학기술로 무장한 미국의 무력 앞에서 정신적 승리라는 서사전략을 되풀이하고 있다. 북한 문학은 폭격과 관련된 소재를 문학으로 형상화하면서 내면화된 공포를 증오와 적개심, 혐오와 비아냥, 동지애와 새로운 공동체에 대한 희망 그리고 웃음으로 그려내고 있다. 화력의 열세를 전쟁 초기부터 인정한 북한이 미국의 물리력

---

55) 미군의 세균전에 관련된 삐라와 시들도 보인다.

에 정신적 승리라는 서사로 대응하는 것은 화력의 열세 속에서 정신적인 승리의 추구가 민족적 자긍심을 높일 수 있고, 나아가 세계 평화라는 전쟁의 당위성을 담보해내기 때문이다.

삐라와 문학의 공통감각*

─한국전쟁기 북한 삐라를 중심으로─

ㅣ김은정ㅣ

1. 삐라의 기능과 성격변화

매체가 발달하기 이전 사람들은 소문과 공포(公布)물 중 하나인 '방(榜)'에 정보습득을 의존하고 있었다. 그러나 소문은 출처가 불분명하여 신빙성을 담보하지 못하였기에 비교적 출처를 명확한 '방'이 '알림' 또는 '정보 습득'의 주요통로가 되었지만 정부의 공식 공포물인 '방'은 정보습득 외에도 통제의 성격이 강하게 내재되어 있었다. 반면 '방'은 미확인된 사실이나 숨겨진 진실을 폭로하는데 일조하였으나 공간의 제약으로 인해 통제 가능하였기에 정보가 소문에 의해 다수의 대중에게 침투하기까지 시간이 필요했다. 이러한 공간의 제약과 속도(시간)의 문제를 다소 해소할 수 있는 대체물이 전단이었다. 전단이 공간의 제약과 속도의 문제에서 벽 게시물인 '방'보다 자유로울 수 있었던 것은 정해진 구역을 대상으로 일괄 배포하는 방식과 길거리를 지나는 불특정 다수를 대상으로 배포가

---

* 이 논문은 「삐라와 문학의 공통감각─한국전쟁기 북한 삐라를 중심으로」(『국제어문』 59, 국제어문학회, 2013)를 단행본 취지에 맞게 수정 보완하였다.

가능하다는 전달 방법에서 찾을 수 있다. 전단의 성격과 특징 및 의미에 대해 베르너 파울슈티히는 다음과 같이 규정하고 있다.

> 전단지는 오늘날에도 간혹 주장되는 것처럼 하나의 장르가 아니라 아주 다양한 텍스트와 구성 양식을 매우 상이한 이용 방식 및 기능으로 묶어주는 매체이다. (… 중략 …) 항상 특징적으로 강조되는 것은 간결함, 구체성, 감각적인 명료성이라는 의미에서의 실체화, 상호 대조, 빠른 생산성, 저렴한 가격, 임시적 성격, 호소적인 구조, 저장 기능, 통제 불가능성 등과 같은 것들로, 이 모든 것은 대중적인 확산과 의식적인 여론 형성의 전제 조건이라 할 수 있다. 종교개혁기에 전단지는 그 어느 때보다 더 분명하게 대중문화의 맥락 속에서 진정한 대중매체로서 그 모습을 드러내 보였다.[2]

이노은은 전단이 '근대 초기 "최초의 대중매체"로 "지식의 민주주의"를 향한 첫 번째 발걸음으로 전단의 제작과 보급과정에서 정서법과 문법을 통일해야할 필요성이 최초로 대두되었으며, 다면적 의사소통 매체로 특징을 강화시'[3]켜 왔다고 전단의 역할을 설명한다. 따라서 전단은 의식적인 여론형성과 지식의 민주주의의 기초가 되는 대중매체라할 수 있다.

국내에서 전단은 내용이나 목적에 따라 전단(傳單), 유인물(油印物), 찌라시(散らす)[4], 삐라(ビラ)[5]로 호명되면서 정치적인 것과 비정치적인 것으로

---

2) 베르너 파울슈티히, 황대현 옮김, 『근대 초기 매체의 역사 : 매체로 본 지배와 반란의 사회 문화사』, 지식의풍경, 2007, 241쪽. 정선태, 「삐라, 매체에 맞서는 매체」, 『서강인문논총』 Vol.35, 서강대학교 인문과학연구소, 2012, 9쪽 재인용.
3) 이노은, 「대중 언론 매체의 탄생?-근대 초기의 전단 문화 연구」, 『브레히트와 현대연극』 Vol.15, 한국브레히트학회, 2006, 22-23쪽.
4) 찌라시는 '뿌리다'라는 뜻을 가진 일본어 치라스(散らす)에서 유래된 용어로 에도시대 때부터 사용되었다.
5) 벽보, 광고용 포스터라는 뜻의 빌(bill)이 일본어 비라(ビラ)'에서 유래되었다는 설과 조각을 뜻하는 일본어 '히라(ひら : 片)'에서 유래했다는 설이 있다. 일본에서 삐라(ビラ)라고 하는 말은 메이지(明治) 시대에 들어서면서부터 사용되기 시작했다고 한다. 조선에서는 삐라로 고착되었다. 하지만 삐라는 bill보다 leaflet에 가깝다.

구분된다. 전단은 홍보나 상업적 목적으로 만들어진 낱장의 종이 인쇄물을 가리키나 정치권에서는 개인 홍보와 자신의 주장을 알리기 위한 목적으로 만들어지기도 한다. 따라서 전단은 일반적으로 상업적·비정치적 정보라는 개념을 갖고 있다. 반면 삐라는 정치선전의 뜻을 내포한다. 레닌은 「무엇을 할 것인가?」에서 '경제적(공장이나 직업상의) 상태를 폭로라는 '문건'이 제작되면서 러시아 노동자의 경제투쟁이 광범위하게 확산되고 강화되었다'[6]고 주장한다. 즉 '폭로물의 간행 자체만으로도 위력적이었으며 그것들은 강력한 도덕적 영향력을 발휘하였으며, 전단이 나오는 것만으로도 요구의 전부 또는 일부를 관철시키기에 충분했'[7]다는 레닌의 글은 1900년대 선전물 또는 폭로물로써 삐라의 위력을 보여주고 있다.

정치선전물의 성격을 지닌 삐라는 이러한 위력과 사상의 그늘 아래 현재 남한에서는 전단의 북한어로 규정되고 있다. 이러한 국어사전의 규정은 삐라라는 용어를 금기어로 만들었으며, 북한이 선점한 용어로 인식하게 하였다.

삐라가 '빨갱이', '빨치산', '공산주의자' 또는 '북한과 관련된 불온한 문서'의 상징이 되면서 정치선전의 내용이 담긴 전단은 남한에서는 70년대는 찌라시, 1980년대에는 유인물(printed) 또는 유인물의 영어 약자인 피(P)로 불렸다. 즉 남한에서는 삐라에 빨갱이의 이미지가 덧 씌워지면서 정치선전의 뜻을 내포하는 삐라가 일본어인 찌라시에서 영어의 약자인 피(P)로 변화되어 사용되었다.

삐라라는 용어가 한반도에서 북한 건국이후부터 사용된 것이 아니다. 국내에 삐라라는 용어가 사용된 것은 일제 강점기로 당시 삐라에 대한 인식을 살펴보면 처음부터 삐라를 정치적 선전을 내포하는 의미로 인식

---

6) 레닌, 홍승기 편역, 「무엇을 할 것인가?」, 『레닌 저작선』, 거름, 1988, 172쪽.
7) 레닌, 위의 책, 173쪽.

하지 않았음을 알 수 있다. 『동아일보』에 실린 삐라 관련 기사 내용을 보면 1924년 경 부천군 농사장려회와 부천군승입조합에서 배포한 삐라[8]의 성격은 추수와 관련된 알림 또는 홍보를 목적으로 하고 있어 순수한 의미 전단이라 할 수 있다. 그러다 삐라가 정치적 의미를 내포하기 시작하는데 1926년 『동아일보』에 실린 「全國無産階級에게 삐라 五萬枚配布, 삼만 당은 인쇄하다가 발각, 三重縣事件과 在東京團」이라는 삐라 기사는 삐라가 정치적 목적으로 인쇄되어 이 시기 유포[9]되었음을 보여준다. 따라서 1920년대의 삐라는 현재 전단의 성격과 삐라의 성격을 동시에 지니고 있었음을 알 수 있다.

정치적 성격의 삐라 출현 이후 조선에서 삐라는 폭로, 선언 등 정보전달의 기능을 수행한 것으로 보인다. 그러나 해방 이후 삐라는 일련의 사건과 관련하여 목소리를 내며 좌우대립의 첨병 역할을 하게 되는데 '삐라가 당시의 정치적 상황을 생생하게 보여주는 미디어=텍스트로 삐라에 담긴 언어는 당시의 혼란상을 가감없이 보여주'[10]고 있다는 정선태의 지적처럼 당시의 삐라는 선언, 폭로, 선동, 경고, 반대, 안내 옹호, 비난 등의 통로가 되었다. 해방 후 삐라의 종류를 보면 성명서, 포고, 격문, 선언, 경고, 안내, 보도문 등이 다수를 차지하고 있으며 음악회나 집회 프로그

---

8) 「生産品精製와 副業奨勵 「삐라」, 富川郡農事奨勵會와 富川郡繩叺組合에서(仁川)」, 『동아일보』, 1924.11.15, 3면.

9) 기사내용은 다음과 같다. 일월회, 조선노동총동맹, 학우회 외 7개의 단체의 연합으로 조직된 삼중현의 강연회가 일본 경찰에 의해 해산되고 30여 명이 검거되자 조선노동총동맹, 재일 동경무산청년동맹회, 여성단체 삼월회에서 삐라 5만장을 살포한 후 3만장을 추가 인쇄하여 발송하려다 발각되어 압수당했는데 일원회 선전부장인 하필원(월북)은 자취를 감추었다는 내용의 기사가 실려 있다. 동경통신, 「全國無産階級에게 삐라 五萬枚配布, 삼만 당은 인쇄하다가 발각, 三重縣事件과 在東京團」, 『동아일보』, 1926.2.22, 1면. 그리고 1926년 4월 21일자 『동아일보』 3면의 「停刊中의 社會相(1) 三月 七日부터 三月 二十九日까지」에는 3월 9일에 "赤色 삐라와 雜誌"라는 표제어 아래 하얼빈의 고려공산당청년회가 평양에 『火葬』이라는 잡지를 보내고, 붉은 잉크로 인쇄된 적색 선전물 수백장이 발견되어 조사 중이라는 기사가 실려 있다.

10) 정선태, 앞의 책, 26쪽.

램, 단체의 규약, 악보와 노래 가사도 삐라도 뿌려졌다. 해방 이후 정략적 의도 아래 살포된 삐라는 '선전'적 성격에서 벗어나지 못했으며 더 나아가 감정 선동물의 성격이 점차 강해졌다.

이 글에서는 한국전쟁 당시 살포된 삐라를 중심으로 인간의 감정 선동에 미치는 영향과 수사적 측면에서 북한 문학과 삐라의 영향관계에 대해 논의를 전개하려고 한다. 한국전쟁 전 국내에서 비주류 매체인 삐라가 정부나 단체의 정책을 반대하고, 정당들의 입장을 전달하기 위한 이념의 도구였다면, 한국전쟁기의 삐라는 정부의 대외정책을 따르고 이를 정당화하는 주류 매체에 협력하여 국익을 대변하는 도구적 성격이 강화된다. 주류 매체와 비주류 매체의 정치적 합의는 영토보호와 국가 독립에 기초해 있다. 삐라는 선전선동적 문구를 통해 감정을 조직한다는 점에서 심리전술의 일환으로 사용되어 왔다. 선전선동의 기본 목표는 의식의 통합에 있다. 선전선동은 지속적으로 하나의 메시지를 전달함으로써 분열된 의식을 통합하여 정책이나 요구를 관철하거나 적을 분열시키는 것이 목표이다. 따라서 선전의 대상이 매우 중요하게 작용한다. "선전의 임무는 개인을 과학적으로 훈련시키는 것이 아니고, 대중의 주의를 어떤 일정한 사실·사건 및 필요성 등에 집중케 만드는 것"[11]이라는 히틀러의 말처럼 정치선전에서 나아가 선동물인 삐라는 인간의 인식 속에 하나의 표상을 형성한다. 대상에 의해 촉발되어 표상을 얻는 능력을 감성이라 할 때 삐라는 표상을 통해 감성을 자극하여 향수, 전의, 적개심, 상실감 등의 감정을 경험하게 함으로서 이성적 사고가 아닌 본능적·감정적 사고로 유도한다. 감정은 인간의 행동에 일정적 영향을 미치기 때문에 삐라의 성격 중 학습 또는 정보전달의 수단보다 원초적 감정을 자극하는 선동물에 초

---

11) 히틀러, 홍경호 역, 『아돌프 히틀러 나의 투쟁』, 대운당, 1975, 92쪽.

점을 맞춰 논의를 전개하고자 한다.

한국전쟁기 삐라에 관한 연구는 역사학, 언론학을 중심으로 진행되고 있다. 『한국전쟁기 삐라』[12]가 출간된 이후 이 자료를 바탕으로 정용욱[13], 김영희[14], 이성호[15], 이운규 등이 심리전과 관련한 연구를 하였다. 정용욱은 한국전쟁 기간 미군의 심리전 조직과 시기별 전개양상을 분석하면서 미국의 삐라에 의한 심리전을 가장 저렴하고 효과적인 전쟁수단으로 분석하고 있다. 이성호와 김영희는 정용욱의 연구 성과를 바탕으로 논의를 진전시키고 있는데 김영희는 『6·25 전쟁기 미군 심리전 관련 자료집』에 실린 ORO-T3(EUSAK), ORO-T4, ORO-T21'FEC에 기대 내용과 특징을 분석하고 있으며, 이성호는 개전부터 1951년 말까지 상황을 조사한 보고서 'FEC Psychological warfare operations : Leafles.'(이하 ORO-T21'FEC)에 기대어 삐라의 내용과 선전효과를 분석하고 있지만 정용욱, 김영희의 글에서 더 나아가지 못하고 있다. 이운규 역시 위의 자료를 바탕으로 삐라의 종류와 내용, 국가별 상황을 수치화하고 있는 점에서 한국전쟁시기 삐라의 내용과 종류에 대한 기초적인 연구는 이미 진척되었음을 알 수 있다. 이처럼 역사학, 언론학 중심의 삐라 연구가 한국전쟁시기 삐라의 내용과 종류, 이미지 연구에 집중되어 있는 반면, 정선태의 연구는 해방 전을 살피고 있는 점에서 삐라 연구의 성과를 보여준다. 정선태는 『'삐라'로 듣는 해방직후의 목소리』를 정리하여 편하였으며, 해방 직후의 삐라에 관한 연구[16]를

12) 방선주 편, 『한국전쟁기 삐라』(춘천 : 한림대학교 아시아문화연구소, 2000).
13) 정용욱, 「6·25전쟁기 미군의 삐라 심리전과 냉전 이데올로기」, 『역사와 현실』 No.51, 한국역사연구회, 2004.
14) 김영희, 「한국전쟁 기간 삐라의 설득커뮤니케이션」, 『韓國 言論學報』 Vol.52 No.1, 한국언론학회, 2008.
15) 이성호, 「한국전쟁기 맥아더사령부의 삐라 선전 정책」, 『한국 근현대사 연구』 Vol.58, 한국근현대사학회, 2011.
16) 김현식, 정선태, 『'삐라'로 듣는 해방직후의 목소리』, 소명, 2011.
정선태, 「전단지의 수사학 : 해방 공간의 '삐라'를 중심으로」, 『한국학논총』Vol.35, 국민

지속하고 있다. 그는 삐라의 특성과 역할을 제한적으로 활용하고 있으나 문학작품 분석을 통해 삐라가 인물의 의식과 행동 변화에 미치는 영향과 삐라의 의미를 규명하려 하였다는 점에서 연구의 진척을 보이고 있다. 정선태는 「삐라, 매체에 맞서는 매체」에서 해방 전 당대인들의 삐라에 대한 수용을 진보적 민주주의자와 민족주의자의 경우로 구분하여 매체가 부족했던 당시 '비' 제도적 매체인 삐라가 학습을 통한 의식변화의 도구 또는 정치적 각성의 도구가 되었다고 기술한 것처럼 삐라는 사실의 전달이라는 '비' 제도적 매체의 기능 수행 외에도 혼란기 조선에서 정치학습의 도구로 대중을 정치경험의 길로 이끄는 수단이 되었다. 이처럼 삐라에 관한 연구는 심리전과 이미지에 관한 연구가 다수를 차지하고 있으나 문학과 삐라의 영향관계에 대한 연구까지는 이르지 못하고 있다.

이러한 연구 성과를 바탕으로 이 글에서는 한국전쟁 당시 살포된 감정선동물인 삐라의 효과와 북한 문학과 삐라의 영향관계를 통해 전유, 왜곡, 사유되는 과정을 문학작품 및 기타 문건을 통해 검토하려한다. 이 글은 이후 연구 과제인 미군 삐라와 북한 삐라의 대조를 통해 그 종류와 특성 및 미군 삐라에 대한 북한의 대응 방식을 살피기 위한 기초 작업이다. 북한은 미국의 삐라에 의한 감정선동에 문학작품으로 대응함으로써 인민들의 감정적 이탈을 막고 적에 대한 증오심을 바탕으로 응전을 하고 있다. 즉 문학이 적의 삐라에 대한 응전의 방법으로 선택되고 있어 이를 살피기 위해서는 먼저 문학과 삐라의 영향관계와 호응의 정도에 대한 검토가 필요하다.

이를 위해 이글의 대상 텍스트로 전쟁 중에 발간된『문학예술』(1950.6-1954.8),『불멸의 력사』,『한국전쟁기 삐라』에 실린 삐라 외 미국에서 살포

대학교 한국학연구소, 2011.
정선태, 앞의 책, 2012.

한 삐라 150종, 북한과 중국에서 살포한 삐라 40종을 대상으로 하였으며, 『미국소재 한국사 자료 보고서Ⅲ- NARA소장 RG 242<선별노획문서>외-』에 실린 북한과 중국이 살포한 삐라 리스트 117종을 참조하였다.[17] 『문학예술』의 범위를 1954년 8월로 설정한 것은 정전 후에 전투 참가자들이 전쟁의 경험을 직접 노래하고 있어 정전 후 1년 동안 『문학예술』에 실린 작품들이 전쟁의 여운을 잘 드러내고 있기 때문이다.

2. 삐라와 감정 선동

감정은 생물학적으로 주어진 감각으로 다른 감각과 마찬가지로 인간 자신의 존재와 인간과 사회적 관계를 인식하게 하는 수단이다. 감정은 사회적인 측면에서 "인간이 내·외부의 환경을 이해하는 방식에 관한 신호를 보내는 송신자로 볼 수 있다."[18] 감정은 어떤 대상과 환경에 관한 정서로 기쁨, 즐거움 등 일반적으로 긍정적이거나 부끄러움, 불쾌, 분노, 두려움, 불안, 공포, 슬픔, 질투 등 부정적인 것 그리고 놀람과 같이 긍정적일 수도 부정적일 수도 있는 감정들로 분류할 수 있다.

'감정의 대표적 기본 모형은 두 가지로 찰스 다윈과 윌리엄 제임스, 프로이트의 초기 저작에 등장하는 유기체적 모형이며, 존 듀이, 한스 게르트, 라이트 밀스 등의 저작에서 보이는 상호작용론적 모형이 있다. 먼저 유기체적 모형은 감정을 주로 생물학적 과정으로 정의하고 있는데 감정은 다윈에게는 본능이며, 프로이트의 초기 저작에서는 리비도의 방출, 제임스의 경우는 심리적 과정을 인지하는 것으로 인식하고 있다. 반면 상

---

17) 삐라의 건수는 『한국전쟁기 삐라』에 수록된 삐라와 『미국소재 한국사 자료 보고서Ⅲ-NARA소장 RG 242<선별노획문서>외-』에 수록된 동일한 삐라는 제외한 건수이다.
18) 앨리 러셀 혹실드 지음, 이가람 옮김, 『감정노동』, 이매진, 2009, 285쪽.

호작용론자들에게 생물학적 요소는 어느 정도만 포함하고, 그들의 관심은 심리적 과정이 취하는 의미에 있으며, 체계화와 관리, 표현을 통해 사회적 요인이 감정의 형성과정 자체'[19]에 속해 있다.

듀이는 감정이 "무수히 많은 수의 근원적인 활동 또는 본능적인 활동이 대응하는 상황에 따라 관심이나 기질로 조직된다"[20]고 주장했다. 따라서 감정에 사로잡히면 정확한 판단보다는 비합리적으로 행동하고 사물을 왜곡할 가능성이 높아진다. 삐라는 그러한 심리적인 측면을 잘 이용한 선전도구이다.

삐라는 감정을 조직함으로써 인식의 결집을 통해 행동을 유발시킨다. 꼭 행동의 유발에까지 미치지 못하더라도 사람에 따라 행동이나 행동결정에 영향을 끼치는 감정 선동물임은 틀림이 없다. 히틀러는 선전 주요 전략에서 조작은 설사 그것이 진실이 아니라 하더라도 그 죄를 전부 적에게 돌려야한다고 주장한다. 조작의 최종 목표는 진실을 왜곡하고 불안과 공포를 조장함으로서 적의 판단력 상실하게 하여 행동의 무력화하거나 분노를 통한 포섭에 있다. 이 당시 살포된 삐라가 '사안의 범위를 최소한으로 제한하여 비과학적인 감정 호소, 정해진 문구의 언어적·시각적 반복, 적에 대한 책망을 되풀이'[21] 하고 있는 것을 볼 때 선전을 반복과 단순으로 집약하고 있는 히틀러의 선전 원칙에서 벗어나지 않는다.

한국전쟁 당시 뿌려진 삐라가 총 28억장으로 미군이 25억장, 북한이 3억장을 살포한 것으로 추정될 만큼 한국전쟁은 심리전(warfare psywar)의 실험장이기도 했다. 심리전은 물리적 전쟁과 병행하여 특정한 집단의 의식에 작용하여 그 전투 의사를 감퇴·박탈 또는 조작하는 전쟁 형태로 라

19) 앨리 러셀 혹실드 지음, 이가람 옮김, 앞의 책, 267-269쪽.
20) 앨리 러셀 혹실드 지음, 이가람 옮김, 같은 책, 275쪽. 재인용.
21) 히틀러 앞의 책, 92-94쪽.

디오·신문·삐라 등 매체의 조작에 의하여 적국 또는 제3국에 대해 선전을 행하고 위신을 확립하거나 국제 정치의 우위를 확보하거나 상대의 전의를 감소시킬 것을 목적으로 하는 것으로 전쟁의 한 측면을 담당하고 있다. 심리전의 기본 방식은 선전방식이지만 여기에는 아지프로(agipro)의 의도도 담겨있다. 선전과 선동은 분리개념이 아니라 통합개념이기 때문이다.

미군의 심리전은 매우 발 빠르게 진행되었다.[22] 미군은 주제의식과 메시지에 따라 삐라에 작전명[23]을 부여하고, 대상과 제작부처 별로 일련번호를 부여하는 등 체계적으로 심리전을 펼쳤다. 작전명에 따른 삐라는 공포심 유발 및 전의 상실, 향수자극, 귀순 권유, 북한·중국군대와 주민 사이의 대립조장 등을 내용으로 하고 있으며 수사적 측면에서는 북한을 공산침략자, 하수인(지주와 하인, 꼭두각시) 등으로 표현하고 있다. 또한 전쟁 상황이나 전력의 우위를 굶주림, 죽음, 도망, 폭격, 생명, 투항 등 공포를 조장하는 용어를 사용하고 있는 반면 국군과 UN군에 대한 용어는 안심, 보장, 약속, 평화 등의 단어를 사용하여 공산당으로부터 주민을 해방할 지원군으로 묘사하고 있다.

이를 바탕으로 삐라 내용을 크게 분석적 범주와 일화적 범주로 구분할 수 있다. 분석적 범주는 전쟁의 원인과 전쟁의 이유와 명분에 대한 선전

---

22) 삐라 제작과 살포는 극동군 사령부 정보참모부(G-2)의 심리전과에서 수행하였는데 1951년 8월 심리전과는 심리전부(psychological warfare Section, PWS)로 확대되고, 작전 참모부(G-3)에 배속되었다. 심리전부는 부장 밑에 기획, 정책, 정보, 작전, 특별 작전 등 4개의 부서가 있었고, 작전부서 아래 삐라와 라디오 방송을 담당하는 하위조직을 두었다. 심리전부는 미8군 심리전부, 제1방송, 삐라부대를 지원했다. 제1방송, 삐라부대는 미국에서 조직되어 1951년 8월 일본에 파견된 부대로 한국에서 수행하는 작전심리전을 담당했다. 김영희, 앞의 책, 313쪽. 이를 보면 미국이 심리전을 얼마나 조직적으로 수행하였고, 중시하였는지를 알 수 있다.

23) 불도저(Bulldozer), 구사일생(Skinsaver), 외통수(Checkmate), 향수 (Home and Mother), 이아고(Iago), 데스데모나(Desdemona), 나이팅게일(Nightingale), 길잡이(Signpost), 땀과 고생(sweat and toil), 깃발(Flag), 전복(Send-in-Gears) 정용욱, 위의 책, 106쪽. 11개의 작전명에는 셰익스피어의 『오셀로』의 등장인물의 성격이나 사물의 특징이 부여되어 있다.

으로 문제를 일반적이고, 추상적인 맥락에서 파악함으로써 감정을 조직한다. 일화적 범주는 전쟁 상황과 같은 구체적인 문제나 특정한 사건의 관점에서 선전하는 것으로 이 두 범주에 왜곡이 직간접적으로 관여한다.

한국전 첫 삐라는 전쟁 발발 직후인 50년 6월28일 미 극동사령부가 남한 군인과 주민을 상대로 살포한 1200만장의 삐라로 군인들에겐 최대한 항전할 것을 격려하고, '유엔과 우방국이 한국을 도울 것'이라며 주민들을 안심시키는 내용이다.[24] 비행기로 살포된 첫 삐라의 양은 '한국전쟁 발발 후 5개월간 살포한 삐라의 1/10에 해당하는 분량'[25]이었다.

첫 삐라는 불안과 공포에 동요하는 민심을 설득하는데 일정 정도 효과를 발휘한 것으로 보인다. 미군측의 대대적인 삐라 선전에 대해 북한은 아래의 인용문과 같이 대응하고 있다. 한국전쟁 발발 이틀 후인 1950년 6월 27일 김일성은 조선로동당, 북조선민주당, 북조선천도교 청우당 도위원회 위원장연석회의에서 전쟁 중 선전사업의 중요성에 대해 다음과 같이 언급한다.

넷째로, 각계각층 인민들속에서 선전사업과 사상교양사업을 잘하여야 하겠습니다. 무엇보다도 <u>인민군대의 전과를 제때에 인민들속에 널리 소개선전하는 것이 중요합니다. 지금 리승만괴뢰도당은 방송을 통하여 저들이 해주를 점령하였다고 허위선전을 하고있습니다. 우리가 인민군대의 전과를 제때에 널리 소개선전하지 않는다면 인민들이 적들의 이와 같은 허위선전에 넘어가 실망할 수 있습니다. 각 정당들은 출판물을 비롯한 각종 선전선동수단을 다 동원하여 인민군대의 전과를 제때에 널리 소개선전함으로써 후방인민들의 증산투쟁을 힘있게 고무하여야 하겠습니</u>

---

24) 이를 시작으로 한국전쟁기에 미군측에서 살포한 삐라는 25억장으로 한반도를 20번 덮을 수량이었다고 한다. 미국 육군부 장관인 페이스(F. Pace)가 "적을 종이(삐라)로 파묻어 버릴 것"이라는 명령이 있었다고 한다. 정용욱, 앞의 책, 101쪽.

25) 김영희, 앞의 책, 313-314쪽.

<u>다</u>. 또한 전체 인민들이 승리에 대한 신심을 굳게 가지도록 교양하는 것이 중요합니다. 전쟁행정에는 예견치 않았던 여러가지 복잡한 난관들이 조성될수 있습니다. 인민들이 그 어떤 어려운 난관에 부닥쳐도 그 것을 극복하고 전쟁의 최후승리를 위하여 완강히 투쟁하도록 교양하여야 하겠습니다. 전시조건하에서는 각 정당들이 통일적인 선전방향에 근거하여 선전사업을 하여야 합니다. 지금 어떤 사람들은 언론의 자유라고 하면서 제멋대로 선전사업을 하는데 각 정당들이 이런 식으로 선전사업을 하여서는 안됩니다. 오늘부터 각 정당들은 공화국정부의 선전방향에 근거하여 선전사업을 조직진행하여야 하겠습니다.[26] (강조 : 밑줄 - 인용자)

위의 인용문에서 김일성은 최후의 승리를 위한 투쟁을 고양시키기 위한 교양수단으로 선전선동을 지목하면서 일화적 범주의 선전 강화를 요구하고 있다. 밑줄로 강조한 부분에서는 선전선동의 '보편성인 개념의 통합성과 당과 국가 차원에서 조직체계의 완비[27]에 대해 지적하고 있다. 선전선동은 대중들을 정치적 경험으로 이끄는 도구로 선전선동의 기본 목표는 강제와 설득에 있다. 선전이 이치를 따져 논리적으로 정책이나 제기된 과업을 납득시키거나 비판한다면 선동은 주로 감성에 호소하여 강한 충동과 자극을 주어 대중들에게 투쟁의 열의를 고양시키고 하나의 목표로 응집하게 하기 때문이다. 그러나 한국전쟁 발발 직후 북한의 선전전은 전쟁직전의 대남선전에 비해 대민 선전전이 체계적으로 이루어지지 않고 있었음을 김일성의 연설을 통해 알 수 있다. 이러한 현상은 1950년 7월 『문학예술』에서도 확인할 수 있는데 7-8월호에 실린 시들은 친선, 평양, 남조선해방 관련 시들이 주류를 이루며 『문학예술』 1950년

---

26) 김일성, 「조국해방전쟁의 승리를 위한 각 정당들의 과업-조선로동당, 북조선민주당, 북조선천도교 청우당 도위원회 위원장연석회의에서 한 연설」 1950년 6월 27일, 『김일성 저작집』 6, 조선로동당출판사, 1980, 26쪽.
27) 양무진, 「선전선동 사례연구 : 나치독일, 중국, 북한」, 『현대북한연구』 Vol.14 No.3, 현대북한연구학회, 2011. 37쪽.

1-6월호의 연장선상에 있어[28] 전시문학으로의 전환이 즉각적으로 이루어
지지 않았음을 보여준다.

북한의 대민 선전전의 미숙은 미군의 삐라의 사회적 효과로 나타나는
데 1950년 9월부터 1951년 1월까지를 전쟁현황을 그린 ≪불멸의 력사≫
중 『조선의 힘』[29]에서도 이를 확인할 수 있다.

<그림 1> 이 삐라는 1950. 9. 28일 살포된 서울 수복
삐라이다

---

28) 오히려 『문학예술』 1950년 1-5월호나 1954년 1-7월까지 『조선문학』에 실린 시들이 정
   훈시(政訓詩)의 성격을 짙게 드러내고 있다.
29) 『조선의 힘』은 낙동강 전투와 인천상륙작전, 중공군의 개입, 평양 탈환전투, 서울 탈환
   을 그리고 있다.

달아오른 포신마다에서 비방울이 자글자글 끓었다. 구령소리, 욕지거리, 예광탄의 긴 불꼬리, 몸서리치는 비명, 폭발… 화광이 번뜩일 때마다 진창길에서 군화발을 철떡거리며 내달리는 인민군병사들의 모습이 언뜻언뜻 드러났다. 이따금 창백한 조명탄의 불빛이 그들의 머리우에 푸릿한 빛발을 확 뿌리기도 했다. 그러면 세찬 비줄기 속에서 파들파들 떨어져내리는 하얀 종이장들이 보였다. 적들이 뿌린 삐라였다. ≪유엔군 인천에 상륙!≫ 사품치는 락동강의 흙탕물우에, 짓이겨진 논밭과 탕수 속에, 구겨박힌 포차들의 잔해우에 그리고 필사적인 공격에 내달리는 병사들의 젖은 군모우에, 어깨우에, 중기관총 총자우에 삐라들이 떨어졌다. ≪북조선군 장병들에게 알린다! 강력한 유엔군 부대들이 인천에 상륙하여 서울로 진공하고 있다. 보라! 당신들은 후방과 보급로를 차단당한채 포위속에서 전멸될 것이다. 당신들을 구원해줄 힘은 이 세상에 없다. 투항하라!≫

삐라에는 포연이 자욱한 서울시 전경, 인천앞바다에 꽉 들어찬 함선들이 사진이 찍혀있었다. 평양-서울-대전을 련결하는 철도와 자동차도로를 커다란 가위로 잘라버리는 그림까지 그려져 있었다. 30)

적들은 서울을 공략한 듯이 떠들고 있다. 방송과 출판물, 삐라까지 총동원하여 우리 인민군대가 두 개 전선에서 전멸되고 공화국이 다 망한것처럼 요란히 선전하고 있다. 이에 질겁하여 의기를 잃은 사람들도 나타나고 있다.31)

비록 한국전쟁과 시간적 거리를 두고 창작된 작품이기는 하지만 위의 인용문은 선전전에 의한 주민들의 의기의 상실을 통해 감정선동의 효과와 당시 미군이 일화적 범주의 선전전에서 우위를 점하고 있었음을 보여준다. 그러나 당시 교시와 연설에서와는 달리 이러한 사실들이 전쟁시기 창작된 문학에는 반영되지 않는다. 그것은 당시의 문학이 정치적 관점을 옹호 즉 조선민족의 우수성을 자신 있게 형상화하는 동시에 전쟁의 종국

---

30) 정기종, 『조선의 힘』, 문예출판사, 1992, 4쪽.
31) 정기종, 위의 책, 129쪽.

적인 승리에 대한 자신감을 고취시켜 위축된 인민들의 의식의 동요를 막는데 초점을 맞추고 있었기 때문으로 보인다.

전쟁 초기 북한이 일화적 범주의 대민 선전선동에 미약했던 반면 분석적 범주의 선전전에서는 우위를 점하고 있다. 이것은 북한의 김일성의 교시나 연설이 삐라의 담론구조 형성에 영향을 미치고 있었기 때문으로 여겨진다. 1950년 6월 26일 김일성이 전체 조선인민에게 한 방송연설「모든 힘을 전쟁의 승리를 위하여」는 이승만 정부가 남한을 '미제의 식민지로 군사전략기지로 팔아먹었으며, 경제를 미국독점자본가들의 지배에 맡김으로써 경제의 명맥을 탈취하고 민족경제를 여지없이 파탄시켰고, 유엔 임시조선원원단의 지시아래 1948년 5월 10일 남조선 단독 선거를 조작하고, 북한의 평화적 통일 제안을 거부하고 내란을 일으[32]켰다고 비난하고 있다. 이러한 기조는 1950년 7월8일 연설[33]에서도 반복되고 있으며, 이 기조는 분석적 범주 안에서「이것이 소위 미국식 원조의 결과이다. 쌀 한말 7만원」,「미국놈들을 몰아내야 통일 독립이 온다」,「미국전쟁장사꾼들의 저울질 값싼 대포밥- 국군」,「망국노가 되기를 원하지 않는 조선사람들이여! 국제단결하여 미국강도를 조선에서 몰아내라!」등의 삐라의 내용에 반영되고 있다. 김일성은 방송연설「모든 힘을 전쟁의 승리를 위하여」는 북한 인민들뿐만 아니라 국군장병들에게 탈영하여 빨치산이 될 것을 다음과 같이 권하고 있다.

남조선괴뢰정부의 ≪국방군≫ 장병들! 당신들의 원쑤는 바로 리승만매국역도입니다. 당신들은 조국과 인민을 위하여 기회를 놓치지 말고 리승

---

32) 김일성,「모든 힘을 전쟁의 승리를 위하여-전체 조선인민에게 한 방송연설」1950년 6월 26일, 『김일성 저작집』6, 조선로동당출판사, 1980, 9-10쪽.

33) 김일성,「미제국주의자들의 무력침공을 단호히 물리치자-전체 조선인민에게 한 방송연설」1950년 7월 8일, 『김일성 저작집』6, 조선로동당출판사, 1980, 32-42쪽.

만역도에게 총부리를 돌려야 합니다. 당신들은 인민군대와 빨찌산들의 편으로 넘어와서 조국의 통일과 자유를 위한 전인민적투쟁을 협조하여야 하겠습니다. 당신들은 우리 인민의 원쑤를 반대하여나섬으로써 조국의 자유와 독립을 위한 투사들의 대렬에서 영예로운 자리를 차지하여야 하겠습니다.[34]

<그림 2> 의거 혹은 빨찌산으로

<그림 2>는 위의 인용문의 내용이 삐라로 재생산 된 것이다. 그리고 <미국놈이 조선민족의 원수다 동족끼리 피를 흘리지 말자! (당신들의 안해나 누이들을 미국놈들의 마수에서 구원하라!)>, <미국놈들을 위하여 죽겠는가>, <리승만 군대 병사 형제들이여> 등도 <그림 2>와 같은 맥락의 삐라이다.

북한은 삐라를 통해 동포애에 호소함으로써 반전의 목소리와 전쟁노력을 동시에 보여주면서 전의를 독려하고 있는 것이다. 한국전쟁 발발 다음 날 방송된 빨치산 입대와 의거를 권하는 연설에 기반한 <그림 2>는 분석

---

34) 김일성, 「모든 힘을 전쟁의 승리를 위하여-전체 조선인민에게 한 방송연설」 1950년 6월 26일, 위의 책, 15-16쪽.

적 범주 안에 있으며, 전쟁 노력이라는 주제 안에서 군사전략으로써의 귀순을 유도하고 있다. 반면 1950년 6월 28일 미 극동사령부가 남한 군인과 주민을 상대로 살포한 '유엔과 우방국이 한국을 도울 것'이라는 첫 삐라는 일화적 범주로 주제는 전쟁노력이라는 점에서 일치하지만 전쟁협조를 구하기 위한 외교적 노력이라는 점에서 서로 다른 이야기를 지니고 있다.

앞에서 지적했듯이 미국의 삐라가 11개의 작전명에 의해 제작되었다면, 북한 삐라는 김일성의 교시나 연설이 담론형성에 영향을 미치고 있다. 전쟁 초기 주로 글로만 쓰였던 삐라는 문맹자들이 많아 효과가 없자, 점차 그림으로 바뀌면서 이미지의 중요도가 높아졌지만 그에 못지않게 수사적 측면도 상징적이고, 함축적으로 강화되었다. 슬로건은 대중의 태도가 미확정적이고 동요상태에서 효과가 크다. 따라서 다음 장에서는 북한 문학과 삐라의 영향관계를 통해 수사적 측면, 전유, 왜곡, 사유되는 과정을 문학작품 및 기타 문건을 통해 검토하려한다.

3. 공통감각으로서의 삐라와 문학

엄호석은 「조국해방전쟁과 문학의 앙양」에서 "싸우는 우리 시대와 조국 해방전쟁의 현실은 실재의 영웅들을 노래함으로써 인민들을 리상적인 도덕적 품성들과 높은 정신적 미질로 교양할 수 있는 특전을 작가 시인들에게 허용했다"[35]고 기술하고 있다. 엄호석의 이러한 주장은 김일성의 담화를 바탕으로 하고 있다. 김일성은 담화 「우리의 예술은 전쟁승리를 앞당기는데 이바지하여야 한다」에서 다음과 같이 교시하고 있다.

---

35) 엄호석, 「조국해방전쟁과 문학의 앙양」, 『문학예술』, 1952.5, 85쪽.

우리의 작가, 예술인들도 전쟁의 종국적승리를 위하여 자기의 온갖 지혜와 열정을 다 바쳐야 하겠습니다. 전쟁승리를 위한 투쟁에서 문학예술의 임무는 매우 크고 중요합니다. 작가, 예술인들은 문학예술활동을 통하여 싸우는 우리 인민군대와 인민을 전쟁승리에로 더욱 힘있게 고무하여야 합니다. 작가들의 무기는 붓입니다. 작가들은 훌륭한 작품을 많이 써서 인민들속에서 승리에 대한 신심을 더욱 높이고 미제침략자들에 대한 불타는 적개심을 불러일으키며 인민들을 원쑤를 반대하는 영웅적투쟁으로 힘있게 고무하여야 합니다. 작가들은 특히 미제국주의자들의 만행을 폭로하는 글을 많이 써야 하겠습니다. 미제국주의자들은 가장 교활하고 포악하고 추악한 현대의 야만들입니다. <u>미제국주의자들은 수많은 조선사람들을 야수적인 방법으로 무참히 학살한 승냥이들입니다. 작가, 예술인들은 미제승냥이들의 교활성과 악랄성, 포악성과 야만성을 온 천하에 낱낱이 폭로하여야 합니다. 미제침략자들의 죄행을 폭로하는데서 명심하여야 할 것은 조선전쟁에서 나타난 사실들만을 폭로할 것이 아니라 미제의 침략적이며 략탈적인 본성과 미제국주의자들이 역사적으로 내려오면서 저지른 야수적만행을 조선인민과 전 세계인민 앞에 철저히 폭로하는 것입니다.</u> 그래야 우리 인민들속에서 미제침략자들에 대한 적개심을 더욱 높일수 있으며 미국에 대한 환상을 없앨수 있습니다.[36](밑줄-인용자)

문학예술활동 역시 전쟁의 종국적 승리에 있으며, 창작활동은 전쟁승리를 위한 투쟁으로 문학예술의 임무라는 것이다. 그러면서 미국주의자들의 만행을 폭로하는 글을 많이 써야한다고 강조하고 있다. 위의 담화는 문학작품 창작에 반영되는데 대표적인 작품이 1951년『문학예술』4월호에 실린 한설야의 소설『승냥이』와 김남천의『꿀』이다.

'승냥이는 꿈속에서도 양 무리를 생각한다'는 속담처럼 김일성은 위의 담화에서 '미제승냥이'라는 용어를 사용하며 미국을 남을 해치는 것에

---

36) 김일성, 「우리의 예술은 전쟁승리를 앞당기는데 이바지하여야 한다-작가, 예술인, 과학자들과 하신 담화」 1950년 12월 24일, 앞의 책, 224-225쪽.

익숙하며, 늘 그런 생각하는 종족으로 격하하고 있다. 북한에서 미제국주의자들을 승냥이로 규정하는 정치적 수사가 사용된 것은 1950년 5월로 「통일적민주주의독립국가건설을 위한 조선인민의 투쟁」이라는 교시에서 발견된다. 이글은 "우리 인민은 승냥이무리들이 자기를 뜯어먹는대로 내맡겨두는 온순한 양의 떼가 아니다."[37]라며 미국을 승냥이로 표현하고 있다. 그리고 1950년 12월 작가, 예술인, 과학자들과 한 담화 「우리의 예술은 전쟁승리를 앞당기는데 이바지하여야 한다」 이후 미국을 꾸미는 말 또는 비유하는 말로 승냥이라는 표현이 쓰이기 시작한다. 이 담화 이후 이 과격한 수사에 기초하여 형상화된 것이 소설 「승냥이」이다.

<그림 3> 잊지말라 승냥이미제를!

---

37) 김일성, 「통일적 민주주의 독립국가 건설을 위한 조선인민의 투쟁」, 『김일성 저작집』 5, 조선로동당출판사, 1980, 486쪽.

어머니로부터 아이를 빼앗아 갓난아이를 우물에 빠뜨려 죽이려는 미군의 모습을 담은 <그림 3>은 일제에게 남편을 빼앗긴 후 미국선교사의 집에서 잡역부로 일하며 하나밖에 없는 아들 수길이를 하늘처럼 믿고 살아가던 어머니의 이야기인 한설야의 「승냥이」가 변주되어 재생산된 것으로 보인다.

「승냥이」는 미국 선교사의 아들 시몬에게 폭행당해 빈사상태에 이른 아들을 선교사와 교회병원 원장 맥부인이 짜고 전염병에 걸린 것으로 병명을 조작 한 후 독살하자 이에 대항하는 어머니의 이야기이다. 북한은 <그림 3>의 '잊지말라 승냥이미제를!'이라는 슬로건처럼 승냥이를 미국과 동의어로 인식시키며, 일반화시키고 있다. 한설야의 「승냥이」는 온갖 만행을 자행하는 미국 또는 미군으로 상징화되면서 <그림 3>처럼 전유·소비되고 있는 것이다.

이처럼 『승냥이』는 소설이 삐라의 이미지나 스토리를 구성하는데 있어 상상력을 제공하고 있음 보여주는 한 예라 할 수 있다. 그러나 미국이 승냥이와 같은 약탈자라는 북한의 사유는 미군에 대한 왜곡으로 드러나는데 <그림 3>은 미군의 잔인성만 강조함으로써 미국의 이미지를 고착시키고 있다. 이러한 이미지로 각인된 미군은 공포, 분노, 증오의 대상이 되는 것이다.

김남천의 「꿀」은 그가 1950년 12월 종군수첩에 쓴 것이 1951년 「문학예술」 4월호에 게재된 것이다. 「꿀」은 전선으로 복귀하는 부상병의 이야기로 전투 중 부상당해 찾아간 팔순 가까운 할머니는 빨치산이 된 손자가 찾아오면 전해주려고 1년 동안 숨겨두었던 꿀과 미숫가루를 꺼내 부상병에게 먹이고 그 동네 노동당원들에게 연락을 취해 무사히 병원으로 이송될 수 있도록 돕는다는 이야기다.

이 부상병이 빨치산이 된 손자가 돌아오기를 기다리는 할머니와 동네 노동당원들에게 기다리고 기다리던 인민군대의 첫 군인이자 해방군이었다는 설정과 비록 부상병일지라도 눈물을 보이며 감격하는 주민들의 모습에서 인민군을 구원자로 인식하고 있음을 알 수 있다. 이 점에서 김남천의 「꿀」과 같은 작품이 <그림 4>의 이미지 구성에 상상적 토대 또는 해방군이라는 담론 구성에 영향을 미치고 있음을 알 수 있다. 따라서 당시의 문학작품이 삐라의 소재나 주제 그리고 스토리 형성의 원천이 되어 공통감각을 보이는 것으로 해석할 여지를 주는 것이다.

<그림 4> 인민군 장병들이여 구원하여달라!

북한의 삐라가 이처럼 당 정책과 문학에 근원을 두고 있는 것은 북한의 대남·대민선전이 작전참모부의 심리전부를 중심으로 조직적으로 수행되었던 것과는 달리 군의 '군단, 사단, 여단에 적군와해공작지도원(이하 적공지도원)을 배치하는 방식으로 조직되었기 때문이다. 연대와 대대에는 선전원이 적공사업을 겸했으며, 중대에는 정치부 중대장, 소대에는 소대

장이 적공사업을 담당했다. 소대에서는 소대장의 지휘 아래 매 보병분대에 2-3명의 적공조를 조직'[38])했으며, '전선에 배치된 부대들은 상부로부터 보급되는 삐라 외에 전선의 필요에 따라 '시기적 성질을 가진 삐라'를 스스로 작성하여 뿌렸다. 미국이 대량생산, 대량 살포 체제였다면, 북한은 다품종 소량생산, 주문형 맞춤 생산에 소량 살포 체제'[39])로 소대로 내려갈수록 전문성이 취약해질 수밖에 없는 체계였다. 특히 비전문적 선전원이 분석적 범주의 삐라를 효과적으로 제작하기 위해 당 정책이나 문학을 참고할 수밖에 없는 것이다. 따라서 농도의 차이는 있지만 문학적 상상력이 삐라에 반영된 것으로 보인다. 반면 일화적 범주의 삐라는 비록 비전문적이라 하여도 현장성이 전달되기 때문에 북한군의 선전조직체계 속에서 북한군과 중국군의 삐라 살포량은 미군에 비해 적었지만 '종류는 훨씬 다양했으며, 전략적인 면에서 미국보다 우위에 있었던 것으로 평가'[40]) 받을 수 있었던 것으로 여겨진다. 1951년 김일성은 중견 작가와 예술가들을 접견하면서 인민군대의 영웅성을 묘사함에 있어 '추상적 개념

---

38) 조선인민군 총정치국 적군와해처, 「조선인민군 각 군단 사단 여단 적군와해공작 지도원 동지 앞 : 적군와해공작에 대하여」, 날짜 미상, 방선주 편, 앞의 책 813쪽. 정용욱 앞의 책, 112쪽, 재인용. 북한의 남한에 대한 선전 활동은 바톤에 의하면 '인민군이 남한점령 직후부터 시작되었으며, 2차 세계대전 이후 소련의 유형과 거의 같은 형태였다. 인민군은 각 사단에 약 240명으로 구성된 선전참모부(propaganda section)를 두어 선전 자료의 준비를 담당하고, 남한 점령지역에 대해 당 선전 조직이 인수할 때까지 점령지역을 관리하는 당 정치위원회 (Party Political Committee)와 합동으로 선전활동을 전개하였다. 당의 지역 선전 조직의 책임 선전원은 ① 출판, 영화, 라디오, 선전물의 제작 및 조달을 통해 선전 활동을 담당하는 1-3명의 선전원과 ② 대중 집회, 지도학습반 등으로 선전활동을 담당하는 1-3명의 선동원의 지원을 받는 형태로 운영되었다. Barton, Fred H, ORO-T10(EUSAK): North Korean propaganda to South Koreans (Civilian and Military).Operations Research Office, THE Johns Hopkins University, Far East Command. 1951, 12-14쪽. 한국학중앙연구원편, 『6·25 전쟁기 미군 심리전 관련 자료집』Ⅱ, 서울 선인, 337-626쪽. 김영희, 「한국전쟁기 북한의 남한 점령지역 선전선동사업」, 『韓國 言論學報』, Vol.54 No.6, 2010, 155쪽 재인용.
39) 정용욱, 위의 책, 112-113쪽.
40) 이윤규, 앞의 책, 143-144쪽.

에서가 아니라 구체적인 현실에서 출발하여야하며 영웅 자체의 모습도 모르면서 그의 극히 짧은 약력이나 듣고 영웅 묘사하는 것은 영웅 그 자신에 대한 모욕이며 인민에 대한 죄'41)라고 단언하고 있다. 김일성의 이러한 견해는 문학에서 르포르타주(reportage)로 체현되고 있다. 종군작가들의 작품42)이나『문학예술』1951년 5월호에 실린 김사량43)의「바다가 보인다」와 같은 종군기 역시 체험적 현장성과 더불어 삐라 제작에 있어 일화적 범주에 대한 상상력을 풍부하게 하는 데 일조하고 있는 것으로 여겨진다. 이러한 문학이라는 상상력의 토대가 남·북의 삐라의 내용적 겹침에서 질적 우위를 점할 수 있게 한 요건이 되는 것이다. 문학은 당시의 현장성을 종군작가로 참가한 작가들의 르포르타주를 통해 전달받아 소설, 시, 영웅실기44)로 재생산되는데 이렇게 재생산된 작품은 전선문고45)로 묶여져 다시 도시나 전선에 보급되는 구조를 취하고 있다. 1952년부터는 실제 전투현장에 있는 군인들의 당시 심정과 상황을 담은 장편 서

---

41)「全體作家藝術家들에게 주신 金一成將軍의 激動의 말씀」,『문학예술』, 1951.6, 7쪽.
42) 종군작가의 작품으로는 김남천의 단편소설「꿀」, 이북명의「낙동강」, 황건의「월미도 방어전투」,「격전 지구 문산에서」, 리동규의「해방된 서울」등이 있으며, 조기천은 낙동강까지 남하하면서「조선의 어머니」,「나의 고지」,「조선은 싸운다」,「불타는 거리에서」등 많은 시 작품을 창작했으며, 박세영의「나팔수」, 박팔양의「진격의 밤」등이 전선에서 창작되었다. 이외에도 김사량의 르포르타주「서울서 수원으로」,「우리는 이렇게 싸워 이겼다」,「지리산 유격구를 지나며」,「낙동강반의 전호 속에서」,「바다가 보인다」와 박웅걸의 르포르타주「전선일기」,「낙동강반에서」,「보병중대장 장계근」등이 있다.
43) 김사량은 1950년 6월 25일 전선 탄원을 제기해 다음날부터 대위 견장을 달고 종군작가로 참가해 철원을 거쳐 28일 오후에는 서울에 들어섰다고 한다. 그러나『문학예술』에는 편집자 주를 달아 그가 6월 25일 떠난 것으로 기록하고 있다.
44) 영웅실기는 르포르타주의 영향을 받아 창작된 장르로 한설야의「격침」이 영웅실기에 속한다.
45) 1951~1952년『문학예술』에는 전선문고의 신간이 소개되고 있는데 시집으로 임화의『너 어느곳에 있느냐』, 종합시집『승리는 우리에게』, 조기천의『불타는 거리에서』,『조선은 싸운다』, 민병균의『고향』, 김조규의『이사람들속에서』, 안용만의『나의 따발총』, 리병철의『영예의 대오에서』, 김상오의『증오의 불길』, 김북원의『운로봉』, 소설로는 한설야 소설집『승냥이』, 이태준의『고향길』, 이북명의 실화소설『포수부부전』, 종군기 김사량의『바다가 보인다』, 최명익의『기관사』박웅걸의『나의 고지』종합 소설집『영용한 사람들』희곡집으로 조영출, 남궁만의『전우·은시계』, 리지용의『푸른산호·고지의 별들』등이 있다. 1953년에는 전선문고 신간 안내가 보이지 않는다.

사시가 실리고 있다. 이러한 문학작품이 분석적, 일화적 범주의 삐라 내용 생산에 영향을 미쳤을 것으로 보인다.

4. 결론을 대신하여

한국전쟁 중에 살포된 남·북의 삐라는 많은 부분에서 겹침이 있다. 북한의 삐라는 양적으로 미국에 열세였지만 질적인 면에서는 전략적 우위를 점했다는 평가를 받고 있다. 이러한 북한 삐라에 대한 평가의 근저에는 당 지침에 의거한 문학이 큰 자리를 차지하고 있는데 이것은 삐라와 문학의 공통감각에서 찾을 수 있다. 현장성은 체험과 소식을 통해 반영할 수 있지만 분석적 범주에 속하는 당 지침과 이에 의거한 역사성의 반영은 상상적 토대를 필요로 하기 때문에 이를 보완하고, 비전문적인 취약성을 극복하기 위해 북한의 삐라 제작자들은 문학작품을 참고하였을 가능성이 있다. 당지침- 문학을 통한 담론구성+현장성- 삐라제작이라는 구조 속에서 북한은 담론형성에 있어 우위를 점할 수 있었으며, 앞에서 살펴보았듯이 미국에 비해 비체계적·비전문적인 북한의 삐라 제작이 오히려 질적 우위를 점할 수 있게 한 요건이 되었다.

이것은 작품의 내용과 비슷한 삐라의 이미지에서 찾을 수 있다. 당시 북한의 문학은 현장성을 종군작가로 참가한 작가들의 르포르타주나 취재를 통해 전달받아 작품으로 재생산되었고 다시 도시나 전선에 보급되는 구조였다. 이러한 구조를 통해 생산된 담론이 유통되면서 문학과 삐라는 공통감각을 공유할 수 있었던 것이다. 물론 모든 삐라가 문학적 상상력을 취하고 있는 것은 아니다. 문학적 상상력 밖에 있는 삐라의 경우 문학과 일치하지 않는 이유는 미군 삐라와 북한 삐라의 비교과정 속에서 규명되어야 할 문제다.

한국전쟁기 선전선동사업과 문화공작대*
-'적치 90일'의 선전선동사업과 문화공작대 활동-

| 조은정 |

1. 한국전쟁기 북한의 남한 점령통치와 선전선동사업

대한민국에서 한국전쟁은 평화로운 1950년 6월 25일 일요일 북한의 기습남침으로 발발했고, 인천상륙작전을 통해 서울을 수복함으로써 '赤治 90일'에서 서울시민을 해방시켰다고 알려져 왔다. 그리고 현재 '국군의 날'로 기념되고 있는 10월 1일을 기해 38선을 돌파함으로써 역사상 그 어느 전쟁에서도 보기 힘든, 후퇴했다가 점령하고 다시 후퇴하는 한국전쟁의 특수성[1]이 형성되었다. 그간의 한국전쟁 연구에서 이 특수성은 이미 수차례 지적된 바 있으나, 전 국토의 종횡으로 전선이 이동하면서 거의 점령할 듯 하다가 좌절된 이 교차의 경험이 가지는 복잡한 의미에 대해서는 아직 충분한 논의가 진행되지 않았다고 생각한다. 아직 '敵治'로 인식되지는 않았던 어떤 상태들은 의용군, 부역자, 포로, 월경, 학살 등을

---

* 이 글은 「한국전쟁과 문화인의 배치-'적치' 90일의 선전선동사업과 문화공작대 활동」(『반교어문연구』 33집, 2014.10)을 단행본 취지에 맞게 수정 보완하였다.
1) 박태균, 『한국전쟁』, 책과함께, 2005, 236쪽 참조.

비롯하여 점령통치와 분단체제의 형성과 지속성에까지 영향을 미친, 더 나아가 한국전쟁의 의미를 형성하는 과정을 보여주는 문제로 재독될 필요가 있다.

근래 보다 다양하게 시도되고 있는 일련의 '점령통치' 연구는 이러한 문제의식 속에서 제출된 것이라고 할 수 있다. 북한은 1950년 6월 25일 이후 9월 중하순까지 남한지역을 점령하였고, 남한은 10월부터 12월 초까지 북한지역을 점령하였다. 이 기간 동안 일시적이나마 점령당국은 점령지역민을 상대로 점령통치(행정)를 실시하였는데, 그것은 곧 체제 이식을 의미하였다. 사실 점령기간이 2~3개월 정도로 매우 짧았기에 양측의 통치가 단기적인 큰 충격은 가했지만 장기적인 영향은 미치지 못했다고 알려져 있었는데, 최근의 점령통치 연구는 상대의 점령통치를 '경험'했다는 것은 그 이상의 의미가 있다는 문제의식을 공유하고 있다. 북한의 남한점령통치로 인한 남한에서의 '혁명' 경험, 남한의 북한점령통치로 인한 북한에서의 '반혁명' 경험은 양측을 정치경제사회적으로 상대방의 체제로 전복된 체험을 갖도록 했다.[2] 이것이 이후 구체적으로 어떠한 영향을 미쳤는가에 대해서는 계속 연구되어야 하겠지만, 한반도 분단의 특수성으로 작용하였다는 데에는 충분히 시사점이 있다. 또한 점령통치의 목표와 내용을 분석함으로써 점령의 실상과 전쟁의 성격 등도 논구할 수 있다. 점령통치는 이제 지옥/실패/혁명 등의 이분법적인 평가나 회고에서 더 나아가 '점령상황'에의 총체적 규명이 모색되는 중이다.

이 가운데 북한의 남한지역 점령통치 연구는 먼저 북한이 핵심정책으로 제시한 토지개혁[3], (임시)인민위원회, 동원 및 심판[4]에 주목하였다. 그

---

2) 한모니까, 「한국전쟁기 남한(유엔군)·북한의 '점령통치'에 대한 연구사 검토와 제언」, 『역사와 현실』 84집, 한국역사연구회, 2012.6, 407-409쪽 참조.
3) 대표적으로 박명림, 「북한의 남한 통치 Ⅱ: 토지혁명과 사회경제변혁」, 『한국 1950: 전쟁과 평화』, 나남, 2002; 김태우, 「한국전쟁기 북한의 남한 점령지역 토지개혁」, 『역사비평』

리고 새로운 당대 문서 및 사료의 발굴과 방법론적 전환을 통해 지역 사례 연구[5], 구술사・민중사[6] 연구가 활발해지면서 보다 구체적인 점령통치의 실상들이 확인되고 있다. 그런데 여기에서 주목할 사실은, 이 점령통치 기간에 실시된 핵심 정책들이 '선전선동사업'[7]과 함께, 동시적으로 진행되었다는 것이다. 북한의 선전선동사업은 김일성의 정책에 따라 각종 사업과 긴밀한 협조를 이루면서 매우 광범위하고 다양한 방식으로 이루어졌다. 김영희에 따르면, 이것은 점령정책들이 단시일에, 더욱이 전쟁을 치루면서 완성하기 힘든 것이었기에 사업을 원만하게 추진하기 위한 장치였다고 평가되고 있다.[8]

70호, 역사문제연구소, 2005 참조.

4) 정병준, 「한국전쟁기 북한의 점령지역 동원정책과 '공화국 공민' 만들기-경기도 시흥군의 사례를 중심으로」, 『한국민족운동사연구』 73집, 한국민족운동사학회, 2012. 12; 한성훈, 「전시 북한의 반동분자 처리-군중심판과 두문」, 『사회와 역사』 93집, 한국사회사학회, 2012 등 참조.

5) 김수현, 「한국전쟁기 북한의 점령지 지배정책-부여지역 사례를 중심으로」, 한양대학교석사학위논문, 2006; 이현주, 「한국전쟁기 '조선인민군' 점령하의 서울-서울시임시시인민위원회를 중심으로」, 『서울학연구』 31집, 서울시립대학교 서울학연구소, 2008; 한모니까, 「한국전쟁 전후 '수복지구'의 체제 변동 과정-강원도 인제군을 중심으로」, 가톨릭대학교박사학위논문, 2009; 한모니까, 「'수복지구' 주민의 정체성 형성과정-'인민'에서 '주민'으로 '주민'에서 '국민'으로」, 『역사비평』 91호, 역사문제연구소, 2010; 김영미, 「수복지역 양양 주민들의 한국전쟁 경험-어느 한약방 주인의 생애와 선택」, 『역사비평』 93호, 역사문제연구소, 2010; 박소영, 「북한의 신해방지구 개성에 관한 연구-지방통제와 지방정체성을 중심으로」, 동국대학교박사학위논문, 2010 등 참조.

6) 표인주 외, 『전쟁과 사람들-아래로부터의 한국전쟁연구』, 한울, 2003; 김동춘, 「점령」, 『전쟁과 사회』, 돌베개, 2006; 한국구술사학회, 『구술사로 읽는 한국전쟁』, 휴머니스트, 2011 등 참조.

7) 북한의 선전선동사업은 기본적으로 소련 사회주의 선전선동론에 입각해 있고, 선전주제와 미디어 사용에 있어서도 소비에트 선전 기법을 따랐다고 한다. 선전 조직의 구성과 배치도 2차 대전 이후 소련의 유형과 비슷한 형태였다고 한다. 자세한 내용은 김태우, 「1948-49년 북한 농촌의 선전선동사업」, 『역사와 현실』 60집, 한국역사연구회, 2006; 김영희, 「한국전쟁기 북한의 남한 점령지역 선전선동사업」, 『한국언론학보』 54권 6호, 한국언론학회, 2010.12 참조.

8) 김영희, 앞의 글, 151쪽. 덧붙여 한국전쟁의 심리전에 관한 연구들은 주로 삐라, 벽보 등을 비롯한 직관물을 중요한 대상으로 한 선전선동사업을 고찰한 논의로 읽어볼 수 있다.

우리 로동당은 대중 속에서 부단히 진행하고 있는 선전선동사업에 대하여 매개 력사 단계에서 항상 당 앞에 제기되는 기본과업들 중의 하나로 간주하고 있으며 따라서 당은 이에 대하여 항상 커다란 주목을 돌리고 있다. 그것은 우리의 정치적 선전선동사업이 반드시 우리들의 그때그때의 정치적 로선에 정확히 의거하여 있으며 우리 당의 유력한 전투적 무기의 하나이며 근로대중을 정치적으로 교양하는 데서와 수백만 대중들로 하여금 우리당과 인민 앞에 제기되는 긴급한 과업들을 해결하기 위한 투쟁에 결속시키며 조직하는 데 위력한 수단의 하나로 되기 때문이다.

(… 중략 …) 우리당은 이와 같이 이 중대한 정치선전선동사업을 수행하기 위하여 광범한 가능성을 가지고 있다. 2개월이 넘는 동안 조국해방전쟁을 진행하면서 우리당은 광범한 정치사업을 위하여 일체의 가능성을 동원하였다. 신문잡지를 비롯한 수백만부의 출판물들과 표어 벽보 만화 등 직관물 선전물이 전시 선전선동사업에 막대한 역할을 수행하였으며 영화 라듸오 등이 또한 대중선전선동사업의 유력한 무기로서 자기의 역할을 수행하였다. 수십만 선전선동일꾼들이 우리당의 지도 밑에 광범한 인민대중 속에서 거대한 정치사업을 진행하였다. 그들은 전선과 후방에서 온갖 력량과 일체 가능성을 모두 동원하여 당과 정부의 시책을 인민대중 속에 해석선전하며 전국을 통하여 조국에 조성된 국내정세와 국제정세에 대한 보고 강연 좌담 신문독보회 등을 정상적으로 진행함으로써 원쑤와의 판가리싸움에로 조국의 통일과 독립을 위한 투쟁에로 전체 인민들을 조직동원하며 불러일으키는 데 거대한 역할을 수행하였다.[9]

그러나 인용한 사설에서 드러나듯이, 실제 정책보다 '앞서' 지역민과 직접 대면하면서 정책을 해석하고 교육하는 것은 곧 정책의 의미화 작업이기도 했다. 그렇다면 점령통치에 대한 평가, 피점령민들의 이해와 반응을 온전히 해석하기 위해서는 선전선동사업과 점령통치의 실상을 관련성 속에서 살펴볼 필요가 있다. 점령통치의 실제 국면들은 선전선동사업

---

9) 「(사설)대중을 조국해방전쟁의 종국적 승리에로 더욱 힘차게 고무하기 위하여 선전선동사업을 일층 강화하자!」, 『해방일보』, 1950.9.7, 1면. (강조 및 밑줄은 인용자, 이하 동일)

에서 주조해낸 정책 성격과의 비교 혹은 낙차 속에서 인식되었을 가능성이 크기 때문이다. 단적인 예로, 적치 90일을 살아낸 서울시민들이 쌀을 배급해주겠다고 말해놓고 오히려 쌀을 공출해간 '새빨간 거짓말'에 대해 수차례 배반감을 회고한 양상처럼 말이다. 그리하여 점령정책의 실상을 파악하는 작업은 그 자체로 계속되어야 할 과제이면서, 동시에 그 정책들이 어떻게 인지되도록 선동해갔는가를 붙여 읽음으로써 점령 당국의 정당성 확보, 피점령민들의 전쟁 및 점령 당국에 대한 경험과 인식이 어떻게 이동하는가를 살펴볼 필요가 있다고 생각한다.[10] 이 글은 이러한 문제의식 속에서 북한의 남한 점령기 선전선동사업과 문화예술인 동원 양상을 논의하고자 한다. 선전선동사업은 핵심 정책들을 효과적으로 수행하기 위한 보완적 역할에서 더 나아가 북한의 점령통치의 실체와 성격을 이해하는 데 있어 중요한 요인으로 주목할 것이다.

전술했듯이 북한은 남한 점령 직후부터 전쟁의 원활한 수행과 남한의 북한체제화를 위해 매우 신속하게 계획한 정책에 따른 사업들을 추진하기 시작했다. 이와 함께 선전선동사업도 개시되었는데, 이것이 개전 이래 김일성이 여러 연설을 통해 강조한 것이었음은 자명하다. 북한 선전선동사업의 구체적인 내용은 김일성이 제시한 정책 방향을 바탕으로 조선로

---

10) 필자가 살펴본 '적치 90일'에 대한 회고록 중 상당수는 이승만 정부의 거짓 방송, 허울뿐이었던 무력 북진통일 주장을 비판적으로 인식하며 시작되고 있었다. 여기에는 수복 이후 '잔류파'로 매도되며 부역혐의를 받게 된 상황을 변호하려는 의지가 개입되어 있겠지만, 동시에 남한 정부의 무능을 체험하면서 체제 불신감을 가지게 되었던 상태를 고백한 것이기도 하다. 정부에 의한 피해자로 스스로를 호명할 만큼, 이 시기의 서울시를 비롯한 여타 점령지역의 주민들은 체제 선택, 신뢰에 있어 흔들림을 겪고 있었다고 말할 수 있다. 이런 점에서 점령통치 연구는 보다 중요성을 가지며, 한국전쟁기의 월경 문제를 해명하는 데에도 시사점을 줄 것이다. 대표적인 회고로 유진오 외, 『고난의 90일』, 수도문화사, 1950; 백철, 『문학자서전(후편)-진리와 현실』, 박영사, 1976; 이유식 편저, 『그러나 나는 이렇게 말한다』, 문학과현실사, 2006; 이현희『내가 겪은 6·25전쟁 하의 서울 90일』, 효민디앤피, 2008; 월간조선편집부, 『60년 전, 6·25는 이랬다-31인의 생생한 증언』, 조선뉴스프레스, 2010 등 참조.

동당 선전선동부에서 결정하고 통제했다. 선전활동의 정책은 당 중앙위원회 선전선동부장과 정부의 교육상, 문화선전상 및 국방상의 합동회의에서 결정했다. 교육과 선전 정책은 긴밀히 연관되었는데, 선전활동의 집행 계획은 당 위원회 선전선동부와 합동으로 정부 문화선전성과 교육성이 담당했고, 군 관련 선전활동은 국방성의 교육선전부에서 수행했다.[11]

이러한 조직 체계 아래 시행된 선전선동사업을 김영희는 전체와 개별 두 국면을 고찰하는 방법으로 전체상을 파악한 바 있다. 모든 정책 전반의 선전선동을 위해 당 선전선동부와 내각 문화선전성 주도의 종합적인 선전선동사업과 정책 사업이라 할 수 있는 주요 사업의 원활한 추진을 위해 전개한 개별 사업에 대한 선전선동활동으로 구별하였던 것이다. 이 연구사적 의의를 인정하면서 이 글은 이를 토대로 특히 문화예술인이 주체로 나섰던 문화동원 양상을 실증적, 구체적으로 복원하고 검토하고자 한다. 전체 속에서 부각되지 못했던 문화예술계의 동원 양태에 보다 주목하여 한국전쟁기 문화(인)의 배치를 살펴보는 것이 이 글의 목표이다. 문화예술인들은 선전활동의 전문가로 분류되어 전쟁기 점령지역과 전선으로 파견되면서 핵심적인 선전활동을 수행했다. 또한 선전의 텍스트들을 생산하면서 전체에서, 써클문화사업을 통해 부분적인 국면 모두에서 활약했다고 할 수 있다. 그리고 후술하겠지만 그 자체로 미디어로서 기능하였다. 해방기 문화공작대 활동 후 월북한 예술인들이 전쟁기에는 다시 내려와 어떠한 활동을 했는지, 재남 중이었던 예술인들은 어떠한 목적으로 동원되었는지, 이들이 쓴 시와 종군기에는 무슨 내용들이 있었는

---

11) 북한인민군은 각 사단에 약 240명으로 구성된 선전참모부를 두어 선전 자료의 준비를 담당하고, 남한 점령지역에 대해 당 선전조직이 인수할 때까지 점령지역을 관리하는 당 정치위원회와 합동으로 선전활동을 전개했다. 점령이 완료되어 당 선전조직이 담당한 이후의 선전활동은 각 시도당위원회가 통제했다. 이상의 내용은 김영희, 앞의 글, 151–155쪽 참조.

지 등을 북한의 남한 점령기 서울에서 발행된 『해방일보』를 통해서 정리해보고자 한다.[12]

2. 문화인의 전쟁 동원과 문화공작대

1) 선전선동사업의 체제와 조직; 선전원 – 문화선전실 – 서클사업의 연계와 재교육화

한국전쟁기 북한의 선전선동사업의 특성을 추출하는 데에는 전쟁 이전에 좌익이 시도했던 대남한 선전사업과 비교해보는 것이 방법이 될 수 있다. 해방기 좌익의 문화공작대 활동이 그 사례가 될 수 있을텐데, 문화공작대는 조선문화단체총연맹(이하 문련)이 구심점이 된 문화예술인들로 구성된 지방 중심의 예술공연이라는 성격을 가지고 있었다.[13] 그런데 전쟁 시기의 선전선동사업은 거의 모든 계층들이 총동원된 선전활동을 겸한 문화공작[14]으로 기획되었고, 지방에도 파견되었으나 서울이 중심이

---

12) 『해방일보』를 주텍스트로 하는 이유는 북한의 남한 점령기를 회고가 아닌 당대적 텍스트로 살펴보기 위해서이다. 『해방일보』와 『조선인민보』는 1950년 7월 2일부터 9·28 수복 직전까지 서울에서 발행되었는데, 기관지적 성격에 유념하면서 읽는다면 이 시기 서울의 실재를 살펴보는 데 유효한 자료라고 하겠다. 해방기에 발행되었던 『해방일보』가 있었는데도 제명은 유지하되 제1호로 발행한 사실은, 전쟁기의 '해방'이 이전의 '해방'과는 다른 속성을 갖기 때문일 것이다. 『해방일보』는 한림대학교아시아문화연구소에서 발행한 『빨치산 자료집』 판본으로 보았으며, 한국전쟁기 『해방일보』의 성격과 발간 상황에 대해서는 김영희, 「한국전쟁 기간 북한의 대남한 언론활동 : 『조선인민보』와 『해방일보』를 중심으로」, 『한국언론정보학보』 40집, 한국언론정보학회, 2007.11 참조.
13) 졸고, 「해방기 문화공작대의 의제와 성격」, 『상허학보』 41집, 상허학회, 2014 참조.
14) 해방기에는 '문화공작대'라는 명칭으로 실제 활동을 하였지만, 사실 전쟁기에는 선전선동사업 중 일부 공연예술에 한해 '문화공작대(단)'이라는 명칭이 부여되고 있다. 또 이 단체가 해방기처럼 일정한 구성원과 활동 범위를 가지는 것도 아니었다. 그래서 엄밀히 말해 한국전쟁기 문화공작대 활동은 해방기와 연속성을 가진다고 할 수 없다. 『해방일보』에서는 대체로 선전사업이 공연예술의 형태로 진행된 경우를 '문화공작대'라 명명하고 있었다. 그렇지만 중앙을 구심점으로 기획된 예술종합공연이라는 점에서 해방기의 '문화공작대'가 확대된 것으로 읽어도 좋을 것이다. 본고에서는 전쟁기의 '문화공작대'를 이러한 의미로 사용하였다.

된 양상이 특징적이다. 이제부터 이 두 가지 특징에 주목하면서 문화동원 상황을 살펴볼 것이다.

김일성은 1950년 6월 26일 「모든 힘을 전쟁의 승리를 위하여」라는 방송 연설에서 모든 사업을 전시 태세로 개편할 것을 지시하고, 이튿날 북한 4개 정당 위원장 연석회의에서 전쟁 승리를 보장하기 위한 다섯 가지 과업을 명시했다. 이 중 네 번째 항목 "각계각층 인민들 속에서 선전사업과 사상교양사업을 잘하여야 한다"를 통해 선전사업의 중요성이 강조되었다.[15] 문화선전성이 1950년 8월 1일 남반부 각도(서울시) 문화선전부에 지시한 사업 집행 문건을 보면, 문화선전부 아래 선동과/강연과/군중문화과/출판지도원을 두고 선전사업을 광범한 분야에서 의욕적으로 추진하려 했음을 알 수 있다. 구체적으로는 남한 점령정책과 국내외 정치에 대한 해석 선전, 선전원 양성, 여론조사 분석과 대책 등의 사업에 모든 단체와 조직을 동원하였고, 직관물을 비롯하여 기관지, 방송, 영화관, 도서관, 악단, 무용단 등 다양한 미디어와 수단이 포함되었다.[16]

이 전방위적 선전선동사업은 중앙과 개별 조직의 차원에서 동시적으로 진행되었는데, 흥미로운 점은 주선전대상에 따라 선전의 주체를 다르게 배치했다는 사실이다. 예컨대 남한주민을 대표하는 서울시민에게는 북한주민을 대표한 평양시민이, 인민군에는 인민군예술단이, 공화국경비대에는 공화국경비대협주단이, 청년에게는 청년이, 농민에게는 농민이, 여성에게는 여성이, 노동자에게는 노동자가 투입되었던 것이다. 이것은 북한이 교육성과 문화선전성을 상부에 두고 직업동맹, 농민동맹, 부녀자동맹 등과 같은 조선로동당의 외곽단체를 하부 기관으로 두고 총동원한

---

15) 『김일성저작집』 6, 조선로동당출판사, 1980, 22-27쪽. (여기에서는 김영희, 앞의 글, 2010, 154쪽에서 재인용)
16) 문화선전성 문건의 자세한 내용 등에 관해서는 김영희, 앞의 글, 2010, 155-156쪽을 참조할 것.

시스템의 문제만을 보여주는 것이 아니다. 말하자면 선전의 대상이 되는 주체들에게 가장 선전의 효과가 클 수 있는 비슷한 계급주체들이 선전을 담당하도록 구조화된 것이라고 할 수 있다. 이는 "각계각층 인민들 속에서 선전사업과 사상교양사업을 잘하여야 한다"를 수행하기 위한 전략적 문화기획으로, 점령통치에서의 선전선동사업의 중요성, 점령 정책의 준비와 기획, 해방기 문화공작대 활동에 대한 북한의 평가, 단정 수립 이후 북한의 문화활동 등과 관련된 여러 질문에 시사점을 주는 것이다.

북한은 인민위원회선거와 토지개혁사업이 박두하자 7월 20일을 전후하여 선전원을 대대적으로 파견하였다. 경기도 임시인민위원회에서는 7월 19일에 300여 명의 '지도선전대원'을 각 군에 파견하였다. 또 인천시를 비롯한 8개 군에 '영화반'을, 7월 20일에는 11명의 '이동연예대'를 파견하였다.[17] 전국농민총연맹에서도 7월 20일 전농간부 274명을 경기도 각 군에 보내 선거와 토지개혁사업에 대한 "활발한 선전사업을 추진하기로" 했다.[18] 조선민주청년동맹 중앙위원회는 "해방 이후 복구사업, 의용군사업 등으로 많은 경험을 쌓은 230명의 맹원을 선거 및 토지개혁 선전지도원으로" 각 지방에 파견하였다. 조선민주녀성동맹 중앙위원회에서는 7월 25일 "녀성들의 선거 및 토지개혁에 대한 교양선전을 지도하기 위하여 중앙에서 교양을 받은 51명의 지도원"을 경기도, 남강원도, 충청남북도, 전라북도 등에 파견했다.[19]

이렇게 여러 지역에 파견된 선전원들의 활동장은 '인민의 교실'이라 호명된 '민주선전실'이었다. 북한은 1946년부터 민주선전실을 설치, 운영한

---

17) 「선거의 성공적 완수 기약―시흥 안양 등지에 선전원 파견」, 『해방일보』, 1950.7.23, 2면.
18) 「농총서도 간부를 지방 파견」, 『해방일보』, 1950.7.23, 2면.
19) 「민청 녀맹에서 선전교양원 파견」, 『해방일보』, 1950.7.29, 2면. 조선로동당 중앙조직위원회 보고에 의하면, 전쟁 초기에 3,050명의 선전선동원을 남한에 파견하였다고 한다. (김영희, 앞의 글, 151쪽)

경험을 바탕으로 남한 각 지역과 직장에 민주선전실을 급속도로 설치해 나갔다. 민주선전실은 8월 5일 현재 서울에 266개가 개설되었고, 동마다 2~3개 소가 설치되도록[20] 권장되면서 9월 10일 현재 360여 개[21]가 설치 되었다. 이곳에는 "성분 좋고, 가장 위신있는 동무"로서 책임자 1명, 선전원 3~5명이 배치[22]되어 대민 접촉사업을 전개하였다. 파견된 선전원들이 민주선전실에 모여 활동하는 장면은 김성칠의 일기에 자세히 묘사되어 있다. 김성칠은 1950년 8월 10일 동회 사무소에도 생겼고 손씨네 가루 빻던 집에도 마련된 마을의 민주선전실에 '민청원'의 시국해설에 동원되어 간다. 그는 별로 교양은 있는 듯 싶지 않은 젊은 친구가 필승의 신념 같은 것을 이야기함에 있어서도 가끔 말문이 막히면 그를 시종하여 따라다니는 '여맹'의 처녀아이들이 퉁겨주곤 하는 장면을 눈여겨보았다.[23] 여기에서 일단 김성칠의 시각과 논조는 차치해두고, 이 장면을 통해 여러 조직에서 파견된 선전원들이 민주선전실 속에서 서로 호응관계를 맺으며 선전사업을 진행했다는 점은 확인이 된다. 민주선전실은 "민주주의민족문화의 발전을 위한 군중문화운동을 전개하면서 학습 교양 소집회 등을 조직하여 정부시책을 직접 인민들 속에 침투시키는 사업"[24]의 공간이 되었던 것이다.

---

20) 「인민의 교실 민주선전실 활발한 사업을 개시」, 『해방일보』, 1950.8.5, 2면.
21) 「해방전쟁의 종국적 승리를 향하여 싸우는 서울의 모습―증산, 원호, 선전 사업 등에 눈부신 활동」, 『조선인민보』, 1950.9.10, 2면. 이 기사의 항목 중의 하나로 '문화선전사업'이 소개되고 있으며, 민주선전실을 이용한 독보회, 서클사업, 경축대회, 사진전람회 등이 가시적인 활동상으로 강조되었다.
22) 김영희, 앞의 글, 158쪽. (문화관계서류철, 민주선전실 조직에 대하여, 1950)
23) 김성칠, 『역사 앞에서』, 창작과비평사, 2009, 165-166쪽.
24) 「인민의 교실 민주선전실 활발한 사업을 개시」, 『해방일보』, 1950.8.5, 2면. 덧붙여 문화선전실과 함께 (임시)인민위원회사무실 역시 선전선동사업의 공간이 되었음은 물론이다. 그리고 각 동으로까지 분화, 조직된 이 선전의 기구들은 한편으로는 일상공간의 감시체제로 기능했을 것이다. 예컨대 서클사업이나 독보회처럼 지속적 참여가 요구되는 조직들은 동원과 감시를 위한 효과적 방편이다.

그리하여 민주선전실에서 선전원들은 인민가요를 가르치고[25], 독보회를 정기적으로 가지며 신문잡지를 읽고, 시국을 해설하는 강연을 개최하였다. 또 한 가지 주목할 것은 문화선전실에 신문 잡지와 도서, 악기 등을 비치하고 음악, 무용, 문학 등의 서클사업을 조직한 점이다.[26] 서클사업 역시 좌익이 해방기부터 시도했던 것인데, 전쟁기에 여러 계층들이 문화예술공연을 시도할 수 있었던 동력은 바로 여기에서 비롯되었다고 생각된다.

한편 교육성에서는 교원들의 재교육화에 주력하며 선전사업을 지원하고 있었다. 일례로 교육성에서 주최한 1950년 7월 25일부터 개최된 '해방지구 교원 정치 교양 강습회'를 들 수 있는데, 여기에는 서울시를 비롯한 각 점령지역의 교원 약 500명이 참석했다고 한다. 이 강습회에서는 "식민지적 노예교육정책으로 말미암아 억압당하고 있던 남반부 중등학교 및 대학 교원들을 민주주의적으로 재교양하기 위하여 철학, 대중적 지도경험, 사회발전사, 해방 후 조선해방투쟁사, 국제정세, 조선어, 력사 교육 근본강의 등"[27] 여러 과목에 걸쳐 북한체제화 된 교육방침을 학습시켰

---

25) 참고로 1930년대 중후반생들은 한국전쟁 유년기체험세대로서, 의용군동원에서 비교적 자유로웠던 탓에 낮에도 거리를 돌아다닐 수 있었다. 그래서 적치 기간에 대한 회고 중에서 거리의 풍경과 도시의 사정을 구체적으로 서술하고 있다는 점이 특별하다. 인민가요와 관련해서, 당시 학생이었다가 이후 교수가 된 이현희, 장을병의 회고를 보면 거리에서 인민가요를 부르는 풍경이 등장한다. 장을병은 심지어 "재산을 몰수당했던 집 아이들도 민청 사무실을 드나들며 빨치산의 노래나 김일성 장군 노래들을 열심히 불렀다"(장을병, 『옹이 많은 나무』, 나무와숲, 2010, 37쪽.)고 하며, 이현희는 부친이 반공주의자였음에도 김일성 장군의 노래를 자신도 모르는 사이에 아무 생각 없이 흥얼거렸다고 말한다.(이현희, 앞의 책, 93쪽.) 이것은 인민가요 훈련의 정도를 반증하는 동시에 전쟁기 음악의 선전적 효과를 짐작하게 한다.
26) 문학서클 활동장면의 예를 황하일의 글에서 발견할 수 있었다. 이 글은 미군폭격을 당했을 때 '육체방패'를 해준 동무에 대한 동지애를 서술한 르포르타주인데, 여기에서 황하일이 철도구 주변 공장을 방문한 것은 문학써클사업 때문이었다. 그는 써클지도반원 4명과 써클지도대상이 될 노동자를 만나러 갔다가 변을 당했던 것이다. 신문에 게재될 때도 황하일의 이름 앞에는 '문학동맹 문학써클지도원'이란 직함이 쓰여 있었다. 황하일, 「공폭하의 동지애-기총소사에 육체방패」, 『해방일보』, 1950.7.20, 2면.

다. 이것은 교원의 직업적 특수성을 선전기구화 하기 위한 작업으로 읽어볼 수 있다. 결론적으로, 선전원-문화선전실-서클사업의 연결망 속에서 시행된 일련의 선전선동사업은, 점령통치를 계기로 또 하나의 '해방'을 맞이하게 된 점령주민들을 북한체제 내로 이끌기 위한 재교육화라 할 수 있다.

2) 선전 대상에 따른 선전원 배치와 문화예술공연–'인민은 인민이, 농민은 농민이, 청년은 청년이'

앞서 각 지역에 파견된 여러 조직들의 선전원들이 민주선전실을 중심으로 분화와 통합을 이루면서 선전사업을 시행해나간 구조를 소략히 개괄해보았다. 이제 각 조직의 실제 선전활동을 문화예술공연에 주목하며 정리하기로 한다. 기본적으로 점령기의 모든 예술공연들은 해방된 남한 인민들을 경축하고, 인민군을 독려하며, 미국과 이승만 정부에 대한 적개심을 고취시키는 동시에 전쟁의 종국적 승리에 대한 믿음을 굳게 하는 데 목적을 두고 있었다. 그리고 이 기본 목적과 함께 인민위원회선거나 토지개혁사업, 의용군 및 (노력, 증산)동원활동 등 핵심 점령정책의 국면에서는 이에 대한 환영과 선전을 겸하여 기획되었다. 평양시위문단을 시작으로 민주청년동맹, 농맹 및 농민예술단(축하단), 조선인민군예술단 및 공화국경비대협주단, 직장서클운동, 민주녀성동맹 등이 살펴볼 대상이다.

① 평양시 인민들과 예술대표로 구성된 '평양시위문단' 146명은 단장 리학수의 인솔하에 7월 19일 서울에 도착[28]함과 동시에 여러 활동을 개

---

27) 「중등대학교원 오백명을 민주주의적으로 재교육–교육성에서 강습회를 개최」, 『해방일보』, 1950.7.30, 2면.
28) 「평양시위문단 제2차 중앙공연」, 『해방일보』, 1950.8.4, 2면.

시했다. 먼저 이 위문단은 평양시민들이 보낸 127,168점의 선물을 전하고, 7월 22일 리학수가 서울방송국에서 「해방된 서울시민에게」라는 제목으로 "형제적 우애의 정과 격려의 뜻"을 방송했다.[29] 이어서 연극, 음악, 무용, 이동사진전람회, 이동도서관, 영화공개, 간담 등 다양한 행사를 기획하여 "북부의 찬란한 민주건설의 모습을 서울시민들에게 소개"하고자 했다. 특히 인민군대, 경비대, 보안대 등을 방문하여 격려하고, 문학예술인 기타 인사들과의 간담회도 갖기로 했다.[30] 실제로 7월 23일부터 무대예술인들로 구성된 '국립극장' 단원 일행은 시공관에서 연극 <흑인 브렛트 중위>를, '시립극장' 일행은 국도극장에서 연극 <리순신장군>을 각각 공연하였다. 관람석은 개막 전 30분에 벌써 초만원을 이루었으며,[31] 특히 <리순신장군>이 서울시민에게 민족예술연극의 극치라는 대호평을 받았다고 강조되었다.[32]

7월 25일 공연을 끝낸 예술대표단은 전체단원 중 30여 명을 3대로 편성한 전선이동공연대를 26일 각 전선으로 파견하였다. 그 중 나웅[33]이 인솔한 제1대는 일주일간 인천, 수원, 평택 등에서 위문공연을 한 뒤 8월 2일 전원 무사히 서울에 귀환하였다고 한다.[34] 곧이어 8월 6일부터는 전원이 다시 서울에 집합하여 제2차 중앙공연을 준비하였다. 평양시립극장

29) 「해방된 서울시민에게-서울시위문평양시대표단 단장 리학수씨 방송」, 『해방일보』, 1950.7.24, 2면.
30) 「평양시 위문단 일행 도착-국립극장 등에서 공연 예정」, 『해방일보』, 1950.7.22, 2면.
31) 「평양시위문단공연 서울시민들 절찬」, 『해방일보』, 1950.7.25, 2면.
32) 「평양시위문단-연극 리순신장군 절찬 속에 공연중」, 『해방일보』, 1950.7.26, 2면.
33) 나웅은 <리순신 장군>이 1948년 8월 15일 해방 3주년을 기념하여 평양시립극장에 의해 공연될 때 연출을 맡은 바 있다.(전지니, 「우상에 갇힌 민족연극의 구상-김태진의 <리순신 장군>(1948)에 대한 소고」, 『한국문학이론과 비평』 제58집, 2013.3, 390쪽) 평양시예술대표단 제1대에서 나웅이 활약한 것으로 보아, 또 <리순신 장군>이 평양시위문단 시립극장에 의해 공연된 것으로 보아, 전쟁기의 <리순신 장군>은 1948년의 경험이 거의 그대로 재연되었다고 판단된다.
34) 「전선이동공연대 각지서 계속 활동」, 『해방일보』, 1950.8.7, 2면.

은 국도극장에서 유기홍의 <원동력>을, 국립극장은 시공관에서 함세덕의 <산사람들>을 각각 상연했고, 또 8월 9일부터는 단막을 두 편씩 상연할 예정이었다.[35]

평양시예술대표단이 중앙공연을 통해 불특정 인민을 대상으로 대규모 연극공연을 개최했다면, 평양시위문단의 일반 단원들은 해당 조직을 대상으로 공연을 진행하기도 했다. 일례로 60명 이상으로 조직된 '평양시민청학생써클단'은 7월 23일 동양극장에서 연예대회를 열어 "동원된 서울시민청원들"에게 음악과 무용을 통해 격려하였다고 한다. 공연이 시작되기 전 평양시민청을 대표하여 박철목이 서울시민청원에게 편지를 낭독 전달하기도 했다.[36]

② 민주청년동맹(이하 민청)의 경우 점령정책 선전사업에 열성적으로 동원되었다. 중앙민청에서는 중앙토지개혁지도위원회 및 중앙선거지도위원회와 연계하여 제1차로 7월 14일부터 20일까지 경기도 및 서울시 민청원 200명, 제2차로 27일부터 30일까지 200명에게 선전사업 강습회를 개최했다. 즉 7월 20일을 전후하여 선전원을 대대적으로 파견하기에 앞서 사전교육을 진행했던 것이다.[37] 공연예술활동과 관련해서는 부상병과 인민군 위문격려가 두드러지는데, 그들과 비슷한 청년또래집단으로서 젊은

---

35) 「평양시위문단 제2차 중앙공연」, 『해방일보』, 1950.8.4, 2면. 기사에 연극명이 제시되고 있지만 번역극 <그 녀자의 일생>을 제외하고는 판독할 수 없었다. 또 이 기사에는 평양시위문단이 7월 23일부터 30일까지 8일간 진행한 공연의 누적관객수가 보도되고 있는데, 연극의 경우 총 13,766명으로 집계되었다. 이것은 하루 평균 1,700여 명의 관객으로 영화, 도서관, 사진전람회 방문까지 감안했을 때 대규모의 동원이었음을 짐작하게 한다. 평양시위문단의 사진전, 이동도서관 활동에 대해서는 다음의 기사를 참조할 것. 「평양시위문단 사진전 대성황」, 『해방일보』, 1950.7.27, 2면; 「위대한 쏘련의 면모에 감탄−대성황 이루는 '쏘련관'」, 『해방일보』, 1950.8.9, 2면; 「평양시위문단의 도서열람 대성황」, 『해방일보』, 1950.7.28, 2면.
36) 「평양시위문단공연 서울시민들 절찬」, 『해방일보』, 1950.7.25, 2면.
37) 「중앙민청에서 제2차 강습회」, 『해방일보』, 1950.7.30, 2면.

혈기를 통해 군기를 고무시키는 데 적절히 동원된 것이 아닌가 한다. 구체적으로 열거해보면, 민청중앙위원회 직속 청년예술극장은 8월 2일 평양을 출발하자 2대로 편성되어 연극과 음악, 무용 등의 프로그램으로 전선 순회공연을 진행했다. 최명규가 인솔한 제1대 11명은 서울을 중심으로 수원, 평택, 조치원, 대전, 논산 등을 돌았고, 홍이룡이 인솔한 제2대 12명은 남강원도 일대를 순회하였다.[38] 한편 민청서울시위원회의 경우 합창대를 포함하여 48명으로 구성된 위문연예반을 조직하여 8월 8일부터 매일 병원 두 곳에서 공연을 하였다.[39] 또 9월에 들어서는 시내 젊은 예술인 81명으로 시민청연예반을 조직, 2대로 편성하여 인민군대와 생산직장을 매일 방문했다고 한다.[40]

③ '북반부 모범농민 축하단'은 농촌에 투입되어 특히 토지개혁사업을 선전하는 역할을 맡았다. 먼저 평양발 '북반부 모범농민 축하단'은 7월 20일 서울에 도착한 이래 농촌을 순회하며 좌담회와 공연을 개최했다. 이 단체는 김영일을 단장으로 열성농민축하단 35명과 경축연예단 39명으로 구성되어 있었다. 특히 "토지의 주인이 된 남반부 주민 전체 농민들을 고무격려"하면서 북반부의 토지개혁실시 당시의 경험과 토지개혁실시 후 각 농촌의 발전상황을 소개했다고 전한다.[41] 예컨대 8월 6일부터 강상훈이 인솔한 모범농민축하단 일행 10명은 춘천, 홍천, 원주 등 강원도 전역을 탐방하였는데, 각 농촌에서는 이 단체를 위한 환영회를 개최하여 북반부의 발전상에 경탄하며 앞으로의 투쟁을 결의했다고 보도되었다. 여

---

38) 「민청예술극장 평양에서 래도」, 『해방일보』, 1950.8.14, 2면.
39) 「위문연예반 조직-민청서 부상병을 위문」, 『해방일보』, 1950.8.7, 2면.
40) 「다채한 음악무용 등으로 인민군 장병 위안-서울시민청 연예반 활동」, 『해방일보』, 1950.9.14, 2면.
41) 「북반부 열성농민축하단과 토지개혁 경축연예단-남반부 각 농촌을 순회」, 『해방일보』, 1950.8.4, 2면.

기에서 확인되는 바 이 단체는 소대로 편성되어 농촌 일대를 순회했고, 또 "북반부 농민대표단과 동행한 경축연예단 일행"을 참조했을 때, 선전원과 연예단을 함께 배치함으로써 동원된 농민에게 선전사업과 공연활동을 동시에 진행했다고 할 수 있다.[42]

그런데 전쟁이 두 달이 넘어가면서 장기화되자 인민군의 식량을 조달해야 하는 농민들의 원호사업이 무엇보다 중요해졌다. 이를 위해 이승만 정부에 의해 강제 해산되었던 농맹을 복구하고, 이제부터는 "식량증산복구공사에 전력하고 있는 농민들을 위로하며 고무격려하기 위하여" 공연을 기획하였다. 전국농민총련맹에서는 9월 1일부터 한 달 동안 각 지방에 '농민극단'과 함께 이동사진반, 이동문고 등을 순회시켰다. 이 농민극단은 북반부 농민극단 배우와 무용가로 구성된 50여 명의 단원을 4분대로 편성하여, 1분대는 경기·강원에, 나머지 분대는 각각 충남북도, 경상북도, 전라남북도로 파견하였다. 농민극단은 토지개혁사업을 주제로 한 단막희곡 <땅>과 농민가요, 무용 등의 프로그램으로 운영되었다.[43]

④ 조선인민군과 공화국경비대에도 예술공연단이 별도로 편성되어 있었다. 이 단체들은 해방된 지역의 경축대회를 대규모로 개최하거나 전선위문공연을 했다. 순전히 인민군으로만 구성된 '인민군협주단'과 '인민군예술극장'은 서울시민들을 위안한다는 명목으로 7월 15일부터 '수도서울해방경축조선인민군연예대회'를 부민관에서 2주간 하루 2회씩 개최했다.[44] 인민군협주단은 낮에 음악과 무용을, 인민군예술극장은 연극 <제2

---

42) 「북반부 모범농민축하단 등 각지서 환영」, 『해방일보』, 1950.8.16, 2면. 비슷한 시기에 북조선농민동맹 직속 '농민예술극단'도 50명의 일행을 2대로 편성하여 각각 남강원도, 경기도 일대 농촌에서 연극, 노래, 춤으로 구성된 공연을 벌였다. 「농민예술극단 해방된 남반부 각 지역에 파견」, 『해방일보』, 1950.8.2, 2면.
43) 「북반부 농민극단 각지를 순회공연」, 『해방일보』, 1950.9.8, 2면.
44) 「서울해방경축 인민군 예술극단 협주단 대공연」, 『해방일보』, 1950.7.14, 2면.

전선의 배후>(4막5장)를 공연하였다. <제2전선의 배후>는 "우크라이나 작가 와짐쏘브꼬의 작품"으로 이미 1950년에 평양에서 공연된 바 있으며, "제2차 세계대전이 위대한 쏘련군대에 의하여 결정적인 승리의 단계로 들어섰을 때를 배경"으로 한 작품이라고 한다.[45] 특히 남반부 인민을 위하여 입장료를 무료로 하여 매일 성황을 이루고 있다고 보도되었다.[46] 또 이 연예단은 8월 1일부터는 쏘련의 조국전쟁을 테마로 하여 애국적 인민들의 조국애를 형상화했다는 쏘련작가 르.레오노브의 <조국을 지키는 사람들>(4막5장)로 새로운 공연을 진행했다.[47]

한편 '공화국경비대협주단'은 소대로 나뉘어 전선을 순회했던 것으로 보인다. 대전 점령 후 대전을 방문한 것이 확인되고, 8월 18일에는 시공관에서 종합연예공연을 개최하였다.[48] 이후 다시 전선으로 파견되어 8월 29, 30일 이틀 동안 광주영화관에서 해방된 광주시민들을 축하하여 공연하였다.[49] 이 외에도 ⑤ 노동법 시행을 앞두고는 직업동맹에서 직장문화서클을 통해 인민군 위안공연과 각 공장 순회공연을 20회 이상 진행하였고,[50] 문화예술공연의 형태는 아니었지만 ⑥ 민주녀성동맹이 해설반을

---

45) 「인민군 예술극장 협주단-제2전선의 배후-어제부터 전 부민관서 공연」, 『해방일보』, 1950.7.16, 2면. 1999년 <제2전선의 배후>의 공연안내프로그램이 발굴되었는데, 4.6판 크기의 16쪽 분량이라고 한다. 여기에는 와짐 소브코 원작 상연 의의와 4장의 무대사진, 연극내용, 연출가 및 출연자들의 변이 실렸다고 한다. 연극 내용은 "제2차 세계대전 당시에 결성한 제2전선의 배후에서 미영 제국주의자들이 추구한 모리주의적이며 전쟁 찬미주의적인 음흉한 배신적 음모를 폭로한 것"으로 소개되었다. 연출을 맡았던 윤흥기를 비롯해 모든 배역들은 인민군 장교복을 입고 있었다고 전한다. 「서울 점령 인민군 '해방경축' 연극공연-6·25 당시 '제2전선의 배후' 공연안내 프로그램 본지 단독입수」, 『경향신문』, 1999.1.29, 19면.
46) 「인민군 예술극장협주단 공연 련일 대성황! 고상한 예술에 관객들 도취」, 『해방일보』, 1950.7.19, 2면.
47) 「인민군예술극장 제2회공연 <조국을 지키는 사람들> 오늘부터 전부민관서 상연」, 『해방일보』, 1950.8.1, 2면.
48) 「공화국경비대협주단 대전공연성황」, 『해방일보』, 1950.8.26, 2면.
49) 「공화국경비대협주단 광주서 공연」, 『해방일보』, 1950.9.5, 2면.
50) 「새문화건설의 싹 직장문화써클운동 활발」, 『해방일보』, 1950.9.10, 2면.

조직하여 8월 3일부터 "남편과 아들을 영예로운 의용군으로 내보낸" 가족들을 방문[51]한 사례도 있다.

이상의 내용에서 핵심적인 특징을 부연해보면, 여러 조직이 전방위적이고 광범위한 선전활동을 진행함에 있어 공연예술 형식을 적극적으로 활용했다는 것, 각 조직은 "아무 내용 없는 빈말공부만 할 것이 아니라 대상자의 수준과 의사를 고려"[52]하여 선전대상과 공감형성이 보다 유리하도록 분류 배치되었다는 것,[53] 소대로 편성된 공연예술의 경우 연극을 하기도 했지만 기동성에 유리한 음악과 무용이 중심이 되었다는 것 등이다.

여기에 한 가지 더 지적될 사항은 각 조직이 공연예술을 기획할 수 있었던 제반여건에 관한 문제이다. 각 조직이 소대로 편성되어 지방에서 공연을 하자면, 그만큼 음악 · 무용 · 문학 등의 예술적 소양이 일정 수준 이상으로 요구되기 때문이다. 이때 우선적으로 가능한 추론은 해방기부터 시작된 서클문화운동의 동력이다.[54] 특히 평양시민청학생써클단이나

---

51) 「후방은 녀성의 손으로 해설반을 조직!-녀맹원 가두에 진출 활동」, 『해방일보』, 1950.8.6, 2면.

52) 「(사설)대중을 조국해방전쟁의 종국적 승리에로 더욱 힘차게 고무하기 위하여 선전선동 사업을 일층 강화하자!」, 『해방일보』, 1950.9.7, 1면.

53) 이 구조적인 전략이 해방기 문화공작대 활동에 대한 북한의 평가와 관련되는 것은 아닌지 추측해보았다. 1947년 8월 초 사실상의 문화공작대 활동이 끝나고 참여했던 대부분의 예술가들이 월북했을 때, 그간의 활동에 대한 긍부정적인 평가가 있었을 것이다. 예컨대 전쟁기 남한에서 문화공작 활동이 보다 확대된 것으로 볼 때, 기본적으로는 해방기 문화공작대 활동이 좌익활동에 있어 기여한 바가 있었다는 평가를 받지 않았을까 한다. (북한 정권 초기 월북한 남한 문학인들이 고위급 간부가 되었던 점, 해방기 문화공작대 참여 예술인들이 전쟁기에도 참여한 점 등과도 관련될 터) 그러나 예술인에 국한된 활동이 전체 인민에게 얼마나 설득력이 있었는가에 대해서는 비판과 반성이 있지 않았을까. 혹은 예술인 스스로 자신들만으로는 감당하기에는 벅찬 과제였다는 것을 고백했을 지도 모르겠다. 써클문화활동 역시 해방기에 출현하여 전쟁기까지 이어진 것으로, 차후 북한의 전쟁기 문화예술사업을 보다 자세히 고찰하기 위해서는 북한의 전전 5년간의 문화사업과 연속성/비연속성이 계속 고려되어야 할 것이다.

54) 참고로 북한은 점령통치 기간 남한에서도 써클운동을 활발히 전개했다. 관련 내용은 다음의 기사를 참조할 것. 「강릉지구 써클경연대회 폐막!」, 『해방일보』, 1950.8.30, 2면;

농민극단 등은 서클운동의 직접적 결과물로 보아도 무방하다. 그리고 앞서 정리한 공연예술을 다시 살펴보면, 북반부에서 파견된 예술단의 활동이 두드러진다는 것을 알 수 있다. 이들 단체는 남반부에 도착하면 곧바로 공연에 돌입했는데, 특히 연극의 경우 연습과 준비가 필요한 것임을 감안할 때, 사전에 미리 준비되어 있었다는 추측이 가능하다. <제2전선의 배후>가 1950년에 이미 평양에서 공연되었던 사례처럼, 여러 단체들의 공연은 서클활동을 통해 준비되고 사전경험을 쌓아왔을 것이다.

그러나 무엇보다도 가장 결정적인 원동력은 예술인 그 자체였다. 사실 북반부에서 파견된 여러 조직의 예술단에는 예술가들이 일부 포함되어 있거나 전체가 예술가이기도 했다. 이러한 상황은 적치 기간에 경비대협주단 소속으로 활동한 최은희의 회고를 참고할 수 있다. 최은희는 1950년 7월 남산동 길에서 인민군장교 복장을 한 심영에게 이끌려 북한 내무성 소속의 경비대협주단 사무실에 갔다고 한다. 심영은 예술인을 모으고 있다면서 최은희도 합류하기를 권유했고, 식량 걱정이 컸던 차에 쌀과 담배를 배급받자 곧 소속대원으로 활동하기 시작했다.

> 경비대협주단은 명동성당의 수녀들이 숙식하는 곳에 수용되어 있었다. <u>배우 김동원·김승호·주증녀·하옥주·지휘자 임원식, 바리톤 오현명 등등 약 200여 명의 예술인들</u>이 있었다. 북한은 정책적으로 연극·영화·음악·미술·무용인 가릴 것 없이 <u>모든 장르의 예술인들을 끌어 모으고</u> 있었다. 우리는 포로처럼 수용되어 낮에는 연극 연습과 선무공작 등을 했고, 밤에는 북한 영화를 보고 사상 교육을 받았다.[55]

「새문화 건설의 싹 직장문화써클운동 활발」, 『해방일보』, 1950.9.10, 2면.

55) 최은희, 『최은희의 고백』, 랜덤하우스코리아, 2007, 73쪽. 최은희는 9·28수복 시기 북으로 끌려가면서 탈출하는 과정도 서술했는데, 여기에서 추가로 극단 조연출 출신의 백민, 재즈연주자 엄토미(엄앵란의 삼촌)도 경비대협주단 소속으로 활동하였던 것이 확인된다. 최은희, 「북한 선전극 공연하다 국군 위문공연, 영화보다 더 영화같았던 내 인생」, 『나와 6·25-6·25전쟁 60주년 조선일보 특별기획』, 기파랑, 2010, 261-262쪽 참조.

인용문을 참조해보면 경비대협주단은 북한발 예술인이 주축이 되고 남반부의 예술인들을 추가로 모집하여 구성된 것으로 보인다. 경비대협주단의 공연 관련 기사가 8월 중순 이후에 등장하고, 구체적인 공연작품도 명시되지 않은 이유는 바로 이 점 때문일 것이다. 새로 합류한 단원들과 함께 공연을 하자면 연습이 필요했기에, 주로 전선을 돌면서 개인 자질로써도 소화가 가능한 노래와 춤을 무대에 올렸던 것이다. 이와 반면에 "순전히 인민군으로만"[56] 조직되었다고 하는 인민군협주단, 인민군예술극장의 경우 7월에 도착한 즉시 대규모의 공연을 개시하고, 연극의 제목과 내용도 소개된 바 있다. 따라서 이들 예술단은 엄밀히 말해서 인민군으로 구성되었다기보다는, 예술인들이 인민군으로 복무한 형태였다고 할 수 있다.

또한 경기도임시인민위원회에서 파견한 이동연예대가 연극동맹원 박이철의 인솔 하에 연극·음악·무용동맹원 11명으로 조직된 사례,[57] 노동자서클운동에 문학가동맹원 리표순이 지도를 한 사례[58] 등까지 고려한다면, 적치 기간 동안 예술인들이 문화선전사업에 동원된 정도는 실로 엄청난 규모라고 할 수 있다.

3. 점령의 의미화 작업과 서울의 표상

예술인들의 동원 중에서 특히 조직 속에서 활동하지 않아도 되는 문학인들의 경우에는 전선으로 출동하여 종군기자·작가가 되거나 신문·방송에 선전의 텍스트들을 생산했다. 전쟁 직후 김사량과 김남천을 시작으

---

56) 「서울해방경축 인민군 예술극단 협주단 대공연」, 『해방일보』, 1950.7.14, 2면.
57) 「선거의 성공적 완수 기약—시흥 안양 등지에 선전원 파견」, 『해방일보』, 1950.7.23, 2면.
58) 「새문화건설의 싹 직장문화써클운동 활발」, 『해방일보』, 1950.9.10, 2면.

로 홍명희, 한설야, 이기영, 이태준, 박팔양, 이용악, 남궁만 등은 시나 르 포르타주, 종군기를 신문에 발표했다. 또 이태준, 임화, 박웅걸은 낙동강 전선까지 종군했다. 이 장에서는 문학인들이 선전사업에서 담당한 역할을 그들의 글로써 살펴보고자 하는데, 특히 전쟁의 의미를 해석하고 이를 문학적으로 표상해내는 지점에 주목할 것이다.

앞서 살펴본 공연활동 중에서 특히 대규모의 연극작품 상연과 협주단 공연은 서울을 중심으로 개최되었다는 특징이 있다. 여기에는 대규모의 공연이 가능한 극장시설의 문제나 전쟁시기인 만큼 전선의 안전성 문제, 예술인과 공연도구들의 이동 문제 등이 관련될 것이다. 또 한편으로는 점령통치가 진행되면서 지방의 경우 인민위원회나 민주선전실, 써클사업 등을 통해 자치적인 문화공작이 어느 정도는 감당되었다고도 생각된다. 그래서 중앙의 예술인들은 서울에서 문화공작의 모범, 표준을 제시하는 형태로 기능하였고, 써클사업을 통해 지방에 파견될 농민·노동자·청년·여성 선전원들을 훈련시켰다고 추측한다.

그리고 한 가지 이유를 더 찾아보자면, 서울을 점령한 의미가 무엇보다도 컸기 때문일 것이다. 서울은 한반도의 중심부로서 오랫동안 조선인들에게 역사적 '수도'이기도 했고, 대한민국의 '수도'였으며, 더욱이 조선인민공화국이 수립될 때 헌법상의 '수도'이기도 했다.[59] 피난을 가려고 했지만 한강다리가 폭파되어 떠날 수 없었거나 피난할 곳 자체가 없었던 서울토박이들에게 전쟁 발발 3일 만에 서울이 점령당했다는 사실은 놀라운 것이었다.[60] 그러나 인민정권을 아직 '敵'으로 판단하지는 않았던 상당수의 미피난자들[61]에게는 그 의미가 '赤治' 혹은 '인공치하'였거나, 형

---

59) 와다 하루끼, 『와다 하루끼의 북한 현대사』, 창비, 2014, 79쪽.
60) 윤택림, 「서울사람들의 한국전쟁」, 『구술사연구』 제2권1호, 한국구술사학회, 2011 참조.
61) 김동춘에 따르면 전쟁 직후 1차 피난은 '정치적, 계급적 피난'으로, 인민정권이 '적'으로 볼 사람—월남인, 고급공무원, 자본가, 우익계 정치가, 군인, 경찰 및 그 가족—들이 주

성되지 않은 상태였다. 그리하여 이 텅 빈 상태를, 서울을 언표하는 일은 문학가들이 해야 할 것이었다.

임화는 『해방일보』에 처음으로 실은 시 「전선에로! 전선에로! 인민의 용군은 나아간다」에서 "한 여름 태양 찬란한 서울하늘에는/ 공화국의 싱싱한 기빨 나부끼고"라 쓰면서, "영광스러운 기빨"이 휘날리는 순간에 "통일된 공화국의 자유로운 공민으로 해방되는 기쁨과 감격"을 노래하였다. 그리고 "단 하나의 조국"을 위해 외세와의 침공을 막아내려는 인민군대의 장엄한 투쟁을 강조하였다.[62] 마찬가지로 이병철, 이태준, 이학수, 주재욱 등이 전쟁 초기 한국전쟁을 실감하고 남반부 해방에 감격했던 순간은 서울 중앙에 공화국기가 휘날리는 것을 보았을 때였다.

① 물결치는 공화국 깃발속에/ 우리 불멸한 그대들과 같이 있다네/ 통쾌한 원쑤의 패망과 함께 인민의 승리 개가높이 불으자꾸나 (전사 리병철)[63]

② 남대문 문루에는 「조선민주주의인민공화국만세!」가 걸리었고 남로당의 최후의 지상 회관이었던 일화삘딩에는 오각별 선명한 공화국기가 휘날리었다. (리태준)[64]

③ 이제 력사상 처음으로 이 나라의 수도 서울은 푸른 창공에 진정한 인민의 깃빨 조선민주주의인민공화국 국기를 휘날리고 자유를 구가하고 있는 것입니다. (… 중략 …) 력사상 처음으로 이 나라 서울에 휘날리고 있는 인민의 나라 공화국기를 지켜 다시금 외래침략자들의 침해를 방지하기 위하여 힘찬 투쟁을 계속 전개합시다. (리학수)[65]

로 피난했다는 특징을 보인다. 그리고 서울 시민 144만여 명 중 40만 명 정도가 점령 전에 피난하였다고 한다. 김동춘, 『전쟁과 사회』, 돌베개, 2006, 160-163쪽 참조.

62) 림화, 「전선에로! 전선에로! 인민의용군은 나아간다」, 『해방일보』, 1950.7.8, 2면.

63) 전사 리병철, 「전우들의 이름이여」, 『해방일보』, 1950.7.14, 2면.

64) 리태준, 「해방 서울에서」, 『해방일보』, 1950.7.21, 2면.

65) 「해방된 서울시민에게-서울시위문평양시대표단 단장 리학수씨 방송」, 『해방일보』,

④ 경복궁 넓은 마당에/ 오각별 뚜렷한 기빨을 날리던/ 그 순간으로부터// 서울은 영구히 우리 인민의 거리로 되었고/ 서울은 영구히/ 우리 조국의 움즈기지않는/ 수도로 되었다 (림화)[66]

⑤ 공화국 깃발아래/ 진정 서울은 자유롭고// 서울은 영원한 공화국의 수도!/ 보는가? 못보는가?/ 햇발을 안흔 서울의 아침을 (조선인민군전사 주재욱)[67]

이태준은 서울의 해방소식을 6월 28일 '해방옹진경축군중대회'의 긴급보도로 옹진에서 알게 되었다. 그는 후에 서울에 도착해서 남긴 소감문에서 "아모 변장도 없이 나는 누구의 눈치도 살필 필요없이 우리 공화국 공민증"을 지닌 채 남대문을 들어선 것에 대한 놀라움을 표현한다.[68] 그리고 서울의 오랜 역사를 반추하는데, 흥미롭게도 그는 서울을 "학대받은 도시"로 가시화했다.

그러나 서울은 어느 왕조의 도성에서나 마찬가지로 주문(朱門) 안에는 주육이 썩어나나 거리에는 인민들의 굶어죽고 얼어죽는 시체가 떠나지 않았고 또 서울은 어느 왕족의 도성에서나 마찬가지로 외적의 침습이 있을 때는 지배층들의 헌신짝 던지듯하는 버림을 받고 오직 인민들의 피로만 지킴을 받아왔고 또 끝내 인민들의 힘으로 적을 몰아내였던 것이다. 임진란 때 왕공귀족은 이 서울을 뒷문으로 빠저 임진강을 건너 도망가고 오직 인민들만이 방어해냈으며 병자호란 때도 왕공귀족들은 이 서울을 앞문으로 빠저 한강을 건너 도망을 가고 역시 인민들만이 적을 구축하기에 피를 흘렸다. 북한산 봉오리마다 사대문 문루마다 성머리마다 한강나루터마다 이 서울을 지키던 그리고 이 서울에서 외적을 몰아내던 용감한 인민들의 피로 물들지 않은 돌과 흙이 없을 것이다.

1950.7.24, 2면.

66) 림화, 「서울」, 『해방일보』, 1950.7.24, 2면.
67) 조선인민군전사 주재욱, 「서울의 아침-전선으로 나가면서」, 『해방일보』, 1950.8.9, 2면.
68) 리태준, 앞의 글, 2면.

인민들의 피는 거룩하다! 이번에 흘린 인민군대의 피는 더욱 거룩하다! 서울에서 외적과 매국노들을 몰아내기에 흘린 피 중에서도 이번 미제와 리승만도당을 몰아내기에 흘린 인민군대의 피는 더욱 고귀한 것이니 보라 어느 때 인민대중이 이처럼 서울의 주인으로 나선 적이 있었는가?[69]

이태준이 정리한 서울의 역사란 외적의 침입과 이기적이고 무능한 지배층으로 인해 핍박받아온 인민의 역사이다. 동시에 인민의 힘으로 곤란을 극복해온 승리의 역사이기도 하다. 이러한 서사구조는 임화에게서도 발견되는 바, 그는 서울을 "여기는/ 슬기로운 우리 조상들이/ 주검으로 외적을 물리쳐/ 자랑스러운 도시/ 용감한 우리 선진자와 전우들이/ 조국의 자유를 위하여/ 피흘려 싸운 영광의 거리"[70]로 표현했다. 이들이 전쟁의 초기에, 며칠을 사이에 두고 유사한 표상을 형성한 것은 우연한 일이 아니라고 생각한다. 임진왜란을 배경으로 한 <리순신 장군>, 신미양요를 배경으로 한 <강화도>[71]가 전쟁 시기에 상연된 것까지 상기해볼 때 말이다.

여기에서 새삼스럽지만 북한이 6·25전쟁을 '조국해방전쟁'으로 공식화하고 북침으로 규정하면서 전쟁의 정당성을 확보해간 사실을 환기할 필요가 있다. 점령기간의 신문에는 독자들을 고무시키기 위한 표어가 상단에 자주 배치되었는데, 『조선인민보』의 경우 조선인민군만세, 김일성 장군만세 등 내부를 독려하는 표어가 실리다가 7월 4일 처음으로 외부를 비판하는 표어가 실렸다. 그것은 "침략과 학살의 원흉인 미제는 조선인민의 원수이다"였다.[72] 같은 날 서울에서는 '포악미제 구축 궐기대회',

---

69) 리태준, 앞의 글, 2면.
70) 림화, 「서울」, 『해방일보』, 1950.7.24, 2면.
71) 리령, 「해방 후 연극 예술의 발전」, 『빛나는 우리예술』, 조선예술사, 1960, 68쪽.
72) 『조선인민보』, 1950.7.4, 1면.

'미제완전구축문학, 음악, 사진, 미술가총궐기대회'가 열렸다. 또 '미제청산궐기대회'(7.5), '서울시민주여성동맹미제격멸궐기대회'(7.7), '미제구축이동연예대'(7.9) 등이 계속된 것을 볼 때, 전쟁 초기 선전의 키워드는 '미제구축'이었다. 게다가 "미제국주의 침략강도들과 그의 주구 리승만 잔당들"[73], "미제와 그의 주구 리승만 매국도당"[74] 운운의 비슷비슷한 표현들은 점령기간 내내 보도내용을 막론하고 신문기사에 등장하였다.

이렇게 볼 때 6·25는 내전이라기보다 외적-미제국주의와의 전쟁이 된다. 생각해보면 '리승만매국역도'라는 수사도 문제적인데, 이미 이승만이 미국에 주권을 팔아넘겼으므로 이승만이 이끄는 남한 정부와 싸우는 것이 아니라 미국과 전쟁하는 것이 성립되도록 하는 표현인 것이다. 말하자면 "미제놈들은 그 주구 리승만역도들을 시켜서"[75] 전쟁을 개시했기 때문에 "전체 조선인민들은 또 다시 외국제국주의자들에게 예속되지 않으려거든 그 누구를 물론하고 리승만 매국역도들을 타도 분쇄하는 구국투쟁에 다 같이 궐기"[76]해야 하는 것이다.

다시 이태준의 글로 돌아오면, 이태준이 과거 외세 침략의 역사를 현재와 오버랩시킨 이유 역시 조국수호 전쟁이라는 명분 만들기에서 자유롭지 않다. '외적과 매국노≒미제와 리승만도당'이라는 문법을 만들어 거룩한 인민군의 피로써 인민을 서울의 주인이 되도록 하는 정의의 전쟁으로 형상화했다. 서울과 시민을 버리고 더욱이 다리까지 끊어놓고 도망했을 뿐인 이승만은 부패한 지도자인 데 반해, 김일성을 "그 자신이 인민의 아들이며 그 자신이 인민조선의 창조를 위해 손에는 칼을 잡고 싸웠으며

73) 「수놓은 전기와 위문문─문련 산하 단체원들이 거출」, 『해방일보』, 1950.7.22, 2면.
74) 「북반부 모범농민축하단 등 각지서 환영」, 『해방일보』, 1950.8.16, 2면.
75) 연극인 안영일의 발언. 「야수적 만행에 인민들 분격 폭발! 복수심 더욱 격앙」, 『해방일보』, 1950.7.15, 2면.
76) (표어) 『해방일보』, 1950.7.4, 1면.

오늘 위력있는 인민무력의 조직자"로 묘사하여, 이전의 지배층과는 달리/ 인민의 한 사람으로써/도망치는 것이 아니라 나서서 싸우는/유능한 지도 자로 위치짓기도 했다. 그리하여 "시민들의 물러서 우러러보는 김일성 장군의 초상"이라는 서술은, 조선미술동맹에서 미술가를 동원하여 그려낸 김일성의 초상화[77]가 거리 곳곳에 나붙었을 때 어떤 자세로 보아야하는지를 제시해준 것이라 하겠다. 그리고 '인민'이라는 상상의 공동체를 통해서 모두를 서울의 주인으로 호명할 때, "력사의 주인은 우리들이다"[78]라는 환상 속에서 전쟁 참여가 독려될 수도 있었다.

동시에 임화와 이태준의 글이 전쟁의 초기에, 점령정책 실시를 앞두고 선전원들이 대대적으로 파견된 시기에 게재되었다는 사실도 고려될 필요가 있다. 이 글들은 남반부 각지의 선전활동에서 선전의 텍스트로 이용되기에 적합했다. 이북에서 유명하거나 권력을 가진 인물일지라도 남한 지역민들에게는 인지도 면에서 영향력이 적거나 없었을 것이다. 그런데 남한 출신이자 남한에서 익히 명성이 높았던 문학가의 글은 감정적인 호소력을 가질 수 있었다. 실제로 점령기 문화동원 양상에서는 북반부 예술가들이 추축이 된 사업과 남반부 예술가들이 추축이 된 케이스가 구분되는 특징을 보인다. 다음 장에서는 이러한 배치 상황에 주목하여 분류의 의미를 분석하려고 한다.

4. '赤治'-'敵治'의 회로; 남북 예술(인)의 구별과 분단체제화

앞서 여러 조직의 선전선동활동을 공연활동 중심으로 정리하면서 (의도적으로) 누락한 부분이 있는데, 바로 '조선예술대표단'과 남조선문화단체

---

77) 「서울시미술가 활동을 개시」, 『해방일보』, 1950.7.8, 2면.
78) 리태준, 앞의 글, 2면.

총연맹의 활동이다. 이 두 단체는 각각 38이북과 이남을 대표하는 전문
예술가 그룹이라는 점에서, 이들의 점령기 행보는 단지 선전사업의 일부
로 볼 것이 아니라, 상징성을 찾아내는 독해가 필요하다. 논의 전개를 위
해 잠시 조선예술대표단의 활동부터 정리해보면 다음과 같다.

'조선예술대표단'(이하 예술대표단)의 활약은 전쟁 이전부터 시작되었다.
문화선전상 허정숙이 단장이었던 이 예술단은 쏘련내각직속예술위원회
초청에 의하여 1950년 6월 7일 평양을 출발하여 모스크바로 떠났고, 전쟁
이 한창이던 7월 31일에 귀국했다. 이들은 한 달 동안(6.17도착-7.16출발) 모
스크바, 레닌그라드, 키예프 등에서 약 20회의 순회공연을 했는데, 이들
이 부재하는 동안에도 『해방일보』는 통신을 전달받아 활동내용을 소개
했다.

① 모스크바; (6.17~) '조선영화의 밤'에서 조선인민의 생활과 사업을
   그린 영화 <용광로>의 시사회
② 레닌그라드; (6.30~) 음악, 악단, 합창단, 교향악단. 최승희를 수장으
   로 하는 무용단
③ 키예프; (~7.12, 5일간 체류) 조선합창단에 의한 쓰딸린 찬송가, 김
   일성장군의 노래. 대조선악기의 오케스트라로 연주된 조선근로자의
   노래. 최승희가 연출한 무용. 우크라이나음악애호가협회회관에서
   우크라이나 수도의 예술가들과 친선 교류
④ 모스크바; (7.13) 작별연주회. 쓰딸린대원수찬송가와 김일성장군의
   노래 합창. 조선의 민요·무용·가극·발레. 쏘련 작곡가들의 작품
   상연. 주쏘련조선민주주의인민공화국 대사 주녕하를 비롯한 대사
   관원들과 쏘련내각직속예술위원회 부위원장인 베스파르브와 쏘련
   정부측 대표들과 예술문화계의 저명인사들이 참석
⑤ 평양; (7.31) 문화선전성 부상 태성수를 비롯하여 각계 예술인들의
   환영
⑥ 평양; (8.9) 모란봉극장에서 귀환보고대회 개최. 예술단을 대표하여

예술대표단은 언어 문제 때문이었는지 음악과 무용 중심의 공연을 했는데, 신문에서는 공통적으로 이 대표단이 각 순방 지역에서 대대적인 환영을 받았으며 수준 높은 예술을 선보임으로써 관객들의 감탄을 받았다고 보도하였다. 또 "각처에서 조선예술가들과 쏘련예술가들 사이에는 따뜻한 우정"[80]이 있었다는 사실을 강조하였다. 이렇게 소련에서 장기간 머무르며 문화예술을 교류하고 온 예술대표단은 소련과의 친선, 형제적 우의의 상징이 되었던 것이다. 그래서 이 대표단이 전쟁 직전에 소련으로 떠났다가 전쟁 직후 조선으로 돌아온 것은 의미심장하다. 이들이 소련에서 기사화되지 않은 또 다른, 예컨대 정치적인 활동도 겸하였던 것인지는 중요한 문제이고 궁금하지만 이 글의 능력 밖에 있다. 다만 여기에서는 점령기 미디어를 통해 예술대표단이 어떻게 선전 텍스트화 되는지 살펴보려고 한다.

예술대표단의 활동은 무사히 돌아와 귀환보고를 하였지만 종료되지 않았고, 오히려 이들은 소련에 조선문화를 알리고 소련의 선진문화를 섭취하고 돌아온 만큼 선전효과가 큰 집단이었기 때문에 곧바로 전선에 적극적으로 활용된다.

신고송씨는 예술대표단의 쏘련 체류 기간의 정형에 관하여 상세히 보고한 후 다음과 같이 말하였다. "쏘련인민들은 우리예술단 일행에게 뜨

---

79) 이상은 다음 기사를 토대로 시간순으로 정리한 내용이다. 「조선예술대표단」, 『해방일보』 1950.7.3, 1면; 「조선예술대표단 「끼에브」시에서 대환영」, 『해방일보』, 1950.7.16, 2면; 「조선예술대표단 모쓰크바 고별연주회 대성황」, 『해방일보』, 1950.7.19, 2면; 「조선예술대표단 모쓰크바를 출발」, 『해방일보』, 1950.7.20, 2면; 「조선예술대표단 귀국」, 『해방일보』, 1950.8.3, 2면; 「쏘련방문예술대표단 귀환보고회 개최」, 『해방일보』, 1950.8.14, 1면.
80) 「조선예술대표단 모쓰크바 고별연주회 대성황」, 『해방일보』, 1950.7.19, 2면.

거운 우애와 대우로써 미침략자들을 반대하여 투쟁하는 조선인민에게 대한 자기의 동정과 친선의 감정을 표시하여주었다. 공화국 예술인들이 공연한 <u>조선인민의 예술은 세계에서 가장 선진적인 쏘베트 예술계와 사회계의 높은 평가를 받았다.</u> 공화국의 예술가들은 방쏘예술공연을 통하여 쏘베트예술문화를 더욱 잘 알게 되었으며 조국의 통일독립을 위하여 궐기한 투쟁적 조선인민의 예술을 더욱 활발히 발전시킴에 <u>쏘베트예술의 제반 성과를 효과있게 섭취할 수 있는 가능성을 가지게 되었다.</u> 우리들이 위대한 쏘련을 출발하여 귀국할 때에 쏘베트 사회계로부터 조선의 새로운 인민적 예술의 창조와 발전에서 막대한 성과가 있기를 바란다는 뜨거운 격려를 받았다. 조국의 자유와 통일독립을 쟁취하기 위한 <u>전쟁 중에 있는 조선예술인들의 쏘련 방문은 조선인민과 쏘련인민과의 친선을 더욱 굳게 하였다.</u>" 신고송씨는 자기연설을 끝마치면서 위대한 쏘련 인민과 정부와 그의 수령 쓰딸린 대원수에게 심심한 감사와 경의를 표하면서 공화국의 인민예술을 더욱 높은 계단으로 발전시키는 데 전력을 다 할 것을 강조하였다.[81]

인용문을 보면, 소련은 세계에서 가장 선진적인 문화수준을 자랑하는데, 예술대표단은 이러한 소련에서 진행한 문화공연에서 그 수준을 인정받았다. 또한 체류기간 동안 소련의 예술계와 긴밀한 친선관계를 돈독히함으로써 그들의 선진문화를 흡수할 수 있었다. 그래서 이 예술단의 실력은 이미 세계적으로 검증된 것이며 더욱 발전할 것이 명백하다는 것이된다. 한편 이들을 통해 문화적인 친선을 더욱 공고히 했다는 점은 이 전쟁에 있어 소련이 언제나 든든한 후원자, 조력자로써 나설 수 있음을 은유하는 것이기도 하겠다.[82] 그렇기 때문에 '조선예술대표단'이 남한 점령

81) 「쏘련방문예술대표단 귀환보고회 개최」, 『해방일보』, 1950.8.14, 1면.
82) 전쟁이 장기화되는 시점에 8·15해방 5주년을 축하하는 명목으로 중국대표들이 내한해서 친선과 교류를 도모했던 사실도 중요하다. 중화인민공화국 인민대표단장 곽말약, 부단장 리립삼을 비롯하여 문화예술계 인사로는 중화인민공화국문화예술공작자련합회 대표인 마봉(馬烽), 중국인민해방군전투영웅 양세명(楊世明)이 왔다. 이원조, 홍명희를 비롯한 30여 명의 예술인들이 개최한 환영좌담회에서 "조중 량국 문학예술일꾼들은 우리

지역에 내려오는 순간부터 이들은 언제나 '방쏘예술단'으로 호명됨으로써 여타의 예술단과는 다른 맥락 속에 놓이게 된다. 이들 자체가 소련과의 친선을 매개하며 최고 수준의 문화를 대표하는 미디어였던 것이다.[83]

이제 '방쏘예술단'이 된 이 단체는 8월 27일 신고송의 인솔 하에 서울에 도착했는데, 국립교향악단 지휘자 김기택, 박장우를 비롯하여 리경팔, 김완우, 백고산, 유음경 등의 음악인과 안성희, 김백봉 등의 무용인 총 120여 명으로 구성되었다. 방쏘예술단은 8월 31일 서울에서 제1차로 경축공연을 개최한 것을 시작으로, 9월 3일부터는 소대로 편성되어 각 전선과 농촌 등을 방문 공연했다.[84][85] 그런데 방쏘예술단의 활동이 기사화

들의 공통의 원쑤 미제침략자들을 반대하는 성스러운 조국해방전쟁의 종국적 승리를 쟁취하기 위하여 형제적인 단결을 한층 견결히 하는 동시에 조중인민들의 친선과 문화교류를 더욱 두텁게 할 것을 굳게 맹세"하였다. 「조중 량국 인민 영원한 친선을 도모-중화인민공화국 인민대표단 맞어 서울시 각계인사들과 좌담회 성황-문화인들과의 좌담회」, 『해방일보』, 1950.8.22, 2면; 「중국인민대표단 귀국-단장 곽말약씨의 간곡한 작별인사」, 『해방일보』, 1950.8.26, 1면 참조.

83) 소련과의 문화적 친선을 매개하는 데 있어서는 '조쏘문화협회'의 활동도 중요한데, 이 논문이 공연예술에 주목한 탓에 다루지 못하였다. 참고로 점령기간 조쏘문화협회는 '조쏘친선의 날' 제정, 조쏘문화관 설치, 로어강습회 개설 등의 활동을 했다.

84) 「방쏘예술대표단 일행 서울에서 경축공연」, 『해방일보』, 1950.9.1, 2면; 「고상한 민족예술의 향연 관중들의 감탄과 절찬 속에 방쏘예술대표단 공연 성황」, 『해방일보』, 1950.9.2, 2면; 「전선장병을 위문-방쏘예술대표단 일행 출발」, 『해방일보』, 1950.9.7, 2면.

85) 현수의 회고에 의하면, 한 팔을 잃고 돌아온 황철이 말하기를 "방쏘예술사절단 일행이 귀국 후 전선위문공연을 갔던 것인데 그 일대인 안동면으로 종군한 예술단은 폭격을 맞았다"고 한다. 그래서 국립합창단원 1명, 최승희무용연구소 연구생 2명이 즉사했고 미남이었던 성악가 김재섭은 얼굴이 일변하여 반광란 상태라고 알려주었다. (현수, 『적치 6년의 북한문단』, 국민사상지도원, 1952, 183-184쪽) 전선 흐름의 변화가 감지되는 시점인 9월 초에 지방으로 파견된 방쏘예술단은 무차별 폭격 속에서 비참한 죽음을 피할 수 없었다. "예술인들은 재주 때문에 살아남았고, 재주 때문에 위험에 처했다"는 최은희의 발언(최은희, 앞의 책, 2007, 74쪽)은 사실이었다. 그런데 점점 심해지는 폭격과 라디오 단파 방송, 삐라 등을 통해 남한 쪽의 움직임이 심상치 않다는 분위기가 형성되어 있었음에도 가장 인민예술을 대표한다는 방쏘예술단을 위험한 전선으로 파견한 사정은 생각해볼 문제이다. 전선이 위태로운 순간에 만약에 후퇴하게 되더라도 인민들의 '마음'에 기억되어야 한다는 기획은 아니었을까. 1.4후퇴 후 북한이 서울을 재점령했을 때, 국군이 서울시민들을 대거 피난시켜 텅 빈 서울을 점령하게 되자 분노(박완서, 『그 산이 정말 거기 있었을까』, 세계사, 2008 참조)하였던 이유는 이와 관련되지 않을까.

될 때, 반복되는 서술이 발견되는데 바로 "5년 동안 고상한 민주민족문화로서 발전된 향기 높은 조선민족예술의 향연"이 그것이다. 서울 경축공연 무대에서 <유격대장의 아리아>를 독창한 가수 김완우는 쏘련에서 열렬하게 환영받던 이야기를 하면서 "당신네들의 푸로그람과 연주하는 것을 보니 민족예술을 수립할 데 대한 당신네들의 방향이 민주주의적으로 옳았다는 것을 인정할 수 있다. 5년이란 짧은 동안에 이렇게 훌륭하게 민주주의적이며 인민적으로 예술을 발전시킨 것으로 보아 당신네들은 앞으로 머지않은 장래에 어느 국가 민족에게도 지지 않으리만큼 좋은 민족예술을 수립할 것"[86]이라는 평가를 되새겼다. 그런데 사실 이처럼 북한의 해방 5년간의 문화적·사회적 발전상이 강조된 서술은 점령기 미디어 도처에서 발견되는데, 특히 발전상을 가시화할 수 있는 선전사업인 사진전람회 보도에서 더욱 두드러진다.

> 평양시방문단이 해방된 서울시 전체 인민들에게 보내는 선물의 하나인 사진전람회는 25일부터 문화관(소위 전 미국문화관)과 동화화신 량 백화점에서 일제히 개관되었다. 전시된 사진들은 전세계 민주세력의 성새인 쏘련의 정치 산업 교육 문화를 소개하는 사진들을 비롯하여 과거 5년간 제반 민주개혁을 토대로 이루어진 공화국 북반부에 있어서의 정치 산업 교육 군사 등 모든 분야에 걸친 경이적인 약진상을 실증하는 귀중한 자료들로 잇대어 모여드는 시민들은 한사람같이 경탄과 감격을 금치 못하였다.[87]

북한은 "해방 후 위대한 쏘베트동맹의 성의 있는 원조와 인민정권의 올바른 시책 밑에 공화국 북반부에서의 문화예술은 급진적으로 부흥발

---

86) 「고상한 민족예술의 향연 관중들의 감탄과 절찬 속에 방쏘예술대표단 공연 성황」, 『해방일보』, 1950.9.2, 2면.
87) 「평양시위문단 사진전 대성황」, 『해방일보』, 1950.7.27, 2면.

전되였다"[88]는 것을 입증하기 위해 사진전람회를 열었고, 서적전시·이동문고사업을 했고, 또 무엇보다도 음악·무용·연극 공연을 개최했던 것이다. 동시에 북한이 "옳았다"는 것을 더 부각시키기 위해서는 남한이 '틀렸다'는 것도 지적되어야 했다.

① <레닌전집> <쓰딸린전집> 등의 북반부에서 보내온 가지각색의 사회과학 서적 및 신문잡지들이 시내 중요지역에 처음 생긴 국영서점에 진열되어 <u>배움에 굶주린 서울시민의 인기</u>를 끌고 있다. <u>양키노예교육에 모라넣던 그때를 생각하면서 남반부 인민들도 북반부 인민들과 같은 지적 수준에 도달하도록</u> 배우기 위하여 서점에는 개점 첫날부터 책을 요구하는 인민들이 상점내에 가득하였다.[89]

② 조선문화단체총련맹 산하 연극 음악 문학 영화 무용 가극 국악 미술 등 각계 문화예술인들의 총동원으로 지난 26일부터 전 시공관에서 공연중인 <미제완전구축, 인민군원호 종합예술대공연>은 매일같이 대성황을 이루고 있다. 더욱이 <u>문화예술분야의 각계각층을 망라한 이와같은 대규모적 예술공연을 대해본 적이 없는 서울시민들</u>은 찬란한 민족예술의 전개에 무한한 감동을 느끼고 있으며 문학예술인들이 호소하는 조국방위의 경각성을 가슴에 아로새기고 있다.[90]

정리해보면 북한은 문화에 있어 가장 선진의 위치에 소련을 놓고, 그것을 모범삼은 북반부의 예술은 선진에 준하게 되었다고 점령지 주민들에게 인식시키고자 했다. 또 그 대척점에 미국 및 남한의 예술을 위치시켜 후진, 미달태의 상태임을 각인시켰다. 그런데 보다 문제적인 대목은 이러한 구도를 '남반부 예술인'에 의해 말하게 한 것이다. 『해방일보』는 소련과 북한의 여러 예술이 점령지역에서 한 달여 소개되자 이것에 대한

---

88) 박민, 「북반부에 있어서의 문학예술의 부흥발전」, 『해방일보』, 1950.8.9, 2면.
89) 「대환영받는 민주출판물—국영서점 첫날부터 대흥성」, 『해방일보』, 1950.7.21, 2면.
90) 「미제 완전구축인민군원호 종합예술대공연 련일대성황」, 『해방일보』, 1950.7.30, 2면.

총감상평을 기사화했다. 먼저 남반부 인민들이 북반부의 예술문화를 접하며 무한한 환호와 감사를 보내고 있다는 것을 서술한 뒤, 음악평론가 김연성, 극작가 김이석, 영화배우 남승민의 인터뷰 형식의 감상평을 첨부했다. "더욱이 원쑤들의 악독한 민족문화말살정책과 그 야만적 탄압 밑에서 신음하던 남반부 전체문화예술인들의 환희와 감격은 더하"였을 것이라면서 말이다. 이들의 발언은 각각 자신의 전문분야와 관련된 예술에 대해 비평한 것으로써 주목할 필요가 있다.

음악평론가 김연성씨는 인민군협주단의 합창과 관현악 연주를 듣고 "그 찬란하고 경탄할 음악적 수준에 커다란 감격과 흥분을 느끼지 않을 수 없었다. 나는 이 공연에서 많은 것을 배웠으며 하루바삐 원수미제를 완전소탕하고 민족음악의 인민적 발전을 위하여 있는 힘을 다 바치겠다"라고 말하였다. 극작가 김이석씨는 인민군 예술극장 공연에서 표현된 그들의 용감무비한 투쟁성과 더불어 고도로 제고된 사상성과 예술성에 대하여 감탄을 표하면서 감격한 어조로 다음과 같이 말하였다. "리승만 역도들의 소위 문화정책에 있어서는 진정한 민족문화예술을 마치 독약과 같이 여기어 이를 말살하려고 했으나 우리 공화국 북반부에 있어서는 고상한 사상성과 예술성으로 우리의 민족문화예술은 무한히 발전되었다. 나는 이번 공연을 통하여 고상한 사실주의에 립각하여 찬란히 개화된 민주주의적 민족문화예술을 똑똑히 보았으며 조국과 인민에 복무하는 연극예술에 감탄하였다. 이러한 참된 연극예술을 많은 인민들이 보고배워야 할 것이다." 또한 영화배우 남승민씨는 저속한 미국영화와는 반대로 고상한 사상성과 예술성을 그려내고 있는 쏘련영화의 진가를 높이 평가하며 다음과 같이 소감을 말하였다. "과거 남조선에 범람하던 소위 미국영화는 미제의 침략적 도구의 하나이었으며 놈들은 추악한 도색영화와 퇴폐적인 짜즈영화 등으로 우리나라의 선량한 인민들을 더러운 아메리카니즘에 쓸어두고 문화적으로 식민지화 할 것을 획책하였다. 그러나 위대한 쏘련영화가 가지고 있는 고상한 사상성과 예술성은 그 우수한 기술과 아울러 우리 영화인들에게 무한한 교훈과 격려를 주는 것이다."[91]

남반부의 음악평론가, 극작가, 영화배우는 각각 북한의 음악공연, 연극공연, 소련영화를 대하고 난 뒤 발전된 수준을 확인하였고, 이것을 따라배워 "뒤떨어진 남반부"를 발전시키기 위해 노력할 것을 다짐했다. 결국이 세 명은 남반부 예술인을, 더 나아가 남반부 예술을 대표하기 위해 기사에 동원되었다고 할 수 있다. 남한에서 인지도가 있는 남반부 예술인들이 전문가적인 평가와 반성을 통해 북한(의 예술)이 '옳았다'를 말하도록 한 것이다. 아직 점령통치에 대해서 입장을 정하지 못했던 남한의 누군가에게 이들의 말은, 북반부의 예술이 실제로 그러하다고 보게 하거나앞으로 북반부의 예술을 어떻게 인식하며 받아들여야 하는지를 제시하는 길잡이가 되었을지 모른다. 이것이 한국전쟁기 북한의 남한 점령기간문화예술동원의 가장 최종적인 도착지가 아니었던가 생각한다.

"단 하나의 조국"을 위해 38이남을 해방시켰다고 한 북한은, 그러나'남반부'와 '북반부'로 구별짓기를 계속하였다. 이것이 단순히 행정적, 지역적 위치를 지정하는 게 아니었음은 분명하다. 일례로 「미제완전구축에궐기한 예술가들」[92]이라는 기사에는 점령기 한 달 동안 창작된 '남반부예술가들'의 작품목록이 소개되고 있다. 그런데 흥미롭게도 이용악, 이병철, 임화의 작품이 대표적으로 거론된 것이다. 이들은 한국전쟁 이전, 해방기에 이미 월북한 작가들임에도 말이다. 사실 '남/북반부 예술가'가 점령기에 엄격하게 구분되어 사용된 표현인가는 좀 더 살펴보아야 할 문제이다. 이 분류 안에 소속된 예술가들이 누구였는가, 분류의 기준은 무엇이었는가, 심지어 이 분류는 점령기 미디어에서 동일하게 적용되었는가등 뒤따라야 할 질문에 현재 연구 수준에서 명확한 답은 할 수 없다.[93]

---

91) 「쏘련영화와 북반부의 찬란한 예술작품들–남반부인민들 열렬히 환영」, 『해방일보』, 1950.8.5, 2면.
92) 「미제완전구축에 궐기한 예술가들–창작활동에 전력경주」, 『해방일보』, 1950.8.3, 2면.
93) 필자의 판단으로는 문학인의 경우 1946년 3월에 결성된 '북조선문학예술총동맹' 참여 여

그럼에도 적어도 『해방일보』 안에서는 '조선문화단체총연맹' 차원의 활동이 있었음에도 '남조선문화단체총연맹' 활동은 분명히 구별되어 기사화 되었으며, '북반부 예술가'라는 표현은 찾지 못했지만 '남반부 예술가'라는 호명은 빈번했다. 그래서 앞서 인용했던 문화적·사회적 발전상이 남/북 비교서술로 강조되었던 상황을 고려했을 때, '남/북 예술가'의 구분이 자체가 함의하는 문제는 적지 않다고 말할 수 있다.

이미 사회주의 체제 안으로 수렴된 예술가들조차 '남반부' 사람으로 호명되고, 북반부와 남반부가 비교 속에서 서술될 때, 북한이 의도했든 의도하지 않았든 남북의 사이는 조금씩 벌어지고 있었다. 남북의 비교 서술은 어쩔 수 없이 남북의 차이를 드러내는 구조 속에서 작동하였고, 이 구별이 일상적으로 계속되는 동안에 '적치'의 의미가 형성되었던 것이다. 이 문제는 분단이 먼저 되고 전쟁이 뒤에 발생한 (순서)상황과도 관련되어 있다.

다시 말해 미소 분할점령에 이어 분단 통치체제가 수립됨으로써 한국전쟁기 남북한은 체제의 우위를 비교하는 시험장이 되었다. 북한의 입장에서 제국주의와의 전쟁이라는 명분을 통해 '동족상잔의 비극'이 아니라 '해방'이었던 한국전쟁은, 점령통치로써 북한체제를 남한에서 실현시킬 계기였다. 그리하여 문화인과 공연예술을 동원하여 사업을 적극적으로 선전하고 급속히 점령정책을 실시했던 것이다. 그러나 이 과정에서 북한체제의 정당성을 설득하기 위해 남북의 비교구조가 수반되었고, 체제 우월성을 가시화하는 동안 남북의 차이가 강조되는 효과도 발휘했다. 여기에서 이 글은 '적치 90일'이 전복된 체제 이식이 어떤 의미를 획득할 것

부가 '남/북 작가'를 구분하는 잣대로 기능했던 것 같다. 대체로 북반부의 예술조직 건설 시점에 월북한 제1차 월북자와 달리 그 이후에 월북한 문인들에게는 '남반부 예술가'라는 표징이 사용된 것으로 보인다. 이러한 구분은 북한 예술조직의 인정투쟁과도 연관된 표현일 것이다.

인지 아직 결정되지 않았던 상태였다는 데 주목했는데, 이 차이의 서사가 '적치'의 의미를 분단체제화로 이끄는 데 일정한 영향을 미쳤다고 분석해본 것이다.[94] 본고가 점령통치 기간의 문화예술, 미디어 연구를 통해 밝혀낸 사실들이 전쟁의 의미, 분단체제 형성에 있어 어느 정도의, 어떠한 영향을 미쳤는지를 말하기 위해서는 후속 연구가 더 필요할 것이다.

---

94) 예컨대 1950년 8월 말경, 전쟁 두 달 뒤 서울 시민들 사이에 북한이 남한을 식민지화할지도 모른다는 '소문'이 돌았다고 한다. 일례에 불과하지만 이 '소문'이 '적치'의 한 부분적 기억이라는 점을 문제적으로 인식하고, 향후 남한의 북한점령통치, 적치 90일에 대한 회고 서사 등도 살펴보도록 하겠다. "말로는 북쪽에 있는 이들에게 남쪽의 땅을 갖게한다는 나쁜 소문도 들리고 있다. 아버지는 '그들이 무슨 짓을 못하겠느냐. 부산까지 다해방시키면 남쪽사람은 다 시골로 쫓아내고 북쪽사람을 서울 등 중소도시에서 살게 하려는 생각을 가지고 있다는 것이다. 결국 우리는 집도 땅도 직장도 다 잃어버리고 거지꼴이 될지도 모르는 것이다.'하면서 걱정하셨다." 이현희, 앞의 책, 164쪽.

한국전쟁과 세균전[*]

| 김민선 |

1. 들어가며

2015년 주한미군에서 발생한 탄저균 배송 사고는 '탄저균'이라는 생소한 세균에 대한 세간의 관심을 불러일으켰다. 특히 조사과정에서 과거에도 행해졌던 주한미군의 탄저균 샘플 실험이 밝혀지면서 한국 또한 더 이상 생화학무기의 안전지대가 아니라는 인식이 확산되었다. "백색 가루인데 옛날에 텔레비전에서 본 탄저균 같다"며 대모산에서 밀가루를 뿌린 외국인을 신고[1]한 사건은 분쟁 지역의 일로만 인식하였던 세균무기에 대한 불안감이 한국 사회 일반에까지 확대되었음을 시사한다. 이른바 '탄저균법'까지 발의된 현재에 세균무기와 이에 대한 불안은 의외로 일상적인 일이 되어가고 있다. 하지만 사실 한국에서 생화학무기의 위협과 그 경험이 완전히 부재하였던 것은 아니다.

한국전쟁이 한창이던 1952년 4월, 북한의 시인 김북원이 발표한 시가

---

[*] 이 글은 『동악어문학』 제71집, 동악어문학회, 2017.5에 실린 「생물화학무기와 침묵의 기억들」을 수정 보완한 글이다.

1) 「강남 대모산서 '정체불명' 백색가루 발견……혹시 탄저균?」, 『서울신문』, 2016.5.8.

한 편 있다. 이 시는 전투의 현장을 장엄하게 그려내거나 고뇌하는 지도자의 풍모를 그려내는 데에 초점을 맞추는 대신, 오염된 해충을 소각하는 방역대원들을 시의 전면에 배치한다.[2] 소훼되는 곤충들처럼 적군 또한 최후를 맞이할 것이라고 목소리를 높이는 시 「원쑤는 기억하라」는 시종일관 격렬한 어조로 적군의 비인간적인 행위를 비난한다. 노골적인 비방과 도래할 승리의 날을 확신하는 이 시는, 일견 한국 전쟁기에 창작되고 게재된 다른 시 텍스트와 크게 다르지 않다. 하지만 시의 부제 '간악한 세균무기도 쓸데없음을'에서부터 천명되는 것처럼, 이 시는 문학 텍스트를 통해 미군의 세균무기 사용을 폭로하고, 여기에 적극적으로 항의하고자 한 첫 시도였다. 그리고 비교적 최근의 것으로 인식되어왔던 생물화학무기에 대한 남한의 경험이 사실 한국 전쟁기에서부터 축적되어 왔음을 증명하는 텍스트들 중 하나이기도 하다.

한국전쟁기의 세균전 논쟁은 세균을 살상무기화 한다는 끔찍한 상상을 피부로 체험하는 새로운 충격이었으며 한반도 또한 생물화학무기에 의해 위협받고 있다는 불안의 시발점이었다. 물론 한국전쟁 이전에 한반도 내에서 세균무기와 세균전에 대한 지식이 전혀 없었던 것은 아니다. 1936년경에는 나치 독일의 독가스와 관련하여 생화학무기 실험에 관한 화학전 연속기사가 연재[3]되며, 태평양전쟁이 발발한 이후에는 가정방공 훈련에 화학병기를 비롯한 세균전에 대비한 훈련 등이 포함[4]되어 있었다. 그러나 이는 어디까지나 간접적 경험에 불과했다. 한국전쟁기 세균전의 경험은 몰살에 대한 공포가 현실화되는 체험이었으며 비가시적인 적에 대한 불안의 기억이었다. 여전히 한국전쟁기의 세균전 감행 여부는

---

2) 김북원, 「원쑤는 기억하라 : 간악한 세균무기도 쓸데 없음을」, 『문학예술』, 1952.4.
3) 「化學戰이야기」(1)-(7), 『동아일보』, 1936.1.17-1936.1.24.
4) 「家庭防空訓練」, 『동아일보』, 1939.6.28.

논쟁거리이다. 그간 진행되었던 논의들 중 한국전쟁기 세균전을 공산측의 날조로 판단한 연구들은 공통적으로 1951년 말에서 1952년 초에 북한지역에 만연한 전염병을 원인으로 지적하며, 그것이 세균무기와 직접적인 연관이 있다는 주장은 그 근거가 매우 불충분하다고 항변해왔다. 이러한 주장은 역설적으로 설령 생화학무기가 활용되었다고 하더라도 이 무기들이 전염병에 직접적 원인이 되었음을 증명할 수 없다는 논리가 된다. 이처럼 감행 여부와 피해 규모를 밝혀내기 위해서는 당시 현지의 상황과 역학관계를 고려한 복합적인 접근이 필요하다. 그러나 관련 자료가 희소하므로 현재까지도 그 진위를 둘러싸고 양측의 논리가 팽팽하게 맞서며 공방이 지속되고 있다.

세균무기는 희생자를 내부에서부터 서서히 파멸시킨다. 단지 증상으로만 확인될 뿐인 이 위협적인 적의 존재는 이를 가시화할 기계가 부재한 집단에겐 재앙에 가깝다. 때문에 생화학무기는 나치의 가스실과 마찬가지로 선량한 사람들을 대량 학살하는 몰살의 상징으로 읽힌다. 또한 세균전은 상대에게 물량을 통한 타격을 가하는 것이 아니라, 상대가 대항할 수 있는 기본적 토대 자체를 말살한다. 그 원인이 가시적으로 드러나지 않으므로, 이 무기들은 사람들의 공포와 불안을 시각적인 타격에서 비가시적인 심연으로까지 확장시킨다. 이제 폭격기의 굉음과 부서진 건물의 잔해로 시청각화 되던 '적'에 대한 공포는 보이지 않는 영역에까지 이른다. 그리고 라디오를 통해, 문학 및 문화적 텍스트를 통해 전해지는 세균무기에 관한 풍문들은 '승냥이'이자 '인간 백정' 미국인이라는 관념에 실체를 부여한다.

즉, 세균무기의 활용은 그것의 성공 여부는 차치하고라도, 일단 감행하였다는 것만으로도 '적'의 비도덕적 만행을 주장하고 일종의 정신승리를 이룰 수 있는 도덕적 판단의 준거로써 충분한 것이다. 하지만 그럼에도 불구하고 한국 전쟁기에 감행된 세균전에 관한 문학적 텍스트가 남한과 북한을 통틀어 매우 희소한 편에 속하는 것은 의문점이 남는다. 따라서 이 글은 한국전쟁기 세균전의 진위 여부를 묻기보다, 다소 희소한 문학적, 문화적 텍스트들을 읽어내는 것에서부터 시작한다. 희소하기에 주목할 만한 이 텍스트들에서 재현되는 생물화학무기와 세균전의 장면들을 읽어냄으로써 세균무기 혹은 '세균전'이 어떠한 방식으로 은유되었으며 그 은유가 시사하는 바는 무엇이었는가를 묻고자 한다. 이를 위해 먼저 생물화학무기라는 테크놀로지의 경험이 어떻게 텍스트 내에 형상화되었는가를 살핀다. 그리고 필연적으로 수반되는 공포가 해소되는 방식을 통해 기술이 초래한 불안의 문학적 해결 방식 및 '세균전'이 일종의 은유로 기능하는 과정까지를 고찰한다. 결론적으로 말하자면 '세균전' 관련 텍스트가 희소할 수밖에 없는 이유와 이 텍스트들이 말하고자 했던, 혹은 말할 수 없었던 것들을 추적하는 것. 그것이 바로 이 글을 진행하고자 하는 방향이다.

2. 아메리카 : 비도덕적인 테크놀로지

이 논의를 진행하기 위해 반드시 한 번쯤은 되물어야 하는 질문이 있다. 한국 전쟁기에 세균전은 정말 있었던 것일까. 북한의 기록에 따르면, 1950년 12월 미군은 후퇴와 함께 한반도 북반부에 천연두를 퍼뜨렸으며 한편으로는 포로를 대상으로 실험을 감행하였다.[5] 이후 1951년 11월 청천강 이북에서 압록강 남안지대와 양덕, 함흥 원산 지역에 시험적으로 세균탄을 투하한 것을 시작으로, '감염지대'를 설정하여 1952년경까지 반

---

5) 리철권, 「조국해방전쟁시기 미제의 세균전을 짓부시기 위한 우리 인민의 투쟁」, 『력사과학』, 2007.3.

복오염을 시키는 방식을 활용한 세균전이 이어졌다. 기록은 생물화학무기의 활용이 가장 활발한 때였던 1951년 말에서부터 1952년 봄에 대해 상세하게 담고 있다. 특히 1952년 1월 28일부터 3월 31일에 2개월 동안에는 400개 소 이상의 지점에 무려 700여회 이상 34여 종의 곤충이 살포되었다고 적고 있다.[6] 북한 자료에 대한 일반의 선입견과는 달리 의외로, 북한에서 진행된 조사는 구체적인 기록과 숫자까지 제시되어 있다. 예컨대 초기 4개 지역의 천연두 발병 기간과 미군의 퇴각일 및 대대적인 수색이 있던 날짜, 발병까지의 기간 등을 명료하게 밝히고 있으며, 주 감염 매개 곤충이었던 검은 파리가 주로 살포된 시기와 지역, 발견된 전염병균, 전염병 발병과의 연관관계 등을 세밀하게 기록[7]한다.

이와 같은 기록들을 바탕으로 북한의 학자들은 두 시기의 차이를 비교하여 미군의 세균전이 단계적으로 진행되었던 것으로 판단한다. 즉, 1950년의 천연두는 미군의 후퇴와 거의 동시에 이루어져 병원균을 직접 살포한 첫 번째 단계로, 1952년에는 좀 더 광범한 지역에 검은 파리를 주로 하는 감염 곤충을 산포하는 두 번째 단계로 구분하여 미군의 세균전이 치밀한 계획 하에 이루어졌음을 주장하는 것이다. 이로써 북한은 "이 시기 미제가 감행한 세균전만행의 특징"을 "미제침략자들이 제놈들의 전쟁력사에서 처음으로 되는 세균전"[8]으로 꼽으며, 한국전쟁 당시 미군에 의해 자행된 세균전을 "전쟁사상 화학무기를 쓴 례는 있어도 면밀하게 째인 세균전을 대대적으로 벌린 실례는 아마 조선전쟁을 내놓고는 찾아보기 힘들 것"[9]으로 평가한다.

6) 『조선중앙연감 1953』 조선중앙통신사, 1953, 111-112쪽.
7) 『조선에서의 미국침략자들의 만행에 관한 문헌집』, 조선로동당출판사, 1954.
8) 전도명, 『조국해방전쟁시기 미제의 세균전만행을 폭로분쇄기 위한 우리 인민의 투쟁』, 『력사과학』, 1983.2.
9) 편집실, 「미제는 세균전을 감행한 범죄자」, 『금수강산』, 2007.6, 56쪽.

이러한 평가에는 북한의 시각에서 의미화 된 한국전쟁의 일면이 자리한다. 그것은 전례를 찾아볼 수 없을 만큼 극렬한 전쟁이었으나, 자본주의적 물욕에 찌든 제국주의 국가로부터 사회주의 국가의 연맹이 평화를 수호해낸, 승리한 세계전이라는 시각이다. '조국해방전쟁'이라는 말이 내포하고 있는 것처럼 북한은 한국전쟁을 '조선 인민의 높은 사상성과 강고한 의지로 제국주의의 침략에 맞서 평화를 수호해낸 전쟁'으로 정의한다. 이러한 정의내림은 한국전쟁이 한창이던 당시에도 지속적으로 선전되어 왔다. 세균전에 관한 북한 측의 공식적인 입장 발표가 있었던 1952년 2월의 유엔 총회로부터 약 두 달의 시간차를 두고 발표된 김북원의 시에서도 제국주의로부터 평화를 지켜내는 인민의 구도는 명료하게 드러난다. 예컨대 시에서 전염병원(傳染病原)을 소각하는 방역대원은 평화의 색인 '비둘기 빛'의 옷을 입고 있으며 '추악한 곤충'들을 향해 정의로운 불길을 내뿜는 영웅으로 형상화된다. 온갖 불결한 것을 소각하는 이들의 모습은 평화를 위해 저항하는 순결한 인민의 한 전형이 되는 것이다. 이로써 오염된 곤충들만큼이나 불결한 적과 순결한 인민은 텍스트 내부에서 분명히 구분 지어진다. 그리고 화자는 '적'을 향하여 준엄한 심판이 있으리라고 천명하는 한편으로, 아군의 승리를 다음과 같은 말로 확신한다. "그리고 지금 나의 고막은/울려오는 소리를 나는 듣는다/조국과 인민과 평화를 위하여 나아가는/력사의 수레바퀴 앞에/탁 쓰러지는 제국주의자들"10) 시의 화자에게 아군의 승리는 "력사의 수레바퀴"라는 비유에서 분명히 말하고 있는 것처럼 분명히 도래할 미래이자 순리인 것이다.

물론 이러한 확신의 근저에는 비도덕적인 '적'에 대항하여 정의의 편에서 투쟁하는 '아군'이라는 도식과 정의는 반드시 승리하는 것이 역사

---

10) 김북원, 「원쑤는 기억하라 : 간악한 세균무기도 쓸데 없음을」, 『문학예술』, 1952. 4, 72쪽.

적 진실이라는 추상적이자 지극히 순진한 인식이 자리하고 있다. " '기술의 우세'로도/세균 모략으로도 정복할 수 없"다는 말처럼, 시는 기술적·물량적 열세를 도덕적 우위로 해소하고자 한다. 하지만 도덕성을 통한 승리란 정말 가능한 것이었을까. 전쟁은 동화가 아닌 현실의 영역에 놓여 있다. 그리고 실제로 전쟁 초기 북한군이 겪은 당혹감은 이전에는 경험해보지 못했던, 압도적인 물량과 이를 지지하는 테크놀로지에 기인한다. 김북원의 시는 분명 현실의 열악함에서 윤리 혹은 인간성의 문제로 시선을 전환하는 데에는 성공했다. 그러나 승리의 날이 오리라는 공허한 외침으로만 가득한 시의 후반부는, 피상적 관념과 도취에 가까운 감정의 표출로 극복할 수 없는 현실의 격차를 덮어버렸다.

북한이 미군의 세균전을 적극적으로 폭로하기 시작한 1952년 2월의 유엔총회[11] 직후에 김북원의 시가 발표되었음을 감안한다면, 시에 담긴 과잉된 감정의 표출과 실제 전투에서 벌어지고 있는 문제에 관한 침묵은 현재의 요구에 응답해야 한다는 급박한 당위의식에서 촉발된 것인지도 모른다. 하지만 다른 방식으로 읽자면, 사건과 텍스트 사이의 밀접한 시간은 미군의 세균무기에 맞선 방역대원의 활동을 직접적으로 형상화한 단 한편의 텍스트로 판단할 근거가 되기도 한다. 이로부터 1년 뒤인 1953

---

11) 물론 1951년에 세균무기 사용에 대한 주장이 전무하였던 것은 아니다. 한국전쟁기 미군이 생물화학무기를 사용하였다는 공산군 진영의 주장은 1951년 5월경, 중국적십자사가 미군이 포로를 상대로 세균전 실험을 하는 범죄를 저질렀다는 비난에서부터 발견된다. 같은 해 5월 8일에는 박헌영의 명의로 세균무기 사용에 관한 공식적인 항의가 이루어지기까지도 하였다. 그러나 북한 측에서 적극적으로 유엔에 항의하고 미군의 세균전을 전면적으로 비판함으로써 한국전쟁기의 세균전 논쟁이 본격적으로 진행된 것은 1952년 2월의 유엔총회에서부터였다. 소련대표 말리크가 총회에서 미군의 생물화학무기 사용을 폭로하며 이를 직접적으로 비난하였고, 이어 22일에는 박헌영 외상이, 24일에는 주은래 외상이 같은 내용의 비난성명을 발표함으로써 세균전 논쟁은 세계의 주목을 끌게 되었다. 한국전쟁기 세균전 논쟁과 그 흐름에 대하여는 James F.Schnabel, Robert K Watson, 채한국 역, 『한국전쟁』, 국방부전사편찬위원회, 1991; 조성훈, 「한국전쟁의 세균전 논쟁 비판」, 『군사』 41호, 국방부 군사편찬연구소, 2000.12를 참조.

년이 되면 미국의 생화학무기는 이들의 비인간성을 극대화하는 한 장치로 그 문학적 형상이 고정되는 것이다. 미국 비판 주제의 시편들을 지속적으로 발표한 백인준의 시들에서도 방역대원들의 활약은 자취를 감춘다. 대신 세균에 감염된 곤충들이 미국의 음모와 이른바 '자본주의적 욕망'을 폭로하고 조롱하는 주요한 형상으로 그의 텍스트 곳곳에 등장한다.

1951년부터 1961년에 걸쳐 백인준이 지속적으로 발표한 미국 비판을 주제로 하고 있는 시편들은 북한에서 유통된 미국의 형상화를 연구할 때 중요하게 취급되는 문학텍스트 중 하나이다. 이 시들이 1953년의 『소박한 사람들의 목소리』와 『서정시선집』(1955), 동일한 주제의 시 모음집인 『벌거벗은 아메리카』(1961)와 『단죄한다 아메리카』(1963)에 수록 및 재수록될 뿐만 아니라 1993년에 출간된 『백인준시선집』에도 시인의 주요 텍스트로 선정되어 출판되었음은 이를 증명한다.[12] 잊혀진 텍스트에 가까운 김북원의 시와 달리 백인준의 '아메리카 시첩'은 북한문학 내에서 높은 평가를 얻고 있는데, 이는 그의 연작시들이 세균무기뿐만 아니라 이를 '자본주의자'의 전형적인 표상으로 활용하였고, 이를 통하여 풍자문학의 일정한 성취를 이끌어내었기 때문이다.

> 그 후 아메리카는 옷차림을 바꾸었다,
> 칼 대신에 십자가를 들고
> 목소리도 변했다, 부드럽게 거룩하게
> 아멘! 아멘! 에헴! 아……멘……
>
> 숱한 사기사, 밀정, 매음녀들이
> 찬송가와 성경 읽는 법을 배웠고,

---

12) 백인준의 '아메리카 시편'에 관한 수록과 재수록의 지면 및 의의에 대하여는 이상숙, 『북한의 시학 연구』 2, 소명출판, 2013 참조.

기도, 전도, 묵도하기를 련습했다.
하여 조선으로! 동방으로!……
일본이 조선의 땅덩이를 점령하면
미국은 조선의 령혼을 점령하라!
그러나 이것저것 다 틀려지자
아메리카는 아멘도 가면도 동댕이쳤다

천사는 분명 하늘로 날아 왔으나
삐-29 폭격기 우에 앉아 있었고,
아메리카의 예수는 조선의 하늘 우에서
성스러운 페스트균을 은혜롭게 뿌려 주었다
 —「물러 가라 아메리카」 부분[13]

인용한 시에는 조선이라는 "황금의 나라"를 점령하기 위해 기독교적 제스처를 연습하는 이른바 '사기꾼' 미국인들이 다수 등장한다. 백인준은 성스러움을 가장한 미국인의 모습을 우스꽝스럽게 그려내며 이들을 풍자한다. 이러한 조롱과 풍자의 포즈는 '아메리카' 연작시의 공통적인 태도인데, 이는 북한에서 백인준의 아메리카 시편을 높이 평가하는 주요한 이유이기도 하다. 함께 수록된 시 텍스트들 중 1953년에 발표된 「월가의 관병식」에서 "「존엄한」 아메리카의 운명이/모기장등에 무겁게 지워졌다/「점잖은」 미국 신사의 영예가/빈대주둥이에 간절히 맡겨졌다/「문명한」 양키의 력사에/곤충시대가 화려하게 꽃 핀다"[14]는 노골적인 표현처럼, 백인준의 시에서 미국은 오염된 곤충에나 의지해야 할 만큼 도덕적으로 타락한 불결한 국가이다. 게다가 「월가의 관병식」에서는 곤충들을 최신

---

13) 백인준, 「물러 가라! 아메리카」, 『단죄한다 아메리카』, 조선문학예술총동맹출판사, 1963.
14) 백인준, 「월가의 관병식」, 『소박한 사람들의 목소리』, 문예총출판사, 1953. 인용 내의 「 」는 원문의 강조표기를 그대로 따른 것이다.

식 비행기를 탄 "미국의 용사들"로 비유함으로써 미군과 곤충들을 동일화하기에 이른다.

한국전쟁의 후반기 한반도 북쪽에 가해진 융단폭격과 세균전을 감안한다면, 백인준의 이러한 노골적인 표현은 과하지 않은 것일지 모른다. 심지어 한설야는 미군의 목소리를 통해 다음과 같이 직접적으로 말한다. "당신들은 발 밑만 보지 말고 지구덩이를 보란 말이오. 지금 이 지구덩이는 대수술을 요구하고 있소. 적어도 동서 두 군데로부터 맞구멍을 뚫어야 세기의 병을 구할 수 있을 것이오 미국은 벌써 이 일에 착수했소. 이 수술은 이제까지 인간이 시험한 그런 것과는 다른 전연 새 방법을 요구하고 있소. 이것은 일찍 하느님이 시험한 노아 홍수와 같은 결과를 인간에게 가져옴으로써 성공할 것이오. 불필요한 인간들이 가장 많이 사는 수다한 지역들이 완전히 무인 지경으로 되는 데서만 성공할 것이오."[15]

선택된 인간만을 남기기 위해 인류가 일으킨 '노아의 홍수'가 한반도에서 실현되고자 한다는 위기의식은 백인준의 시에서도 유효하다. 테크놀로지의 날개를 빌어 마치 메시아처럼 도래하는, 세균을 실은 비행기가 바로 그것이다. B-29 폭격기 위에 앉은 천사와 예수는 폭탄과 "성스러운 페스트", 그리고 죽음을 내린다. 이들이 초래한 대재앙은 이들이 가진 종교적 이미지와는 달리 인류의 종말을 가까이 끌어올 것이다. 신의 권능과 심판에 의한 창세기의 대홍수처럼 미국은 그들이 불러낸 기술력을 빌어 도래한다. 백인준의 화자는 이들 "아메리카의 예수"가 휘두르는 테크놀로지의 위력을 부정하지 않는다. 김북원의 경우처럼 반드시 이기리라는 구호로 현재의 격차를 시야로부터 은폐하려하지도 않는다. 대신 백인준의 시는 강한 기술력이 아니라 그 기술을 활용하는 인간에 초점을 맞

---

15) 한설야, 『대동강』, 평양문예출판사, 1960, 7쪽.

춘다. 인용된 시의 후반부에서 화자는 미국의 폭격기에 대항하여 싸우는 인민군대의 도덕성을 강조한다. 테크놀로지에 의한 현실의 압도적인 격차를 메우는 것은 무장한 영웅들의 고매한 정신과 불굴의 의지이다. 이른바 '높은 사상성'과 도덕성으로 무장한 인민군은 그 어떤 불리한 상황에서도 결코 물러서지 않으며 끝까지 싸워 마침내 승리를 쟁취한다. 여기까지는 김북원의 텍스트와 크게 다르지 않다. 다만 백인준의 풍자시는 여기에서 한 걸음 더 나아간다. 그것은 바로 우매하고 불결한 적군이, 그 정신적 결함으로 인해 자멸하는 결말에 이른다는 상상력이다.

자본에 대한 열망으로 인해 내려진 미국의 비도덕적인 판단은 그들 자신마저도 위태롭게 만든다. 예컨대 「월가의 관병식」에서는 곤충을 매개로 활용한 세균전 때문에 함부로 살충제를 사용할 수 없는 상황에 놓이자 월가의 주식 시세가 요동치며, 마침내는 자신들이 퍼뜨린 병원균에 의해 최후를 맞이한다는 결말을 내놓는다. 풍자시라는 점을 감안하더라도 여전히 당혹스러울 만큼이나 기상천외한 상상력이다. 여기에는 적들이 비록 높은 수준의 기술력을 보유하고 있지만 그럼에도 불구하고 그들은 그들이 보유한 기술을 올바르게 활용할 수 없을 만큼이나 우매하고 비도덕적이라는 낙관과 신념이 자리하고 있다. 이 신념은 적이 보유한 기술력에 대한 불안 위에 덧씌워지며 적들이 보여주는 테크놀로지의 향연과 자멸의 과정을 낙관적으로 감상할 수 있도록 하는 일종의 은막이된다. 그러나 이는 사실 적들의 기술력을 아군인 '우리'가 막아낼 수 없다는 현실적인 판단에 기인한 것이기도 하다. 원인을 파악하여야만 적절한 처치와 예방이 가능한 전염병을 전시 상황에서 예방한다는 것은 물적열세를 보이던 북한에게 불가능에 가까운 일이었을 것이다. 이 현실적어려움을 문학 내에서 해소하기 위해서 텍스트는 자멸의 결말을 도출해낸다. 기술적 물질적 격차를 해소하기 위해 도덕적 결함을 찾아내고, 이로 인한 자멸을 만들어내는 해소의 방식은 전쟁기의 텍스트 중 다수를 차지하는 폭격의 경우와 비교해볼 때 세균전 관련 텍스트에서 더욱 두드러지는 것이기도 하다. 공중에서 투하한다는 점에서 가장 중요한 공통점을 공유하고 있던 폭격의 경우, 지상사격으로 폭격기를 격추시키는 부대인 '사냥꾼조'에 관한 서사로 다양한 해결의 방식을 모색하고 있었던 것에 반해 세균전에 관한 텍스트는 지상의 방역대원을 형상화하고 서사화하기보다는 자멸에 집중하는 까닭이다. 세균전을 다룬 텍스트 내에 자리한 확신. 미국은 비록 높은 수준의 기술력을 보유하고는 있으나 올바른 판단을 내릴 만한 도덕성이 부족하므로 그들 스스로 연 판도라의 상자에 의해 파멸할 것이라는 이 확신은, 결국 현실의 기술적 격차를 세균전 텍스트가 해소하는 가장 유력한 방식을 보여준다.

백인준의 텍스트는 대항할 수 없는 기술력에 대한 현실적인 공포와 불안 위에 비도덕적인 적의 자멸이라는 결말을 덮어씌운다. 여기에는 정신이 물질을 제어한다는 오래된 관념이 자리한다. 그리고 기술을 제어하는 인간의 비윤리성에 주목함으로써 그의 텍스트는 기계 혹은 테크놀로지의 압도적인 능력마저도 도덕성의 문제로 전환한다. 기술을 활용하는, 기계 속에 자리한 인간이 지닌 비윤리성에 집중함으로써 현실의 위협과 그 불안을 해소코자 시도하는 것이다. 그러나 이러한 시도는 역설적으로 더욱 강력한 존재를 불러내어 버린다. 윤리적인 활용과 판단의 능력이 없는 인간의 손에 놓여 제어할 수 없이 증식하는 기술 혹은 조종할 수 없는 기계라는 더욱 공포스러운 존재가 바로 그것이다. 인간 정신의 승리를 확신함으로써, 텍스트 내에 자리한 적과 그들의 무기에 대한 두려움은 해결되었으나 도리어 더욱 커다란 불안이 도래했다. 그 살상력을 조절할 수 없는 생물화학무기가 도덕적인 판단을 내리지 못하는 인간의 손에 놓여있음은 '그들'과 '우리'의 경계를 넘어 '인류'의 생존을 위협할 만한 위험으로 인지된다. 이 불안과 공포를 극복하기 위해서는 결국 적들과 같은 무력을 보유해야만 한다. 현재에까지 이르는 북한의 높은 기술 수준의 강대국에 대한 강박적인 열망은 한국전쟁기에서 경험되고 태동된 테크놀로지에 대한 뿌리 깊은 충격과 공포의 다른 얼굴이다.

3. 스파이 : 은유된 세균전

한편, 아동을 위한 이야기들에서는 의인화 된 파리들이 주인공으로 등장한다. 김찬홍의 동화 「미국비행사와 그의 세균부대」[16]는 비행사 아놀트의 이야기를 들려준다. 전염병에 감염된 곤충을 투하하고 돌아온 미군 비행사 아놀트는 김포 공항에 착륙하고, 그 순간 환상처럼 감염매개인 곤충들이 등장한다. 급격하게 거대해진 곤충들은 아놀트의 주변을 둘러싸고 춤을 추며, 이에 전염병에 감염된 아놀트가 쓰러지는 것으로 이 동화는 종결된다. 이와 유사한 서사는 이후 1970년대에 조선과학교육영화촬영소 만화영화제작단에서 제작한 아동용 애니메이션 <불타버린 쉬파리 부대>에서도 반복된다. 이 만화영화에서도 세균에 감염된 파리를 살포하러 비행하던 미군 조종사가 비행기가 격추되어 추락하자, 자신이 살포하려던 파리와 조우하고 감염되어 최후를 맞이하는 것으로 그려진다. 이 두 텍스트는 아동문학에서 세균전이 다뤄지는 방식의 전형을 보여준다. 즉, 미군의 세균전 계획 및 실행, 의인화 된 파리와의 만남, 미군의 자멸이라는 이야기의 진행이다. 이 텍스트들은 세균전을 다룬 문학적 텍스트들의 전형이라 할 수 있는 '자멸의 서사'를 따르면서도 의인화를 통해 미군을 조롱하는 풍자적 태도를 취한다. 미국에 대한 경각심을 강조하면

---

16) 김찬홍, 「미국비행사와 그의 세균부대」, 『아동문학』, 1957.7.

서도 공포나 불안과 같은 감정을 배제하기 위하여 세균 무기는 감염된 파리가 되며, 희극적인 몸짓과 말투로 미군을 조롱한다.

이후 세균전을 다룬 북한의 텍스트에서 비윤리적인 적이 그들 자신의 무기로 파멸하는 결말은 관습화 되었다. 그런데 이러한 승리는 비행기라는 기계 속에 자리한 사람들이 공중에서 지상으로 내려오면서부터 비로소 가능해진다. 「미국비행사와 그의 세균부대」와 「불타버린 쉬파리부대」의 미군 또한 임무를 마친 후의 복귀이건, 사고에 의한 추락이건 간에 착륙하면서부터 자신의 파멸을 향해 나아간다. 적이 기계의 외피를 벗고 인간이 되어 땅에 내려설 때에야 진짜 전투가 시작되는 것이다. 한설야의 「대동강」은 이와 관련하여 흥미로운 장면을 보여주는데, 언덕에서 "꼬마 구르마"를 타고 내려오는 아이들이 벌이는 '지상의 공중전'이 바로 그것이다. 아이들의 놀이 속에서는 "잠시 나타났다가 그 뒤는 아직 별로 뜨는 일이 없"는 '아군' 비행기 "제비"가 승리한다. 공중이 아니라 지상에서, 아이들의 상상 또는 아이들을 위한 환상을 통해서야 비로소 한반도 북반의 하늘을 지배하던 미군의 기계는 파괴될 수 있는 것이다.

그렇다면 이들에게 공중을 장악한 미군 폭격기는 어떠한 존재였는가. 1954년 『조선문학』에 연재된 이기영의 중편소설 「강안마을」은 어린애들까지도 비행기의 소리만 듣고 적기와 아군기를 분간해낼 정도라고 서술한다. 「강안마을」은 적의 비행기가 안 뜨는 때를 도리어 이상하게 여길 만큼이나 전투기의 비행과 폭격을 일상적인 것으로 여기는 한 마을을 그 배경으로 한다. 마을 주민들이 농사를 짓고 내부의 스파이를 색출하는 와중에도 폭격음은 늘 그들의 주위에서 들려온다. 심지어 주인공인 일남이가 무기 공장에 취직하여 마을을 떠나는 결말 장면에서도 전투기의 굉음이 배경음악처럼 따라붙는다. 그러나 소설 속에서 인물들에게 적기에 대한 불안은 찾아보기 어렵다. 폭격은 마치 갑작스러운 폭우처럼 지나가

기를 기다렸다가 그치면 하던 일을 계속하는, 일상의 한 부분으로 서술
된다.

현재의 독자가 보기에는 지나친 문학적 장치로까지 보이는 이 태연함
은 사실 다른 텍스트에서도 흔히 발견되는 현상이다. 장편소설 「대동강」
에서도 폭격이 떨어지는 와중에 사람들은 공장을 복구하고, 쓸 만한 고
철을 주워 모으며 담담하게 일상을 이어나간다. 1953년경에 이르면 북한
의 텍스트 내에서 공습의 공포를 강하게 표현하는 장면들은 극히 줄어든
다.[17] 이기영의 소설에서도 폭격은 더 이상 충격적인 사건이 아니다. 지
속적으로 반복된 폭격은 이미 주민들을 무감각하게 만들었으며, 생존을
최우선으로 여기는 삶의 방식마저도 매일 감당해야 하는 일상의 순간들
이 되어버린 까닭이다. 오히려 소설 속 인물들의 관심은 집을 떠나려는
딸의 문제나, 마을 일에 협조적이지 않은 주민들을 어떻게 고양시킬 것
인가, 또는 라디오와 인민 위원장으로부터 전달되어 알려진 풍문과 같은
문제들로 향한다.

『모르겠어요…… 마치 맥빠진 사람처럼 기운이 하나두 없어 보이는게
이상하겠지요…… 어데가 아프냐고 물어보면 아프지도 않다면서……』
『음! 그렇다면 까닭이 있는거지 웨 그럴까?』
그들은 심중으로 제가끔 의심을 품고 있었다.
『그런데 대동강 연안에서는 미국놈의 비행기가 요새 또 세균 곤충을
뿌렸다지. ─파리, 딱정 벌레, 거미 등의…… 그 중에도 파리는 눈 우에
새까맣게 기여 다니드라니…… 놈들이 나중에는 별별 흉측한 것을 다 하

---

17) 이는 단순히 소설적 장치나 당의 지침에 의한 현상이라고만은 할 수는 없다. 김태우는
극심한 폭력 속에서도 생계는 이어져야 했기에 실제로 다수의 기록들이 폭격기가 지나가
는 것을 기다렸다가 저수지나 철로 등의 복구 작업을 계속하는 북한 주민들에 관한 사료
를 제시하며 이를 '기계와 인간의 전쟁'으로 평가한 바 있다. 한국전쟁기 미공군 폭격에
관한 기록은 김태우, 『폭격 : 미공군의 공중폭격 기록으로 읽는 한국전쟁』, 창비, 2013
참조.

지 않어요─』

『아니 이 치운 겨울에 파리가 어떻게 살아 있나 원!』

『그러니까 놈들이 만들어낸 세균 파리겠지요 ─라디오에서 듣건댄, 그 파리가 과동을 해서 래년 봄에 새끼를 까면 그놈들이 호렬자, 쥐통, 장질부사 등의 전염병을 퍼치게 한답니다.』

하고 인민 위원장 안병호가 설명하였다.

『천하에 악독한 짐승만도 못한 놈들 같으니. ─아니 전쟁을 했으면 했지…… 후방에서 사는 평화적 주민까지 다아 죽이지 못해서 그런 만행을 한단 말인가? 미국놈들은 정말 식인종이라니…… 사람이 아니야─엥!』

박로인은 이렇게 격분해서 부르짖는다.

『그놈들은 지금 야수로 환장이 되었는데 무슨 짓을 않겠에요 어떻게 든지 조선사람을 씨를 말려서라도 죽일라고 들거던요. 그래서 한편으로 정전담판을 하면서도 후방의 폭격은 더 하지 않어요』

『평화의 목소리가 드높으니까 마지못해서 정전담판도 하게 되었지 제 놈들의 진심에서 나온게 아니거든…… 그렇기 때문에 놈들은 전쟁에서 실패한 것을 담판에서 벌충하자는 흉책으로 그와 같이 담판진행 중에 야만적 폭격을 더 하는 거립니다!』[18]

이미 무감해진 폭격에 더해진 세균전의 소식은 인물들의 공분을 산다. 무엇보다도 이들이 분노하는 것은 그 타격의 대상이 군인이나 요충지역이 아닌, 후방의 민간인이라는 점이다. 미군이 민간인지역에 가한 과도한 공격은 자연히 이 전쟁의 목적이 이른바 인종청소에 있으리라는 의심으로 확산된다. 그러므로 더 많은 학살을 위해 휴전회담 중에도 지속적으로 폭탄과 세균무기를 투하한다는 것이 이들의 생각이다. 그들에게 한국전쟁은 말 그대로 사망자의 "숫자를 요구하는" 전쟁이다. 인물들의 대화를 통해서도 짐작되듯이, 이기영은 세균무기에 관한 내용들을 비록 풍문의 형태이지만 비교적 정확하게 전달하고 있다.[19] 실제로 이기영이 1952

---

18) 리기영, 「강안마을」 2, 『조선문학』, 1954.8, 29쪽.

년 3월 오슬로에서 개최된 세계평화회의에 참여였으며, 이 회의에서 유엔군의 세균전이 거론되어 국제과학조사단의 조사를 결정지었음을 감안한다면, 그에게 한국전쟁기 세균전에 관한 정보는 충분하였으리라고 짐작할 수 있다. 그럼에도 불구하고 이기영의 소설에서 세균전에 대한 내용은 인용한 부분 외에는 찾아보기가 어렵다. 그렇다면 소설 「강안마을」은 단순히 독자에게 세균전에 관해 알리고자 하는 의도로 이 대화를 배치한 것인가.

이 질문에 대답하기 위해서 우선 소설 「강안마을」의 전체 구성을 살펴보자. 2부로 구성, 연재된 중편 분량의 「강안마을」은 전쟁이 발발한 직후에서부터 휴전 회담이 진행되던 1953년까지 북반부의 한 마을에서 발생한 사건을 담아낸다. 1부에서는 전쟁 직후 마을을 점거한 국방군과 미군에 의해 임시 수용소에 감금되었던 주민들을 국방군으로 변장한 인민군들이 구출해낸다는 내용이 주를 이룬다. 2부에서는 정전 협상이 한창 진행되는 시기를 그 배경으로 한다. 주민들은 폭탄이 떨어질 위치를 유도한 간첩의 존재를 밝혀내고, 중심인물인 일남은 군수공장으로 떠난다.

2부로 구성된 이 소설에는 전반부와 후반부에 각각 한 번씩 스파이들이 등장하며, 이들은 소설 「강안마을」의 서사를 이끌어가는 주요한 한 축으로 기능한다. 전반부에는 국방군으로 가장한 인민군 스파이들이 등장한다. 이 인민군 스파이들은 남한 측 국방부에서 파견한 검열관을 가장하여 마을을 점령한 국군들에 섞여든다. 이들의 활약은 국방군이 임시 수용소에 감금해 두었던 주민들을 학살하기 위해 운동장에 모였을 때에 가장 강력하게 빛을 발한다. 인민군 스파이들은 학살 직전의 순간에 국

---

19) 북한 측 기록에 따르면, 미군은 주로 검은 파리를 주요 감염 매개 곤충으로 선택하였으나, 다양한 종류의 곤충을 함께 활용하였으며 심지어는 쥐까지 이용하였다고 적고 있다. 미군이 살포한 곤충의 종류와 감염된 병원균에 관한 자세한 수치와 표는 「조선에서의 미국침략자들의 만행에 관한 문헌집」, 조선로동당출판사, 1954를 참조할 것.

방군을 총살하며 주민들을 구출하는데, 이 반전의 장면은 「강안마을」1부의 절정이기도 하다. 이에 비해 2부의 스파이는 토굴에 숨어 유종수 일가를 비롯하여 마을 내부의 간첩들에게 지시를 내리는 흑막으로 등장한다. 이 때 국방군 스파이의 친척이자, 국방군이 마을을 점령했을 당시 '치안대원'이었던 유종수가 남한 측 간첩에 협력한다.

그런데 소설 「강안마을」에서 유종수라는 인물은 문제적이다. 소설은 유종수의 행적을 비판하는 태도를 취하면서도, 간첩행위가 적발되어 처형당하기까지 하는 부정적 인물인 그의 심경과 상황을 세밀하게 묘사한다. 그는 국방군의 철수 후에는 치안대원이었던 이력 탓에 마을 내에서 보이지 않는 배척을 겪고 있었을 뿐만 아니라, 내심 "삼팔선에다 량쪽 다리를 걸치고 서서"[20] 이득을 얻고자 하는 계산으로 갈팡질팡하는 인물로 그려진다. 「강안마을」은 북한문학의 일반적인 관습과는 다르게 유종수처럼 '간첩'에 가까운, 즉 결말에 이르러서는 완전히 처단되어야 할 부정적 인물을 강하게 비판하거나 희화화하지 않는다. 도리어 유종수는 9월에는 국방군의 진격이 있으리라는 남한 간첩 윤상원의 말조차도 반신반의하는데, 그럼에도 불구하고 실낱같은 기대와 함께 협력을 멈추지 않는다. 즉, 윤종수는 실리를 최우선으로 하며 남과 북 양측에 모두 협력하면서 두 진영 사이에서 갈등하던 개인주의자의 전형이다. 이기영은 북측의 '도덕적인' 체제를 선택하지 않은 개인주의자들이 맞이하게 될 비극적인 결말까지는 부정하지 않는다. 다만 유종수의 고민에 시선을 건네며, 이를 화자의 목소리로 직접적으로 비판하지 않는 정도에서 그친다.

다시 인용으로 돌아가자. 인용된 대화에서 사람들은 오염된 곤충에 대해 이야기하며, '적'의 악마성을 재확인한다. 이 대화의 시작점에는 유종

---

20) 리기영, 앞의 글 12쪽.

수가 마치 맥 빠진 사람처럼 기운이 없어 보인다는 영남의 제보가 자리한다. "맥빠진 사람" 유종수에게 의심을 품고 있는 사람들이 그의 근황을 이야기하던 말끝에 세균전에 대한 정보가 제시된다. 이 갑작스러운 화제 전환은 세균전을 통해 유종수라는 인물이 감염되었음을 암시한다. 게다가 기운이 없고 맥이 빠져 있어 겉으로 보이는 모습까지도 그는 병에 걸린 사람과 흡사하다. 감염 매개라 할 수 있는 북파 간첩 윤상원에 의해 자본주의 사상에 감염된 유종수는 치유해야 할 환자인 동시에 강안마을이라는 하나의 유기체 내부를 감염시킬 위험이 있는, 격리해야 할 병원 매개이기도 하다. 그는 치유해야 하지만, 가까이 두었다가는 자칫 건강한 기관에까지 전염되어 유기체 전체를 괴멸시킬 위험이 있는 바이러스 그 자체다.

폭격의 상해는 가시적이다. 폭탄은 물리적으로 타격하여 손실을 입히므로 상해의 부분이나 파괴된 지역 등이 눈에 명료하게 드러난다. 때문에 토굴이나 방공호 등의 대피소에서 이를 피할 수도 있으며, 피해 상황을 파악하고 상황에 걸맞은 조치를 취하는 것이 가능하다. 하지만 세균 혹은 바이러스는 눈에는 보이지 않다가 결정적인 순간에 '내부에서부터' 터져 나온다. 인민군 스파이가 국방군 내부에 있다가 학살의 순간에 정체를 밝힌 것처럼, 북파된 간첩 일당 또한 그 감염 여부를 은닉하였다가 중요한 순간에 붕괴를 야기할 것이다. 이제 구성원들의 불안을 일으키는 요인은 외부에서 오는 위험, 이미 일상화 된 폭격이 아니라 내부의 적이 되었다. 이 소설 전체에서 주요한 소재로 활약하는 스파이들과 감염자 유종수는 세균전에 관한 마을사람들의 대화와 맞물리며 내부의 적이야말로 치명적인 바이러스임을 암시한다. 1950년대 미국 공포 영화에서 공산주의가 치명적인 세균으로 은유되었던 것처럼[21] 소설 「강안마을」에서 스파이는 사회 구성원을 감염시켜 내부로부터의 파멸을 꾀하는 생화학무기가 된다. 동시에 그것은 유종수처럼 내부에 존재한 '우리'의 한 부분이자 '나'의 한 기관이다.

자본주의 바이러스에 가장 먼저 감염되는 것은 유종수와 같은 가장 나약한 구성원이다. 물론 소설은 유종수를 마을 내부에서의 위치가 불안정한 치안대원이라는 이력과 자본주의에 감염되기 적합한 기회주의적 속성을 지닌 인물로 묘사하고 있다. 그러나 한국전쟁기 치안대 가담자가 반드시 지주나 부농 계급이 아니었음을 감안한다면, 자본주의 바이러스는 누구에게든 감염될 수 있었다. 며칠 전까지만 해도 가족처럼 지내던 이웃이, 사회주의 체제를 찬양하던 빈농이 급작스럽게 살인자로 돌변하는 충격은 단순히 그들이 스파이 혹은 간첩이었다는 서사로만 설명할 수 없다. 그들은 개인의 삶을 위해 자발적 혹은 비자발적으로 치안대와 부역자로 협력하였고 이로 인해 감염자가 되어 공동체로부터 격리된다. 「강안마을」이 감염자 유종수에게 보이는 유보적인 태도 또한 개인주의 바이러스의 희생자라는 동정적 시선에서 기인한 까닭일 것이다. 이로써 이기영의 소설 「강안마을」은 자본주의/사회주의 이념이라는 냉전시기의 바이러스들과 그 사이에서 희생되는 불행한 한 공동체에 대한 은유로도 읽힌다. 그리고 어쩌면 내부로부터 파멸을 불러오는 생화학무기와 세균전에 관한 텍스트가 적은 것은 내부에 감염원을 보유한, 이른바 '건강하지 못

---

21) 레나타 살레츨은 『불안들』에서 냉전시기 스파이에 대한 불안이 바이러스와 연결되는 흥미로운 장면들을 서술한다. 예컨대 <신체 강탈자들의 침입>(1956)에서 외부에서 틈입된 포자가 인간을 외계인의 복제물로 바꾸는 장면이 등장하는데, 이러한 장면은 냉전시기 미국을 비롯하여 공산주의 국가들이 각각 외국 스파이의 잠입과 공산주의 혹은 자본주의 이데올로기의 지배에 대한 불안이 당시 공포 영화에 반영된 한 방식이라고 지적한다. 그녀에 따르면 이러한 경향은 1970년대 말과 1980년대 초를 거치며 점점 더 사회 내부와 인체 안으로 공포가 전이되며, 9.11 이후에는 이해할 수 없는 테러리스트라는 내부의 적이 바이러스성 위험으로 인식된다고 밝힌다. 이는 불안이 바이러스로 이미지화되는 과정에 대한 고찰이자 내부에 존재한 위험 요소들이 전염병균으로 형상화되는 텍스트들의 역사적 변모 양상을 서술하고 있다는 점에서 주목할 만하다. 레나타 살레츨, 박광호 역, 『불안들』, 후마니타스, 2015 참조.

한 (사회적) 신체'에 대한 복잡한 문학적 형상화의 문제가 얽혀있었기 때문인지도 모른다.

4. 전유된 세균전 : 남한의 세균전 텍스트들

미군은 1952년 2월에 있었던 박헌영의 공식적인 항의를 정면으로 반박한다. 미국 측의 주장에 따르면, 세균전 주장에 대한 공산측의 선전은 완전한 거짓이며 날조된 기록이다. 국제적 여론을 이용하여 협정에서 유리한 조건을 선점하기 위해서 공산측이 생화학무기 사용을 주장한다는 것이다. 1955년 2월 19일에서 20일에 걸쳐『동아일보』에 연재된 한국전쟁의 회고담에서도 불리한 입장에 놓여 있던 공산권이 휴전 협정을 지연시키기 위해 세균전을 날조했다는 주장은 반복된다.[22] 다만 필자가 소련군인 출신이라는 점에서 이채로운데, 유리. 라스트보로프라는 필자는 소련의 세균전 주장은 날조된 것이며, 1950년경부터 소련과 북한은 원자무기의 한반도 이동에만 촉각을 곤두세우고 있었다고 주장한다.[23]

미국의 세균전 감행이 거짓이라는 주장은 1956년경에 이르면 도리어

22) 유리A.라스트보로프, 「소련의 극동침략음모 : 한국전쟁의 각본내막(하)」, 『동아일보』, 1955.2.20.
23) 이 회고담은 현재까지도 미국이 한국전쟁 중 세균무기 사용이 북한에 의해 날조되었다고 주장하는 주요한 논리 중 하나를 보여준다. 원자탄과 같은 강력한 무기가 있는데 굳이 세균탄을 사용해야할 이유가 없다는 것이다. 이와 같은 맥락에서 미군의 한국전쟁기 세균전 실행에 대하여 회의적인 입장을 지닌 연구들은 기술적으로 대량 생산이 미비한 수준이었던 미군이 원자탄이 아닌 생물화학무기를 사용해야 할 이유가 적다고 주장한다. 이 외에도 미국화학병단의 세균작전부에서 개발한 공기와 물을 이용한 세균무기 16종이 아니라 전염력이 확연히 떨어지는 파리, 모기, 벼룩 등의 원시적인 매개체를 사용하였다는 점을 들어 1951에서 1952년에 걸쳐 북한 지역에서 유행한 전염병은 북한 내부의 문제, 즉 열악한 영양과 위생상태에 기인한 것으로 판단한다. 그러나 2차 대전 당시 일본이 중국에 살포한 세균 무기가 곤충을 매개로 하는 원시적 방법이었으며, 2차 대전 종식 후 일본의 생체실험 문서 입수, 현재까지도 발굴되는 미군의 생물화학실험에 관한 보고 등을 감안한다면, 아직 한국전쟁기 세균전의 진위 여부를 확정하기에는 양측의 논리와 근거 자료 등이 부족하다고 할 수 있다.

북한이 세균무기를 개발하는데 골몰하고 있다는 비난[24]으로 전환된다. 이 기사는 북한이 원자탄과 세균무기 등을 소련으로부터 수입하고 있으며, 이에 대응하여 남한 측에서는 군사 훈련을 준비 중이라고 적고 있다. 한국전쟁기에는 피해를 주장하였던 공산진영이 도리어 세균전을 감행할지도 모른다는 불안감은 소련이 인공위성으로 인명 살상용 박테리아를 살포할 수도 있다는 기사[25]에서 살펴볼 수 있는 것처럼 과학기술의 발전과 비슷한 속도로 증폭한다. 한국전쟁기에 비행기와 함께 공중에 도래하였던 세균은 이제 우주의 영역으로까지 상승한다. 하지만 더 멀어진 거리감만큼이나 그 불안은 근거가 약했고, 인공위성이라는 놀라운 테크놀로지와 결합하며 더욱 아득한 공포가 되었다.

그리고 1957년 8월 3일 『경향신문』이 월남한 후 검거된 북한 선전성 기관지 부주필 이철주의 자백에 관하여 적으며, "공산주의는 인류를 박멸하는 「고리라」의 세균"[26]이라고 천명한다. 이 기사는 이철주의 약력과 함께 그가 진행했던 남한 내 지하세포의 조직을 비롯한 다양한 사상관련 활동들을 자세하게 정리하며 결론적으로 북한이 여전히 남침 계획을 진전시키고 있다고 밝힌다. 이철주의 목소리를 빌려 전달된 이 정보들은 그가 모든 것을 고백하는 회심의 계기가 된 이론적 모순에 대한 내용보다는 침투 방식이나, 사상 전파에 담겨 있는 악한 의도에 초점이 맞춰져 있다. 기사에 따르면 간첩 혐의를 받고 검거된 이철주는 지식층에 침투하여 순진한 대학생들에게 "호열자와 같은 병균처럼" 공산주의 사상을 전파하고자 했다. 공산주의의 사상을 전염병균에 비유하는 이 익숙한 방식은 「강안마을」의 은유가 내포한 불안과 그 궤를 같이 한다. 즉, 남한/

---

24) 「敵側, 細菌戰을 準備」, 『경향신문』, 1956.6.10.
25) 「蘇, 細菌戰 挑發도 可能」, 『경향신문』, 1957.10.15.
26) 「공산주의는 호열자 같은 세균」, 『경향신문』, 1957.8.3.

북한은 자본주의/공산주의를 전염시킴으로써 생물화학무기에 해당하는 스파이를 보내어 내부로부터의 붕괴를 꾀하는데, 이 위험한 전염병적 요소들은 눈에 드러나지 않는다는 것이다. 이기영의 소설 속 유종수와 같은 감염자를 만들지 않기 위해서 사회 내의 각 주체들은 자본주의/공산주의 사상에 물들지 않은 '건강함'을 끊임없이 의심받고 감시받아야 했다. 사상의 '건강'을 진단하고 전염된 구성원을 솎아내는 이 과정은 자연스레 각 사회의 내면을 획일화하는 한편으로, 서로 다른 두 사회에서 생산된 서사마저 닮아가게 했다.

전영록이 출연한 1988년작 <독불장군>은 한국전쟁 막바지에 세균전을 획책하는 북한군에 맞선 특공대원 강철구의 활약을 그리고 있다. 이 영화 속에서 북한군은 포로들을 대상으로 생체실험을 자행하면서 생화학무기 개발에 골몰하는 악한으로 제시된다. '람보'를 연상케 하는 주인공 강철구가 홀로 적진에 뛰어들어 호쾌한 액션을 선보이는 이 영화에서 세균전은 단지 액션을 위한 배경장치로만 기능한다. 이 대중영화에서 세균전을 획책하는 것이 공산군이라는 사실은 의심의 여지없이 자명한 현실이며, 생화학무기가 가진 몰살에 대한 공포나 불안, 그리고 이 강력한 테크놀로지에 대한 고민의 흔적은 찾아볼 수 없다.

영화 <독불장군>이 액션과 스펙터클을 위해 한국전쟁기 세균전에 대한 기억을 악마적인 공산군 대 영웅적 남한군인의 구도로 왜곡시켜버렸다면, 이보다 10여 년 전인 1976년에 제작된 반공 영화 <원산공작>은 사실을 객관적으로 전하고 있다는 암시와 함께 한국전쟁기의 세균전 논쟁을 조명한다. 이 영화는 오프닝 이후 다음과 같은 내레이션으로 시작된다. "이 영화는 6·25사변 당시의 실화를 영상화 한 것이다. 이 이야기는 지금까지 미 국방총성의 1급 군사첩보 비밀로 취급되어 일반에게 공개되지 않고 있다가 20여년이 지난 최근에 와서야 비로소 공개된 한국동란의 비화중의 비화인 것이다."[27] 영화의 도입에서부터 실화를 바탕으로 제작하였음을 밝힘으로써 이 영화는 객관성과 현실성을 획득하여 관람자로 하여금 이 영화를 '실화 영화'로 인지하게끔 한다.

이 영화에서 특공대원들은 원산에서 발생한 전염병의 원인을 찾아 원산으로 향한다. 영화 속에서 미군을 비롯한 유엔군은 아직 페스트에 대처할 백신을 보유하지 못한 상태이다. 따라서 만약 전염병이 흑사병이라는 사실이 밝혀진다면, 유엔군 장병들은 한반도에서 철수될 계획이다. 유엔군의 참전은 한국전쟁의 결과를 결정짓는 중차대한 문제이므로, 특별히 구성된 대원들이 원산에 직접 침투하여 전염병의 정체를 확인할 일종의 샘플을 확보하여야 하는 것이다. 대원들은 임무 수행의 과정에서 학살 직전의 주민들을 구출하고, 헤어졌던 아들을 만나며, 총격으로 인해 동료까지 잃는다. 이러한 지난한 과정의 서사를 통과하며 대원들은 전염병이 페스트가 아니라는 실험 결과를 가지고 복귀하는 결말에 향한다. 비록 전염병 환자를 치료하러 남한으로 데려가는 유엔군의 인도적인 면모와 함께 제시된 내레이션 "페스트균도 마다않고 반백의 노구를 이끌고 적지 깊숙이 뛰어든 샴즈장군의 그 인도적이고 용맹한 의지와 불타는 자유수호 정신"이 영화의 마지막을 엄숙하게 장식하고는 있으나, 단순히 페스트가 아니기에 오늘날의 '자유대한'을 지킬 수 있었다는 허술한 결말은 현재의 관람자에게는 다소 공소한 것으로 느껴질 수밖에 없다.

다만 이 영화는 다음과 같은 내용을 관객들에게 전달하고자 한다. 한국전쟁기 북한 지역에서 전염병이 발생한 것은 사실이지만, 이는 미군에 의해 의도적으로 발생한 것이 아니며, 심지어 당시 미군은 페스트와 같은 전염병에는 대응할 마땅한 방안이 없을 만큼 생물화학무기를 만들 기

---

27) 설태호 감독, 서윤성 각본, 「원산공작」(심의대본), 1976, 2쪽.

술적 한계가 분명했고, 전염병은 오히려 이를 이용하고자 한 공산 측에 의해 발생한 것이 아닌가 하는 의혹이다. 이러한 측면에서 <원산공작>은 한국전쟁기 세균전에 관한 공식적 입장을 영화의 형식으로 재생한 텍스트라 할 수 있다. 도입에서부터 객관적 정보를 바탕으로 제작하였음을 밝히면서 이 영화는 대중들에게 공산측의 세균전 감행을 정설로 인지시키고자 한다. 이 영화는 유엔군 또한 세균전 발발 시에는 한반도에서 철수하리라는, 불신 섞인 시선에 대한 답변일지도 모른다. 아니, 어쩌면 샘즈 장군의 정의로운 모습을 통해서 역설적으로 확인받고 싶었는지도 모른다. 한반도 내에서 세균전이 발발하더라도 미군은 그 고통을 외면하지 않을 것이라는 확고한 맹약을.

한국전쟁에서 감행된 세균전에 관하여 이야기할 때, 사실 남한은 모호한 위치에 놓여있다. 북한은 지속적으로 세균전의 피해를 구체화하며 대중에 알려왔으며 이를 역사화하였다. 공산측의 주장을 비롯하여 세균전 감행설을 주장하는 연구자들의 연구에서도 생화학무기를 활용한 가해자는 명백히 미군이다. 이에 비해 남한은 피해자인 북한과 미국 사이에 놓여있었다. 남한은 미국 측의 주장을 공식적인 입장으로 채택하고 있으나, 가해자도 피해자도 아닌 채, 세균전의 주체로부터는 한 걸음 뒤에 물러나 있다. 때문에 직접적 피해를 주장하는 북한과 달리 남한에서 세균전에 관한 텍스트는 비가시적인 무기에 대한 공포를 비롯하여, 미국이 보유한 생물화학적 지식과 기술력을 향한 경외감, 그리고 그 '위험한' 기술력을 보유한 강대국과의 동맹을 바라보는 불안한 시선 등이 엉켜있다. 때문에 <원산공작>과 <독불장군>은 한편으로는 생물화학에 관한 지식의 활용을 두고 전개되는 세균전에서 주체가 되고자 하는 욕망의 발현으로도 읽힌다. 분명한 악을 처단하는 군인의 액션으로, 동맹은 군건하더라도 동맹국의 국민은 결코 같은 민족일 수 없으리라는 불안을 해소하면서 말이다.

세균전의 피해자인 북한이 내부에서부터 파멸을 이끌어내는 비가시적인 무기에 대한 공포를 이를 보유할 수 있는 기술력에 대한 집착으로 변환시키는 동안, 남한은 축적된 테크놀로지를 비인도적 방식으로 활용하려는 적과 이를 저지하는 연합의 구도를 공고화한다. 이는 대립 구도 하에서 북한이 내세운 서사의 또다른 변주이지만, 텍스트를 소비하는 대중에는 진실에 가까운 것으로 인식되기에 이른다. 따라서 남한에서는 잊혔던 '세균전'이 북한의 자료와 함께 새로이 고려되면서 논쟁거리가 되고, 니덤 보고서가 세간에 다시 주목을 받으며 대중의 관심을 끌기까지는 무려 40여년에 가까운 시간이 필요했다.[28] 미군의 학살과 만행이 조명되기 시작했고, 세균전 논쟁 또한 이와 함께 새로운 국면을 맞이한 것이다. 그럼에도 불구하고 세균전에 의해 희생되는 사람들의 모습이 남한의 문학 텍스트에 전면화 되어 등장하는 것은 1980년대 후반에 들어서야 비로소 가능했다.

5. 나가며

조정래의 『태백산맥』은 재귀열에 걸려 죽어가는 빨치산들의 이야기에 한 장을 할애한다. 이 장에서 전라남도 지구의 빨치산들이 갑작스러운 전염병으로 삼할 가량의 병력의 손실을 입는 과정이 그려진다. 주요 인물 중 한 사람인 손승호도 전염되어 생사를 오가지만, 온몸을 덜덜 떨면

---

28) 한국전쟁에서의 세균전 논쟁에 관한 대략적인 흐름과 그 비판에 대하여는 나대식, 「한국전쟁 : 세균전시비」, 『군사연구』 88호, 육군군사연구소, 1978.6; 국민방첩연구소 편, 『세균모략전』, 갑자문화사, 1984; 강정구, 「한국전쟁과 미국의 세균전」, 『분단과 전쟁의 한국현대사』, 역사비평사, 1996; 조성훈, 「한국전쟁의 세균전 논쟁 비판」, 『군사』 41호, 국방부군사편찬연구소, 2000.12 등을 참조.

서도 혁명을 향한 강한 의지로 병을 이겨낸다. 소설은 그의 시선을 통해 전염병에 걸린 빨치산들의 모습을 포착한다. 그것은 "어둠 가득한 골짜기"를 "괴기스럽고 끔찍스럽게" 떠도는 "온갖 신음 소리들"[29]로 서술된다. 빨치산들을 죽음에 이르게 하는 이 전염병은 고열에서 벗어나더라도 충분한 영양섭취를 비롯한 체력적 보충이 이뤄지지 않으면 2차 발열을 피할 수 없는 특성을 지니므로 한 고비를 넘긴 대원들마저 허기와 체력소모로 인해 쇠진하여 죽음에 이르는 것이 대부분이다. 대원들 사이에는 저공비행을 반복하던 정찰기가 병균을 살포하고 있다는 '이상한 소문'이 떠돌고, 대원들은 이를 확신한다. 광범한 지역 내에 시차가 거의 없는 발병과 치료약을 갖춘 각 지서들의 대응은 소설 속 빨치산들의 확신에 증거를 더한다.

비록 많지 않은 분량이나 『태백산맥』의 「재귀열이라는 전염병」 장은 북한에서도 정면으로 다루지 않은 세균전의 피해 양상을 전면화하여 그려낸다는 점에서 주목을 요하는 문학적 사건이다. 남한에서 출간된 이 소설이 북한의 주장에 입각하여 한국전쟁기의 세균전을 그려내고 있을 뿐 아니라, 내부에서부터 괴멸해가는 존재인 좀비처럼 배회하는 쇠락한 신체들과 날짐승에 훼손된 시신들을 소설 속에 그대로 전시하는 것이다. 한국전쟁기의 세균전에 관하여 북한의 텍스트들은 그 피해를 세밀하게 묘사하는 것이 어려웠을 것이다. 원인을 명확히 알 수 없는 질병에 의해 쇠락하는 신체를 묘사하는 것은 현실적인 공포, 즉 아군을 상회하는 적군의 테크놀로지와 비가시적 위험성에 대한 공포와 불안을 증폭시킬 위험성을 내포했다. 또한 전쟁 이후에는 인민군을 강건한 신체와 정결한 정신의 영웅으로 형상화하는 북한 문학의 관습으로 인하여 전염병에 걸

---

29) 조정래, 「태백산맥」 9권, 한길사, 1989, 315쪽.

린 쇠락한 육체로 '영웅적인 인민군'을 형상화하는 문제는 불가능에 가까운 일이었다. 때문에 기억의 주체임에도 불구하고 정작 북한의 텍스트들은 생화학무기를 제어할 수 없는 테크놀로지에 의한 적들의 자멸과 풍문 혹은 간첩이라는 우회와 은유를 통해서만 텍스트 내에 등장시킬 수 있었다.

이에 비해 남한에서 세균전은 날조된 거짓 기억으로 인식되어왔다. 따라서 비교적 자유로운 표현이 가능한 남한의 텍스트가 '갈라진' 민족을 회복하고 고통을 공유하고자 할 때 이는 진실의 영역에서 되살려진다. 내부에서부터 파괴되는 신체들의 비극을 전면화하는 방식으로, 이 텍스트는 세균전을 비롯한 한국전쟁의 피해가 남과 북 공통의 것임을 주장하는 것이다. 그러므로 『태백산맥』의 한 장은 남한과 북한이 각기 지니고 있는 내·외부적 검열의 한계를 동시에 비껴가고 있다는 점에서 유의미한 장이지만 이는 동시에 전염병에 걸려 쇠락하는 빨치산들을 제시함으로써 비도덕적인 공격을 일삼는 미국과 순결한 민족의 구도를 재생하고 있다는 비판에서 자유로울 수는 없다. 남한과 북한의 한계를 아우르고자 하는 시도 또한 미국이라는 타자를 설정함으로써 가능하다. 세균을 보기 위해서는 시각을 확장해 줄 현미경의 도움이 필요하듯, 남한과 북한이 겪은 한국전쟁의 기억을 하나의 것으로 다시 보기 위해서는 미국이라는 시각 확장 기계가 필요했는지도 모른다.

세균은 확장 기계에 의존하거나 신체적 증상에 의해서만 증명할 수 있다. 마찬가지로 생물화학무기의 위력 또한 지식적 서술에 의존하거나 신체적인 '증상'으로밖에 말할 수 없다. 때문에 생물화학이라는 지식과 기술력의 결과물인 세균무기의 피해와 위력을 시각적으로 드러내기 위해서는 폭격에 의해 무너진 건물을 묘사하는 것처럼 쇠락하는 신체를, 혹은 증상을 전시하는 것이 가장 강력한 방식이라고 할 수 있다. 결국 상

(像)을 통해서 전달되는 문학적 텍스트들은 현실적 제약 하에서 이 비가 시적인 위협들을 어떻게 이미지화할 것인가에 대한 문제에 필연적으로 부딪혔을 것이다. 텍스트의 양식이나 당위에 대한 응답에 따라 생물화학 무기는 불결한 곤충으로 이미지화되기도 하며 전염의 측면에서 사상 혹은 지식으로도 은유되고, 전형화 된 위험성의 외피를 뒤집어쓰거나 공통의 기억을 불러내는 매개가 되기도 한다. 세균전에 관한 문학적 텍스트들은 냉전의 논리와 검열을 피해가면서도 보이지 않는 것들을 문학적 방식으로 시각화하려는 시도들이기도 하다. 하지만 여전히 재구성된 기억의 총체가 부재한 현재에, 한국전쟁기의 세균전을 둘러싼 당대의 충격과 기억은 텍스트라는 증상을 통해서만 독해할 수 있을 뿐이다. 희소하지만 주목을 요하는 이 텍스트들 속에는 인간의 시각으로는 포착할 수 없는 위협적인 존재와 제어할 수 없는 기술력에 대한 인간의 근원적인 공포가, 그리고 이 공포를 해소하고자 동원된 환상과 은유들이 뒤엉켜 있다. 도처에 산재한 위험성에 대한 불안에 익숙해진 현재에, 한국전쟁기의 세균전을 다루고 있는 이 희소한 텍스트들을 다시 읽는 이유는 여기에 있다.

전쟁기 북한의 화선(火線)음악*

| 배인교 |

1. 전시(戰時)의 화선, 음악

북한에서 "조국해방전쟁시기"라고 부르는 6·25전쟁[1]기는 1948년 남북한 단독정부수립에 이어 남북 분단 고착의 계기가 된 한국 현대사의 중요한 사건이 있었던 시기이다. 그리고 전쟁은 남과 북 모두에게 큰 피해를 준 비극이었던 점은 재론할 여지도 없거니와 북한에서는 이 시기에 김일성유일체제의 확립을 위해 소위 남로당계가 숙청되고 연안파와 소련파 제거의 계기를 마련하였으며, 음악계도 이러한 정치적 영향을 받았다.

그러나 그간 남한의 음악학계에서 1950년 6월부터 1953년 7월의 전쟁 기간 동안 있었던 음악활동에 대한 연구는 진행[2]된 바 있으나 전쟁 중

---

* 이 글은 「북한의 화선(火線)음악 -6·25전쟁기를 중심으로」(『한국음악사학보』, 한국음악사학회, 제57집, 2016.12)를 단행본 취지에 맞게 수정 보완하였다.

1) 연구자의 견해에 따라 이 시기를 칭하는 용어로 한국전쟁과 6·25전쟁 등을 사용하나, 이 글에서는 남한 정부에서 공식적으로 사용하고 있는 <6·25전쟁>이라는 명칭을 사용한다.
2) 제갈삼, 「한국전쟁기 부산음악의 실상 : 음악인, 음악단체, 연주회장, 감상실 등을 중심으로」, 『음악학』 Vol.8, 2001. ; 김창욱, 「한국전쟁기 부산음악의 사회사」, 『음악학』 Vol.8 2001. ; 조성환, 「한국전쟁 당시의 윤이상 동요연구 : 1952년에 간행된 『국민학교 새음악』

국군들에게 전쟁을 독려하고 후방의 민간인들에게는 전쟁 승리의 희망을 부여할 수 있는 전쟁터의 군인들을 대상으로 연행(혹은 공연)되었던 음악 활동에 대하여 그간 주목하지 못하였던 것이 사실이다. 그러나 남한과는 달리 북한에서는 "화선음악"이라는 특정 명칭을 부여하며 연구를 진척시켜왔다. 따라서 이 글은 남한에서 관심을 갖지 않았던 전쟁기 군대음악, 그리고 그 중에서도 북한 측의 "화선음악"에 대한 연구를 남한 학계에 알림으로써 화선음악의 의미를 상정해보는 글이라고 할 수 있다.

6·25전쟁기 북한의 음악 활동을 검토할 수 있는 북한의 문헌으로는 『해방후 조선음악』이 있다. 이 단행본은 조선작곡가동맹 중앙위원회가 1956년에 발행한 것과 1979년 문예출판사에서 발행한 두 종이 있다. 이중 1956년은 북한에서 반종파투쟁이 진행되던 시기이며, 1979년은 김일성유일체제의 확립이후 1970년대 문화예술의 "대전성기"로 평가되던 경험이 반영된 시기이므로 각각의 문헌에는 약간 다른 정치적 견해를 보인다고 할 수 있다. 그러나 대체적인 내용은 대동소이하며 1979년의 것에는 김일성의 교시와 말이 매 장의 처음을 장식하고 있어 1958년 종파투쟁 이후 수령으로 군림한 이후의 위상을 드러낸다고 볼 수 있다. 이와 함께 이 시기에 출판된 인민 교양을 위한 악보집과 문건들을 바탕으로 전쟁기 북한 음악사의 양상을 살펴보도록 하겠다.

이러한 자료를 대상으로 2장에서는 전쟁기 북한 음악계의 활동을 군중음악의 관점에서 정리할 것이며, 3장에서는 북한이 말하는 화선음악이 무엇인지 구체적으로 검토해 봄으로써 이것이 갖는 현대 북한의 정치적,

---

을 중심으로」, 『남북문화예술연구』 Vol.2, 2008 ; 김희진, 「20세기 중반 대한민국 군악 조직의 교육적 기능」, 『음악학』 Vol.24 , 2013, 7-38쪽. ; 조은정, 「한국전쟁과 문화(인)의 배치 -"적치 90일"의 선전선동사업과 문화공작대 활동」, 『반교어문연구』, 38집, 2014. ; 김희진, 「즐거움과 국가 : 1950년대 음악 교과서에 담긴 국가주의」, 『음악과 민족』 Vol.51, 2016.

혹은 음악사적 의미가 무엇인지 살펴보도록 하겠다. 그러나 전쟁기 음악의 이해를 위해 전쟁을 전후한 북한 음악 상황에 대한 검토가 필요하므로 경우에 따라 전쟁 전의 상황을 서술해야 할 경우 해당 부분에서 구체적인 설명을 덧붙이도록 하겠다.

2. 전쟁 전 군중음악의 창작과 보급

1) 군중음악의 창작

1946년 북한지역에서는 사회주의적 성향을 가졌던 정치지도자들이 모여 북조선임시인민위원회를 구성하였으며 위원장으로 김일성이 임명되었다. 그리고 북조선음악건설동맹(1946.3.25.~1946.10.10.) - 북조선음악동맹(1946~1951.3.5.) - 조선음악동맹(1951.3.12.~1953.9.28.)의 주도하에 북한에서는 체제에 부합하면서도 인민성에 기초한 새로운 음악을 만드는 작업에 집중하였다. 이러한 상황은 북조선음악동맹의 1949년과 1950년 창작계획표[3]를 보더라도 북한 체제 성립 초기의 북한 음악계의 화두는 새로운 악곡 창작에 있음을 알 수 있다.

전쟁 발발 전인 1946년에 창작·보급된 「김일성장군의 노래」(리찬 작사, 김원균 작곡)와 1947에 발표된 「애국가」(박세영 작사, 김원균 작곡) 등과 함께 1947년부터 1953년까지 창작된 악곡의 수는 1,082곡에 이른다.[4] 조선 작

---

3) 『조선중앙년감 -1950년판』, 평양, 조선중앙통신사, 1950, 357쪽.

<표 1> 音樂同盟創作計劃表

	동요	가요	실내악곡	관악곡	가극	무용	통계
1949	140	180	12	20	5	1	358
1950	156	189	14	24	5	5	393
계	296	369	26	44	10	6	751

4) 무기명, 「조선 작곡가 동맹 연혁 -1955년 8월 현재-」, 『해방후 조선음악』, 평양, 조선작곡가동맹중앙위원회, 1956, 234-242쪽.

곡가 동맹에서 밝힌 창작곡 수와 『해방후 조선음악』에 빠져 있지만 발견된 악보집을 더하여 연도별로 정리하면 다음의 <표 2>5)와 같다.

<표 2> 1947년~1953년간 창작곡 수

	가요	합창	실내악	관현악	무용곡	가극	악보집
1947	39	1	8	5	1	15	『인민가요집』
1948	22	11	10	4	4	14	
1949	31	7	6	9	5	9	『조쏘가요100곡집』
1950	50	19	5	8	3	12	『인민가요』
1951	122	56	56	15	22	2	
1952	177	40		18	12	23	『승리의 노래』 『영광의 노래집』
1953	140	46		19	31	5	
합계	581	180	85	78	78	80	

<표 2>에서 1949년에 출판된 악보집 『조쏘가요100곡집』은 『해방후 조선음악』(1956)에는 『100곡집』으로만 언급된 악보집으로, 원래 이름인 『조쏘가요100곡집』으로 넣었다. 그리고 1950년에 출판된 『인민가요』는 1950년 7월에 출판된 악보집이다. 모두 16곡을 담고 있으나 『해방후 조선음악』에 언급되지 않아 추가하였다. <표 2>를 보면 1950년 전쟁 발발 이후 가요를 비롯한 성악곡의 창작 수가 급격히 증가한 것을 볼 수 있다. 특히 전쟁기인 1951년부터 1953년에 창작된 가요는 439곡, 합창곡 142곡으로 전체 악곡수의 절반을 넘는다. 이는 전쟁에 참여하는 인민군을 독려하는 동시에 연주의 기동성과 빠른 보급 속도를 고려한 결과로 보인다.

---

5) <표 2>에서 합창은 오라토리오와 칸타타, 실내악은 독창곡, 가극은 단막 및 창극, 오페렛타, 쓰켓취, 1949년과 1951~1953년의 관현악에는 영화음악을 포함한다고 하였다. 다만 1952~1953년 가요에는 중창이 포함되었다고 밝히고 있음에도 1953년에 중창곡을 별치하였으나 <표 2>에서는 포함하여 작성하였다.

<자료 1> 『조쏘가요 100곡집』 표지

한편 1950년 7월에 평양에서 출판된 『인민가요』와 같은 시기에 남한에서 출판된 악보집인 『인민가요집』도 언급할 필요가 있다. 남조선음악동맹에서 편집하고 1950년 7월 16일 조선인민의용군본부 문화선전부가 발행한 『인민가요집』에는 모두 18곡이 수록되어 있으며 『인민가요』의 수록곡과 동일한 악곡들이 보인다. 그리고 『인민가요』는 숫자보로 기록되어 있는 반면, 『인민가요집』은 5선보로 출판되었다.

<자료 2> 북한 『인민가요』

<자료 3> 남한 『인민가요집』

<자료 4> 『인민가요』 중 「인민항쟁가」   <자료 5> 『인민가요집』 중 「인민항쟁가」

전쟁 직후인 1950년 7월에 같이 출판된 남북한의 악보집을 보면 김순
남 작곡의 노래가 모두 네 곡씩 수록되어 있으며 1952년 김순남의 숙청
으로 인해 그의 악보가 수록된 악보집이 출판의 중요성에도 불구하고
『해방후 조선음악』에 삭제된 것으로 보인다.

<표 3> 『인민가요』와 『인민가요집』의 수록곡 비교

『인민가요』 (국립출판사) (16곡)		『인민가요집』 (남조선음악동맹) (18곡)	
쓰딸린대원수의 노래	홍철민 시, 리면상 곡	**김일성장군의 노래**	리 찬 사, 김원균 곡
김일성장군의 노래	리 찬 시, 김원균 곡	인민공화국 선포의 노래	김우철 시, 박한규 곡
인민공화국 선포의 노래	김우철 시, 박한규 곡	해방의 노래	김순남 곡
인민군 행진곡	박세영 시, 정윤성 곡	**인민항쟁가**	임 화 시, 김순남 곡
경비대 행진곡	박세영 시, 김순남 곡	구국투쟁가	리원우 사, 박한규 곡

강철의 부대	리호남 시, 박한규 곡	투쟁가	김원균 사, 김원균 곡
항공사의 노래	김북원 시, 전태경 곡	**빨찌산의 노래**	박한규 곡
해군 행진곡	김순석 시, 박한규 곡	제주도 유격대가	박찬모 사, 김순남 곡
빨찌산의 노래	김순석 시, 박한규 곡	인민군 행진곡	작사 작곡 不記 『인민가요』의 「인민군 행진곡」과 다름
인민 항쟁가	림 화 시, 김순남 곡	우리 해방군	작사 작곡 不記
청년 행진곡	김련호 시, 김원균 곡	인민의 영예	작사 작곡 不記
녀성의 노래	리원우 시, 김옥성 곡	건설의 아침	리 찬 사, 박광우 곡
소년단 행진곡	홍순철 시, 리면상 곡	자랑하자 조선	구경순 사, 리면상 곡
로동자의 노래	김순석 시, 김순남 곡	인민 행진곡	홍철민 시, 리면상 곡
밭갈이 타령	김우철 시, 전태경 곡	**로동자의 노래**	김순석 시, 김순남 곡
조쏘친선의 노래	박세영 시, 김순남 곡	민주여성의 노래	작사 작곡 不記
		세계민주청년 동맹가	작사 작곡 不記
		청년행진곡	작사 작곡 不記

　　1950년에 보급된 노래악보집에서 보듯이 성악곡은 전쟁기에 많이 창작되었으며, 이는『해방후 조선음악』에 소개된 창작 악곡을 검토해 보아도 알 수 있다. 이와 함께 전쟁이 한창이었던 1951년 6월에는 작가와 예술인에 대한 김일성의 담화가 발표되었으며,『문학예술』1951년 3호에『전체작가예술가들에게 주신 김일성장군의 격려의 말씀』6)이라는 제목으로 수록되었다. 김일성은 이 담화에서 작가와 예술인들은 전쟁기에 많은 문학예술작품을 창작하여야 하며, 그 안에 숭고한 애국심, 민족에 대한 높은 자부심, 인민군대의 영웅성과 완강성의 묘사, 인민과 군대에 승리에 대한 신심의 고무, 적에 대한 증오심을 담으라고 요구한다. 1951년 김일

---

6) 김일성, 「전체작가예술가들에게 주신 김일성장군의 격려의 말씀」,『문학예술』, 1951.6, 4-11쪽.

성의 담화는 이후『해방후 조선음악』의 서술에 영향을 미쳤으며, 담화에서 제시된 내용을 바탕으로 음악창작 상황과 장르 등을 서술하였다. 1956년판과 1979년판『해방후 조선음악』에 소개된 악곡명을 정리하면 다음의 표와 같다.

<표 4> 1956년 출판『해방후 조선음악』에 소개된 창작 악곡

갈래	곡명
조국보위 주제	조국보위의 노래(리면상), 강철의 대오는 전진한다(김원균), 조선 인민군 찬가(건태경), 보위행진곡(김옥성), 섬멸의 노래(김옥성), 전진 또 전진(황학근)
군가, 행진곡	해방지구 인민의 노래, 어뢰정의 노래(리면상), 서울 전차 사단의 노래(황학근), 후방 전선의 노래(황학근), 락동강을 건너서(김원균)
중창	정찰병의 노래(김옥성), 간호원의 노래(윤복기), 심산 속의 오솔길(최수동), 통쾌한 운전사(정진옥), 저격수의 노래(모일영), 샘물터에서(윤승진), 풍년 맞이 도리깨(윤승진), 물레야 돌아라(김영규), 아무도 몰라(박한규), 우리님 영웅되셨네(정진옥)
로만쓰-가요	김옥성작곡 : 전호 속의 나의 노래 리면상작곡 : 내고향의 작은집, 어머니의 노래, 문경고개, 압록강2천리
민요풍의 노래	매봉산타령(유정철), 얼룩소야 어서가자(김진명)
국제친선	중국 인민 지원군 찬가(리면상), 북경에서 온 전우(윤복기)
합창	어랑천(윤영기), 보천보의 횃불(황순현), 백두산(김영배), 조선은 싸운다(리정언)
무용곡	조국의 아들(윤복기)
씸포니-포에마	승리를 향하여(리정언)
단막가극	앞마을 뒷마을(리면상), 우물가에서(리면상)

<표 5> 1979년 출판 『해방후 조선음악』에 소개된 창작 악곡

갈래		곡 명
가요	행진곡	우리의 최고사령관, **결전의 길로**, 진군 또 진군, 청년유격대, 강철의 대오는 전진한다, 해안포병의 노래
	서정가요	**내 고향의 정든 집, 전호속의 나의 노래, 문경고개** 전사와 처녀, 압록강 2천리, 어머니의 노래, 아무도 몰라
	민요식의 노래	얼룩소야 어서가자, **물레야 동무야**
중창	남성중창	**자동차운전사의 노래**, 저격수의 노래, 우리의 자랑, 비행기사냥군조의 노래, **풍년맞이 도리깨**
	여성중창	**샘물터에서**, 우리 님 영웅되셨네
합창	가요합창	합창곡으로 작곡 : 결전의 길로, 영웅들에게 영광이 있으라, 복수의 노래 합창곡으로 편곡 : 조국보위의 노래, 진군 또 진군, 민요련곡, 인민가요련곡
	교성곡	단악장 : **조선은 싸운다**, 보천보의 해불 다악장 : 조국의 고지, 백두산
	무반주	**건설의 노래**
관현악	교향시	**승리를 향하여**, 승리
	연곡	인민가요련곡 : 승리의 거류 민요련곡 : 보리타작, 다악장 민요조곡
취주악		근위기치 앞으로, 전차행진곡 가요련곡, 민요련곡
가극		단막가극 : 진격의 노래 / 서정가극 : **우물가에서** 경가극 : 앞마을 뒤마을
경악극		노래부르며 앞으로, 파종의 노래, 모내기전선 진달래, 즐거운 마을
창극		춘향전, 리순신장군
아동음악		**소년빨찌산의 노래**

위의 <표 4>와 <표 5>에서 두꺼운 글씨로 표기한 작품은 **북한 음악계에서** 대표작으로 언급한 곡이다. 먼저 1952년 전쟁기에 숙청당한 김순남

작곡의 곡은 앞서 언급한 바와 같이 1956년판에서 이미 제외되었음을 알 수 있다. 또한 1956년판의 군가 및 행진곡으로 소개된 노래들이 1979년에는 삭제된 것을 볼 수 있다. 국제친선과 관련한 부분 외에도 「해방지구 인민의 노래」와 「후방 전선의 노래」, 합창곡 「어랑천」은 『조선노래대전집』에도 보이지 않아 삭제된 이유에 대한 의문이 남는다.

두 시기의 『해방후 조선음악』을 보면 일부 작품에서 악곡명이 바뀐 것을 볼 수 있다. 1956년판의 김옥성 작곡 「섬멸의 노래」는 1979년판 행진곡 항목의 「결전의 길로」이며, 악곡명이 바뀐 것이다. 「결전의 길로」는 1951년에 창작되었으며 "인민군의 백절불굴의 투지와 대중적 영웅주의를 노래한 전투적인 가요"[7]이다. 이 노래의 가사는 3절로 이루어진 각 절의 끝부분에 "나가자 동무여 섬멸의 길로"가 들어 있고, 후렴의 끝부분에는 "나가자 동무여 결전의 길로"를 부르도록 한 것으로 보아 1956년 이후 「결전의 길로」로 악곡명이 바뀐 것이라 할 수 있다. 이렇게 곡명이 바뀐 것은 리면상 작곡의 「내 고향의 작은집」에서도 찾을 수 있다. 이 노래는 1979년판에서 「내 고향의 정든집」으로 바뀌어 있다.

그리고 1956년판의 내용에 비해 1979년에는 외래어 장르를 모두 조선어로 바꾸었으며, 대표곡으로 제시한 작품들도 약간 다르다. 먼저 창작된 악곡을 주제별로 나눈 후에 장르별로 재배치하였다. 주제는 1951년 김일성의 담화 내용에 따라 "미제침략자들을 반대하여 싸우는 인민군용사들과 인민들의 숭고한 애국심과 영웅성, 필승의 신념과 그에 기초한 혁명적락관주의, 원쑤에 대한 불타는 증오심과 영웅적인 투쟁모습"[8]으로 나누었다. 그리고 조국보위주제 중 애국주의의 대표곡으로 "≪내 고향의 정든 집≫, ≪전호속의 나의 노래≫, 녀성중창 ≪봄노래≫"를, "인민군대

---

7) 사회과학원, 『DVD 문학예술대사전』, 2006.
8) 리히림, 『해방후 조선음악』, 평양, 문예출판사, 1979, 103-104쪽.

와 인민들이 발휘한 대중적영웅주의와 완강성"을 표현한 작품으로 "가요 들인 ≪결전의 길로≫와 ≪문경고개≫, 합창들인 ≪조선은 싸운다≫, ≪조국의 고지≫, 교향시 ≪승리를 향하여≫"를 들고 있다. 또한 "전시생산을 위한 후방 인민들의 영웅적투쟁을 표현한" "가요 ≪압록강 2천리≫, 가극 ≪우물가에서≫, ≪앞마을 뒤마을≫"을 제시하였다. 그리고 "인민군대와 인민들에게 승리의 신심을 북돋아주는데 이바지"한 작품으로 중창 「샘물터에서」와 중창 「자동차운전사의 노래」를 들면서 이들 노래들은 "적의 취약성을 폭로하면서 우리 인민군대의 혁명적락관주의정신을 표현한 작품"이라고 평가9)한 후 장르별로 악곡을 소개하였다.

이에 더하여 1979년판은 이전에 없던 새로운 장르인 무반주합창곡과 관현악연곡, 취주악, 경악극, 아동음악을 추가하였다. 예를 들어 민요를 편곡하거나 민요선율에 기초한 무반주합창곡 「건설의 노래」10)나 가요나 민요곡을 묶어서 관현악곡으로 만든 연곡형식의 관현악 「승리의 거류」, 「보리타작」, 다악장 「민요조곡」과 전시 취주악곡인 「근위기치 앞으로」, 「전차행진곡」과 취주악으로 연주하는 「가요연곡」과 「민요연곡」, 경악극 "≪노래부르며 앞으로≫, ≪파종의 노래≫, ≪모내기전선≫ 등 선동적인 성격을 가진 것"과 "≪진달래≫, ≪즐거운 마을≫ 등 생활적인것", 그리고 창극은 「춘향전」과 「리순신장군」과 아동음악 「소년빨찌산의 노래」11) 등이다.

그러나 1956년에 출판된 것이든 1979년의 것이든 전쟁 시기에 많은 노래들이 창작되어 인민군대와 후방의 북한 인민들에게 보급하고 부르게 하며 독려하였음을 짐작할 수 있다.

---

9) 리히림, 앞의 책, 104–105쪽.
10) 리히림, 앞의 책, 118쪽.
11) 리히림, 앞의 책, 120–124쪽.

2) 군중가요의 보급 체계 구축

북한 체제 성립 이후 북한의 문화정책은 군중계몽과 인민 교양 사업에 집중하였다. 그리고 그 중심에는 군중가요의 창작과 보급체계를 구축하려는 의지가 있었다. 앞 절에서 가요를 비롯한 새로운 악곡의 창작에 힘을 기울였던 음악동맹의 활동상을 작품을 수록한 악보집과 당시에 창작된 악곡을 중심으로 살펴보았다. 이제 이러한 음악들이 인민 속으로 파고들어가 작동할 수 있는 조직과 체제의 구축 양상을 살펴보아야 한다.

북한 체제 성립 초기의 인민 조직 체계에 대한 연구[12]에서 사용된 「북조선 로동당 강원도 인제군당 상무위원회 회의록(1948년 2월 4일~1949년 12월 27일)[13]에는 전쟁 전 군중음악 보급을 위한 조직적이고 체계적인의 양상을 살펴볼 수 있다. 즉 이 지역에 구축되기 시작한 민청, 직맹, 농맹, 여맹 등이 군민들에 대한 선전과 동원, 가창지도 및 악대 동원, 연예조직구축, 농악대와 학생가창대 활동 등을 책임지면서 기념행사를 계획하고 있는 것[14]으로 보아 군면리 단위까지 체계적으로 다양한 조직들이 활동하였음을 알 수 있다.

이러한 인민 대상의 조직체와 함께 북조선직업총동맹 군중문화부에서 1949년에 발간한 『음악 써클원 수첩(군중문화총서 6)』, 『영화 써클원 수첩(군중문화총서 4)』, 『연극 써클원의 수첩(군중문화총서 1)』과 같은 출판물들을 바탕으로 체제 성립 초기부터 인민들이 자발적으로 조직하는 문화 관련

---

12) 임경화, 「북한 노래의 탄생 -사회주의체제 형성기 인민가요 성립 고찰-」, 『북한연구학회보』, 북한연구학회, 제15권 제2호, 2011, 327-352쪽. ; 신효숙, 『북한의 문화 형성과 대중교육』, 교육과학사, 2001; 김태우, 「1948년~49년 북한 농촌의 선전선동사업 : 강원도 인제군의 사례」, 『역사와 현실』 제60호, 한국역사연구회, 2006, 97-139쪽.
13) 『북한관계사료집』 2(서울 : 국사편찬위원회, 1984), 『북한관계사료집』 3, 국사편찬위원회, 1985.
14) 임경화, 「북한 노래의 탄생 -사회주의체제 형성기 인민가요 성립 고찰-」, 『북한연구학회보』, 북한연구학회 제15권 제2호, 2011, 343-345쪽 참조.

써클 결성을 추동하였고, 실제 다양한 서클이 존재하였음을 알 수 있다. 이 중 음악써클은 1948년 말부터 1949년 3월에 북한에 조직된 문화 서클의 수에서 보듯이 직장의 경우 1740개, 농어촌 지역 포괄 서클에서는 12098개가 있었다[15]고 하니 수적으로 가장 우세한 분야였음을 알 수 있다.

문예 써클 결성은 군대도 예외는 아니어서 1950년 3월에 민족보위성 문화훈련국에서 출판한 『군중문화 사업 참고재료 제1집』에 의하면 "중대 음악 써클원 가운데 매개분대에서 한명씩은 다참가하고있을것이다"[16]라고 하고 있듯이 인민군대에는 6·25전쟁 발발 이전부터 군중문화사업의 일환으로 군대 내 음악 써클이 조직되어 있었음을 짐작할 수 있다.

이렇게 인민군대 내의 노래 보급은 음악 써클을 통해 조직적으로 진행되었다. 그리고 모든 노래 보급 사업은 반드시 문화부중대장의 계획 하에 계획적으로 진행하여야 한다고 명시하였다. 『군중문화 사업 참고재료 제1집』에 의하면 각 분대의 음악 써클 책임자는 "새로 나온 노래를 자기가 연구했거나 또는 련대 군악대에 올라가서 배워" 써클원에게 가르쳐야 한다. 그리고 음악 써클 책임자는 써클원들만으로 조직하여 2부, 혹은 3부 합창으로 부를 수 있도록 하여야 하며, 충분한 감정표현을 하여 모범

---

15) 임경화, 앞의 글, 346쪽. <표 4> 북한에 조직된 문화 서클 수 현황

<표 4> 북한에 조직된 문화 서클 수 현황

	문학서클	연극서클	음악서클	무용서클	미술서클	사진서클
직장내 서클 수 (1949.3)	799	822	1,740	530?	350	69
농어촌 지역 포괄 서클 총수(1948말)	2,484	6,799	12,098	2,533		

출처: 신효숙, 『북한의 문화 형성과 대중교육』이 "노동법령 실시 3주년을 맞이하는 노동자 사무원들의 향상된 물질 문화생활"; 『순간통신』, 26(1949); 『북한관계사료집』 28(1997)을 참고로 작성한 표를 재인용하면서 필자가 간략하게 고친 것이다.

16) 작자 미상, 「중대 노래 보급사업에 대하여」, 『군중문화사업참고재료제1집』, 평양, 민족보위성 문화훈련국, 1950.3, 5쪽.

을 보여야 한다고 하였다.[17]

특히 합창의 경우, 대체로 제창이나 2부 합창으로 만들되, 독창, 윤창, 2부 합창을 다른 형식과 결합시켜 "좀더 재미있는 형식으로 발전"시키도록 요구받았으며 동시에 연곡형식도 만들어 부르도록 하였다. 이러한 연곡형식은 짧은 곡들을 세 개 혹은 네 개 정도를 골라 하나의 줄거리고 만들어 색다르게 연주할 수 있도록 하는데 중점을 둔 것으로 보인다. 연곡의 종류는 "민요련곡 인민가요련곡 군가련곡 또는 인민가요와 민요를 뒤섞어서 연주하는 련곡" 등이 있으며, "독창과 제창을 결합한 형식은 「칭에나 칭칭나네」 같은 것을 말하고 제창과 륜창과 독창을 결합한 형식은 「쓰딸린대원수의 노래」"라고 하였다.[18]

이렇게 전쟁 전에 북한에서는 지역의 인민들을 대상으로 한 문예 조직이 군면리단위까지 이루어져 있었으며, 군대 내에서도 다양한 문예 조직, 특히 노래 보급 조직이 구축되어 있었음을 알 수 있다. 이러한 조직들은 6·25전쟁 시기에 활동한 인민군 화선예술선전대의 모체가 되었다고 할 수 있다.

3. 6·25전쟁기 화선음악[19]

화선음악은 전쟁에서 전투가 벌어지는 최전선에서 있었던 음악행위

---

17) 작자 미상, 「중대 노래 보급사업에 대하여」, 『군중문화사업참고재료제1집』, 평양, 민족보위성 문화훈련국, 1950.3, 5쪽.
18) 작자 미상, 앞의 글, 6쪽.
19) 화선음악은 화선예술, 화선공연, 화선악기 등을 포괄하는 용어로 보인다. 또한 화선음악은 북한에서 실제 사용하는 북한 용어이다. 2015년 『조선예술』 제8호에 수록된 김성남의 글 "백두산칼바람이 우리를 부른다"에는 "적의 아성을 들부시는 군단포의 뢰성처럼 드센 공훈국가합창단의 혁명군가가 혁명의 진군가로 대오앞에서 울리고 인민군대의 화선음악이 천만군민의 가슴에 맹렬한 힘을 더해주고 군인가족예술소조원들이 안고온 초소의 봄향기가 온 나라에 진동하였다"(5쪽)라는 글에서도 알 수 있다.

전반을 뜻하는 말로 전쟁의 최전선인 화선(火線)에 예술과 공연, 악기 등이 결합하여 화선예술, 화선공연, 화선악기 등의 용어를 사용하고 있다. 이 장에서는 전문음악단체가 진행한 화선예술공연과 인민군대 내의 음악 조직에서 벌인 화선음악으로 나누어 6·25전쟁기 북한 음악의 양상을 군중음악을 중심으로 검토해 보도록 하겠다.

1) 위문공연 형태의 화선예술공연

일반적으로 전쟁시기에는 전문음악단체의 위문공연이 주를 이룬다. 남한의 경우[20] 일제강점기 아악부의 양악 채보 촉탁으로 군무했던 이종태의 계획과 발의로 9·28 수복 이후 국군 장병을 위문하기 위한 육군 군예대(軍藝隊)를 조직하였으며, 국악대·양악대·연예대 등 모두 3개 소대를 편성하였으며, 이중 국악조에는 제3소대로, 성경린을 대장으로 하였으며, 김보남·김천흥·봉해룡·김성진·김기수·이덕환·김태섭·김만흥·강장원·김광채·심상건·이창배·고비연·이부용·김옥심·송백련·이청향·박금화 등을 대원으로 두었다. 이들은 10월 25일 서울에서 출발하여 평양 국군병원에서 상이군인에 대한 위문공연과 극장 공연을 하였으며 평양 및 사리원지고의 일선 위문과 문화공작의 임무를 마치고 11월 3일에 서울로 돌아왔다. 그리고 이후 전선에서의 활동내용은 확인할 수 없다.

이러한 국가적인 차원에서의 위문공연 형태는 개별적으로 공연단체를 결성하여 지속되었던 것으로 보인다. 판소리 명창 박록주의 증언에서 비공식적으로, 혹은 개인적인 부의 축적을 위해 순회공연이 진행되었음은 짐작할 수 있다. 박록주는 한국일보에 연재한 「나의 이력서」에서 전쟁기

---

20) 천영조, 『국악연감』, 국립국악원, 1982, 59~61쪽.

에 국극사 단원들을 이끌고 동부전선을 순회하며 국극활동을 했던 기억을 술회하였다.

<인용 3> 위문공연은 거의가 밤에 했다. 낮에는 싸우고 밤이돼서 총성이 뜸해지면 곳곳에서 장병들이 모여들어 우리의 연극을 구경했다. 밤에 공연하자니 전등불이 없어 군용차의 「헤들라이트」를 켜고 창극을 했다. 꺼졌다켜졌다 하는 조명으로는 지프의 「헤들라이트」를 이용했다. 그러나 너무 불이 밝으면 적의 포격을 받을까봐 겁이나서 수시로 끄기도 했다.[21]

한편 북한의 군부대 위문공연은 조직적인 계획 속에서 이루어진 듯하다. 남한에도 잘 알려진 북한 연주단체의 공연은 1950년 7월 14일에 있었던 조선인민군협주단의 서울 부민관 공연이다. 이날 조선인민군협주단의 '서울해방경축공연' 레퍼토리[22]는 합창 「김일성장군의 노래」, 「어머니의 노래」, 「압록강」, 노래와 춤 「해방된 마을에서의 휴식」, 관현악 「고향」이었다. 이후 조선인민군협주단은 4개의 소편대로 나누어 1조는 전선동부(낙동강계선까지), 2조는 전선서부(대전과 광주, 순천 방면), 3조는 평양주변, 4조는 서울 주변에서 하루 2~3차례의 공연을 벌여 인민군대를 고무[23]하였다.

내무성협주단은 서울 국도극장에서 1950년 7월부터 8월까지 공연하였는데, 이들의 공연 레퍼토리는 합창 「김일성장군의 노래」 「인민공화국 선포의 노래」 「법성포배노래」 「방아노래」, 독창 「산업건국의 노래」 「밭갈이노래」 「조국보위의 노래」 「진군 또 진군」, 트럼베트독주와 취주악합주 「산으로 바다로 가자」(정시형 지휘), 관현악 「환희」(박한민 지휘)[24]이다.

---

21) 박록주, 「나의 이력서 29. 다시 일선에」, 『한국일보』, 1947.2.15.
22) 천현식, 『북한의 가극 연구』, 선인, 2013, 503쪽.
23) 리히림, 앞의 책, 128쪽.

그리고 국립예술극장은 1951년 6월 17일부터 7월 5일까지 대남예술공작대를 편성하여 남한으로 들어왔으며, 다시 7대의 소편대로 나누고 조선인민군협주단과 연합하여 여수, 대구까지 인민군부대를 찾아가 다양한 종목의 공연을 23회 진행하면서 화선예술활동[25]하였다고 한다.

전쟁이 한반도 전역으로 확대되면서 전시에 중앙 음악 단체들과 각 도립 음악 단체들은 상술한 바와 같이 한반도 전역으로 순회공연을 수행하였으나 순탄한 길은 아니었다. 리히림은 "피어린 흔적"이라고 하면서 "그들은 순회 도중 원쑤들의 맹폭하에서 때로는 극중 인물로 분장한 전우를 잃었으며 때로는 평북도 이동 예술대와 같이 전원이 희생" 되었으며, 현지파견 된 종군 작곡가인 황학근과 전태경, 평론가인 박영근과 리범준 등이 이때 전사하였음[26]을 밝혔다.

전쟁 초기에 대규모의 연주단이 군대를 따라 남진하였고 남한의 공세와 함께 소편대로 나누어 순회공연을 진행하였다. 이때 소편대 공연의 형태는 "제1부에서는 독창과 중창 등 음악소품들과 무용소품들을, 제2부에서는 단막가극 혹은 음악이야기들로 묶어진것으로 하여 매우 다채로왔으며 따라서 군인들과 인민들의 환영을 받았다"[27]고 한다. 또한 이 시기에 중창 부문이 크게 발달하였는데, "손풍금반주에 맞추어 간단한 생활적무대동작을 배합하여 작품의 주제사상을 대중에게 친근하게 전달하는 새로운 연주형식을 개척"[28]하기도 하였다.

중앙음악단체의 화선예술은 조선인민군협주단의 연주활동으로 집중된

---

24) 천현식, 앞의 책, 503쪽.
25) 리히림, 앞의 책, 127쪽.; 준박사 리종우, 「(화선예술활동) 사회전문예술단체들의 공연활동」, 『조선예술』, 1992.7, 23-24쪽.
26) 리히림, 「해방후 10년간의 조선음악」, 『해방후 조선음악』, 조선작곡가동맹중앙위원회, 1956, 43-44쪽.
27) 리히림, 앞의 책, 130쪽.
28) 리히림, 앞의 책, 129쪽.

다. 6·25전쟁 시기 조선인민군협주단 "예술인들은 공격전투를 앞둔 집결구역에서 격식과 틀이 없이 전투복장에 위장을 하고 전투원들과 함께 어울려 노래도 부르고 춤도" 추면서 자신들의 임무를 수행하였으며, "전투적분위기가 절정에 다다랐을 때 조선인민군협주단 배우들은 때를 놓치지 않고 혁명가요와 민요를 연주하면서 전투원들과 함께 춤판을 벌렸다"²⁹⁾고 한다.

1952년 이후 전선이 고착화되면서 조선인민군협주단과 해군협주단원 100여 명이 전선사령부에 배속되어 공연활동을 벌였다. 이 시기 인민군협주단의 예술인들은 전호, 갱도, 행군길, 숲속의 잔디밭 등 장소의 구애됨없이 화선예술활동을 벌였다. 또한 "낮에는 위장을 하고 악기와 의상을 메고 몇 십리씩 행군해 가며 공연을 벌렸고 밤에는 자동차적재함을 몇개씩 합쳐 놓고 자동차전조등을 조명삼아 전투적으로 공연을 진행"하였으며, 소편대공연인 만큼 "성악배우가 춤도 추고 무용배우는 노래를 불렀으며 기악연주가들은 재담과 만담에도 출연하는 만능배우로" 출연하였다. 그리고 이들은 전시가요 「자동차운전사의 노래」와 「우리 님 영웅되셨네」와 같은 노래들을 창작하기도 하였다.³⁰⁾

2) 주체적 화선음악공연과 화선악기

전쟁기간동안 중앙 연주단체가 소편대로 나뉘어 전선에서 순회공연을 했던 것과 함께 각 부대에서는 화선예술선전대가 조직되어 최전선의 인민군대를 독려하였다. 전쟁 발발 이전 북한에서는 체계적인 군중가요보급 조직을 이미 갖추어 놓았으며, 당연히 인민군대에도 조직체계는 구축

---

29) 준박사 리종우, 「(화선예술활동) 화선예술활동을 벌릴데 대한 사상리론을 내놓으시여」, 『조선예술』, 1991.10, 23-24쪽.
30) 학사 리종우, 「(화선예술활동) 조선인민군협주단의 화선에서 전투적인 공연활동(2)」, 『조선예술』, 2003.3, 29-31쪽.

되어 있었다고 볼 수 있다. 이렇게 전쟁 이전 인민군대 내에 조직화된 다양한 문예 써클들이 존재하였으며, 6·25전쟁 시기에 조직된 화선예술선전대는 이들이 주축이 되어 조직된 단체라고 할 수 있다. 즉 화선예술선전대는 "군단과 사단들의 군악대를 기본모체로 하여 노래와 춤, 화술부문에 재간이 있는 군인들로 조직"되며, 악기와 함께 총을 가지고 다니면서 전투도 벌리기도 하여서 "사단화선예술선전대를 《나팔전투원》이라고도 불렀다"[31]고 한다.

전시의 화선예술선전대[32]는 전문예술단체와는 달리 항상 인민군대와 함께 생활하면서 그들에게 "승리한다는 확고한 신념"을 심어주는데 노력하였다. 화선예술선전대의 공연은 "대체로 공연을 시작하기 전에 선전대장이 새로운 전투위훈으로 불러일으키는 연설을 2~3분 동안 진행한 다음 공연에 들어갔는데 전반부에서는 합창, 중창, 독창, 만창, 무용, 재담, 시랑송 등 다양한 종목으로 공연하였으며 후반부에서는 주로 스케치 또는 단막극을 공연"하였다. 공연의 전반부에서 불린 노래들은 인민군대의 낙천적인 생활을 반영한 노래들이 많았으며, "바라이데(노래와 춤, 시들을 배합한 예술형식)의 장면들"에서도 많이 불렸다. 위에 제시된 종목 중 만창은 "예리한 풍자와 조소의 수법으로 적들의 부패상을 폭로하는 해학적인 노래로서 전시음악발전에서 특별한 자리를 차지"하며 "이 시기 창작공연된 만창가운데서 대표적인 작품들은 《공짜려행》, 《웃어라 왓하하》 등"이라고 한 것으로 보아 일제 강점기의 만요나 만담과 노래가 섞여있는 형태로 보인다.

화선예술선전대원들은 화선에서 작품을 자체적으로 창작할뿐만 아니

31) 국립교향악단 학사 리종우, 「(화선예술활동) 조국해방전쟁시기 화선예술선전대의 전투적인 예술활동」, 『조선예술』, 1996.9, 26~27쪽.
32) 준박사 리종우, 「(화선예술활동) 제2전선부대에서의 기동적인 예술활동」, 『조선예술』, 1992.6, 36~37쪽.

<자료 6> 예술영화 「화선에서 부르던
노래」(1972년 작) 중 인민군의 악기연주

라 악기를 비롯한 공연 기자재도 모두 자체 해결하였다. "제2군단적 후선전대가 조직될 당시에는 7대의 관악기와 2대의 현악기밖에 없었으나 그후 적들의 악기를 로획하고 또 자체로 만들어서 완전히 악기편성에 맞게 조직하여 선전대활동을 맹렬히" 진행하였으며, "조국해방전쟁시기 적후화선예술선전대는 혁명적이며 전투적인 예술작품을 가지고 기동적인 예술선전활동을 벌려 제2전선에서 싸우는 인민군 전투원들과 인민들을 힘있게 불러일으키는 데 크게 이바지"하였다고 평가하였다.

한편 6·25전쟁 시기 인민군대의 화선에서의 음악 활동 기록은 "화선악기"로 나타난다.

<인용 5> 흉악한 원쑤를 무찌르는 화선에서 전사들은 노래를 엮었다. 그들은 원쑤들의 폭격에 쓰러진 락락장송을 다듬어 거문고를 만들었고 저주로운 원쑤의 탄피를 깎아 라팔을 만들었으며 미제 공중 비적의 날개를 뜯어 가야금 열 두줄을 메웠다. 그들은 이러한 악기들로써 새로운 투쟁 가요는 물론 선조 대로로 전해 오던 민요들을 불렀다. (… 중략 …) 그들은 가렬한 전쟁의 5년간에도 전국 군무자 경연대회에 빠짐 없이 참가하여 원쑤를 무찌르던 손에 화선 악기를 잡고 투쟁의 노래를 교환하였으며 고상한 사상 예술성을 가진 전사 문예의 자랑을 떨쳤다.[33]

위의 인용문에서 보듯이 인민군대의 화선예술선전대원들은 거문고와 나팔, 가야금과 같은 악기를 스스로 제작하여 연주에 사용하였다고 하며,

---

33) 리히림, 「해방후 10년간의 조선음악」, 『해방후 조선음악』, 평양, 조선작곡가동맹중앙위원회, 1956, 43쪽.

1953년 5월 17일부터 28일까지 모란봉지하극장에서 개최되었던 전국예술축전에서 화선악기합주를 선보여 절찬[34]을 받았다. 북한의 1978년작 예술영화 「축포가 오른다」는 이러한 상황을 잘 보여준다.

<인용 6> 인민군전사들이 혁명적락관주의에 넘쳐 불타는 고지에서도 악기를 연주하고있을때 (… 중략 …) 돌출고지전투에서 영웅적위훈을 세운 인철이네 소대원들은 자기들이 지은 노래와 화선악기들을 가지고 평양에서 열리는 군문자예술축전에 참가하여 (… 중략 …) 작품은 가렬한 싸움의 불비속에서 영웅으로, 화선음악가로 자라나는 인철, 영수, 덕삼, 은옥 등 인물들의 다양한 성격형상을 통하여 조국해방전쟁시기 우리 인민군전사들의 (… 중략 …) 무한한 충실성과 열렬한 조국애, 불굴의 투지와 혁명적락관주의를 생동하게 보여주고있다.[35]

이 영화에 삽입된 가요 「화선악기좋구나」[36]에도 전쟁 중 화선에서 만들어 사용한 새납과 퉁소 등의 악기와 이것이 갖는 음악적 효과를 가사에 담고 있다.

<1절> 돌격전의 만세소리 새납에 비껴담고
　　　원쑤들의 한숨소리 퉁소통에 울려보자
<2절> 화선천리 북소리 두둥둥 울리면
　　　원쑤놈들 얼빠져 가슴이 무너진다.
<후렴> 에헤 에헤야
　　　우리의 자랑 화선악기 얼씨구 좋구나

---

34) 리히림, 『해방후 조선음악』, 문예출판사, 1979, 138쪽. "1953년 전국예술축전에서 특히 사회적 이목이 집중된 것은 최전선의 방어진지들에서 온 인민군용사들의 화선악기합주였다. 화선악기합주는 전시 우리나라 군중음악예술의 획기적 발전에 크게 기여한 것으로 하여 축전에서 높은 평가를 받았다."
35) "축포가 오른다," 『DVD 문학예술대사전』, 사회과학원, 2006.
36) https://www.youtube.com/watch?v=hU4Jbg2WbtQ

그런데 6·25전쟁 시기 인민군대에서 제작한 화선악기의 종류와 수는 역사적인 시간의 경과와 함께 점차 확대 서술되는 경향을 보인다. 1956년에는 거문고, 가야금, 나팔이었던 것이 1979년의 서술에서는 해금, 만돌린, 기타, 바이올린, 첼로, 장구, 북, 나팔과 함께 탄피금과 병금이라는 악기도 만들었다는 것이다.

> <인용 7> 슬기롭고 지혜로운 우리의 영웅적인민군용사들은 <u>항일혁명투쟁시기 조선인민혁명군대원들의 자력갱생의 혁명정신을 본받아</u> 치렬한 격전이 벌어지는 최전선의 고지들에서 손칼과 도끼로 피나무, 가래나무들을 깎고 다듬어서 <u>해금과 가야금, 만도링과 기타, 바이올린과 첼로</u>를 비롯한 정교한 현악기들과 <u>장고와 북</u> 등의 타악기들을 만들어냈다. 그들은 또한 포탄껍질을 리용하여 나팔을 만들고 미제의 비행기잔해와 락하산줄로 가야금과 바이올린의 줄을 메우고 악기부속품들을 만들었으며 ≪탄피금≫과 ≪병금≫도 만들었다. 바로 이것이 조국해방전쟁시기 인민군용사들의 음악생활을 빛나게 장식한 화선악기들이였다.[37]

그리고 1990년대에 가서는 대폭 확대되어 30여 종의 화선악기를 만들었으며, 이는 "화선악기제작소"에서 제작, 보급되었다[38]고 한다. 1995년의 서술을 좀 더 살펴보자. 우선 화선악기의 제작 시점은 1951년 9월 동부전선의 박달령과 1211고지에서 시작되었다는 점이 의미심장하다. 1211고지는 김일성이 직접 방문하여 전투를 격려했다는 고지이며, 김일성고지라고도 불린다. 박달령 전투에서 "타다남은 구룡대나무그루터기를 손칼로 잘라 그것을 다듬어 피리를 만들"었고 이러한 사실을 김일성이 알고 높이 치하하면서 1951년 11월부터 전선의 여러 지역들에서 화선악기가 만들어지기 시작하였다고 하며, "피리와 퉁소, 해금과 같은 민족악기

---

37) 리히림, 앞의 책(1979), 137쪽.
38) 리종우, 준박사 리종우, 「(화선예술활동) 화선악기」, 『조선예술』, 1995.9, 451쪽.

들"이 만들어지기 시작하였다. 이러한 화선악기 제작은 전선에 급속히 일반화되면서 "1952년 2월에 1211고지에서 있은 부대예술소조경연에서 순수 화선악기로만 50명이 연주한 기악합주 ≪어제보다 오늘은 더 강하리≫는 전투원들의 대절찬"을 받았으며, 당시의 신문기사를 인용하면서 정확성을 강조하였다.

　　<인용 8> 신문 ≪조선인민군≫ 1952년 6월 20일부 3면에서도 1211고 지에 있는 화선악기제작소에서 가야금 2대를 비롯하여 바이올린, 기타, 만도린 및 대고, 소고 등 13개의 악기를 제작하여 1개 대의 ≪악대≫를 만들었다는 소식과 계속하여 자기들이 창안제작한 모든 악기들을 각 중 대에까지 보내주고 앞으로 트럼페트까지 만들겠다고 결심을 전하고있다. 또한 전선신문 ≪승리를 위하여≫ 1953년 5월 11일부는 4면 전면에 걸쳐 ≪우리가 만든 화선악기≫라는 표제밑에 전사준동무 (첫화선악기제작가) 의 화선악기제작경험에 대하여 소개하였다. 그리고 한 련합부대 군의소 에서 간호원들과 환자들이 지혜를 모아 ≪해금식기타≫를 만들었다는 소식도 전하고있다.[39]

　이어 각 전선에서 만들어낸 화선악기를 정리하면서 "민족악기로는 피리, 단소, 저대, 퉁소, 쌍피리 등이였으며 현악기로는 가야금 (대, 소), 아쟁 (대, 중, 소), 양금, 소금, 해금 등이였다. 그리고 타악기로서는 장고, 북(중, 소), 꽹과리, 징", 양악기에서는 "현악기로서는 바이올린, 비올라, 첼로, 콘드라바스, 기타, 만도리, 만도린첼로, 만도라 등이였고 타악기로서는 대고, 소고, 제금", 그리고 "그밖에 타악기들과 ≪탄피금≫, ≪병금≫, 목금 등도 만들어져 화선의 정서를 돋구는데" 많이 이용하였다는 것이다.

　이러한 서술들을 검토해보면 화선악기가 전선에서 제작되어 군대 내 음악 써클 조직과 함께 보급되었으며, 1953년의 화선악기합주는 『조선중

───────

39) 리종우, 앞의 글(1995), 50쪽.

앙연감』과 전쟁 직후의 서술로 보아 실제 기록이었음에는 틀림없다. 다만 처음의 소박한 서술이 점차 확대되면서 체제선전에 이용되고 있어 보인다.

이와 같이 전선에서 제작된 화선악기를 바탕으로 "전선고지의 영웅적 인민군부대예술소조원들은 화선구락부를 거점으로 하여 화선악기 합주와 독주, 중주, 화선악기로 반주하는 합창과 독창, 중창, 노래이야기, 민요제창 등 실로 다양한 종목으로 전투적이며 혁명적인 공연을 진행하여 전사대중들에게 필승의 신념을 안겨주고 영웅적위훈에로 힘있게 고무[40]"하였으며, "1952년 2월 1211고지에서는 순수화선악기로만 50여 명이 연주하는 화선악기합주 ≪어제보다 오늘은 더 강하리≫를 연주하여 전투원들의 대절찬을 받았으며 미제침략자들을 공포에 떨게하고 세인을 그처럼 경탄"[41]시키는 등 화선악기와 화선음악활동은 인민군대의 "전쟁 승리에 대한 확고한 신심과 혁명적락관주의와 정신도덕적우월성의 뚜렷한 표현으로써 조국해방전쟁시기 인민군용사들과 인민들이 높이 발휘한 무비의 대중적영웅성, 불굴의 투지와 함께 그들의 창조적지혜와 예술적 재능의 불멸의 상징[42]"이 되었다.

4. 선군시대와 화선(火線)음악

이 글은 1950년 6월부터 1953년 7월 휴전협정이 체결된 기간에 있었던 북한에서의 음악 지형을 북한 음악사의 관점에서 정리하고 전쟁이 벌어지는 최전선에서 진행되었다는 화선음악의 실체를 알아보는데 목적을

---

40) 리히림, 앞의 책(1979), 137쪽.
41) 리종우, 「(화선예술선동) 혁명적이며 전투적인 노래 높이 부르며 싸워이긴 1211고지 방위자들」, 『조선예술』, 1997.12, 50쪽.
42) 리히림, 앞의 책(1979), 137-138쪽.

두었었다. 이를 위해 1950년대의 문헌들을 중심으로 전쟁기 음악의 양상을 군중가요의 창작과 연주라는 측면에서 살펴보았으며, 전쟁기 최전선에서 이루어 졌다는 화선음악을 찾아보는 과정에서 소박했던 서술이 점점 화려해지고 부풀려지고 있음을 보았다. 이를 보면, 전쟁기의 음악이라고 할 수 있는 남한의 화선음악과 북한 화선음악의 차이는 인민군대의 주체성의 문제로 귀결된다고 할 수 있다. 즉 남한의 경우 국군은 대체로 수동적인 입장에서의 음악 수용자로 한정된다고 할 수 있다. 그러나 이에 비해 북한에서는 수용자로써의 인민군대를 위한 음악공연 외에 이들의 자발적인 음악활동 참여에 방점이 찍히면서 "인민주권"의 실현으로 화선공연활동을 활용하였으며, 인민군대 또한 자발적 참여를 통해 어려운 난관 속에서도 미래에 대한 낙관성을 놓치지 않는 혁명적 낙관주의를 일관적으로 견지했다는 점이다.

한편 우리는 1956년, 1979년, 그리고 1990년대라는 시점에 집중할 필요가 있다. 상술한 바와 같이 1956년은 해방 후 10년이 지난 시점에 사회주의예술의 발전상을 보여줄 뿐만 "전쟁 승리"의 역사를 서술하는 과정에서 김일성 중심 체제로 가는 출발선이라고 할 수 있다. 그리고 1979년은 1967년 주체사상의 확립 이후 김일성 유일체제를 주창하고 이러한 정치체제의 우월성을 과시할 만한 시간이 되었다는 것을 의미한다. 마지막으로 1990년대는 김정일 체제로 가는 서막이며, 1990년대 화선음악에 대한 기록은 김정일에 의해 "우리민족제일주의"가 주창된 시기이기도 한 1987년 함덕일의 『조국해방전쟁시기 음악예술』[43]에서 시작된다. 즉 1956년과 1979년 『해방후 조선음악』에서 모두 언급되지 않았던 김정일의 업적이 1992년 "화선예술활동"으로 노출되기 시작하였다. 전쟁 기간 동안 한반

---

43) 함덕일, 『조국해방전쟁시기 음악예술』, 사회과학원, 1987.

도에 거주하지 않았던 김정일이 10대의 어린 시절에 김일성의 전시예술 활동을 함께 하였으며, 「축복의 노래」와 「조국의 품」과 같은 불후의 고전적명작 가요를 만들어 김일성을 보좌하는 한편 "언제나 싸우는 인민군 군인들과 함께 계시면서 그들을 혁명적락관주의와 전쟁의 최후승리에로 힘있게 불러일으키시여 전시예술활동에 대한 위대한 수령님의 령도를 적극 보좌"하였다[44]는 등 김정일 수령만들기 작업이 시작된 것이다.

항일무장투쟁을 이끌었던 김일성에 비해 군인이었던 적이 없었던 김정일을 군사지도자로 만들기 위해, 화선예술활동의 이름을 부여한 것이라고 할 수 있다. 그리고 이어진 김일성의 사망과 고난의 행군 시기는 화선음악에 대한 강제 소환을 요구한 셈이다. 즉 전쟁 시기 동료의 죽음을 겪으면서도 승리에 대한 낙관을 유지하며 화선연주회를 벌였던 것처럼 전쟁 기간과 같은 고난의 행군 시기도 화선예술을 통해 충성심과 투쟁정신, 혁명적 낙관주의로 무장시키고자 함이다.

북한은 1997년대 말 '고난의 행군' 종료를 알리면서 선군정치시대의 개막을 알렸으며, 2000년대 초반에 1995년 1월 김정일이 다박솔초소를 현지 지도한 날을 선군정치 개시일로 삼기도 하였다. 이어 선군정치와 음악을 결합하여 선군음악정치라는 정치용어를 만들어 발표한 후 2000년대 초반에 화선음악에 대한 글들이 『조선예술』에 수록되었다.

2011년 12월 김정일의 급작스러운 사망과 함께 새롭게 등장한 김정은 체제는 김정일의 선군정치, 음악정치를 계승하였다. 그리고 외신에 대서 특필된 모란봉악단을 창단하여 모란봉악단의 화려함을 부각시키는 반면 반당분자들을 숙청하고 제거해 나갔다. 한편 2012년 7월에 시범공연을 했던 모란봉악단은 그 다음 달인 8월 28일 선군영도 개시일에 즈음하여

---

44) 리종우, 「(화선예술활동) 몸소 노래를 불러주시며」, 『조선예술』, 1992.3, 20-21쪽.

항일혁명군대와 비슷한 복장을 한 채 <조선인민군 최고사령관 김정은동
지를 모시고 진행한 8.25경축 모란봉악단의 화선공연>[45]을 벌였다. 그리
고 그 다음해인 2013년 4월 11일에도 모란봉악단은 <조선인민군 제630대
련합부대를 축하방문하고 화선공연 진행>[46]하였다. 김정은 시대의 화선
공연이라는 제명은 여전히 남과 북은 분단 상태이고 전쟁이 잠시 멈춘
휴전상태이며, 언제든 전쟁이 일어날 수 있다는, 여전히 전쟁기라는 것을
암시한다고 할 수 있다.

---

45) https://www.youtube.com/watch?v=UGH46K6P3l8
46) https://www.youtube.com/watch?v=Ai3xxwDFvFY

제2부
전쟁과 문학예술의 평화적 전유

전쟁 경험의 구성과 평화의 시적 횡단*

─ 8·15해방7주년기념시집 『평화의 초소에서』를 중심으로─

| 이지순 |

1. 서 : 해방7주년, 기념의 누빔점

이 글은 해방7주년 기념시집 『평화의 초소에서』가 어떻게 전쟁을 기록하는지, 1952년의 전쟁 경험이 어떻게 문학으로 맥락화 되는지 살펴보는 데 목적이 있다.

1950년 6월 26일 "동족상잔의 내란"[1]으로 규정되었던 전쟁은 "조국을

---

* 이 글은 「전쟁 경험의 구성과 평화의 시적 횡단 : 8·15해방7주년기념시집 『평화의 초소에서』
  를 중심으로」(『현대문학의 연구』 제59집, 한국문학연구학회, 2016)을 단행본 취지에 맞게
  수정 보완하였다.
1) 김일성, 「전체 조선 인민들에게 호소한 방송 연설, 1950.6.25.」, 『김일성선집 3』, 평양:

수호하기 위한 정의의 투쟁"2)이었으며, "자주세력과 제국주의사이의 전쟁이었고 해방된 조선인민이 제국주의침략으로 조국의 자유와 독립, 민족의 자주성을 수호하기 위한 정의의 해방전쟁이였으며 세계를 제패하려는 미제의 세계전략을 짓부셔 사회주의나라들의 안전과 세계평화를 수호하기 위한 성스러운 전쟁"3)으로 역사화 되었다. 이는 "미제침략자들을 반대하며 조국의 자유와 독립을 수호하기 위한 성스러운 해방전쟁"4)과 같이 문화적으로도 양각되었다. 해방의 성사로 찬양되던 스탈린이 사라졌듯이, 전쟁에 대한 최초의 정의였던 "내란" 또한 북한의 기억에서 소거되었다.

전쟁 때 시는 "가장 동원적이며, 기동적인 역할"5)로 주목받았다. 생생하게 전장을 보존할 수 있는 시는 기억의 테크놀로지 중 하나이다. 그러나 당위적으로 기억되어야 하는 것에 비중을 둠으로써 경험을 선택하고 조정하는 '구성적 서사'(constitutive narrative)6)의 역할도 겸한다. 이는 체제 문학이자 사회주의 문학의 특징이다. 이런 의미에서 북한 전쟁시에 대한 초기 연구는 전쟁 고무, 미군 증오, 김일성과 당을 위한 희생정신 고취 등과 같이 반공과 냉전논리가 중심이었고,7) 전투적이며 선동적인 시로 규정하는 연구로 이어졌다.8) 문학적 형상화에 주목한 연구 중에서9) 신형

　　조선로동당출판사, 1953, 2쪽.
2) 과학원 역사연구소, 『조선통사 하』(1958), 서울 : 오월, 1989, 181쪽.
3) 허종호, 『조선인민의 정의의 조국해방전쟁사 1』, 평양 : 사회과학출판사, 1983, 4쪽.
4) 사회과학원 문학연구소, 『조선문학사 1945-1958』, 평양 : 과학, 백과사전출판사, 1978, 144-145쪽.
5) 안함광, 『조선문학사』, 연변 : 교육도서출판사, 1956, 478쪽.
6) 제프리 K. 올릭, 강경이 역, 『기억의 지도』, 옥당, 2011, 58쪽.
7) 이철주, 「북한의 6·25전쟁문학론」, 『북한』 제138호, 북한연구소, 1983.6, 147-148쪽.
8) 이지엽, 「북한의 전후시에 나타난 전쟁 담론」, 『한국시문학』 제15집, 한국시문학회, 2004; 김훈겸, 「한국전쟁기 북한시의 선동성 연구」, 『한국언어문화』 제35집, 한국언어문화학회, 2008.
9) 신형기, 「시련의 경험 : 한국전쟁기의 북한문학」, 『인문과학』 제80집, 연세대학교 인문과학연구소, 1999; 오성호, 「한국전쟁기의 북한시 연구」, 『한국시학연구』 제16호, 한국시

기는 전쟁기의 대중적 영웅주의가 '증오의 휴머니즘'을 동력으로 한다고 보았다. 그러나 이런 형질이 전쟁기 전체에 동일하게 적용되었다고 확언하기 어렵다. 이지엽은『해방후서정시선집』(1979)에서 전쟁 당시의 문학적 상황과 담론을 유추하고 있으나, 1970년대의 의식으로 재구성 된 선집이기에 문제적이다.[10] 이와 달리 오성호는 전쟁 시기『조선문학』게재시를 대상으로 하여 전쟁이 '묵시록적이며 재생적인 위대한 사건'으로 경험되었으며 정치의 신성화와 지도자의 신성화로 연계되었다고 밝히고 있다. 전장의 낭만화, 선악의 이분법과 멜로 드라마적 상상력, 대중적 영웅주의 및 수령 형상화 등으로 전개된 오성호의 논의는 전쟁시가 전쟁 수행에 직·간접적으로 기여하는 과정을 상세히 논구하고 있다. 전쟁 개념과 추세 변화는 안룡만의 전쟁시 개작 과정을 밝힌 논의에서 구체화 되었다.[11] 국제정치적 역학을 고려하지는 않았으나 평화담론이 북한의 전쟁개념 재해석이라는 논점은 주목을 요한다. 그밖에 전쟁 비판과 전쟁 독려의 관점에서 남북한 전쟁시를 비교하거나[12], 유형화한 연구가 있다.[13]

그동안의 논의들은 북한 문학의 내면에 흐르는 논리를 짚어내고, 형상화의 동력을 밝혀냈다는 점에서 의미가 있다. 시기적 측면에서 전쟁시는 전쟁 기간 전체를 하나의 밴드로 묶어 논의하거나, 후대의 시각을 소급하는 경향이 있었다. 이 글은 선행 연구 성과를 바탕으로 하면서 시간의

학회, 2006; 우대식, 「북한 시문학의 형상화 동인 : 해방기와 전쟁 전후를 중심으로」, 『한국시학연구』제25호, 한국시학회, 2009; 김인섭, 「북한 전쟁시에 나타난 자연심상 고찰」, 『국어국문학』제158호, 국어국문학회, 2011.

10) 이지순, 「북한문학의 정치, 정치의 문학 :『해방후서정시선집』의 정전 재구성을 중심으로」, 『반교어문연구』제41집, 반교어문학회, 2015 참조.
11) 이인영, 「1950년대 북한 전쟁시의 개작 양상 연구 : 안룡만의 서정시 개작 과정을 중심으로」, 『한국학연구』제31집, 인하대학교 한국학연구소, 2013.
12) 정원채, 「한국전쟁 시기 남북한 전쟁시 비교연구」, 『한성어문학』제24집, 한성대학교 한성어문학회, 2005.
13) 임도한, 「6·25전쟁시 연구와 분단문학 극복」, 『한국문학논총』제55집, 한국문학회, 2010.

궤도에 따라 차이를 노정하는 전쟁의 양상과 담론이 문학에 어떻게 반영되었는가에 주목하고자 한다. 신형기는 개전 다음날 종군길에 올랐던 김사량의 종군기에서 전쟁의 속도감이 느껴졌으며, 새 시대의 도래와 해방의 감격을 읊었던 개전 초기의 주제는 연합군의 참전과 전선의 교착 이후에 가라앉았다고 밝힌 바 있다.[14] 즉 개전 초기와 중기로 흐르면서 속도는 더뎌지고 감격은 가라앉게 된 것이다.

『평화의 초소에서』에는 '기념의 기억'(memory of commemoration)[15]으로 해방이 전유되고 있다. 과거를 기억하는 기념은 주기적이며 지속적이다. 과거와 현재를 잇고, 과거의 '기억흔적'들이 기념의 관점을 형성한다. 이 시집의 누빔점이 되는 1952년은 제한전쟁과 휴전회담의 와중이며, 김일성 탄생 40주년의 해였다. 『평화의 초소에서』의 제호와 동일한 시는 없다. 제호는 시집을 견인하는 대괄호이자 해방의 의미맥락을 전유하는 주제의식으로 볼 수 있다. 당시의 전쟁담론을 보여주는 '평화'와 전쟁 공간으로서의 '초소'는 이 시집의 주요 키워드인 것이다. 이를 통해 1952년의 전쟁경험이 어떻게 구성되고, 평화가 어떻게 이 시기를 횡단하는지 고찰해 볼 수 있을 것이다.

2. 시집 간행의 배경과 의의

『평화의 초소에서』는 '해방7주년 기념'이라는 출판 기획 의도가 전체 시편들을 견인한다. 여기에는 37명의 시인의 시작품 37편이 선별 수록되어 있다. 시작품 말미에 부기된 날짜와 당시의 문예지 게재 상황 및 '항

---

14) 신형기, 「시련의 경험 : 한국전쟁기의 북한문학」, 『인문과학』 제80집, 연세대학교 인문과학연구소, 1999, 213~215쪽.
15) 제프리 K. 올릭, 앞의 책, 104쪽.

미원조 1주년'과 같은 내용에 비추어 볼 때, 대개 1951년에서 1952년 작품
이 수록되어 있다. 창작시기는 작품 말미에 부기된 것을 기본으로 하였으
며, 문학지 발표가 확인된 것은 괄호 안에 넣었다. 목록은 다음과 같다.

<표 1> 8·15해방7주년기념시집『평화의 초소에서』목록

no.	제목	저자	창작시기
1	감사의 노래―귀중한 당신의 선물 받고	리찬	1952.5.
2	수령의 말씀 받들고―전선의 8·15	김조규	1951.8.15
3	우리의 영광―김일성 장군 탄생 40주년을 맞으며	정문향	
4	모택동 주석이시여	박석정	(1951.12.)
5	너 나 서로의 조국을 위하여 ―중국 인민 지원군 항미원조 1주년을 맞으며	동승태	
6	그 청춘은 살아 있다 ―황순복 전사의 불멸의 위훈을 노래함	정서촌	(1952.2.)
7	전류는 그의 혈맥을 거쳐 ―몸으로 통신선을 이은 리현재 동무를 위하여	김춘희	
8	인민의 날개	림화	1951.12.
9	매의 노래―야간 폭격 비행대에 드리노라	홍순철	
10	전호의 밤	한진식	1951.12.
11	우리 소대장	리원우	1951.2.5.
12	산길	김학연	(1951.11.)
13	봄비	김상훈	
14	배낭―옛동무 윤상칠 빨찌산 부대장에게	박산운	(1952.4.)
15	우리의 보람인 땅	황하일	1951.12.
16	평양을 지나며―어느 한 전사의 노래	리병철	
17	밤차	김우철	
18	어떤 마을을 지나며	리호남	1951.
19	입대의 아침―아우를 보내며	조벽암	1951.1.6.
20	오월의 깃발 아래	민병균	1952.5.1.
21	그 이름 받들어 용감히 싸우리라	박팔양	
22	들꽃은 펴도	김순석	(1951.11.)

23	소	상민	1951.
24	설계도	박문서	
25	녀성들에게	김상오	
26	나의 편지	조령출	1952.1.
27	우리들 서로의 싸움 속에서 — 전선의 남편에게	김동림	
28	세계의 심장 — 모쓰크바의 회상	하앙천	1952.4.25.
29	자작나무	안룡만	
30	문공단 환송의 밤	박세영	1951.7.
31	한길을 걸어	리맥	1951.8.1.
32	다만 이것을 전하라 — 불가리야 로시인 지미뜨리. 뽈리야노브에게	리용악	1951.11.14.
33	웽그리야 어머니들이여 — 웽그리야 병원에서 부른 노래	김귀련	
34	엘레나여 — 루마니아 의료단원으로 왔던 간호원 니끼다. 엘레나에게	서준길	(1952.7.)
35	우리는 조선 사람이다	홍종린	1952.3.
36	원쑤는 기억하라	김북원	(1952.4.)
37	얼굴을 붉히라 아메리카여	백인준	1951.

시집은 사회주의 문학의 특성을 우선적으로 보여준다. 첫 번째 수록
시 리찬의 「감사의 노래」는 스탈린 송가이자 사회주의 종주국에 대한 헌
사이다. 그 다음에 탄생 40주년에 맞춘 김일성 송가와 지원군을 보낸 모
택동 송가가 뒤를 잇는다. 송가의 배치 순서로는 스탈린 — 해방기념 — 김
일성 — 모택동이다. 그 다음에 항미지원군인 중국군에 대한 헌시가 나오
고, 실명이 거론되는 영웅전사를 형상화한 시가 나온다. 중국인민지원군
이 '공화국 영웅'보다 앞에 놓인 것은 중국에 대한 감사의 '정'을 부각하
기 위한 것으로 보인다. 그 다음이 무명의 인민군과 후방인민들, 빨치산
에 대한 시로서 많은 편수가 배치되어 있다. 여기에는 종군작가의 서정
성이 투사된 작품들이 속해 있다. 그 후에 소련과 중국, 헝가리, 루마니아
등 국제주의 친선이 나오고, 마지막은 반제반미 시이다.

김조규, 정문향, 동승태, 정서촌, 림화, 한진식, 리원우, 김상훈, 박산운, 황하일, 리병철, 김우철, 민병균, 박팔양, 김순석, 김상오, 안룡만, 박세영, 리맥, 리용악, 김북원 등 시집에 시를 수록한 시인들 다수는 종군작가들이다. 개전 초기에 작가들은 "종군작가로서 용약 전선으로 동원"되어 "정의의 전쟁완수에 충실히 복무"하였다.[16] 효과적인 이미지 생산과 전파를 위해 필요한 것은 목격자의 탄생이다.[17] 최전선까지 동행한 종군작가는 전장의 현장성을 생생하게 형상화하면서 전쟁을 고취하고 독려해 왔다. 시는 그들의 증언이자 목격담으로서 전쟁과 직접적으로 연계되어 있다.

편저자 김북원의 편찬의식은 당시의 평론과 비교하여 추정해 볼 수 있다. 안함광이 1951년의 성과를 정리한 글과 겹치는 것은 리용악의 「다만 이것을 전하라」 정도이며,[18] 엄호석이 1952년을 정리한 글에서도 참조점이 거의 없다.[19] 기석복은 안함광의 논의와 중복되는 경우가 있으나, 이 시집 목록에 참조할 수 있는 작품은 백인준의 「얼굴을 붉히라 아메리카여」 정도이다.[20] 반면에 한효가 '성과'로 꼽은 작품 대다수가 이 시집에 수록되어 있다. 다만 수령 탄생 40주년 경축 시로 한효가 임화의 「40년」을 꼽은데 반해 김북원은 정문향의 시를 올려두었다. 그러나 한진식의 「전호의 밤」, 정서촌의 「그 청춘은 살아있다」, 박산운의 「배낭」, 림화의 「인민의 날개」, 김동림의 「우리들 서로의 싸움 속에서」, 김북원의 「원쑤는 기억하라」, 리찬의 「감사의 노래」, 박석정의 「모택동 주석이시여」, 김귀련의 「웽그리아 어머니들이여」 등은 한효가 성과작으로 꼽은 작품들이

16) 안함광, 「전시하의 조선문학」, 『문학예술』, 1951.4, 87쪽.
17) 수잔 손택, 이재원 역, 『타인의 고통』, 이후, 2004, 57쪽.
18) 안함광, 「1951년도의 문학창조의 성과와 전망」, 『인민』 1952.1; 이선영 외 편, 『현대문학비평자료집 2』, 태학사, 1993, 150-156쪽.
19) 엄호석, 「문학 발전의 새로운 징조」, 『문학예술』, 1952.11, 92-110쪽.
20) 기석복, 「조국해방전쟁과 우리의 문학」, 『인민』, 1952; 『현대문학비평자료집 2』, 223-239쪽.

다.[21] 편저자로서 김북원은 엄호석이나 기석복보다 한효의 입장에 동의하는 쪽이라고 할 수 있다.

시집이 출간된 시기의 정황은 다음과 같이 휴전협정과 관련되어 있다. 1951년 7월 8일 휴전을 위한 예비회담이 개성에서 개최되었고, 1951년 7월 10일 정식으로 휴전회담이 시작되었다. 이 회담 이후, 한쪽에서는 군사적 대치에 의한 혈전이, 다른 한쪽에서는 회담을 유리하게 이끌려는 정치전이 가동되었다. 초기에는 휴전에 대한 기대감과 분위기가 있었으나 공전이 거듭되다가 2년 후에야 휴전이 성립되었다.[22] 협상에 유리한 고지를 점하고, 협상이 결렬될 경우를 대비한 고지전은 방어선을 향상시키기 위해 격렬하면서도 지속적으로 진행되었다. 북한이 정전 조건을 수용하지 않는 가운데,[23] 1952년 1월 27일에 군사분계선 문제가 타결되었고, 해방7주년 기념일 즈음에는 "정전담판의 미해결문제는 포로문제 하나"[24]만 남게 되었다. 시집이 발행된 1952년 12월에 정전은 가까운 미래였다.

김일성의 「우리의 예술은 전쟁승리를 앞당기는데 이바지하여야 한다」(1950.12.), 「우리 문학예술의 몇가지 문제에 대하여」(1951.6.), 「우리의 예술을 높은 수준에로 발전시키기 위하여」(1951.12.) 등은 전시문학의 준거점이 되었다. 시는 "싸우는 조선인민들에게 있어 돌격을 위한 전투구호이며 적의 완전 섬멸을 위한 집중화력"의 선동적 역할을 주로 수행하면서 "전

21) 한효, 「우리 문학의 새로운 성과」, 『문학예술』 1952.8; 『현대문학비평자료집 2』, 240-257쪽.
22) 김철범, 『한국전쟁과 미국』, 평민사, 1990; 라종일 편, 『증언으로 본 한국전쟁』, 예진, 1991 참조.
23) 중국군 철수, 북한의 무장해제, 유엔 감시하의 총선 등이 휴전협상에서 북한이 요구받은 주요 내용이었다.
24) 「위대한 쏘베트 군대에 의하여 우리 조국이 일본 제국주의 식민지 통치로부터 해방된 八.一五 七주년 기념 평양시 경축 대회에서 진술한 김일성 장군의 보고」, 『로동신문』 1952.8.15.

투성과 호소성"을 특징적으로 보여주었다.[25] 그러나 이 과정에서 발생하게 된 "거의 공통적인 불만"은 "시의 산문적 경향"이었다.[26] 문학적 형상화에 대한 일련의 비판은 전쟁의 긴박성이 약화된 시기를 반영한다.

『평화의 초소에서』는 전쟁영웅의 혁명적 비극이 자아내는 비장감이나 후방 인민의 책임의식, 김일성 찬양, 반미적인 적대감 고취 등이 상당 부분 약화되어 있다. 산문적 경향으로 지적받았던 서정의 빈곤은 격정적이고 전투적인 선동성을 가라앉히면서 대상을 감각화하고 낭만화 함으로써 일정 부분 대응한 것으로 볼 수 있다.

한진식의 「전호의 밤」과 김상훈의 「봄비」, 김순석의 「들꽃은 펴도」는 진격의 속도가 멈춘 한 때의 공간을 배경으로 한다. 겨울밤이거나 봄비가 내리는 어느 한 때, 과거 격전지였던 장소를 지나는 이야기는 증오의 정신을 일깨우고 피와 분노가 질주하는 전쟁터의 풍경과 사뭇 다르다. 분노와 폭력과 같은 전쟁의 열기는 과거의 흔적으로 남아 있다. 전투가 지나간 자리에서 함박눈, 봄비와 들꽃처럼 자연에 빗대어 회고적으로 읊는 전쟁에는 피로가 묻어 있다. 전쟁의 승리를 확신하고 원수격멸을 다짐하지만, 전쟁하는 기계로서 무조건적인 돌진을 보여주었던 전쟁 초기의 선동시와 폐허와 희생을 뒤돌아보는 시들은 분명한 거리가 있는 셈이다. 전방의 전투와 후방의 건설을 바탕으로 위문편지의 형태를 띤 조령출의 「나의 편지」와 남편에 대한 그리움을 담은 김동림의 「우리들 서로의 싸움 속에서」는 모두 낭만적 사랑을 전유하면서 전선의 승리와 전후 재건에 대한 미래 전망을 담고 있다. 회고적 어조는 서정을 담아내는 과정에서 발생한 균열점이다. 휴전협정 와중에 격전의 속도가 늦춰지면서

---

25) 안함광, 「싸우는 조선의 시문학이 제기하는 주요한 몇 가지 특징」, 『문학예술』, 1951.9, 72쪽.
26) 안함광, 위의 글, 85쪽.

생긴 틈새라고 볼 수도 있다. 이는 이후에 자세히 살펴본다.

마지막으로 이 시집의 출간 시기를 생각해 볼 수 있다. 시집은 1952년 12월 15일 인쇄, 12월 20일 발행되었다. 남로당과 북로당 간의 갈등이 심화되어 1953년 2월 예정이었던 조선로동당 제5차 전원회의가 1952년 12월 15일로 앞당겨 개최되었던 시기와 겹치지만, 정치적 갈등이 편찬의식을 지배했다고 보기는 어렵다.[27] 오히려 해방7주년 기념의 성사를 전유하며 1952년을 지배했던 전쟁 상황 또는 전쟁 담론으로서의 '평화'가 시집 전체를 관통한다고 볼 수 있다.

3. 평화 담론의 시적 횡단

'평화'는 해방7주년의 기념관 역할을 하는 『평화의 초소에서』 전체를 횡단한다. 전쟁이 임박하지도 실제로 행해지지도 않는 상태를 평화라고 정의한 홉스의 입장이 소극적 평화(negative peace)라면, 적극적 평화(positive peace)는 일반적으로 정당하다고 간주되는 질서를 사회에 이룩하는 것을 의미한다.[28] 갈퉁은 소극적 평화가 폭력이 없지만 어떤 다른 형태의 상호작용도 없는 상태라면, 적극적 평화는 협력과 통합이 이루어지는 것으

---

27) 조선로동당 제5차 전원회의에서 김일성은 당내의 자유주의적 경향과 협애한 지방주의와 종파주의적 경향, 개인 영웅주의를 강하게 비판했다. 전쟁 중 소련파와 김일성의 갈등은 1951년 11월에 허가이가 하위당원들을 출당 처분한 사건으로 고조되었다. 축출당한 당원들은 5차 전원회의에서 절반 이상 복권되었다. 제5차 전원회의에 대해 1953년 『조선중앙년감』은 "전체 작가, 예술인들은 우리의 민족문화예술에 반동적 부르죠아 사상을 침투시키려고 시도하던 반인민적 종파분자이며 간첩분자인 림화도당들을 적발폭로하는 날카로운 투쟁" 속에서 작가, 예술인들의 대열을 강화하였다고 기술하고 있다. 소련파와 남로당의 숙청은 1953년에 이루어졌다. 연감의 기술 방법은 전원회의 이후 정치적 숙청의 필연성과 실효성, 진실성을 입증하기 위한 예변법(豫辯法, prolepsis)이다. 왜냐하면 『평화의 초소에서』에 수록된 림화 시에 가해진 붉은 색 작폐 표시는 시집 출간 사후의 것이기 때문이다.

28) 마이클 하워드, 안두환 역, 『평화의 발명』, 전통과현대, 2002, 13-14쪽.

로 보았다. 평화는 비폭력적인 발전을 위한 공간 내의 조건이다.[29] 전쟁 중에 부상한 평화론은 비평화적 상황에 대한 대응논리이자 전쟁이 평화를 획득하기 위한 적극적인 투쟁이라는 성격을 지닌다. 이는 8·15 해방이 함유하는 자유, 승리와 평화 개념의 전유라고도 할 수 있다. 평화가 전쟁 명분에 대한 정당성 강화 외에 어떤 함의가 있는지, 시에서 '평화'담론이 어떻게 나타나는지 살펴보면 아래와 같다.

시집의 첫 페이지에 수록된 리찬의 시 「감사의 노래」는 스탈린 송가이다. 이 시에서 스탈린은 "눈부신 八月"을 가져온 "자유와 해방의 불멸의 은인"이기에, 스탈린의 기치에 따라 "자유와 평화의/ 앞장에 싸우는/ 자랑"이 드높다고 표현되어 있다. 1952년 8·15해방 기념축사에서 "량곡 사정이 극히 어렵던 금년 춘기 파종 시기에 위대한 쓰딸린 대원수가 조선 인민에게 五만톤의 밀가루를 선물로 주어 우리의 곤난한 식량 사정을 완화시킨 사실"[30]이 칭송되었다. 시는 이러한 소련의 원조를 소재로 삼고 있다. '소련에의 헌사'는 '8·15해방기념일'마다 반복되던 관행이었다. 해방의 은인이었던 소련이 다음 시에서는 전우로 등장한다.

그대처럼 나는/ 보섭 쥐던 손에 따발총을 들고/ 장엄한 싸움의 불을 거쳐/ 떳떳한 평화의 전사로/ 영웅 조선의 이름으로 자랐다// 그렇다, 조선의 이름이/ 세계의 별로 빛나는 이 땅/ 불속에도 폭탄에도/ 죽지 않고 살아오르는 땅에서/ 한 그루 자작나무처럼/ 어머니의 땅에 뿌리 박고/ 창공으로 손 저어 뻗어가리라// 하기에 쩨료─샤/ 전우의 인사를 보낸다/ 평화를 위한 대렬에서/ 굳게 손 잡고 나아가는 전우로서!

―안룡만, 「자작나무」 일부

29) 요한 갈퉁, 강종일 외 역, 『평화적 수단에 의한 평화』, 들녘, 2000, 469쪽.
30) 「위대한 쏘베트 군대에 의하여 우리 조국이 일본 제국주의 식민지 통치로부터 해방된 八·一五 七주년 기념 평양시 경축 대회에서 진술한 김일성 장군의 보고」, 『로동신문』 1952.8.15.

"보섭 쥐던" 농민이었던 시적 주인공은 "평화의 전사"로서 해방을 가져왔던 '소련 인민'처럼 싸운다. 어떤 고난에도 굴복하지 않는다. 해방의 수혜자였던 화자는 이제 소련과 어깨를 나란히 하는 "전우"가 되었다. "평화를 위한 대렬"을 함께 나아가기 때문이다. 파병하지 않은 것에 대한 서운함보다는 정치체제와 국가 기원으로서의 의미가 더 유효했을 것이다. 게다가 당시 소련파와의 갈등은 김일성 개인의 것이었고, 문학적 형상화에까지 영향을 발휘하지는 않았다.

사회주의 진영의 핵심으로서 소련과 스탈린을 노래하면서 정중한 거리를 유지한 리찬과 달리, 리맥은 "혈육의 벗"으로서 중국을 호명한다. "한 길을 걸어 보람 있는/ 조중 두 나라 청춘이/ 불꽃으로 피는/ 성스러운 싸움의 마당에// 조선을 지켜/ 중국을 지켜/ 세계 평화를 지켜// 가자/ 어서 이 밤/ 보복의 피 끓는/ 그 곳으로"(리맥, 「한길을 걸어」) 가자고 노래하는 시는, 중국의 참전이 한반도뿐만 아니라 중국, 더 나아가 세계의 '평화'를 수호하는 성전임을 명시한다. 박석정의 「모택동 주석이시여」나 동승태의 「너 나 서로의 조국을 위하여」 또한 이의 연장선에서 중국의 참전에 세계 평화 수호라는 대의명분을 부여하고, 중국에의 감사를 상찬한다. 후대의 북한 역사에서 해방기 소련의 역할과 중국 참전이 삭제되기 전까지 소련과 중국은 시라는 테크놀로지를 통해 기억되고 재현되었다.

클라우제비츠는 물리적인 힘으로 상대에게 이쪽의 의지를 강요하는 것을 전쟁이라고 정의하였다. 힘의 충돌인 전쟁은 조직화된 집단 폭력이면서 불확실한 우연성의 영역이다. 정치적 목적이 없는 전쟁은 없다.[31] 기념시집에서 표출되는 전쟁의 대의명분은 '평화' 수호이다. 이는 "이 포연이 스러지고/ 그 푸르고 아름다운 조국의 하늘이/ 평화롭게 미소하는

---

31) 카알 폰 클라우제비츠, 김만수 역, 『전쟁론』, 갈무리, 2006, 31-55쪽.

날을 위해"(김춘희, 「전류는 그의 혈맥을 거쳐」) 싸워야 하며, "그립던 고향 기름진 땅에/ 평화의 샘물을 마시기 위해"(한진식, 「전호의 밤」), "자유론 조국의 하늘 높이/ 영원한 평화의 깃발을 지키기 위하여"(홍순철, 「매의 노래」) 물리적 힘으로 쟁취해야 하는 목표점이었다.

평화는 전쟁의 목적이자 최종 가치 심급으로 매겨졌다. 육체와 생명을 내던지는 희생은 미래의 '평화'를 획득하기 위해서이며, 어두운 밤하늘을 불사르는 폭격 비행대와 후방 인민의 활력은 평화를 수호하는 투쟁이 된다. "사람마다 무엇인가를/ 이고 지고/ 안고 끼고/ 싣고 끌고 다니는 것/ 이것이 모두 원쑤에게 겪었을 불구래미/ 평화를 지키는 인민의 시장들"(리병철, 「평양을 지나며」)과 같이, 전쟁의 상흔이 가득한 평양의 활력으로도 나타난다. 전쟁의 명분과 도덕적 우위에 있다는 자부심은 전쟁 초기의 '남조선 해방'과 다른 모습으로 나타난다.

평화 담론은 사회주의 진영의 대표 논리였지만, 북한의 입장에서 개전 초기의 목표는 아니었다. 개전 초기에 김일성은 라디오 연설에서 "우리 조국의 전체애국적민주력량은 평화적 방법으로 조국을 통일시키기위하여 투쟁하였음에도 불구하고 리승만매국역도들은 인민을 반대하며" 도발한 "동족상잔의 내란"으로 전쟁을 규정한 바 있다. 이 연설에서 '평화'는 방법론이었지 목적이 아니었다. 속도감 있게 진격하여 서울을 점령한 다음 맞이한 해방기념일에는 "우리 조국에 대한 미제의 무력침공자들과 그 주구 리승만 매국역도들을 반대하여 우리 조국의 독립과 자유와 영예를 수호하기 위한 정의의 해방전쟁"[32]이 되었다. 그리고 서울에서 퇴각할 때는 "평화적 조국통일의 실현을 끝까지 방해"하기 위해 "극동에서의 평화와 안전의 수립을 원치 않는 미 제국주의"가 벌인 "침략전쟁"으로 규

---

32) 「八·一五해방 五주년 평양시인민위원회 기념경축대회에서 진술한 조선민주주의인민공화국내각수상 김일성 장군의 보고」, 『로동신문』 1950.8.16.

정되었다.33) 미국을 비롯한 연합군의 참전과 중공군의 개입으로 확전되자 "전세계 인민들의 평화를 쟁취하기 위한 최전선에 서서 미국을 위시한 十九개 무장간섭자들과 리승만매국도당들을 격멸하는 력사적인 과업을 실행하고 있으며 미영제국주의자들의 발광적으로 준비하고 있는 제三차대전을 지연시키는 위대한 역할을 수행"34)하는 전쟁으로 전환되었다. 내란에서 해방전쟁, 침략전쟁에서 평화를 쟁취하는 전쟁으로 변하였다고 볼 수 있다. 그리고 맞이한 1952년은 "전선에서는 커다란 변동이 없고 적아 간에는 벌써 一년 동안 이상이나 간고한 진지전이 계속"35)되는 상황으로 규정되었다.

"세계피압박인민들의 민족해방투쟁의 기치"36)로 전환된 후에 맞이한 1952년은 "전세계 기자들이 한 자리에 모인/ 헬싱키 콩크레쓰에서/ 조선 강토에 침략의 홍염을 불질러 놓은/ 미제 야만들의 죄악을 성토하는 정의의 목소리"(하항천, 「세계의 심장」)와 함께 다음과 같이 적들을 고발한다.

> 싸우는 조선에 우리와 함께 있는/ 평화의 형제 자매들이여 (… 중략 …)
> 인류의 머리 위에/ 폭탄과 독까스와 세균/ 모든 불행을 떨어뜨리는/ 침략과 류혈의 마지막 제궁을 넘어/ 평화의 방토와/ 자유의 령해를 넓히자
> ─민병균, 「오월의 깃발 아래」 일부

> 나는 본다/ 폭탄으로도/ [기술의 우세]로도,/ 세균 모략으로도 정복할 수 없는/ 진리와 조선과 조선 인민과/ 인민의 나라 나의 조국을// 그리고

---

33) 김일성, 「1950년 10월 11일 방송 연설」, 『김일성선집 3』, 105-107쪽.
34) 「위대한 쏘베트군대에 의하여 해방된 八.一五 六주년 기념 평양시 경축대회에서 진술한 조선 민주주의 인민공화국 내각수상 김일성 장군의 보고」, 『로동신문』 1951.8.15.
35) 「위대한 쏘베트 군대에 의하여 우리 조국이 일본 제국주의 식민지 통치로부터 해방된 八.一五 七주년 기념 평양시 경축 대회에서 진술한 김일성 장군의 보고」, 『로동신문』 1952.8.15.
36) 「1951년도를 맞이하면서 전국 인민들에게 보내는 조선민주주의인민공화국 내각수상 김일성장군의 신년사」, 『로동신문』 1951.1.1.

지금 나의 고막을/ 울려오는 소리를 나는 듣는다/ 조국과 인민과 평화를
위하여 나아가는/ 력사의 수레바퀴 앞에/ 탁 쓰러지는 제국주의자들
— 김북원, 「원쑤는 기억하라」 일부

이 기념시집에서 형상화되는 "미국 군벌은 일체의 인간 도덕과 국제
협약을 란포하게 유린하고 우리 인민과 우리 군대와 중국 인민 지원군을
반대하여 야만적인 세균 무기, 독까스, 나팔륨탄 등을 사용하였다."[37]는
북한의 비난과 상응한다. 전쟁 양상의 변화와 평화 담론의 확대는 적아
의 구분이 남한과 북한이 아니라 미국과 북한으로 바뀌게 되면서 제국주
의와 민주주의의 대립으로 형상화되었다. 평화담론은 국제정치의 지배적
인 흐름 중 하나였으며, 당시 고조되던 핵전쟁에 대한 위기의식의 대응
논리였다. 이는 이 시집의 가장 마지막에 수록된 백인준의 시 「얼굴을
붉히라 아메리카여」에서도 확인해 볼 수 있다.

친선과 사랑과 평화를 노래하는/ 와르샤와대회에서……/ 베르린대회에
서……// 그러나 당신들은 아는가/ 오늘 아메리카 땅에서는/ 식인종이 나
오고 있다/ 인간 부스러기들이…… (… 중략 …) 모든 아메리카의/ 아버지
와 어머니와 안해들이여/ 남편이 그립거든/ 아들이 귀중하거든/ 그들을
가슴에 품고/ 평화의 기를 높이 들라/ 만인이 대답하는 신호/ 우리도 대
답하는 깃발/ 평화의 기치/ 인민의 친선과 안전의 기치를/ 마천루 보다도
높이/ 아메리카의 땅위에 더욱 높이라!
— 백인준, 「얼굴을 붉히라 아메리카여」 일부

이 시는 일반적으로 백인준의 반제반미 풍자시 중 하나로 호명되고 평
가되어 왔다. 이 시는 『서정시선집』(1955)과 『단죄한다 아메리카』(1963)에

---

37) 김일성, 「조선 민족의 자유와 평화와 해방을 위하여, 1952.8.15.」, 『김일성선집』 제4권,
   평양: 조선로동당출판사, 1954, 219쪽.

수록되었다. 백인준 개인 시집인 『벌거벗은 아메리카』(1961)에는 수록되지 않았으나 『백인준시선집』(1993)에는 수록되었다. 『서정시선집』에는 거의 원작 그대로 수록되었으나 『백인준시선집』에는 "와르샤와대회"와 "베를린대회"가 "만국"으로 대체됨으로써 이 대회들의 상징적 의미를 소거한다.

후대에 삭제되었던 이 대회들의 성격과 함께 '평화'의 의미구축을 보기 위해서는 우선 평화대회 전사를 살펴볼 필요가 있다. 세계2차 대전 이후의 첫 국제대회였던 1946년 "만국평화대회"는 평화와 안전 확립이 의제였다.[38] 그리고 1949년 4월 25일 파리와 프라하에서 개최된 "평화옹호 세계대회"에는 북한과 사회주의 진영을 포함하여 72개국의 대표자들이 참가했다.

"우리가 여기에 모인것은 전쟁도당들에게 평화를 애원하려고하는것이 아니라 그자들에게 평화를 부과하려고하는것입니다."[39]라고 연설한 졸리오퀴리(Jean Frédéric Joliot-Curie)는 파리대회를 대표하는 핵물리학자였다. 파리 평화대회는 전지구적 수준의 반핵·반전 평화운동이면서,[40] 평화를 위한 반미·반자본주의가 핵심 의제였다.[41] 1949년 8월 소련의 핵실험 성공, 1950년 1월 미국의 트루먼의 수폭제조 명령으로 핵무기 경쟁이 시작되었다. 핵전쟁이 가시화되면서 평화옹호 세계위원회는 핵의 사용을 전범으로 간주하여 1950년 3월에 절대 금지를 선언한 '스톡홀름 호소문(Stockholm Appeal)'을 채택하고 "전세계의 모든 선량한 사람들이 이 선언에 서명할 것을 호소"[42]하였다. 반핵 서명운동은 북한을 비롯해 소련, 중국, 피폭체험

---

38) 김택영·김원봉, 「머리말」, 『파리만국평화대회기』, 평양 : 조소문화협회중앙본부, 1947.
39) 「프레데리크.졸리오―큐리교수의 보고」, 『평화옹호세계대회 문헌집』, 평양 : 국립인민출판사, 1949, 16쪽.
40) 구갑우, 「북한 소설가 한설야의 '평화'의 마음(1), 1949년」, 『현대북한연구』 제18권 3호, 북한대학원대학교, 2015, 263쪽.
41) 구갑우, 위의 글, 280쪽.

이 있는 일본에서 적극적으로 참여했다.[43] 그리고 1951년 2월에 전개되어 전 세계 6억이 참여했다는 '베를린 호소문(Berlin Appeal)'은 미·소·영·프·중 5대 강국의 평화조약 체결을 통해 세계평화를 공고히 하자는 내용이었다.

"전쟁 방화자들을 반대하여 평화를 옹호하는 인민들의 이와 같은 위대한 운동은 민주 진영의 장성하는 힘에 대한 또 하나의 증거인 것입니다. 조선 인민은 평화를 위한 투사들의 가장 선진적인 대렬에 서고 있습니다. 평화옹호 와로샤와대회의 호소문에는 『평화를 기다릴 것이 아니라 쟁취할 것이다』라고 씨여 있습니다. 미국 간섭자들에 대한 우리의 매개의 타격은 평화사업에 커다란 기여로 되는 것입니다."[44]라는 박헌영의 보고는 당시 북한의 평화 전유가 전쟁의 재해석이 아니었다는 것이다. 오히려 국제정치적 역학과 관련되었으며 전쟁명분론에 가까웠다. 북한의 평화옹호전국민족위원회의 발표에 따르면 "7,047,821명의 각계각층의 인민들"이 서명운동에 참가했다고 하며,[45] "세계각국에서 새전쟁도발자들을 반대하는 세계평화옹호운동을 맹렬히 전개"하는데 "八억이상의 인민들이 망라"되어, "五대강국간의 평화조약체결 군비축소 원자무기금지"를 촉구하였다고 한다.[46]

---

42) 청카이(程凱), 이보고 역, 「평화염원과 정치동원 : 1950년의 "평화서명운동"」, 『중국현대문학』 제64집, 한국중국현대문학학회, 2013, 220쪽.

43) 북한에서는 1950년 4월부터 서명운동이 전개되었으며, 약 한달 사이에 568만 명이 참가했다고 한다. 일본의 경우는 피폭체험이 폭넓은 지지를 불러 645만 명이 서명했다고 한다. 80개국이 선언에 찬동했고, 전 세계 5억 명 정도가 서명운동에 동참했다고 한다. 임경화, 「한국전쟁시기 일본과 북한의 평화운동」, 『현대 동아시아 지역의 전쟁과 '평화'』, 2013년 일본사학회 학술대회, 19쪽.

44) 박헌영, 「5.1절 기념 평양시 경축대회에서 진술한 박헌영동지의 보고」, 『로동신문』 1951.5.1.

45) 『로동신문』 1951.6.30.; 임경화, 앞의 글, 24쪽 재인용.

46) 「위대한 쏘베트군대에 의하여 해방된 八·一五 六주년 기념 평양시 경축대회에서 진술한 조선 민주주의 인민공화국 내각수상 김일성 장군의 보고」, 『로동신문』 1951.8.15.

일련의 호소문과 서명운동은 서명자 실수(實數) 여부와 상관없이 전쟁을 종식시키고자 하는 강렬한 의지로 여길 수 있으며, 휴전협정에서 유리한 고지를 점하기 위한 무기로 사용한 것으로 볼 수 있다. 이 와중에 1952년 10월 북경에서 지역적 국제회의인 "아세아태평양지역 평화옹호대회"가 개최되었고, 한설야 등이 북한 대표단으로 참가했다. 한국전쟁의 평화적 해결은 이 대회의 의제 중 하나였다. 이 대회에서 미군의 세균전을 힐책하였고, 이런 공세는 미국을 위축시킨 요인이 되었다.

1952년 들어서면 "조선에서의 미 제국주의자들의 범죄적인 군사적 모험을 중지시키기 위한 광범한 평화 옹호 운동은 전세계에 걸쳐 나날이 장성"하고 있으나, 미국은 "평화적 주민을 반대하는 까스 폭탄, 화학 포탄까지 사용하면서 계속적으로 가지가지의 포행과 만행을 감행"하여 "一九五二년 一월부터 미 제국주의자들은 일본의 세균 무기 전범자들과 야합하여 조선 인민과 중국 인민을 반대하는 세균 무기를 계획적으로 광범히 사용"하고 있다고 대대적으로 보고하였다.[47] "우리의 평화적 도시들과 농촌들을 파괴하고 있으며 야만적인 무차별 폭격과 국제법을 유린하고 세균 무기, 화학 무기들을 사용하여 평화 주민들을 살륙"[48]했다는 비난은 당시 북한의 지배적인 입장이었다.

정리해보자면, 이 기념시집을 횡단하는 '평화'는 한국전쟁의 상황과 국제정치적 상황, 전쟁의 참상과 피해에 대한 1952년의 인식과 맞물려 있다. 소련이 주축이 된 평화진영의 성새에서 맞이하는 7주년 해방기념은 1945년과 같은 승리를 전유하려는 움직임이었다. 이는 또한 1951년 이후

---

47) 「친선과 형제적 협조의 협정 : 조쏘 량국간의 경제적 및 문화적 협조에 관한 협정 체결 제三주년에 제하여–조선 민주주의 인민 공화국 내각 부수상 겸 외무상 박헌영」, 『로동신문』 1952. 3. 17.
48) 「위대한 사회주의 一〇월혁명 三五주년 기념 평양시 경축 대회에서 진술한 박헌영 동지의 보고」, 『로동신문』 1952. 11. 7.

의 휴전협정을 거의 마무리 짓고, 정치도덕적 우세함을 바탕으로 정전을 이끌려는 또 다른 격전장의 모습을 띠고 있다.

평화의 의미는 전쟁담론으로서만이 아니라 북한의 정체성 발명에도 기여하였다. 전쟁이 유발한 위기의 심화는 민족주의 생성에 결정적인 작용을 한다. 벨러에 의하면, 민족주의는 통치질서와 공동체를 새로운 정통성의 토대 위에 올려놓는 것을 보장하고, 대중을 움직이고 통합시키는 능력을 지니고 있다. 민족주의는 근본적으로 통치와 그것의 정당화를 위한 투쟁 속에 생성되는 정치적 현상이기 때문이다.[49] '자유'와 '해방'의 구원, '평화'를 수호한다는 사명은 결국 자아와 타자의 구분을 통한 집단의 공동체화이다.

> 우리는 유구한 자기 력사에/ 남을 엿보고/ 남을 개개인, 그런/ 죄악의 페지를 갖지 않은/ 평화로운 사람들// 그러기에 우리는 또한/ 조국의 위태로움 앞에서는/ 모든 것을 바쳐 싸워온 사람들
> ─홍종린, 「우리는 조선사람이다」 일부

"자유의 길/ 평화의 길/ 승리의 길을 가고 있는 인민들"(리병철, 「평양을 지나며」)처럼 북한의 인민들은 "평화로운 사람들"로 재명명된다. 전쟁에서의 살인은 공유된 민족성(ethnicity)을 가진 '민족'의 이름으로 자행되며,[50] 민족은 다른 집단과 명확한 경계선으로 구별된다.

"우리 인민은 평화, 민주를 사랑하는 전세계 선량한 인민들과 더불어 힘차게 전진"[51]함으로써, 전쟁은 평화애호 사회주의 진영과 제국주의 진영의 대결로 확장되었다. 전쟁 발발 전, 냉전 체제 하에서 코민포름의 반

---

49) 한스 울리히 벨러, 이용일 역, 『허구의 민족주의』, 푸른역사, 2007, 44쪽.
50) 요한 갈퉁, 『평화적 수단에 의한 평화』, 들녘, 2000, 430쪽.
51) 「위대한 사회주의 一〇월혁명 三五주년 기념 평양시 경축 대회에서 진술한 박헌영 동지의 보고」, 『로동신문』 1952.11.7.

전구호는 '소련 사회주의 대 미국 자본주의'의 대립을 '평화세력 대 전쟁 세력'으로 치환했으며, 평화를 사회주의와 동일시하였다.[52] 당시의 평화 담론의 한 가운데에서 북한은 "싸우는 조선에 우리와 함께 있는/ 평화의 형제 자매들"(민병균, 「오월의 깃발 아래」)과 연대함으로써 전쟁담론을 보편 화한다.

다시 백인준의 시로 돌아가 보자. 백인준이 고발하는 적의 야만성과 폭력성은 "작가 예술가들은 우리 조선 인민의 원쑤들의 추악한 면모를 폭로시키면서 강도 미제국주의자들과 또 그들에 비하여 야수적 만행으 로나 비인간적 폭행으로 못지않은 리승만 매국 역도들도 명확하게 보여 주어야"[53] 한다는 격률의 충실한 실천이다. 역으로 말하면 이런 실천은 전쟁 참경의 고발이면서 동시에 반제 반미에 대한 세계 평화담론의 내면 화이자 정치행위의 연장이다. 그러나 이러한 평화담론은 1956년 8월 종 파사건 이후에 지워진 기억이기도 하다. 1961년 제4차 당대회에서 과거 의 종파주의를 청산했다는 선언은 문화 전반에서 기억을 수정하도록 하 였다. 당시 승리의 기치이자 문화적 기억으로 공유되었던 '평화'는 역사 가 수정된 후에는 회피되고 금기되는 기억이 되었다. 북한의 전쟁사에서 소련이 지워지면서, 소련이 주축이었던 평화대회 및 평화담론도 함께 지 워졌던 것이다.

4. 국가기억과 그 뒷면, '초소'

『평화의 초소에서』의 공간은 '초소'이다. 개별적인 체험을 경유하는 '초

---

52) 구갑우, 「북한 소설가 한설야의 '평화'의 마음(1), 1949년」, 『현대북한연구』 제18권 3 호, 북한대학원대학교, 2015, 272쪽.
53) 김일성, 「전체 작가 예술가들에게, 1951.6.30.」, 『김일성선집 3』, 246쪽.

소'는 전쟁을 증언하고 영웅을 목격하는 공간이자, 국가기억으로 보존되는 '역사적 공간'의 의미를 지닌다. 이 공간을 채우는 것은 시인의 자서전적 목소리와 이웃의 목소리, 국가의 목소리를 비롯해 적들의 비명이다.

전쟁 영웅들은 포탄 속에서 산화하며, '조국'과 '수령'의 호명에 육체를 기꺼이 희생한다. "—조국을 위해서는/ 물 속도/ 불 속도/ 두려워 말라—// 그것은/ 그것은 오매에도 잊지 못하는/ 언제나 진두에서 용맹을 불러주시는/ 수령의 말씀"(정서촌, 「그 청춘은 살아 있다」)과 같이, 스스로 수류탄이 되는 "황순복"은 『청년영웅전』(1965)에도 수록된 '공화국영웅'이다. 자폭으로 소산되는 영웅들은 영웅주의와 애국주의의 모범이다. 김일성과 항일 빨치산에 대한 절대화가 이루어지기 전에 "수령의 말씀"이 행위의 근간으로 형상화된 것은 주목할 만하다. '말씀'은 절대적 언령으로써 '김일성장군 략전'을 학습하던 1952년의 누빔점과 연계되기 때문이다.[54] 이러한 언령은 "가슴에 흘러/ 핏줄기로 퍼져/ 모세관으로 배여/ 대공으로 떨쳐 솟구치는 그 말씀"(김조규, 「수령의 말씀 받들고」)으로서 투쟁의 발화점으로 행사된다. 육체의 모세혈관까지 자극하는 '말씀'은 엑스타시의 힘으로 전사들을 도취시킨다.

희생의 추동력이 되는 목소리는 전우의 유언이나 김춘희의 「전류는 그의 혈맥을 거쳐」처럼 "자기 임무에 충실할 때/ 조국은 승리한다"는 명제로 나타난다. 자신의 혈관에 통신선을 꽂아 스스로 무선기계가 되는 그의 희생은 그로테스크하다. 그가 겪는 고통은 "그 푸르고 아름다운 조국의 하늘이/평화롭게 미소하는 날을 위해" "자랑스러운 승리가 지휘되는 장엄한 시간" 속으로 자발적으로 사라진다.

---

54) 김일성 출생 40주년이 되는 1952년부터 청년들은 '김일성장군 략전' 연구와 학습을 진행하였다고 한다. '김일성장군의 략전연구소조'는 1953년에 만들어졌다. 김종수, 「6·25 전쟁과 북한 '청년영웅'」, 『정신문화연구』 제31권 1호, 한국학중앙연구원, 2008, 166쪽.

전쟁 공간은 "조국을 사랑하던 우리 소대장이/ 목숨과 바꾼 승리의 깃발을/ 꽂으러 나가자 바로 거기// 지뢰와 함께/ 대포 아가리와 함께/ 우리 소대장이 폭발한 거기"(리원우, 「우리 소대장」)이다. 전사들의 육체는 대포와 함께 폭발하고 파편화되며, 사라진다. 숭고하게 그려지는 영웅들의 죽음은 공동체의 기억서사로서 재생산되지만, 이러한 재현 이면에는 개인적인 기억이 스며있다. 림화의 시를 보자.

굽어 보면/ 원쑤들이 저즈른/ 최악의 랑자한 흔적/ 귀 기우리면 그 속에서 죽어간/ 형제들의 간절한 부름 소리// 조국의 하늘/ 어느 구석에/ 원통히 죽어간 우리 형제들의/ 외로운 령혼이/ 떠돌지 않는 곳이 있으며// 조국의 따 우/ 어느 구석에/ 불탄 집들과 죽은 동기들을 생각하여/ 밤에도 잠들 수 없는 눈알들이/ 반짝이지 않는 곳이 없다
　　　　　　　　　　　　　　　　　—림화, 「인민의 날개」 일부

이 시는 "육지와 바다에서만 아니라 공중에서도 원수를 격멸하라는 수령의 말씀을 받들고 조국의 하늘을 지키는 영예스러운 매들의 백절불굴의 투지와 서리발의 복수심을 노래"[55]했다고 평가받았다. 시의 후반부에서 "조국의 신성한 명령"에 따라 적들을 사멸하자고 외치지만, 이보다 앞서 마주하는 것은 "원통히 죽어간 형제들의 외로운 령혼"과 "잠들 수 없는 눈알들"이다. 국가기억 속에서 불면의 밤은 적대감과 투쟁의지로 불살라지지만, 림화의 기억에 스치는 것은 정신적·심리적 상처이다.

전쟁에서 겪어야 하는 고통은 전투의지와 영웅성의 후면에서 기화된다. "주검이 진실로 순간의 일"(한진식, 「전호의 밤」)인 것처럼 상처와 공포는 승리의 목소리 뒤로 사라지는 그림자들이다. 전쟁에서의 죽음은 "거

---

55) 한효, 「우리 문학의 새로운 성과」, 『문학예술』, 1952.8; 이선영 외 편, 『현대문학비평 자료집 2』, 246쪽.

룩히 흘린 그의 선혈"(김순석, 「들꽃은 펴도」)로 기억되지만, "산 중턱에 길 가에 있는 무덤"들은 "숨지운 전우들의/ 풀섶 우거진/ 원한의 무덤"(황하일, 「우리의 보람인 땅」)일 뿐이다. 승리는 기억되지만 실패는 용납되지 않는다. 고통에 굴복하는 것은 실패와 같다. 원한어린 죽음은 드높은 적개심 아래 승리의 밑거름으로 전환되어야 하기 때문이다.

> 입술을 악물고/ 홱 돌아서 재빨리 걷는 영삼이/ 멀리 바라보고 섰는 형
> / 그들의 눈시울은/ 쇳물처럼 뜨거웠으나/ 마음은/ 돌뎅이 같이 굳었다//
> 산과 들은/ 비단결처럼 윤이 도는/ 룡진골 막바지 언덕길/ 초여름 이른
> 아침/ 하늘은 툭 틔여/ 유난히 맑고도 깊었다// 고향은/ 조국은/ 싸워도 싸
> 워도 언제든/ 이렇듯 아름다운 것이었다/ 굳센 것이었다
> ―조벽암, 「입대의 아침」 일부

형제의 아버지는 그들이 어렸을 때 옥사하고, 어머니는 미군의 맹폭에 스러졌다. 동생을 키우던 형은 공장을 지키다 원수의 폭격에 다리를 다쳤다. 그렇게 키운 동생이 입대하게 되고, 아우를 배웅하는 형의 목소리는 "돌뎅이"처럼 굳은 신념으로 가득 차 있다. 형제가 전선과 후방에서 지켜야 하는 것은 고향이다. 아우가 싸워야 하는 대상은 가족의 원수로서, 전쟁의 당위성은 사적 원한에서 시작한다. 유일한 피붙이인 동생을 전선으로 보내는 형에게 전쟁은 비극이다. "불끈 쥐여진 형의 두 주먹엔/ 심줄이 부르터 올랐다"는 구절과 "쇳물처럼 뜨거"운 "그들의 눈시울"에서 이별하는 형제의 고통이 묻어 나온다. "키가 다섯자를 넘지 못한 소년들도/ 원쑤에의 증오를 참을 길 없어/ 강점자에 항거"(리용악, 「다만 이것을 전하라」)하는 입대가 슬픔이 되는 순간 전쟁터는 환멸과 공포의 전장이 될 수밖에 없다. 때로 슬픔대신 증오를 끌어올리기 위해 부모를 원수에게 잃은 상황이 배경으로 나오곤 한다. 전쟁의 환멸은 "젖먹이를 가슴에 안

은채/ 미국놈들 총탄에 처참히 쓰러진"(리용악, 「다만 이것을 전하라」) 상황처럼 반인륜적이고 추악한 적의 모습을 형상화할 때 동원될 수 있을 뿐이다. 그렇기에 조벽암과 리용악 시에 나오는 아우와 소년은 국가기억에서는 투쟁에의 열의와 용기의 미덕을 겸비한 전사이지만, 개인기억에서 그것은 비극이 되는 것이다.

이러한 비극적 요소는 후방을 묘사할 때도 마찬가지이다. 전방의 '초소'와 대응관계를 이루는 공간은 후방이다. 기진맥진한 삶은 후방의 것이 아니다. 후방은 전쟁에서 성장하고 성숙해진다. 폐허에 실망하지 않으며, 삶과 미래의 희망을 건설하는 공간이다. 이런 의지는 이 기념시집의 곳곳에 드러나 있다. "후방은/ 후방 인민의 힘에 맡기여진 것/ 피로함을 탓할리 있느냐"(상민, 「소」)라며 후방의 전선원호로 전쟁에 참여한다. "인민 군대 끝까지 믿어"(리호남, 「어떤 마을을 지나며」) 어떤 위협에도 굴하지 않는 후방 인민들에게 전사들은 "진격의 노래"와 "승전가"를 높이 불러줄 것을 다짐한다.

전선을 원호하는 시편들과 함께 이 기념시집을 누비고 있는 관점 중 하나는 미래에 대한 구체적인 설계이다.

> 침략자가 불 지른/ 내 고장 폐허 위에/ 부디 이기고 돌아오라던/ 사랑하는 내 사람 얼굴은 없어도/ 내 사람 남기고 간 정성과 함께 살/ 우리의 새 집을 세워야겠고// 기계소리 요란한 공장에서/ 기계보다 믿어웁게 앞날의 조국과/ 행복을 노래하던/ 사랑하는 내 동무 얼굴은 없어도/ 내 동무 남기고 간 보람을 꽃 피워/ 공장과 용광로의/ 우람한 굴뚝을 세워야겠다// 학교와 병원, 극장과 도서관이/ 잿가루 날리는 그 터전 위에/ 현대식 건축/ 문화의 궁전을 짓고/ 비둘기 같은 우리의 아들딸이/ 마음껏 춤추며/ 노래 부르게 하기 위하여"
>
> ─박문서, 「설계도」 일부

위의 시가 그리는 전망은 승리를 전제한다. 1951년 7월 이후의 휴전협정은 곧 정전이 되리라는 기대감을 자아냈다. 이러한 기대감은 전쟁 후의 미래를 구체적으로 설계하고, 전쟁의 피로감을 견디는 원동력이 되었을 것이다. 침략자가 불 질러서 폐허가 된 곳에 내가 사랑하는 사람들은 희생되어 없지만, 새집과 공장, 문화의 궁전, 녹화지대를 건설하여 "평화의 노래"를 부르게 할 설계도로 충만해 있다. 전쟁이 남긴 고통은 미래의 청사진에서 희생당한 그들의 "정성"과 "보람"으로 승화된다.

기념시집 속 후방은 고통보다는 희망이, 죽음보다는 삶이 우선되고 있다. 긍정적 전망을 설계하는 후방에서 회피되는 것은 이면의 기억들이다. 그것은 삶보다는 죽음에 가깝고, 희망보다는 절망에 가깝다. 승리를 전취하기 전에 포착된 비극은 기억흔적으로 남겨져 있는 것이다. 다음 시들을 보자.

눈에는 아직 눈물자욱이 가시지 않았다// 아, 얼마나 큰 슬픔과 많은 고통을/ 당신들은 견디여 왔으며 견디여 가는가!/ 행복이 별빛처럼 반짝이던 당신들의 눈에서/ 얼마나 많은 쓰디쓴 눈물이 흘렀던가!// 집은 불 살리우고 터전은 짓밟히고/ 행복하던 살림살이는 깨어저 흩어졌다/ 그리고 사랑하는 이들의 피에 젖은/ 땅 위에 당신은 혼자 씨를 뿌려야 한다// 연약한 당신의 어깨를 아껴줄 사람도/ 햇볕이 등을 태우는 삼복철 논밭에서/ 당신의 걸음을 이끌며 멋진 가락으로/ 피로를 날려주던 목소리도 곁에 없었다

—김상오, 「녀성들에게」 일부

원쑤를 몰아 눈보라 속/ 언덕길 넘어로 다시/ 떠나간 나의 사람아/ 억눌러도 불길로 서는/ 가슴 속 그리움이여// 새벽 붉은 하늘과/ 보라빛 은은히 저물어/ 아름다운 우리의 땅/ 조국을 지켜/ 원쑤와의 싸움에 용감하시라

—김동림, 「우리들 서로의 싸움 속에서」 일부

오늘을 믿을 수 없고/ 래일을 가늠키 어려운/ 죽음과 삶의 뒤넘어진 속
에서// 사람 삶이 어찌/ 죽음을 깔고 일어나며/ 복구와 생산이 어찌/ 파괴
를 박차고 일어서나……/ 어머니들의 심장이 어찌/ 슬픔을 담아 내며/ 어
린이들의 가슴이 어찌/ 공포를 이겨 내나

—홍종린, 「우리는 조선 사람이다」 일부

김상오의 시는 총 대신 호미를 쥔 여성들의 후방에서의 전투적 삶을
그리고 있다. 그들의 공훈과 투쟁, 인내와 용기를 말하기 위해 전제된 것
들은 눈물과 슬픔, 고통과 상실이다. 김동림의 시는 "새벽부터 보라빛 은
은히 저무는 저녁까지 대지에서 쉬임 없이 일하는 아내가 그 근로를 통
해서 한 걸음, 한 걸음 그리운 남편의 결의로 다가서고 있음을 느끼는 그
아름답고 흐뭇한 정서"[56]를 그린 것으로 평가받았다. 그러나 원수와의
싸움에 용감하라는 아내의 당부 이전에 "억눌러도 불길로 서는" 그리움
이 치고 올라온다. 후방에서 신작로 내는 일, 삼천 평 콩밭에 갈보리 심
는 일, 겨울 긴 밤에 베틀 앞에 앉는 일을 통해 아내는 견디고 있을 뿐이
다. 님을 그리는 기다림의 시간이 "나는 외로웁지 않다"고 선언하지만,
시의 행간에 놓인 것은 짙은 상실감의 고통이다.

전쟁이 야기한 물질적·정신적 황폐화와 가족의 해체는 전쟁이 끝난
뒤에도 온전히 복원되기 어렵다. 박문서의 「설계도」가 그린 미래의 청사
진 속에서도 '사랑하는 내 사람'은 부재한다. 일상을 파고드는 것은 죽음
이다. 그것은 홍종린의 시에서 "슬픔"과 "공포"로 나타난다. 시가 목표점
으로 삼는 분노와 투지, 승리와 영예는 "사람마다가 영웅인/ 우리는 조선
사람"(홍종린, 「우리는 조선 사람이다」)의 정체성을 형성하지만 뒷면에 놓인
상실감은 회복할 수 없는 상처의 흔적으로 남았다.

'초소'는 전방이나 후방이나 모두 죽음이 소용돌이치는 공간이다. 호전

---

56) 한효, 「우리 문학의 새로운 성과」, 247쪽.

적이고 혼돈된 세계에서 승리의 기치는 빙산의 일각과 같다. 수면 아래 놓인 거대한 어둠은 상처와 슬픔, 고통과 공포이다. 전쟁 공간에서 운명적 실체로 만난 것들은 승리의 이면에 놓인 전쟁의 후유증이다. 전쟁의 속도가 느려지고 지난 희생과 격전지를 회고할 여유가 생겼을 때 느끼는 것은 비애의 감정에 가깝다. 숭고한 죽음 이면에 놓인 회고적 비장감은 국가기억 이면에 놓인 개인기억이다. 게다가 전후 재건에 대한 열망 이면에는 전쟁의 피로감이 덧대어 있다.

종군작가들의 전쟁 경험과 기억은 전쟁을 직접 겪고 있는 것처럼 느끼게 해 주는 매개체의 기능을 한다. '초소'는 자연적·지리적 공간이 아니라 폭력과 죽음, 피와 희생으로 얼룩진 기억의 공간이다. 제도 문학에서 전쟁의 참혹함은 적개심으로, 통곡은 적의 비명으로 위치지어진다. 그럼에도 국가기억에서 소외된 개인기억에는 이러한 참혹함과 비명이 아군의 것임을 보여준다.

5. 결 : 지문으로 남은 1952년

1952년에 출간된 해방7주년 기념시집 『평화의 초소에서』를 누비는 것은 당시의 전쟁 상황과 평화담론이었다. 1952년은 휴전협정 와중이었지만 동시에 핵전쟁의 위기를 겪던 시기였다. 8·15해방이 담지한 자유와 해방, 평화는 전쟁 담론으로 전유되면서 시집의 시공간을 채웠다.

평화는 전쟁의 목적이자 최종 가치 심급이었다. 육체와 생명을 내던지는 희생은 미래의 '평화'를 획득하기 위해서이며, 어두운 밤하늘을 불사르는 폭격 비행대와 후방 인민의 활력은 평화를 수호하는 투쟁이 되었다. 세균전과 가스전으로 치닫는 적의 공세는 1951~1952년 북한의 비난과 상응한다. 전쟁 양상의 변화와 평화 담론의 확대는 적아의 구분이 남한과 북한이 아니라 미국과 북한으로 바뀌게 되면서 제국주의와 민주주의의 대립으로 형상화되었다. 이 기념시집을 횡단하는 '평화'는 한국전쟁의 상황과 국제정치적 상황, 전쟁의 참상과 피해에 대한 1952년의 인식과 맞물린 키워드였다. 소련이 주축이 된 평화진영의 성새에서 맞이하는 해방7주년기념은 1945년과 같은 승리를 전유하려는 움직임이었던 것이다. 이는 또한 1951년 이후의 휴전협정을 거의 마무리 짓고, 정치 도덕적 우세함을 바탕으로 정전을 이끌려는 또 다른 격전장의 모습을 띠고 있었다.

평화의 의미는 전쟁담론으로서만이 아니라 북한의 정체성 발명에도 기여하였다. '자유'와 '해방'의 구원, '평화'를 수호한다는 사명은 결국 자아와 타자의 구분을 통한 집단의 공동체화였다. 그러나 이런 기억들은 1956년 8월 종파사건 이후에 지워진 기억이 되었다. 당시 '평화'는 승리의 기치였다. 그러나 북한의 역사에서 소련이 지워지면서 소련이 주축이었던 평화대회 및 평화담론도 사라지게 되었으며, 김일성의 업적과 휘광만이 전쟁사에 남게 되었다.

전쟁 공간인 '초소'는 영웅을 목격하고 전쟁의 당위성을 선전하는 체제문학의 공간으로서 재현되었지만, 균열점 또한 발견되었다. 전쟁의 이면을 고통으로 기록한 개인의 기억들은 파편적인 흔적으로 남아있었다. 숭고한 죽음의 이면에는 원한과 불면이 있었으며, 전사의 투쟁과 용기 이면에는 가족의 해체와 이별이 낳은 비극을 담고 있었다. 휴전협정 와중에 설계되는 전후 재건 계획들은 전쟁에 대한 피로감을 보여준다. 긍정적 전망과 희망 이면에 놓인 절망과 죽음에의 공포는 국가기억에서 소외된 기억흔적들이라고 할 수 있다.

이 기념시집에서 찾은 지문의 흔적은 희미하지만, 그만큼 강렬한 단서였다. 1952년을 재구성함으로써 북한의 전쟁사가 지운 역사의 빈칸을 채우고, 당시의 문화적 구속이었던 평화담론이 얼마나 지배적이었는지 확인할 수 있었다. 게다가 행간에 스며있던 개인기억은 승리와 영광이 아니라 고통과 슬픔의 편린이었다. 이런 흔적들은 국가기억이 구속하지 못하는 달의 뒷면과 같았다.

한국전쟁의 시적 재현과 안룡만의 『나의 따발총』*

| 오창은 |

1. 임화가 극찬한 시인

임화는 1935년에 안룡만의 시에 최고의 찬사를 보냈다. 그는 안룡만의 「강동의 품 - 생활의 강 『아라가와』여」[1]가 "진실한 낭만주의의 전형적 일례"이며, "여태까지의 조선 프롤레타리아 시의 최초의 발전"이라는 놀라운 평가를 했다. 이 시는 <조선중앙일보> 1935년 신춘문예 시부문 당선작이었다. 당시, <조선중앙일보>의 소설 당선작은 김시종(김동리)의 「화랑의 후예」였고, 김유정의 소설 「노다지」가 가작이었다. 안룡만은 1935년 <조선일보> 신춘문예에도 시 부문에서 「저녁의 지구」로 입선했다.[2] 임

---

* 이 글은 <근대서지> 제7호(2013.6)에 「한국전쟁의 현장 형상화한 북한 전선문학의 대표작 - 안룡만의 『나의 따발총』」이라는 제목으로 발표되었던 것을 대폭 수정한 것이다. 이 글은 근대서지학회 박성모 회원이 『나의 따발총』(문화전선사, 1951)을 연구자료로 제공했기에 완성할 수 있었다. 『나의 따발총』은 <근대서지> 제7호(2013.6)에 영인되어 실렸다. 자료를 공개해준 근대서지학회 박성모 회원에게 감사드린다.
1) 안룡만, 「강동의 품 - 생활의 강 『아라가와』여」, 『조선중앙일보』 1935년 1월 1일자, 10면.
2) 『조선일보』 1935년 1월 1일자 「신춘현상문예당선발표」에는 '입선 저녁의 지구'라고 했고, 성명은 '안용청(安龍淸)'으로, 주소는 '신의주(新義州) 약송정(若松町)'으로 표기되어 있었다. (「신춘현상문예당선발표」, 『조선일보』 1935년 1월 1일자, 3면.) 그런데, 『조선일보』 1935년 1월 3일자 「당선시 『저녁의 지구』작자의 약력」에는 "一. 氏名 安龍灣 一. 大正五年,

화는 「강동의 품 - 생활의 강 『아라가와』여」가 "자연, 인간, 감정, 모두가
골수에까지 밴 생활의 냄새로 용해되고 시화되어 잇"기에 "자연을 이만치
생활적으로 노래한 예는 우리 땅의 시 가운데서 그 비(比)를 찾아보기 어려
울 것"이라고 했다.[3] 임화의 논평은 일제 강점기 조선의 문학사에 큰 궤적
을 남긴 작품으로 이 시를 자리매김하게 했다.

이 시를 주목한 시인은 임화뿐만이 아니었다. 박팔양도 안룡만의 「강
동의 품 - 생활의 강 『아라가와』여」에 대해 "한 개의 경이요 동시에 의외
의 수확이라 그만큼 유쾌하기 짝이 업는 일이엇다"는 감상을 남겼다.[4]
박팔양의 안룡만에 대한 언급도 한껏 감정이 고양되어 있었다. 식민지
시기 조선 프롤레타리아 문학의 중요한 발견으로 고평되었던 「강동의 품
- 생활의 강 『아라가와』여」는 어떤 시였을까? 그 전문은 다음과 같다.

가장, 매력잇는 地區엿다. 江東은……
南葛의 나즌 하늘을 여페끼고 『아라가와』(荒川)의 흐릿한 검푸른 물살
을 아는地帶다.
수천 각색 살림의 노래와 感情이
『몬지』와 연긔에싸혀 바람에숨어 드는거리 - 이곳이내첫어머니엇다.
◇
내가 사랑턴 地區 - 江東… 『아라가와』의 물이이 -
세살먹은갓난애적…살곳을차저 北國의故鄕을 등지고 玄海灘에 눈물을
흘리며 家族따러 곳곳을거처 디온곳이 너의 품이엇다.
누덕이 『모멩』옷 입고 끈임업시 『싸이렌』이 하늘을찟는 소란한거리
빠락에서
맨발벗고놀때 『夕陽의노래』를 너는 노을의비츠로 고요히 다듬어주엇다.

國境에서 生함 一. 新義州公立普通學校卒業 一. 京城明治町洋書硏究所一年半 一. 東京留學一年
半 一. 文藝硏究(現在) 一. 現住所新義州若竹町六"으로 기록되어 있다. 「당선시 『저녁의 지구』
작자의 약력」, 『조선일보』, 1935.1.3, 6면.)
3) 임화문학예술전집 편찬위원회 편, 『문학의 논리』, 소명출판, 2009, 509-510쪽.
4) 麗水, 「ㅇ後有感」, 『조선중앙일보』 1935.1.15, 3면.

아빠,엄마가 그『콩구리』담속에서 나옴을 기다리며

나는『아라가와』의 기픈물살을 바라보앗다.

너는 내 어린그때부터 黃昏의구슬픈 어려운 살림의 복잡한 물결의 노래를 들어리주엇다.

내가 컷슬때 강가에 시드른 풀입이 싹트고 낫게 배회하는 검은 연긔틈에 따듯한 볏지 쪼이는봄 -

나는『아라가와』의 봄노래가 슴여드는『금속』의 젊은 직공으로『오야지』- 그에게키워 當任에까지 올랏다. 곤난한 몃 해를 겨꺼서.

◇

江東……『아라가와』의 흘음이여 -

네, 봄의 따듯한 陽光에 飽滿된노래를 가득히신고 흐르는 푸른얼골을 바라볼때

몃번 - 보지못한 半島江山 그리고 故鄕의 北쪽 하늘ㅅ가

멀리……『얄루』鴨綠江의 흘음을 그리엇는지

너는 안다. 너는 잔듸우에 누어 약조마칠때 서름의마음으로 속삭이든 고향의이야기를 깨어지는 물거품에 담어 실어갓다.

◇

가장 매력잇는『地區』엿다 江東은……그리하야 지구를 전전키두 몃번, 中部 南城 城西로 -

城西의 四節을 아름답게 물들이는 무사시노(武藏野) 벌판도 네 살림의 물결 - 어머님 품인『아라가와』에는 비할수업섯다.

◇

『아라가와』여! 네상류 - 물살에 단풍이 낙엽짓고 우리들의 지낸날의 일을 追憶의품속에 되푸리하든 가을날

나의갈곳은 고향 - 얄루江畔으로 결정되엿다.

내일생의記錄의『페이지』에서 사러지지안흔 그날! 나는 너를 버리엇다.

그리하여 水平線아득한 玄海의 해협을 건너

고향의 山川도 바라볼 틈업시『베르트』의 伴奏속에 너의 그리움의 노래 - 기쁨과 설음의『멜로듸-』를 부르노나.

◇

내 『아라가와』여 - 오늘은 어떤 동무가 가쁜숨을 쉬이며 고요히 네노
래에 귀를 기우릴지

너는 언제나 勞動者의 가슴에서 버림밧지 안흐리라. 네 어깨위를 제비
가 날겟지…

◇

廣漠한 大陸의한모퉁이에낀 半島에도 봄이 차저왓다.

『얄루』江도 녹아 뗏목이 흘러 나린다.

강산에 뼈친 젓가슴속에 꿈을깨며 자라나는

處女地의 記錄을 따뜻한 품속에 안어주려고,

오! 江東이여! 나는 네回想속에 불길을 이루어간다.

-(끗)-

다소, 긴 시의 전문을 인용한 이유는 「강동의 품 - 생활의 강『아라가
와』여」가 차지하는 문학사적 특이성 때문이다. 이 시는 임화의 '단편서사
시'의 영향을 보이면서도, 식민지 조선과 제국 일본을 넘나드는 특이한
감수성을 표현했다. 시는 '아라가와 강'과 '압록강'을 공간적으로 대비하
면서, 시간적 긴장과 '제국과 식민'의 특이성까지 포함하고 있다.

시적 화자는 '생활의 강 아라가와'를 중요하게 제시했다. '아라가와 강'
은 동경 교외 공업지구의 강을 지칭한다. 이 강이 "검푸른 물살"을 이루
는 이유도, "『몬지』와 연긔"와 어우러지는 이유도 '공업지구'이기 때문이
다. 공업지구의 특성은 일과시간을 알리는 "『싸이렌』"이나 노동자의 숙
소를 가리키는 "빠락"(barracks, 막사), 그리고 "『콩구리』담속"(콘크리트 담속)과
같은 시어로도 표현되었다. 또한, 봄날에도 "시드른 풀입이 싹트고" "낮
게 배회하는 검은 연긔"가 오염지대의 삭막한 풍경을 연상시킨다. 그곳
에서 화자는 "맨발벗고놀"며 '아라가와 강'이 불러주는 노래를 들었다.

화자는 성장하여 "『금속』의 젊은 직공"이 되었고, '오야지'의 후견 속
에 "當任"에까지 올랐다고 했다. 시적 화자는 어떤 외부의 요청에 의해

"나의갈곳은 고향 - 얄루江畔으로 결정되엿다"고 했다. 그 결정에 따라 "玄海의 해협"을 건너 "세살먹은갓난애적" 떠나온 곳으로 되돌아가게 된 것이다. 이 시는 '아라가와강'에게 바치는 헌사이자, 고백투의 시적 진술이다.

아라가와강은 먼지와 연기로 싸인 공장지대이고, 압록강은 '뗏목'으로 이동해야 하는 '처녀지'이다. 아라가와 강을 보며 공장노동자로서 성장한 시적 화자가, 자신이 태어난 압록강으로 떠나와 옛날을 추억하는 형식을 취하고 있다. 식민지 출신의 어린 아이가, 동경 공장지대의 노동자로 성장해, 다시 고향으로 와서 '공장지대의 아라가와강'을 낭만적으로 호명한다. 시의 기본적인 구도는 역전적 설정에 기반해 있다. 동경 공장지대의 아라가와강과 국경지대의 압록강을 대비시켰고, 식민지 조선인으로서 일본 공장의 노동자로서 정체성을 갖고 있으며, 처녀지와 같은 비근대적 공간에서 근대적 공업지대를 낭만적 어조로 대비시켰다. 1935년의 식민지 현실에 비춰볼 때, 이 시는 식민지 이주민의 정서에 기반해 근대 산업 노동자의 정체성을 그린 것으로 평가할 수 있다.

임화는 안룡만의 이 작품에서 젊은 노동자의 낭만적 비애감을 읽어냈다. 그는 이 시가 "북국의 고향"을 등지고 "현해탄에 눈물을 흘리며" 도달한 "『아라가와』의 깊은 물살"과 어우러진 삶에 대해 이야기한다고 보았다. 젊은 노동자는 "『얄루』(鴨綠)강"을 생각하며 "설움의 마음"을 갖는다. 강동의 매력에 대비되는 "『얄루』江畔"은 '제국의 근대'와 '식민의 비애'를 겹쳐내는 효과를 발산한다. 이 시에서 임화는 '식민지 노동자의 새로운 감수성'을 포착해낸 것으로 보인다. 임화가 내면에서 감동의 감성을 끌어올릴 수 있었던 이유는 '근대적 냉철함'과 공존하는 '식민지적 낭만성' 때문이었다. 임화는 새로운 '식민지 세대의 노동자적 감수성'을 안룡만의 시에서 읽어냈기에 '조선 프롤레타리아 시의 최초의 발전'이라는 표현까지 써가며 의미화할 수 있었던 것이다.

2. 안룡만, 북한 시문학의 중심

도대체 안룡만은 누구이기에 단 한편의 시로 조선의 시단을 뒤흔들어 놓은 것일까? 일제강점기 대표 평론가인 임화로부터 '조선프롤레타리아 시의 최초의 발전'이라는 평가를 받았을 정도로 주목 받은 시인이 왜 한 국문학사에서 희미한 흔적만 남아있는 것일까?

안룡만은 1916년 1월 18일 평안남도 신의주시 진사리에서 출생했다. 구한말 변호사였던 아버지는 직업 혁명가로도 활동했다. 안룡만의 아버지는 1922년 중소 국경도시인 만주리에서 일본 경찰에 의해 피살당했다. 안룡만은 아버지의 활동과 죽음으로 인해 식민지 현실에 대한 비판적 인식을 갖게 된 것으로 보인다. 그는 신의주공립보통학교를 졸업한 후, 신의주 삼무중학교 재학 중에 <광주학생사건>에 동조해 '동맹휴학사건'에 연루되어 출학 당했다. 이후, '적색노동조합운동'과 '카프'에도 관계하는 등 비교적 활발한 사회활동을 했다. 그런 그가 1935년 <조선중앙일보> 신춘문예에는 「강동의 품 - 생활의 강『아라가와』여」가, <조선일보> 신춘문예에는 「저녁의 지구」가 입선이 되면서 화려하게 문단에 데뷔했다. 등단 이후 안룡만은『만선일보』등에 서정시 몇 편과 수필을 발표하기는 했을 뿐, 이후 실질적인 문단활동은 없다시피 했다. 1935년에 문단의 화려한 주목을 받았던 사실에 비춰보면, 그의 활동은 미약했다. 해방 이후, 남한의 문학사에서 안룡만은 지워져 있다가 근래에야 부분적 논의가 이뤄지고 있는 형편이다.

북한의 문학사에서 안룡만에 대한 평가는 사뭇 다르다.『조선문학통사

(하)』는 1930년대의 대표적인 시인으로 안룡만을 소개하면서, 「강동의 품
- 생활의 강『아라가와』여」가 "강한 랑만주의의 색조로써 프롤레타리아
국제주의 사상으로 일관된 고상한 애국주의 사상을 감동적으로 노래"했다
고 평했다.[5]『조선문학개관 下』에서도 해방기를 대표하는 작품으로「축제
의 날도 가까워」(1947)를 꼽고 있으며, "행복으로 된 우리 나라 노동자들의
감격을 새 조국 건설을 위한 그들의 창조적 노동과의 밀접한 연관 속에
서 깊이 있게 노래"했다고 평가했다.[6] 전쟁기에 안룡만의 활동에 대한『조
선문학사 11』의 평가는 열광적인 수준이라고 할 수 있다. 그의 시「나의
따발총」(1950)은 전쟁기 문학을 대표하는 작품으로 꼽히며, "인민군전사들
의 충천한 기세와 혁명적 랑만을 감명깊게 노래"했다고 가치평가되었
다.[7] 이 작품은 2005년 6월호『조선문학』에 안룡만의「(추억에 남는 시) 나
의 따발총」이 재수록 될 정도로 북한문학사에서 상당히 높은 비중을 차
지하고 있다. 그는 1956년에는 조선작가동맹시분과 위원에 이름을 올렸
다. 1960년대에는 작가 현지 파견으로 활동하며, 노동현장을 담은 시편들
을 <문학신문> 등에 발표했다. 그는 1975년을 12월 29일 사망한 것으로
알려져 있다.

반면, 남한에서는 1980년대 후반에 이르러서야 안룡만의 1930년대 시
에 대한 언급이 이뤄졌다. 안룡만의 일제강점기 시를 논의한 연구자는
윤영천·김윤식·최두석·윤여탁·박윤우·오성호·이인영·이명찬 등
을 꼽을 수 있다.[8] 해방 이후 안룡만의 시에 대한 연구는 신범순[9]과

5) 언어문학연구소 문학연구실,『조선 문학 통사(하)』, 과학원출판사, 1959, 142쪽.
6) 박종원·류만,『조선문학개관·下』, 온누리, 1988, 100~101쪽. (이 책은 북한에서 간행
　한『조선문학개관·2』(사회과학출판사, 1986)을 남한에서 다시 간행한 것이다.)
7) 김선려·리근실·정명옥,『조선문학사 11』, 사회과학출판사, 1994, 83쪽.
8) 연구목록을 제시하면 다음과 같다.
　윤영천,「일제강점기 한국 유이민 시의 연구」, 서울대 대학원 박사학위논문, 1987.
　김윤식,「한국문학에 있어서의 마르크스주의의 충격 - 프로문학에 관하여」,『동아시아연

송희복[10]에 의해 부분적으로 이뤄졌다. 그리고 북한문학으로까지 논의를 확장한 이들은 이인영[11]과 박호균[12]이다. 2013년 이후에도 이인영이 「1950년대 북한 전쟁시의 개작 양상 연구: 안룡만의 전쟁시 개작 과정을 중심」[13]를, 이상숙은 「안룡만 연구 시론」[14]을, 이경수는 「해방 전후 안룡만 시의 노동시로서의 가능성과 특징적 표현 기법」[15]을 발표해 안룡만 시 연구를 확장했다. 안룡만 시에 대한 연구는 1930년대 리얼리즘 시로부터 시작해, 해방기 북한의 시문학의 경향, 근래에는 북한문학을 포괄하는 방식으로 넓혀지고 있다.

3. 북한의 입장에서 형상화한 전쟁의 실상

남한에서 안룡만 시에 대한 논의가 심화·확장되고 있는 상황에서 발굴된 『나의 따발총』[16]은 중요한 연구의 전환점이 될 수 있다. 이 시집은 '전선문고 시집'으로 간행됐고, 1951년 7월 15일에 인쇄되어 1951년 7월

　　　　구』 제7집, 서강대학교 동아연구소, 1986.
　　최두석, 「1930년대 후반의 낭만적 시경향」, 『시와 리얼리즘』, 창작과비평사, 1996.
　　윤여탁, 「1920~30년대 리얼리즘 시의 현실인식과 형상화 방법에 대한 연구」, 『리얼리즘 시의 이론과 실제』, 태학사, 1994.
　　윤영천, 「안용만 소론: '생애, 일제강점기 시의 개작'에 대한 예비적 검토」, 『국어교육연구』 제8집, 인하국어교육학회, 1999.
9) 신범순, 「해방기 시의 리얼리즘 연구」, 서울대대학원 박사학위논문, 1990.
10) 송희복, 「안용만론」, 『외국문학』 1990년 겨울호, 열음사.
11) 이인영, 「서정과 이념의 간극」, 『1950년대 남북한 시인 연구』, 국학자료원, 1996.
12) 박호균, 「안용만 시 연구」, 인하대 교육대학원 석사학위논문, 2000.
13) 이인영, 「1950년대 북한 전쟁시의 개작 양상 연구: 안룡만의 전쟁시 개작 과정을 중심으로」, 『한국학연구』 31, 인하대학교 한국학연구소, 2013.12.
14) 이상숙, 「안룡만 연구 시론(試論) - 서사성과 낭만성을 중심으로」, 『한국시학연구』 47, 한국시학회, 2016.8.
15) 이경수, 「해방 전후 안룡만 시의 노동시로서의 가능성과 특징적 표현기법」, 『한국시학연구』 47, 한국시학회, 2016.8.
16) 안룡만, 『나의 따발총』, 문화전선사, 1951.

20일에 문화전선사에 발행되었다. 발행인이 김남천으로 되어 있는 것으로 보아, 당시 문화전선사의 책임자가 김남천이라는 사실을 확인할 수 있다. 인쇄소는 문화출판사(인쇄인 류종섭)이고, 총 101페이지에 값은 55원이 매겨져 있다.

『나의 따발총』에 수록된 작품은 「나의 따발총」, 「남방전선 감나무 밑」, 「당과 조국을 불러」, 「분노의 불길」, 「포화소리 드높은 七백리 락동강」, 「영웅들이여」, 「한 장의 지원서」, 「고향길」, 「전호속의 오월」, 「수령의 이름과 함께」로 모두 10편이다.

표제작인 「나의 따발총」은 <로동신문> 1950년 7월 24일자에 「나의 따바리총」이라는 리듬감 있는 제목으로 발표되었다고 한다. 1951년판 『나의 따발총』에 수록된 「나의 따발총」은 "따바리 불타는 총자루 / 앞세워 승승장구 / 三八선을 넘어 / 벌써 아득한 천리 길"이라는 구절로 시작한다. 이 시에는 개전초기 승승장구하던 북한구의 자신감이 표현되어 있다. 대전을 점령하고 호남평야까지 육박한 시적 화자는 "빨찌산으로 싸운 청년"과 "태백산 준령 / 떡갈나무 우거진 아지트"에서 만난다. 이 시는 전쟁의 슬픔을 "빨찌산 청년"의 죽음으로 표현하고 있어, 서사의 굴곡을 형성했다. "빨찌산 청년"의 희생을 그림으로써, 전투의지를 더욱 고취시키는 서사 방식을 취하고 있는 것이다. 시는 "나의 따발총아 / 사랑하는 동지의 이름으로 / 또 한알!"이라면서 '동무를 추억'하는 이야기성을 포함하고 있다. 「나의 따발총」은 마지막을 "나의 따바리! 가자/대구 진주를 거쳐/려수 목포 부산으로/아니 제주도 끝까지 / 가자 나의 따바리!"라고 마무리했다. 이 시는 한국전쟁 초기의 38선을 넘어, 대전을 거쳐, 바로 남쪽 끝 수평선까지 육박해 가는 모습을 그리면서, "빨찌산 청년"의 희생을 시 속에 담아 '슬픔을 복수로 전환하는 정조'를 표현했다. 이 시가 북한 문학사에서 중요하게 다뤄지는 이유는 전쟁초기 인민군의 활력을 "따바리"에 담아 자신감과 리듬감을 표현했고, "빨찌산 청년"의 비극을 포함해 구호적 고취에 머물지 않는 이야기성을 담아냈기 때문이라고 평가할 수 있다.

『나의 따발총』은 전쟁의 전개 상황을 사실적으로 제시하고 있으며, 미군의 폭격이 북한에 남긴 상처가 드러난다는 점에서 의의가 있다.

먼저, 이 시집은 1950년 전쟁 발발부터 1951년 중순까지의 상황을 시간 순으로 담아냈다는 사실에 주목할 필요가 있다. 한국전쟁이 진행되는 시간적 순서에 따라 공간 이동이 이뤄지고 있는 것이 이 시집의 특징이다. 「나의 따발총」은 3·8선을 넘어 대전 전투까지를 그리고 있다. 「남방전선 감나무 밑」은 '낙동강가'를 배경으로, 고향에 대한 그리움을 낭만적으로 표현했다. 이 시에는 추석 대보름 앞둔 달빛"을 받으며 "빨갛게 알알이 익은 / 감알이 다롱 다롱 / 새소리 방울 방울 / 우리 나라 이 싸움의 날에도 아름답게 익어가는 남쪽 향토여 // - 고향에는 능금나무 과수밭에 / 열매 여물어 향내 풍기리……"라는 향수가 배어있다. 추석을 맞아 3개월여의 전투에 지친 병사들의 향수가 시적 서정으로 펼쳐진다. 「포화소리 드높은 七백리 락동강에」는 교착상태에 빠진 낙동강 전선의 상황을 보여준다. 치열한 전투는 "포탄 소리 울린다 불꽃이 튄다 / 사단포는 포효하고 / 땅크부대 지동친다 / 장엄타 밤을 이어 싸워진 승리의 포성! / 가렬타 새벽으로 전진한 돌격의 함성!"으로 형상화했다. 격렬한 전투의 고비를 강한 소리 이미지로 표현하며, 전쟁의 정당성을 "조국의 해방과 / 인민의 자유와 / 희망과도 같이 넓게 뻗은 / 청춘의 미래를 위한 가혹한 진격의 길이다"라고 강조했다. 이 시는 말미에 창작 시기를 '一九五〇년 九월'로 따로 표기하고 있어 인상적이다. 이 시기가 인민군의 입장에서는 전쟁의 고비였고, 가장 중요한 시기였기에 따로 기록적 태도를 갖고 날짜를 명시한 것으로 보인다.

「고향길」은 전세가 인민군에게 불리해진 정황이 담겨있다. 이 시는 "고향! / 그리운 이름이여 / 놈들의 사나운 학살과 / 파괴의 선풍에 불타버려 / 인제 재만 남았을 마을 / 고향의 이름을 불러 / 신산에 찬 고난의 겨울"이라며 어려움을 겪는 전쟁 상황을 그렸다. 임진강 근처까지 전선이 밀렸으며, 폭격으로 고향 마을이 불탔음을 유추 가능하게 한다. 「전호 속의 오월」은 중국 인민해방군 참전 이후의 국제주의적 연대를 그렸다. 이 시는 "여기 전호속에 / 인민의 자유를 위한 / 영광의 전초에 / 두 나라 젊은 청춘이 / 힘차게 싸우며 맞는 / 우리의 오월은 승리로 밝았다"고 했다. 이 구절은 중국 인민해방군이 전쟁에 미친 영향을 가늠하게 한다. 한국전쟁은 국제전이자 이데올로기 전쟁이었다. 중국 인민해방군의 참전은 한국 전쟁의 국제전적 성격을 분명하게 한 것이었으며, 이후 북한의 주체사상에 입각한 '자주노선 수립'의 계기가 되기도 했다.

『나의 따발총』은 전쟁기간중 인민군이 처했던 상황을 비교적 실제 상황과 부합하도록 그렸다. 안룡만 시인이 동시대의 상황과 밀착하여 작품을 창작했고, 발간 시기도 1951년 7월이었기에 이러한 현장감이 유지될 수 있었다.

『나의 따발총』은 정서적 측면에서도 한국전쟁 당시 북한의 상황을 유추할 수 있는 내용을 담고 있다. 안룡만의 시에는 미군의 폭격으로 인한 평양을 비롯한 북한 곳곳의 파괴, 그리고 폭격에 대한 공포가 드러나 있다. 어린이가 보낸 위문 편지 형식을 빌어 폭격으로 인한 비극이 표현되어 있기도 하다. "동해 푸른 파도 기슭을 치는 / 관북에도 장대한 공장지구 / 매연 꺼지는 거리에서 / 엄마 아빠를 잃었다는구나 / 놈들 폭격기에 집터를 잃었다고 - "라고 후방의 상황이 전달했다.(「남방전선 감나무 밑」), 또 다른 시에서는 '청년의 피 끓은 지원서'에 얽힌 사연을 이야기한다. 공장 노동자였던 그 청년은 "놈들의 五〇〇킬로 폭탄에 / 사랑하는 공장

거리 집을 잃고 / 어린 동생과 누이를 잃고 / 폐허의 터 위에서" 입대지원서를 썼다고 했다.(「한장의 지원서」) 이는 후방의 파괴 상황을 제시함으로써 전선의 긴장을 고조시키는 서자적 맥락을 형성한다. 이 시집에는 후방의 상황을 그릴 때는 미군 폭격으로 인한 피해가 우회적으로 표현되어 있다.

미군의 폭격에 대한 공포는 「분노의 불길」의 일부인 다음 인용문을 통해서도 확인할 수 있다.

이 거리를 노려
놈들의 무차별 폭격에
건설과 로력의 열매 무너질 때
혈육의 따뜻했던 가슴들이
피 비린내 풍겨 쓰러질 때

저주를 부르는 인민의 목소리
증오와 분노의
불길로 타라![17]

「분노의 불길」의 서두는 아름다운 평양의 모습을 형상화하면서 시작한다. 그곳은 "락랑의 전설을 싣고 / 흐르는 대동강 물살에 / 모란봉 푸른 산 / 릉라도 버들 숲 / 그림 같이 비치는 아름다운 평양"이었다. 그런데 "놈들 하늘의 도적은 / 폭음을 찢으며 찢으며 / 악마의 폭탄 소이탄"을 쏟아부어 평양은 '불타오르는 화염'에 휩싸이고 만다. 북한에는 '크낙한 시련의 불길'이 타오르기 시작한 것이다. 전쟁 시기에 미군의 폭격은 도로와 교통, 주택, 철도와 항만, 사회간접자본을 철저히 파괴했다. 미군 폭격

---

17) 위의 책, 37-38쪽.

으로 인해 북한의 생산력은 "1947년의 생산력과 비교하면 전력 공급은 74%, 연료 공업은 89%, 야금 공업은 90%, 화학 공업은 78%가 감소하였고 철광석, 시멘트, 화학비료 생산 시설 등은 완전히 파괴"되었다고 한다.[18] 이 시집에서 미군의 폭격에 대한 피해상황과 공포심이 적나라하게 나타난 것은, 시적 언어로 적개심을 고취시키기 위한 포석일 수 있다. 하지만, 역설적으로 이러한 형상화는 당시 미군 폭격이 북한 인민들에게 가한 공포심이 얼마나 압도적이었는가를 보여준다.

『나의 따발총』은 한국전쟁 당시 인민군의 상황, 그리고 미군 폭격에 대한 공포심이 사실적으로 담겨 있다는데 의미가 있다. 또한, 이 시집은 북한에서 간행된 '전선문고'의 실상을 알 수 있는 희귀자료이기도 하다. 전쟁시기 문화전선사에서 간행한 전선문고는 조기천의 시집 『조선은 싸운다』, 림화의 시집 『너 어느곳에 있느냐』, 조령출·남궁만의 희곡집 『전우·은시계』, 민병균 시집 『승리는 우리에게』, 종합시집 『고향』, 한설야 소설집 『승냥이』, 리태준 소설집 『고향길』, 리북명 실화소설 『포수부부전』, 김조규 시집 『이 사람들 속에서』, 안룡만 시집 『나의 따발총』등이었다.[19] 전쟁기에 북한의 '전선문고'가 수행한 역할은 '전방과 후방에 두루 투쟁의 의지를 고취시키고, 더불어 전사와 인민의 영웅심을 고양하며, 미제국주의에 대한 저주와 규탄의 열정을 노래하고, 수령과 당과 조국에 대한 충성심을 드높이는 것'이었다.[20] 『나의 따발총』은 전선문고의 요구를 수행하면서도, 그 이면에는 한국전쟁 당시의 북한의 피해상황, 전선의 전개에 따른 인민군의 감성의 변화가 표현되어 있다는 점에서 의미가 있다.

---

18) 박현채 엮음, 『청년을 위한 한국 현대사』, 소나무, 1994, 127쪽.
19) 「신간 안내-전선문고」, 『문학예술』 1951.7, 105쪽.
20) 김선려·리근실·정명옥, 앞의 글, 37쪽.

4. 『나의 따발총』, 개작 연구의 전환점

원전의 발굴은 변형이나 개작을 확인할 수 있게 해준다는데 의의가 있다. 안룡만 시 연구에서도 마찬가지다. 그가 1930년대에 발표한 시들은 게재된 신문과 잡지를 통해 확인할 수 있다. 첫 시집인 『사랑하는 동지에의 헌사』는 해방기에 간행되었다고 하지만, 그 원본을 아직까지는 확인할 수 없었다. 두번째 시집 『나의 따발총』은 그간 기록만 남아 있을 뿐이었는데, 2013년 6월에 간행된 <근대서지> 제7호에 원문 그대로 영인되어 실림으로써 그 실체를 확인할 수 있게 되었다.

남한에서 이뤄진 안룡만 연구는 대부분 1956년 조선작가동맹출판사에서 간행한 『안룡만 시선집』을 저본으로 삼았다. 1956년에 간행된 『안룡만 시 선집』은 그 시대의 특수성이 반영되어 상당히 큰 차이가 날 정도로 개작이 이뤄진 판본이다. 이번에 발굴된 『나의 따발총』과 『안룡만 시 선집』에 수록된 시 「나의 따발총」을 비교해 보면 그 차이가 확연함을 알수 있다. 아쉽게도 <로동신문> 1950년 7월 24일자에 실렸다고 알려져 있는 「나의 따바리총」을 아직까지는 확인할 수 없었다.

남한 연구자들이 인용해 왔던 『안룡만 시 선집』에 수록된 「나의 따발총」의 일부를 제시해 보면 다음과 같다.

> 이곳은 내 사랑하는 동무 그의 잊지 못할 요람터,
> 잔솔 우거진 산발을 타고
> 싸우던 빨찌산 청년
> 진지를 옮아 태백산 준령에서
> 우리를 맞아 준 동무여.
> 행군의 길 너는 나에게
> 락동강 줄기 흘러 내린

어느 자그만 마을이 네 고향이랬다.

이 나라 용감한 전사인 그가
몇날 전의 포위전에 앞장서서
나아가다
쓰러질 때
마지막 부른 목소리…
-조국이여, 저는 끝까지
승리의 길에 나아가노라![21]

　인용문은 시적 화자가 한국전쟁 시기에 남하하면서 태백산 지구에서
만난 빨찌산 청년 전사를 그린 대목이다. 청년의 빨찌산 투쟁이 결실을
맺어 인민군 본진과 합류하게 되었지만, 결국 전투에서 희생당하는 모습
을 아프게 그렸다. 인민군 전사와 남한이 고향인 빨찌산 전사의 만남을
감격적으로 제시하면서도, 그 빨찌산 전사의 장렬한 죽음을 노래해 시의
비극성을 높였다. 이 시는 언어의 선택이 간결하고, 시의 흐름에서 음악
성이 유지되고 있음을 알 수 있다. 하지만, 1951년의 『나의 따발총』에 수
록된 시 「나의 따발총」은 전혀 다른 면모를 지니고 있었다.

이곳은 내 사랑하는 동지
우리 당 대렬의
용감했던 동무의 요람 터

야산지대 낮은 구릉
잔솔밭 우거진 언덕을 타고
빨찌산으로 싸운 청년
진지를 옮아 태백산 준령

---

21) 안룡만, 『안룡만 시선집』, 조선작가동맹출판사, 1956, 129-130쪽.

떡갈나무 우거진 아지트에서
우리의 진격을 맞아준 동무.

굳은 악수와 함께
다시 총자루 어깨에-
(원쑤에게서 빼앗은
엠·원총 자랑하며⋯⋯)
행군의 길 너는 나에게
락동강 줄기 흘러나린
어느 자그만 마을이 네 고향이랬다

이 나라 용감한
빨찌산 청년인 그가
몇날전의 포위전에 앞장 서
나아가다 쓰러질 때
마지막 부른 목소리
-김일성 장군이시여!
저는 끝까지
승리 속에 전진합니다⋯⋯[22]

1951년 발표될 때는 "이곳은 내 사랑하는 동지 / 우리 당 대렬의 / 용감했던 동무의 요람 터"였던 것이, 1956년 『안룡만 시선집』에 실릴 때는 "이곳은 내 사랑하는 동무 그의 잊지 못할 요람터"로 다듬어졌다. 전반적으로 표현이 간결해졌고, 직설적인 표현도 순화된 방식으로 바뀌었다. 무엇보다 눈에 띠는 대목은 원래는 "김일성 장군이시여! / 저는 끝까지 / 승리 속에 전진합니다⋯⋯"였던 대목이, "조국이여, 저는 끝까지 / 승리의 길에 나아가노라"라고 바뀐 부분이다. 1951년판에 수록된 「나의 따발총」

22) 안룡만,『나의 따발총』, 앞의 책, 5-8쪽.

에서는 김일성 장군에 대한 헌사적 성격이 강했던 어구가 1956년판에 수록된 「나의 따발총」에서는 조국에 대한 헌사로 바뀐 것이다.

이 부분에 대해서는 북한문학사에 밀착해, 1950년대 중반의 상황을 살필 필요가 있다. 1956년 10월 14일부터 16일까지 '제2차 조선작가대회'가 개최되었다. 이 작가대회는 스탈린 사망 이후 1954년에 개최된 제2차 소련작가대회의 영향을 받았다. 소련의 작가들은 그간 전체주의적 폭압으로 인해 도식주의와 관료주의가 만연했던 것을 비판했다. 이에 따라 북한의 작가와 평론가들도 도식주의에 대한 비판을 시작했다.[23] 이 영향으로 1955년부터 1958년경까지 간행된 시집들에서 '김일성을 찬양하는 내용'들이 삭제되었다.

1956년에 간행된 『안룡만의 시선집』도 소련 작가대회의 영향으로 '김일성 장군'이 '조국이여'로 바뀌었다. 이번 원전의 발굴을 통해 이 사실을 확증할 수 있었던 것도 문학사적 소득이라고 할 수 있다. 하지만, 이러한 일시적 분위기는 1958년 중반부터 다시 '김일성을 찬양'하는 분위기로 돌아선다.[24]

1979년 『해방후서정시선집』이 문예출판사에서 간행되었다. 여기에 안룡만의 「나의 따발총」이 수록되어 있는데, 1951년·1956년 판본과는 또 다른 양상을 보였다. 가장 특징적인 것은 1951년 원본에 가깝게 다시 수정되어 있다는 점이다.

이곳은 내 사랑하는 동지
우리 당 대렬의
용감했던 동무의 요람 터

---

23) 김재용, 『북한 문학의 역사적 이해』, 문학과지성사, 1994, 149쪽.
24) 신형기·오성호, 『북한문학사』, 평민사, 2000, 193쪽.

야산지대 낮은 구름
잔솔밭 우거진 언덕을 타고
유격대에서 싸운 청년
진지를 옮아 태백산 준령
떡갈나무 우거진 아지트에서
우리의 진격을 맞아주었다.

굳은 악수와 함께
다시 총자루 어깨에 메고
(원쑤에게서 엠원총 빼앗은
이야기 자랑하며)
행군의 길 너는 나에게
락동강줄기 흘러내린
어느 자그만 마을이 네 요람이랬다

이 나라 용감한
유격대원이던 그가
몇날전의 돌격전에 앞장 서
나아가다 쓰러질 때
마지막 부르짖은 목소리

-김일성 장군님이시여!
저는 끝까지
장군님께 충성하렵니다…[25]

1979년에 간행된 『해방후서정시선집』에서 우선 눈에 띠는 부분은 "빨찌산으로 싸운 청년" "빨찌산 청년인 그가"가 "유격대에서 싸운 청년" "유격대원이던 그가"로 바뀐 부분이다. 이는 1970년대 상황에서 빨찌산은

25) 안룡만, 「나의 따발총」, 『해방후서정시선집』, 문예출판사, 1979, 422-423쪽.

김일성의 '항일 빨찌산 유격대'를 지칭하는 것으로 고착화된 영향으로 보인다. 그렇기에 남로당의 빨찌산은 '유격대'로 변형해 표현한 것으로 추론할 수 있다. 다음으로, 「나의 따발총」의 핵심 대목이 더 강화된 형태로 "김일성장군님이시여 / 저는 끝까지 / 장군님께 충성하렵니다…"로 바뀌어 있다. 1951년 판본의 "장군이시여"가 1979년 판본에서는 "장군님이시여"로 존칭화되었다. "승리 속에 전진합니다…"도 "장군님께 충성하렵니다"로 강화되었다. 더 나아가 1951년 판본의 "조국의 이름과 함께 / 수령을 불렀더니라"도 "조국의 이름과 함께"라는 부분은 삭제되었고 "위대한 수령님을 불렀더니라"로 강조되었다. 1979년 판본에서는 김일성에 대한 태도가 "위대한 수령"처럼 훨씬 더 공식적인 호칭으로 바뀌었음을 확인할 수 있다.

더불어 1970년대 북한문학의 상황을 유추할 수 있는 개작 내용도 있다. "원쑤에게"라고 되어 있던 표현은 "미제의 원쑤에게"라고 바뀌었고, 한문으로 표현되어 있던 것들도 모두 한글로 바뀌었다. 외래어 표기가 바뀐 부분도 눈에 띈다. "토-치카 진지에 육박하는"이 "화점으로 육박하는"으로 바뀌어 있기도 하다. 이를 통해 1970년대 북한이 한글전용으로 문자를 사용했고, 한자어보다는 평이한 우리말 사용을 권장하고 있음을 확인할 수 있다.

안룡만의 「나의 따발총」은 1951년 판본, 1956년 판본, 1979년 판본에서 차이가 나타난다. 이러한 개작의 반영은 북한의 시대상황으로 인한 문학적 변형으로 볼 수 있다. 북한 문학은 작품을 작가의 개성적 표현으로 보기보다는, 공동의 향유물로 간주하려는 경향이 강하다. 특히, 1979년 판본의 경우 안룡만 시인이 직접 개작한 것인지의 여부를 확인할 수는 없다. 그는 1975년에 사망한 것으로 알려져 있기 때문이다. 「나의 따발총」의 개작 상황을 통해 '북한문학사'의 기념비적인 작품의 경우, 끊임없이 동시대적으로 향유될 수 있도록 변형되고 있음을 확인할 수 있었다.

5. 발굴 텍스트와 문학사 실증 가능성

안룡만의 1951년판 『나의 따발총』은 '전선문고'의 일면을 파악할 수 있는 시집이다. 전쟁 초기에는 '승리가 임박'했다는 자신감으로 경쾌한 시적 전개가 이뤄진다. 하지만, 전쟁이 교착상태에 빠지면서 인민군의 희생을 안타까워하는 표현도 등장한다. 예를 들면, 돌격조로서 안타까운 희생을 당한 젊은 용사를 기리며 "이 노래는 그의 마지막 생령"에 바친다는 추모의 뜻을 남겼다.(「당과 조국을 불러」) 전선에서 희생당한 이들에 대한 애도의 감정을 시속에 담아낸 것은 안룡만의 시적 태도가 리얼리즘에 입각해 있기 때문이라고 할 수 있다.

전쟁이 끝난 이후 발표된 「녀맹반장 인순이」는 그간 연구자들이 논의의 대상으로 삼지 않은 작품이다. 이 작품은 후방에서 노동하는 여성의 관점으로 전쟁이 끝난 이후의 희망을 그리고 있어 특징적이다. 시의 부분을 인용하면 다음과 같다.

오늘 저녁은 봄갈이 경쟁의
총화를 짓는 밤,
노을이 물드는 봄날도 저물어
모두 민주 선전실에 모이리란다.

(… 중략 …)

우리 마을의 봄갈이는
례년보다 보름을 당겼구

인순 동무네 협조반이
앞장 서서 끝냈소!

위원장 동무의 굵직한 목소리에
그는 마을에 소문난 녀맹 반장
삼년째나 가슴 깊이 간직한 사랑,
민청원이였던 그 총각 싸우는
먼 하늘 바라보며
고향땅 지켰네.

남몰래 그리운 마음 사랑에 불타
폭격 속을 싸우는 소식 적어보낸 뒤
달포나 걸려 인순이 품에
전선에서 온 회답은 훈장 탄 사연 -

승리의 첫해를 다수확 거두리라
폭탄 구덩이 메우고 논밭을 갈아
협조반 책임도 앞장 선 인순이
지난 봄에 전사 총각은 찾아왔다네.

땅크병인 그가 싸우던 이야기……
수집은 얼굴에 눈동자는 샛별인가
어느날 밤, 동뚝에서 속삭이였지.
전 뜨락또르 운전사가 될테야요.
달빛에 반짝이는 훈장을 만지작거리며
맹세코 헤여져 인제 봄이 와서
봄갈이에 선참 이긴 소식
이밤으로 적어 보내려 돌아가는 인순이!
(후략) 26)

---

26) 안룡만, 「녀맹반장 인순이」, 『조선문학』 1954.6, 43-44쪽.

녀맹반장 인순이는 마을에서도 소문난 일꾼이다. 인순이는 삼년째 민청원 청년과의 사랑을 키워왔다. 인순이가 사랑한 전사 총각은 탱크병으로 근무하고 있고, 훈장을 탄 사연을 보내오기도 했다. 1954년은 "승리의 첫해"이기에 "폭탄 구덩이 메우고 논밭을 갈아" 평화로운 일상을 되찾으려한다. 탱크병 총각도 제대 후에는 "뜨락또르 운전사"가 되어 전후 복구에 참여할 포부를 밝힌다. 전쟁은 곳곳에 상처를 남겼다. 이 시는 "봄마다 생명의 푸른 싹 돋아나 / 상처 입은 대지를 덮는 곳"이라면서 치유의 희망을 표현했다. 녀맹반장 인순이와 탱크병 전사 총각의 사랑 이야기가 어우러져 새로운 시대를 예비하게 한다.

전쟁은 승리한 측에게도 패배한 측에게도 깊은 상처를 남긴다. 전쟁에서 가장 큰 피해를 입은 사람들은 결정권을 갖고 있는 권력자들이 아니라, 전쟁에 동원된 민중들이다. 녀맹반장 인순이가 전선에 있는 애인을 걱정하며 보냈을 위태로운 나날은 '행복한 미래 귀환'으로 이어질 수 있다. 탱크병 청년이 무사히 귀환한 이후에는 "멀지않아 이 마을에도 / 뜨락또르가 지평선을 달리고 / 물결치는 오곡을 거두는 꼼바인 / 운전대 우에 인순의 얼굴이 웃으리니"와 같은 일상이 펼쳐질 것이다. 하지만, 한국전쟁 중에 사망자는 137만 4195명에 달했다. 인민군 52만여 명이 사망했고, 한국군 13만 7899명이 사망했다. 민간인의 피해는 더 컸다. 남한 민간인 사망자는 24만 4663명이고, 북한 민간인 사망자는 28만 2000여 명이었다. 되돌릴 수 없는 생명들이고, 돌이킬 수 없는 파괴였다. 살아남은 자들의 영혼에는 더 깊은 상처를 남겼다.

안룡만의 『나의 따발총』에는 '전쟁의 깊은 상처'가 표현되어 있지 않다. 승리적 관점에서 시작해, 전투의지를 고취하기 위한 복수의 언어가 강화되는 양상으로 전개되었다. 북한문학사에서 안룡만을 표현하는 수사로 자주 사용되는 것이 '혁명적 낭만주의'이다. 안룡만 시의 정치성은 근대적 이성에 기반해 있기 보다는 감성적 낭만주의에 경도되어 있다. 이 간극을 적절히 드러내는 텍스트가 바로 『나의 따발총』이다. 이 텍스트는 전선문학의 맹목성을 따르면서도, 현실의 변화를 외면하지는 못하고 있다. 그렇기에 '빨찌산 청년'의 희생, 돌격조 전투원에 대한 추모 등이 작품속에 스며들어 있다. 전쟁의 현장은 죽음, 그 죽음을 바라본 자들의 상처로 점철되어 있다. 그렇기에 「나의 따발총」은 특수한 시기에 쓰여진, 돌출적인 작품으로 위치 지울 수 있다.

『나의 따발총』은 한국전쟁 발발 시기부터 1951년 중반까지의 상황을 북한의 시각에서 사실적으로 보여준다. 이 시집을 서사적으로 재구성하면, 인민군은 전쟁 초기 따발총을 들고 승승장구했고, 낙동강 전선에서 교착상태를 맞았다가, 후방까지 밀리면서 조급함을 갖게 되었다. 전쟁 추이의 변화에 따라 안룡만의 『나의 따발총』은 낭만성으로 고양된 의식과 침체된 위축감, 그리고 복수를 향한 열정이 요동치는 서사적 흐름을 형성한다. 또한, 『나의 따발총』은 1951년·1956년·1979년의 작품 개작 과정을 통해 북한의 공식적인 문학 작품 해석이 시대정신의 변화에 따라 변화하고 있음을 확인할 수 있었다. 안룡만의 『나의 따발총』은 북한문학 담론의 역사적 변화를 실증하는 시집이라는 측면에서도 문학사적 의미가 있는 텍스트로 평가할 수 있다.

종군실기문학과 전쟁서사*

| 유임하 |

1. 서론

이 글은 1950년대 북한문학에서 종군문학과 전시소설을 중심으로 한국전쟁[1]을 어떻게 서사화하는지를 살펴보는 데 목적이 있다. 1950년대 북한문학에서 '전쟁'이 과연 어떻게 서사화되는지를 검토해볼 가치는 충분해 보인다. 무엇보다도 남북한이 겪은 공통의 역사적 사건의 서사를 비교 검토하는 작업은 남북한 문학이 가진 본질적인 차이를 파악할 수 있게 해주기 때문이다.

1950년대 남한의 문학에서 전쟁의 서사는 주로 비극적인 여파에 치중하는 경향을 강하게 드러낸다.[2] 남한문학에 한정해서 말한다면, 한국전쟁의 서사화는 일상적 토대의 전면적인 파괴로 치달아간 재난적 현실에

---

* 이 글은 「1950년대 북한문학과 전쟁서사」(『돈암어문학』 제20집, 돈암어문학회, 2007.12)를 단행본 취지에 맞게 수정 보완하였다.
1) 이 글에서는 남북한이 서로 달리 사용해온 전쟁에 대한 명칭을 중립적인 함의를 가진 한국전쟁으로 표현하기로 한다. 전쟁의 명칭에 관해서는 박명림, 「한국전쟁, 6·25 용어 사용과 기억방식에 관한 단상」, 『역사비평』 2006 봄호, 321~328쪽 참조.
2) 1950년대 소설에 대한 90년대 국문학의 주요 연구 성과 및 그 의의에 관해서는 유임하, 「전후소설의 재발견」, 『한국문학과 근대성 연구』, 이회, 2002, 81~99쪽 참조할 것.

내던져진 '거대한 아이러니'로 그려지는 게 대부분이다. 그러나 남한의 전후소설에는 전쟁이 왜 발발했는지, 왜 발발할 수밖에 없었는지에 대한 비판적 성찰보다는 전쟁의 여파에 대한 상처를 서사화하는 모습이 더 우세하다.[3] 남한의 전후문학이 보여주는 전쟁서사의 양상은 피해자 또는 수난자의 문화적 위치에 서 있음을 말해주며, 다른 한편으로는 전쟁이 분비해낸 거대한 비극과 상처를 다독이며 그것을 증언하는 데 진력하는 것이었음을 말해준다. 전쟁과 그 사회적 여파에 대한 폭넓은 조망은 70년대 초반에 이르러서야 가시화된다.[4] 남한 소설에서 전쟁을 서사화하는 흐름이 뒤늦게 부상한 데에는 전쟁의 전체 윤곽을 조감하는 틀을 마련하기까지 이를 객관화하는 오랜 숙성의 과정이 필요했음을 시사한다. 여기에는 전쟁이 종결되지 못했던 사정과, 냉전 체제가 만들어낸 여러 금기들이 제약해온 문화적 조건도 일정부분 작용했음.[5] 전쟁 이후 고착화된 분단체제는 전쟁 발발의 주체와 관련된 책임 소재를 규명하려는 냉전적 사고와 남한 중심주의가 결합한 소위 '전통적 관점'을 구축하면서 전쟁

---

3) 전후 남한소설에서 발견되는 전쟁의 여파는 근대문명에 대한 환멸감과 곤혹스러움으로 요약된다. 전자의 경우 근대 이후 한국사회가 축적해온 유산들마저 폐허로 만든 전쟁의 참화를 근대성에 대한 환멸로 표현하는 장용학의 인식과 연결되며(유임하, 『기억의 심연』, 이회, 2002, 65-85쪽 참조), 후자는 전쟁을 직접 경험한 작가들의 논리적 유보와 극도의 정신적 충격을 가리킨다(김병익, 「분단의식의 문학적 전개」, 『상황과 상상력』, 문학과지성사, 1979 참조).

4) 전쟁을 일상적 감각에서 조망하며 국내외의 관점을 고루 반영하여 비극의 파노라마로 담아낸 홍성원의 『남과 북』, 전쟁과 지리산 빨치산의 희생을 해방기 조선공산당(남로당)의 정치적 과오로 단죄하며 전쟁의 비극과 공산주의자의 말로를 회한 속에 담아낸 이병주의 『지리산』을 거쳐서 80년대 이후 분단의 역사적 기원으로 지목하며 민중적 관점에서 전쟁의 발발과 휴전의 시기까지 다룬 조정래의 『태백산맥』, 가족사와 사회사를 결합시켜 1950년 한 해 동안의 시대 풍정을 축조해낸 김원일의 『불의 제전』, 전쟁의 여파와 체제 속의 주변자로 삶을 살아가는 가족사의 관점을 담은 이문열의 『변경』 등 한국전쟁의 체험은 더욱 활발하게 쓰여진다.

5) 탈냉전 이후 전쟁의 기억이 새롭게 부상하는 소설의 변화에 관해서는 Yoo Im-ha, Breaking the Seal of Memory: A New Perspective on Memory of the Korean War in Korean Novels after the Post-Cold War Era, The Review of Korean Studies, Vol 9 Number 2(June 2006), The Academy of Korean Studies 참조할 것.

해명을 위한 다양한 접근과 성찰을 차단했다. 그에 따라 반쪽의 전쟁관, 남한 중심의 시각만 통용 가능했다.[6] 특히 50년대 남한의 소설문학이 '전쟁에 관한' 통찰보다도 전쟁으로 갈래갈래 찢겨버린 비극의 몸체와 삶에 미친 충격의 실상만을 담아내는 데 그친 것은 당연한 귀결이었다.

같은 시기의 북한문학에 나타나는 한국전쟁의 면면은 남한문학에 관류하는 '피해' '수난'의 태도와는 크게 다르다. 북한문학에서 한국전쟁은 '국토완정'과 '조국 해방'이라는 '신성한 대의'에 기초해 있다. 북한문학에서 전쟁의 명분은 봉건 질서 및 식민 잔재의 청산, 반민족 세력과 제국주의 세력의 축출이라는 북한 특유의 정치 헤게모니에 바탕을 두고 있다. 그런 까닭에 1950년대 북한문학이 한국전쟁을 두고 민족해방의 정당성을 실현시키는 군사적 행위, 제국주의와의 성스러운 투쟁 등으로 그 의미를 고정시켜 이를 반복 재생산하는 모습은 충분히 예상해볼 만하다. 1950년대 북한문학에서 전쟁의 대의는 북한의 국가사회주의 체제 성립 과정에서부터 등장한 남한사회를 해방하려는 정치군사적 의지를 반영한 것이었다. 결론부터 말하자면, 북한문학에서 전쟁서사는 '식민지의 구제에서 벗어나지 못한' 남한사회에 대한 지배력 확장을 선전하는 체제문학의 면모를 일관되게 보여준다. 이것은 북한의 전쟁 이미지가 제국주의와의 대결, 조국해방이라는 개념들을 전유한 소산이었음을 뜻한다.

2. 전쟁과 종군, 종군실기문학의 등장

북한사회에서 전쟁 담론의 추이과정은 남북한 공동의 국가 수립 가능

---

6) 『남과 북』을 집필한 작가 홍성원이 이같은 반쪽의 전쟁관을 벗어나기 위해 2000년 전면 개정판을 낸 것이나, 김원일의 『겨울골짜기』가 전면수정판을 낸 것도 이런 맥락에서이다. 홍성원의 『남과 북』 개정에 관해서는 강진호, 「반공의 규율과 작가의 자기 검열」, 『상허학보』 15집, 상허학회, 2005, 229–269쪽 참조할 것.

성이 사라지고 남한의 단독정부와 북한의 인민정부 수립과 함께 시작된다. 이같은 맥락에 주목해보면 해방기 남북한은 '혁명적 시간대'에 놓인다고 할 수 있다. 이 시간대는 식민지적 질서로부터 벗어나면서 당면한 건국의 문제가 남북한 사회 성원들의 요청과는 다른 구도 안에 놓이게되면서 전쟁의 상황을 배태하고 있었다. 해방 직후 미소 냉전질서가 한반도에 안착하면서 남북한의 정치세력은 좌우정파의 헤게모니 투쟁으로 치달았다. 해방을 맞은 지 불과 몇 개월만인 1945년 12월 이후인 소위 '신탁통치 정국'에서부터 더욱 격화되는 양상이었다. 찬탁/반탁을 놓고 비등하기 시작한 좌우 진영의 갈등은 이념 논쟁을 넘어 공존과는 거리먼 냉전구도의 관철로 이어졌다.7) 남북간 정치 대결과 군사적 파국의 결과 빚어진 거대한 비극이 한국전쟁이었던 것이다.

이런 점을 감안하면, 북한의 문학에서 한국전쟁을 두고 "조국의 남반부를 강점한 미 제국주의자들과 그 사족에 오래전부터 동족상잔의 내란을 준비하고 있던 리승만 역도들"이 "수치스러운 불의의 포화를"8) 열면서 발발한 것으로 정의 내린 것은 그리 낯설지 않다. '조국해방'과 이를 위한 '국토 완정'으로 요약되는 북한의 전쟁 담론은 남한사회에 대한 이념적 정치적 우위를 상정한 데서 출발한다. 달리 말해 한국전쟁은 북한 체제가 남한의 '침략에 맞선 반침략투쟁'이자 '식민지적 예속 상태에 놓인 남한의 완전한 해방'을 추구한다는 의미를 가지고 있다. 이같은 전제 아래 북한문학은 '조국 해방'과 '국토 완정'이라는 전쟁 명분을 정당화한다. 따라서 북한문학은 전쟁이 유린하는 인간 운명의 차원보다 '전장(戰

---

7) 1948년 이후 남북한이 각각 정권을 출범하면서 적대적 긴장은 더욱 고조되었다. 3.8선 접경지대에서 격화된 전투상황은 내전에 버금가는 수준이었다. 상세한 논의는 정병준, 『한국전쟁』, 돌베개, 2006 참조할 것.
8) 엄호석, 「조국해방전쟁 시기의 우리문학」, 『해방후 10년간의 조선문학』, 평양, 조선작가동맹출판사, 1955, 168쪽.

場)'이라는 특수한 상황, 신성한 전쟁 이념을 실현하는 전사들의 영웅적인 활약상, 곧 전쟁의 대의와 '조국해방'이라는 목표를 초점화해 나갔다.

전쟁 발발 직후인 1950년 9월에 열린 문학가동맹 열성자회의에서는 "창작과 종군활동으로 종국적 승리에 이바지하자"라는 결의와 함께 결정서를 채택한다.9) 안회남의 보고 후 결정된 사항은 모두 네 가지였다. 첫째, 작가들의 "모든 일상생활을 전선에 복종시키며 동맹사업을 군대규율화하며 책임제로 창조사업을 진행시"킨다는 것, 둘째, "건전하고 진정한 인민적 민족문학수립에 기여하기 위해(…) 자기교양사업에 힘쓰고 맑쓰레-닌주의로 철저히 무장할 것과 고상한 리아리즘을 자기의 예술리론"을 실천할 것, 세째, "인민군대의 투쟁과 싸우는 각 공장 농촌 및 복구사업 등에 동원되는 인민들의 모습을 표현하는 것", 매주 1회 이상 창작 제출된 작품을 합평하여 작품을 질적으로 향상시키는 것 등이었다.10) 이 결정사항은 문학 창작의 제반 활동을 규율화된 책임제 창작으로 전환시켜 조직화하는 것과 함께, '인민적 민족문학 수립'이라는 대의에 복무하는 것, 고상한 리얼리즘을 바탕으로 인민군의 활약상과 각지의 전시 복구사업에 매진하는 인민상을 적출해내는 것을 천명하여, 전시 북한문학의 지침으로 자리매김되었다.

한국전쟁을 소재로 한 북한문학은 전시 활동의 결과, 생생한 현장성을 바탕으로 삼는 새로운 형식의 문학적 산물을 제출하기 시작했다. 북한문학사에서는 이를 '종군산문' 또는 '전쟁실기 문학'으로 명명하는데, 여기에는 김사량의 종군기, 이북명의 「격전지구 문산에서」, 남궁만의 「미군격멸기」·「금강도하전투」, 고일환의 「안성해방전투」, 이정구의 전선실기 「야전병원에서」, 이동규의 「해방된 서울」, 황건의 「암흑의 밤은 밝았다」 등이

---

9) 『해방일보』, 1950.9.9. 2면.
10) 위의 기사, 같은 면.

거명되고 많은 종군산문이 쓰여진다.[11]

그 중에서도 김사량의 종군기는 종군실기 문학의 사례에서도 당대 북한사회에서 가장 애독된 경우이다.[12] 김사량은 전쟁이 발발한 바로 다음 날 종군을 지원하여 1차 종군에 나섰다. 그는 「서울에서 수원으로」(노동신문, 1950.7.4.-5), 「우리는 이렇게 이겼다-대전공략전에서」(노동신문, 1950.8.18-23. 총 6회), 「낙동강반 참호 안에서(상·하)」(『노동신문』, 1950. 9.29-30), 「지리산 유격 지대를 가다」(『노동신문』, 1950.9.29.-30.), 「바다가 보인다-마산 진중에서」(『문학예술』 4권 2호, 1951.5.) 등 모두 5편의 종군기를 발표했다.[13]

김사량은 『종군기』[14]에서 "참으로 우리 군대의 진격은 이렇게 촉급하여 우리 보도원들이 붓으로 글을 쓰기보다 발로 쫓아가기가 더 바쁘"(248쪽)게 전황을 소개하며 "맹진공하는 우리 인민군 앞에 딱성냥곽처럼 산산이 부서지"(248쪽)는 전선을 답파한다. 그는 "야수적 전통에 피어린 미국 정규군"(252쪽)을 패퇴시키는 인민군을 바라보며 "우리 군대의 무쇠의 흐름"(252쪽)에 벅찬 감정을 전한다. 그는 미 제국주의자들을 "놈들이 호흡하고 있는 한 인민들은 질식"하는 존재로서 인민의 "등 뒤에서 또 호흡할 때마다 음모를 하는"[15] 거대 냉전 세력이라고 강도 높게 비판한다. 그는 한국전쟁을 이들 미 제국주의자들과 매판세력을 격퇴하는 전투, 반식민 투쟁으로 규정한다.

---

11) 김선려·리근실, 『조선문학사』 11권, 평양, 과학백과종합출판사, 1994, 184쪽.
12) 현수, 『적치 6년의 북한문단』, 중앙문화사, 1952, 보고사, 193쪽.
13) 해방 이후 북한에서 활동한 김사량의 문학적 행보에 관해서는 호테이 토시히로, 「解放後の金史良覺書」, 『靑丘學術論集』 19輯, 東京, 韓國文化硏究振興財團, 2001, 131-208쪽 및 유임하, 「해방 이후 김사량의 문학적 삶과 '칠현금' 읽기」, 『한국문학연구』 32집, 동국대 한국문학연구소, 2007, 489-501쪽 참조.
14) 텍스트는 리명호 편, 『김사량작품집』, 평양, 문예출판사, 1987이다. 이하 인용되는 김사량의 텍스트는 모두 이 책에 의거하며 쪽수만 밝힘.
15) 김사량, 「종군기」, 『김사량작품집』, 평양, 문예출판사, 1987, 247쪽.

그리고 올숭달숭 물오리떼처럼 여기저기에 흩어져 있는 조그만 섬들은 안개 속을 가물거린다.

흐늘어지게 아름다운 바다—

미제와 그 괴뢰들이 철옹성같이 가로막았던 38선을 가슴 답답히 앞에 두었을 때는 그렇듯 까마득한 외국의 남방땅처럼 생각되던 사시장철 대나무숲이 무르다는 마산 땅에 우리 영웅적 ○○부대는 잘도 당도하였다.

이제 피에 굶주린 잔악한 적군놈들을 물깊은 저 바다 속으로 쓸어넣을 때도 머지 않았으며 또 동남쪽의 끝 항구 부산항도 여기서 얼마 멀지를 않으니 우리들의 귀중한 조국땅을 고스란히 끌어안을 때도 거의 림박하였다.

저 아름다운 남해바다도 우리들의 것이다.

놈들의 함선들이 해적선마냥 가로 세로 바다를 째면서 이 나라의 은금보화를 실어냈고 또 불을 터치며 이 땅 우에 포격을 감행하고 있으나 우리들은 또한 남해 바다도 결코 놈들에게 내여맡기지 않으리라. 바로 저 바다가 그 옛날 우리들의 리순신 장군이 왜적들의 함대를 전멸시킨 영웅의 바다다.

　　　　　　　　— 「바다가 보인다-마산진중에서」, 『종군기』, 289-290쪽.

서술자는 남해의 넘실대는 물결을 서정적으로 기술한 뒤 '적군을 모두 바다 속으로 쓸어넣을 때'를 상상한다. 이러한 발언에서 엿보이는 것은 '조국 해방'을 앞둔 자의 고양된 심성이다. 인민군을 따라 서울과 수원, 대전을 답파하는 김사량에게 한국전쟁은 '국토 완정'이라는 의미론적 지평을 넘어선다. 전쟁은 "노예의 운명"(296쪽)에서 벗어나 자유로운 삶을 살기 위한 숭고한 투쟁으로 표현되고 있다. 마산 진중에서 인근 해역을 바라보는 서술자는 국토에 대한 격앙된 감정과 해방자로서의 여유를 과시한다. 그는 제국주의자들의 강탈이 계속되는 남한 현실에서 '적들은' 패퇴를 거듭하며 국토의 끝, 부산 앞바다에 이르렀다고 단언하며, 마산 앞바다에 떠 있는 함선들을 저 멀리 임진왜란 때의 시간대로 소급시켜

'왜구의 함대'로 격하시킨다. 이같은 의미의 전치는 '민족'의 안과바깥을 구획하는 데서 생겨난 것이다. 김사량은 인민군의 남방 진격을 가리켜 "귀중한 조국땅을 고스란히 끌어안을 때"가 임박한 상황이라고 선언하며, 이제 국토는 "우리들의 것"이 되는 순간을 목전에 두고 있다고 기술한다. 함선을 바라보는 서술자의 목소리는 이제 자신들의 진격이 왜적을 격멸한 이순신 장군의 활약과도 같은 영웅적인 행위임을 외친다. 인민전사들의 면면은 국토 완정과 남한 인민들의 해방의 주역들이다. 이들은 "조국해방전쟁"에 매진하며 파죽지세로 진격하는 행로를 따라 자기희생과 헌신을 마다하지 않는다. 반면 "미국병정놈"과 "괴뢰군놈들"은 패퇴를 거듭하며 허겁지겁 달아난다(305쪽).

북한 종군문학의 실상은 한결같이 "매국 역적 이승만 괴뢰 정부의 군대"로부터의 "진공을 항거하여" 반공격을 통해 남한 해방의 대의를 실현하는 담론으로 도식화된다.[16] 급박하게 변해가는 전황과 함께 쓰여지는 종군문학은 속성상 연전연승의 속보와 함께 전달되는 메시지의 현장성에 그 핵심이 있다. '조국 해방의 완전 승리'를 앞둔 고양된 감정의 확산이 바로 종군실기문학의 선전선동 효과인 셈이다.

전시에 발표된 시편들 역시 예외가 아니다. 임화의 전선 종군시 「전선에로! 전선에로! 인민의용군은 나아간다」[17]에는 '조국 해방'을 눈앞에 둔 시적 화자의 격정으로 넘쳐난다. 인민군대의 숨가쁜 행로는 "단 하나의/ 조국을 위하여" "조국통일의/ 빛나는 기치를 앞에 세우고" 진군을 거듭한다. 종군문학이 시효성은 전쟁 대의의 정당성, '조국 해방'과 '국토 완정'의 판타지가 눈앞에서 실현되는 현장성, 정당성과 현장성의 실현에 따른 높은 전파력, 감염 효과에 있다. 박팔양의 「진격의 밤」(『해방일보』,

---

16) 『조선인민보』, 1950.7.2. 1면.
17) 『해방일보』, 1950.7.8. 2면.

1950. 8. 2.)이나 박웅걸의 전선 르포르타쥐인 「락동강 적전도하기」(『해방일보』, 1950. 9. 3-4.) 등등의 사례에서도 충분히 확인된다. 김남천 역시 종군에 나서서 종군기를 기술했다. 그는 종군기에서 경남 합천 인근의 권빈리에서 겪은 인민군 전사들의 풍모를 하나의 일화로 전한다. 조선조 때 서원이었던 전시 환자수용소를 방문한 그는, 미군 폭격의 급박한 상황에서도 "적에 대한 적개심"과 "동무를 구할려는 헌신성"을 목격하며 군인들의 참된 용기와 빛나는 헌신성을 상찬하고 있다.[18]

전시 북한에서는 전선을 종군하며 신문을 채운 종군문학은 그 신속성만큼이나 "구태여 예술적 가공을 가하지 않아도 그 자체로서도 능히 커다란 감화력을 가지고 있"기 때문에 권장되었다.[19] 이들 종군실기문학에서 전쟁은 1945년에서 1948년에 이르는 시기에 남북한 사회에서 고조된 '새나라 건설' 문제를 북한체제를 중심으로 남한사회를 해방해야 한다는 당위성과 대의에서 출발한 것임을 가감없이 보여준다. 3.8선을 돌파하여 파죽지세로 남하하는 전황에 가담했던 문인들은 '조국의 완전한 해방'의 사회적 열광을 담아내는 역할을 자임했다는 사실이 드러난다.[20] 종군에 나선 북한의 문인들은 종군활동을 통해 '조국 해방'과 '국토 완정'이라는 전쟁의 대의명분을 받아들이며 '조국해방'의 '신성한' 전쟁을 수행하는 주역이었던 군인들을 숭고한 역사적 주인공으로 표현했다. 이렇게, 전시의 북한종군실기 문학은 전장의 현실을 직접 목도하면서 그 뜨거운 열

---

18) 김남천, 「종군수첩에서(3)-불속에서」, 『해방일보』, 1950. 9. 9.
19) 김선려·리근실, 같은책, 180쪽.
20) 전쟁이 발발한 다음날인 6월 26일, 1차로 김사량, 김조규, 한태천, 전재경, 박세영, 이동규, 김북원, 박웅걸 등 이십여 명의 종군작가단이 전선으로 출발했고, 27일에는 임화, 김남천, 안회남, 조벽암, 이서향, 신불출, 조영산, 황철, 문예봉, 함세덕 등 주로 월북작가들을 중심으로 거의 대부분이 종군에 나섰다. 종군하지 않고 후방에 남은 문인들로는 한설야, 이찬, 안함광, 홍순철, 엄호석, 한효 등과 문인단체에 가담하지 않은 무소속 작가들 뿐이었다. 북한문인들의 종군에 대한 증언은 현수, 『적치 6년의 북한문단』, 중앙문화사, 1952, 보고사, 192-193쪽 참조.

기를 시시각각 전파하는 미디어 정치의 한 국면을 보여주었다. 북한의 종군문학은 '무기로서의 문학'의 과제에 걸맞게 남한을 흡수하여 온전한 민족국가를 만들어내는 기획에 적극 가담했던 것이다. 종군문학은 사상적 감화를 가능하게 하는 호소력과 높은 선동력을 무기로 삼아 북한의 독자들과 남한의 우호적인 인사들을 고무시키며 전쟁의 당위성을 확산시키는 도구로 활용되었다.

3. 전쟁서사의 두 층위

1950년대 북한소설에서 한국전쟁의 면모는 종군실기의 담론방식과는 다소 차이난다. 종군산문이나 종군시가 현장성을 바탕으로 전쟁의 대의와 당위성을 대중적으로 확산시켜 전의를 고취하는 생생한 육성이었다면, 북한소설은 군인들과 후방 인민들을 영웅으로 등장시켜 자기헌신과 조국애를 발휘하는 전쟁서사로 극화시켰다.

소설 속 전쟁서사에서 군인들은 숭고한 전쟁의 대의를 실행하는 이야기의 주역이자 불퇴전의 신념을 가진 국가의 영웅이었다. 이들은 온갖 난관에도 굴복하지 않고 승리를 쟁취하기 위한 노력을 포기하지 않는다. 하지만 인천상륙작전으로 전세가 역전되면서 생겨난 '일시적 후퇴시기'는 군인 전사들의 전쟁서사의 중심을 후방인민들의 전쟁서사로 이행하도록 만들었다. 후방인민들은 유격대를 조직하여 군인들과 합세하여 후방지역을 점령한 유엔군과 국군의 만행을 격퇴하는 전쟁서사의 또 다른 주인공이었다.

1950년대 북한소설에서 군인들을 주인공으로 내세운 전쟁서사로는 월미도 해안포 중대원들의 활약상을 그린 황건의 「불타는 섬」, 고참 전초

대원의 자기헌신성과 신참의 뜨거운 조국애를 조화시킨 윤세봉의 「신대원과 구대원」, 일사불란하게 작전을 수행하는 전사들을 다룬 리종렬의 「명령」 등이 대표적인 사례로 거론될 만하다.[21] 이들 작품에서 반복되는 전장의 구체상은 '연전연승하는 인민전사/ 패퇴하는 미군, 국방군'의 대비로 모아진다. '공화국 전사'들은 용맹과 적을 향한 의분(義憤)으로 무장하고 '조국통일'과 '인민의 행복'이라는 대의를 위해 헌신하는 아들딸이자 믿음직한 국가 구성원으로서의 면모를 보여준다.

연합군의 인천상륙을 저지하며 사수를 결의하고 전원이 전사한 월미도 해안포중대의 실화를 소재로 한 황건의 「불타는 섬」은 북한문학사에서 손꼽는 전쟁서사의 정전 중 하나다. 작품 속 전쟁서사에서는 국가와 일체를 이룬 전사들의 사수의지가 죽음을 무릅쓴 조국애와 자기헌신성이 주를 이룬다.

여자통신수 안정희는 월미도 해안포 중대원들의 활약상에 감화 받아 사단 지휘부의 철수명령을 마다하고 사수하는 부대에 잔류하기로 결심한다. 그녀의 결심은 전사들의 고투에 감화된 자의 사상적 성숙과 그로 인한 자기헌신성의 일단이기도 하다. 그런 그녀에게 중대장 리대훈은 감사를 표하며 "무한히 충직한 혁명전사"(181쪽)로서의 자긍심을 공유한다.

중대장 리대훈은 본래 충청도가 고향이다. 그는 어릴 적부터 유랑하다가 북한에서 해방을 맞이한 인물이다. 그는 미국이 남한을 강점했기 때문에 고향으로 돌아가지 못하고 고향을 되찾겠다는 일념으로 입대하여 중대장에 오른 자신의 삶을 정희에게 고백한다. 그의 고백에는 전쟁의 대의명분에 대한 북한사회의 시각이 고스란히 담겨 있다고 할 만하다. 중대장 리대훈의 입으로 발언되는 전쟁의 명분은 '남한땅의 완전한 해

---

21) 이 글에서 논의하는 단편들은 모두 평양 문예출판사에서 1978년 간행한 『조선단편집』 2권에 수록된 것이다. 이하 인용은 모두 이 텍스트에 근거한다.

방'과 '미 제국주의자'에게 강탈당한 고향을 되찾겠다는 조국애로 요약된다.

남한 출신의 중대장이 북한 출신의 어린 여성 통신수를 감화시켜 헌신하도록 만든다는 전쟁서사의 설정 안에는 '조국 해방'과 '국토 완정'이라는 당위성이 남한 인민들의 염원과 연계되어 있어서 흥미롭다. 남한 해방이라는 혁명의지가 이처럼 남한 인민의 각성과 맞물린 것이라는 설정이야말로 남한의 전쟁관과 가장 차이나는 부분이기도 하다. '조국 해방'의 당위성이 남한 출신자들조차 호응한다는 점에서 그러하다. 이러한 인물 설정과 이야기 구도는, 고향을 빼앗긴 자가 김일성의 혁명과업에 동참함으로써 '조국의 완전한 해방'을 쟁취하려는 것이 전쟁의 대의명분에 해당한다는 점을 일러준다.

그러나 「불타는 섬」에서 전쟁의 대의와는 별개로, 군인들은 공화국을 지키는 수호자의 전형으로 재배치된다.

> "지금 이 시각에도 최고사령관 동지께서는 불타는 이 월미도를 지켜보고 계시겠지요?" 하고 조용히 뇌었다.
> 대훈이 역시 숭엄한 생각에 잠긴듯 정희가 바라보는 북쪽하늘을 경건한 마음으로 우러르며 다심한 목소리로 말했다.
> "지켜보고 계실 겁니다. 위대한 수령 김일성 장군님께서는 지도앞에서 월미도를 꼭 보시구 계실 겁니다… 원쑤들이 더러운 발을 들여놓은 조국 땅 어디에나 자신의 사랑하는 아들딸들이, 그중에도 미더운 당원들이 총칼을 들고 서있는 모습을 모든 정을 기울여 지켜보고 계실 겁니다."
> 이것은 얼마나 귀중한 일인가… 위대한 수령님께서 마련해주신 조국은 말로는 다 표현할 수 없는 얼마나 큰 것인가… 정희는 이런 생각을 하며 더 입을 열지 못했다.
> ─황건, 「불타는 섬」, 조선단편집(2), 182쪽.

인용 대목은 중대장과 여자통신수가 대화를 나누는 장면이다. 이들은 지도를 앞에 두고 월미도를 지켜보는 김일성을 떠올린다. 이들의 대화에서 드러나는 것은 지도와 지도를 보고 있는 김일성의 면모이다. 지도로 상징되는 '조국이라는 대지의 영토성'과 '영토를 주관하는 민족지도자 김일성'의 이미지이다. 전쟁 승리를 위해 고심하며 지도상의 한 점인 월미도를 보고 있는 김일성을 상상함으로써 이들은 '조국의 진정한 아들딸'로 다시 태어난다. 이들의 월미도 사수의지는 '원쑤들이 더러운 발을 들여놓은 조국땅'을 지키는 '귀중한 일'이다. 인용대목에서 김일성의 존재는 '자신의 사랑하는 아들딸들'을 지켜보는 국가아버지로서의 위상을 단적으로 보여준다. 국가아버지를 떠올리는 이 장면은 세대와 성을 뛰어넘어 사상적으로 결속된 혁명 대오로 마침내 승화되는 순간이기도 하다. 여기에 전사들의 소극성이 설 자리는 없다. 전쟁의 대의에 매진하는 국가적 개인의 표상인 중대장과 포대원들은 모두 전사하고, 정희는 마지막까지 사단 지휘부에 전황을 보고하다가 산화한다. 작품의 전쟁서사에서 군인들은 미제에 맞서 조국을 사수하다가 죽어간 영웅적인 아들딸, 혁명 대오에 생사를 함께한 불멸의 전사로 기억되는 셈이다.

50년대 북한소설에서 전쟁서사는 군인들을 조국 수호라는 명분과 사회주의 혁명이라는 대의에 헌신하는 활약상을 통해서 조국애와 사상적 동지애로 뭉친 국가 영웅으로 그려낸다. 이들은 곧 영웅적 개인으로 그치지 않고[22] 신성한 조국애와 전투의지로 무장한 국가영웅의 표상이다. 전사들의 이같은 영웅적 활약상은 윤세중의 「구대원과 신대원」, 리종렬의 「명령」에서도 반복된다.

---

22) 이원조의 「영웅 형상화에 대하여」(『인민』, 1952.2.)는 영웅적 개인의 형상화의 도식성을 비판하며 "생사를 초월한 초인간적 분투 노력과 숭고한 헌신성과 불굴의 완강성"(이선영·김재용 편, 『현대문학비평자료집(이북편)』 2권, 태학사, 1993, 184쪽)을 최상의 교훈으로 삼아야 한다고 주장한 글이다.

윤세중의 「구대원과 신대원」은 구대원인 경기사수 장수철을 내세워 신대원을 감화시키고 그들의 전투의지를 한껏 고양시킨다. 혁혁한 공을 세워 전사영예훈장까지 받은 역전의 용사인 그는 신입대원 중 체격이 왜소하고 어려 보이는 박성구를 분대원으로 받아들인다. 수철은 성구를 의구심 어린 눈으로 바라보며 자신의 풍부한 전투경험을 전수하는 전담자를 자처하고 나선다. 수철의 열성에 감화된 성구는 "수령님께서 마련해주신 혁명의 전취물을 목숨으로 지키는 것"과 "아버지의 복수"를 위해 복수 대상을 악질 지주에서 "미제놈들"로 바꾸었다는 결의를 내비친다. 마침내 성구는 "총탄, 포탄이 비처럼 쏟아지는 화선에서 얼마나 제가 대담해지고 침착해져서 적과 싸울 수 있는가?"(「신대원과 구대원」, 199-200쪽)를 놓고 자신의 신념을 어떻게 관철시킬 것인가를 고심한다. 그에게는 전장의 두려움이 문제가 아니라 어떻게 두려움 없이 적과 싸울 것인가만 문제될 뿐이다. 이렇듯, 신입 병사의 내면에서 일어나는 변화는 개인의 원한에서 공화국의 적으로 향하는 공분의 형질 변경과 그로 인한 사상적 성숙이다.

리종렬의 「명령」에 등장하는 전사의 모습도 마찬가지이다. 작품에서 재현되는 전사들의 모습은 국방군 초소 기습작전을 수행하는 습격조 대원들의 자기헌신과 전우애, 희생을 중심으로 그려진다. 이들 습격조 대원은 명령을 완수하려는 의지들로 충만하다. 국군초소에서 쏘아대는 총탄 속에서도 온갖 장애를 전우들의 유대로 극복해낸다. '영수'의 가슴에는 어머니의 "잘 싸우고 오너라…"는 전송하는 모습이 간직되어 있고 "위대한 수령님께서 령도하시는 조국"(「명령」, 243쪽)의 '크고 귀중한 것'에 대한 충정으로 가득 차 있다. '모성'은 여성화된 민족의 목소리에 가까운데 그 연유는 국가라는 대주체와 짝을 이루기 때문이다. '어머니'의 전송을 품고 '아버지'의 귀중한 대의 아래 전사들은 훌륭하게 임무를 완수하는 국

가와 민족의 자랑스러운 아들딸이 된다.[23)

북한의 전쟁서사에서 군인들은 전쟁을 수행하는 국가 영웅으로 추앙되는데, 이들은 온갖 난관을 헤쳐 나가는 모험가이자 대의를 실현하는 중세 무훈담 속 기사와 같은 모습으로 그려진다. 이들 전사는 전투 중 죽음을 무릅쓴 헌신과 희생, 명령 복종으로 임무를 완수하는 국가 이성의 대행자이기 때문이다. 그러나 여기에는 대의의 신성함 앞에 생사를 걸고 맡겨진 임무를 완수하는 역할 외에는 다른 것이 틈입할 수 없다. 전사들의 내면을 들여다보면, 거기에는 해방 이후 단행된 북한이라는 정치체에 대한 자긍심, 곧 '민주개혁'과 '토지개혁'의 혜택을 입은 계층들이 가진 체제에 대한 자긍심을 보게 된다. 그 자긍심은 조국애로 확장되면서 남한땅을 압제해온 '미 제국주의자들과 괴뢰집단'에 대한 적개심으로 바뀐다. 군인들의 내면이 전쟁 이전의 기억을 소환하며 불러내는 것은 노동자 농민계층이 새로운 주역으로 등장하여 일군 경제적 풍요, 단란한 가족과의 추억들이다. 이 기억은 전장의 군인들을 국가사회주의의 체제와 이념으로 무장하여 전쟁의 당위성을 실현하는 동력이 된다.

그러나 전세의 역전과 함께 이들의 회상과 애국주의는 「불타는 섬」에서와 같이 진지 사수의 결의로 바뀌기도 하면서 적개심과 자기헌신, 전우애로 변주되어 간다. 미국의 개입과 유엔 연합군의 참전 속에, 인천상륙작전은 그동안의 전세를 반전시킨다. 소위 '일시적 후퇴시기'가 도래하면서 북한소설의 전쟁서사는 새로운 층위 하나를 만들어낸다. 인민군 퇴

---

23) 탱크운전병 '전기련'의 애국심과 불타는 조국애를 그린 한설야의 「땅크 214호」, 전쟁영웅 한 계열인 실화를 바탕으로 전투의 온갖 역경을 이겨내며 불굴의 투사상을 보여준 박웅걸의 「나의 고지」도 같은 맥락에 있다. 이들 작품에 대한 언급은 엄호석, 「조국해방전쟁 시기의 우리문학」, 평양, 조선작가동맹출판사, 1955, 207-209쪽. 이외에도 엄호석은 군인들의 전쟁서사에 관한 주요 문제작으로 유항림의 중편 「진두평」, 황건의 「불타는 섬」과 중편 「행복」, 박웅걸의 「상급전화수」, 윤세중의 「구대원과 신대원」 등을 꼽는다(209-215쪽).

각과 함께 후방 지역이 연합군과 국군에게 점령당하면서 전쟁서사는, 군인들의 영웅적 행위에서 후방지역 인민들이 겪는 전쟁의 참화와 비극을 맥락화하기에 이른다. 후방전투에 관한 전쟁서사는 야수적인 제국주의의 범죄행각을 부각시키는 한편, 이야기의 초점을 '공화국 수호'로 옮겨간다. 이야기의 이러한 중심 이동은 애초 설정된 전쟁의 대의가 전도되면서 일어난 불가피한 현상이다. 그 사례로는 박태민의 「벼랑에서」나 김형교의 「검정보자기」 등이 있다.[24]

박태민의 「벼랑에서」는 군인들의 고정된 신념을 표상하는 경우와는 달리, 북한의 후방지역이 겪은 상처와 적개심을 드러낸다. 수송대의 화물차 운전수로 참전한 '원주'는 후퇴 길에서 고향 인근에 이르러 단란했던 집을 찾아나선다. 고향 집으로 향하는 길목에서 그는 자신이 일했던 공장이 폭격으로 폐허로 변해버리고 집은 형체조차 없이 사라져 버린 것을 알게 된다. 그는 이웃집 아주머니에게서 며칠 전 미군 폭격으로 아내와 어린 자식이 죽었다는 사실을 전해 듣는다. 고향집 잣나무 밑에서 그는 아내가 된 순이의 손을 잡고 장래를 약속했던 때를 떠올리며 그간 살았던 집터를 한없이 바라보며 전쟁 전 단란했던 가정을 회상한다.

주인공의 회상은 북한사회가 전쟁의 현실에서 겪은 상처와 충격의 세목들을 잘 말해준다. 4년전 저녁, 그는 도직맹대표자회의의 대표로 선출되고 집으로 돌아오는 날, 아내가 된 순이를 잣나무 밑에서 만난 것을 떠올린다. 4년의 회상에서 그는 폐허가 된 집터에서 순이와 결혼에 이르는 시련과 기쁨의 순간들을 불러낸다. 부재하는 과거의 행복을 불러들이는

---

24) 이들 텍스트는 모두 『조선단편집』 2권, 평양, 문예출판사, 1978에 수록되어 있다. 이하 쪽수만 기재함. 이 텍스트에 수록되지 않은, 후방전투를 다룬 50년대의 문제작으로는 천세봉의 「싸우는 마을사람들」, 황건의 「안해」, 리종민의 「궤도 우에서」, 박웅걸의 「나루터」, 천세봉의 「흰구름 피는 땅」, 변희근의 「첫눈」, 유근순의 「회신 속에서」 등을 꼽을 만하다(이에 관해서는 엄호석, 위의 글, 같은 책, 220-226쪽 참조).

회상에 대비되는 현실은 전쟁으로 인한 참화와 폐허의 참상이다. 그는 죽은 아내에게서 "진실하고 기특한 길동무"를 상실한 데 따른 애틋한 감정을 품는다. 하지만, 이 감상은 개인적 차원에서 벗어나 사회 국가적 차원으로 이행하면서 복수심으로 변이된다. "안해가 그처럼 마음을 써 사들인 가구들이며 둘이서 일요일이면 땀을 흘려 가꾼 정원이며… (… 중략 …) 전대로 놓인 것이 없이 온통 뒤엎어져 있"(221쪽)는 집터를 망연자실 바라보며 적개심과 복수심으로 바뀌는 것이다. 원주는 고장난 트럭을 고치다가 국군 장교에게 붙잡히면서 복수할 계기를 얻는다. 국군 장교는 자신의 전리품을 실어나르기 위해 원주에게 트럭 운전을 강요한다. "그저 돌아오지 않을 테다. 이제 다시 진격하는 날에는 내게서 안해와 어린것을 빼앗아간 네놈들에게 백배천배의 앙갚음을 할게다!"(「벼랑에서」, 222쪽)하며, 원주는 절벽으로 차를 몰아 승차한 국군들을 죽이고 혼자 살아남는다.

작품에서 주인공의 적개심과 증오는 전쟁의 대의와는 무관하게 전개된다. 이야기는 파괴된 일상과 함께 '벼랑에 놓인' 체제의 위기를 암시적으로 보여준다. 특히 작품에서 주인공이 지난날의 행복을 회상하는 대목은 전쟁의 대의와 조국애를 재현하는 도식에서 벗어나 북한 인민들의 피해와 그에 관련된 심성을 여과 없이 보여준다. 폭격으로 사라져버린 고향집은 전쟁의 명분이나 대의와는 상관없이 전쟁 피해의 실상을 부각시킨다. 이런 측면에서 「벼랑에서」는 후방 인민들이 겪은 전쟁의 피해와 비극을 일상의 시선에서 포착해낸 드문 사례의 하나다.

김형교의 「검정보자기」는 관북지방의 산간마을을 무대로 삼은 작품이다. 특히 작품에는 미군과 국군이 마을을 점령하면서 마을사람들이 북한 체제의 붕괴에 대한 우려가 구체적으로 등장한다. '검정보자기'는 해방 직후 토지개혁을 피해 서울로 도망친 악질지주 방기풍이 자기 집에 숨겨둔 토지문서 보따리다. '일시적 후퇴시기'에 국군의 꽁무니를 좇아 고향에 돌아온 악질지주가 이전에 소작인이었던 마을사람들에게 밀린 소작료와 빼앗긴 토지대금을 받아내고자 다그치는 장면에서부터 작품은 시작된다.

> "(…) 너희들이 나를 친일분자니 지주니 하고서 괄시하던 일같은 기왕사는 묻지 않기로 하고서라도 내 토지를 내 승낙없이 너희들 임의대로 나누어부치고는 다섯해동안 나한테는 소작료 한푼 이렇다는 소리없은 일만은 괘씸하기 끝이 없고 더 참을 수 없는 일이야 하니까 큰 변이 생기기 전에 당장 소작료를 마련해서 바치도록 하게. 그리고 현금으로 채용해 쓴 돈은 오늘중으로 갚게"
>
> —「검정보자기」, 401쪽.

작품에서는 지주의 출현과 함께 소작 붙이던 과거, 억압해온 구질서가 현실화된 폭력성에 대한 두려움이 구체적인 현실로 바뀐다. 전세의 역전과 함께 북한사회가 과거 지주제로 회귀할 수 있다는 실제적인 공포와 전율이 가시화되는 것이다. 수세 국면으로 접어든 전쟁의 여파를 일상의 차원에서 절감하는 것은 북한의 후방 인민들에게 국군과 미군의 진주와 함께 남한사회의 질서가 지역사회에 미치는 경우다. 이는 자신들의 속한 체제의 질서와는 뚜렷하게 차이난다는 점에서 실제적인 공포를 야기한다. 악질지주와 부도덕한 남한 판사의 출현은 북한 체제의 자긍심이 상처 입고 위기 국면을 맞이했다는 것을 구체적으로 보여준다. 돈과 법으로 상징되는 남한의 질서는 북한 후방지역에 폭력의 현실로 영향을 미친다.

체제 위기에 대해 후방 인민들이 품고 있는 의식의 일단은 단적으로 방기풍의 사촌형수에게서 잘 드러난다. 그녀는 큰소리치는 방기풍에게 북한사회가 해방 이후 눈부시게 발전한 모습을 상세하게 알려준다. 방기풍이 월남한 뒤 마을은 마을사람들이 합심해서 번개늪 앞에 방축을 쌓고

홍수를 잊어버릴 만큼 평화롭게 바뀌었다는 것, 개간지에다 농사짓게 되고 거듭된 풍년으로 생겨난 경제적 풍요를 누리며 집집마다 재봉틀과 라디오 같은 세간살이를 장만하게 된 것 등등, 형수의 입을 통해 전해지는 것은 전쟁 이전의 풍요상이다. 이는 「벼랑에서」가 보여준 전쟁 이전의 삶에 대한 회상과 그 맥락이 크게 다르지 않다. 「검정보자기」에서는 궁벽한 산촌에서 탈바꿈한 경제적 풍요로움과 변화된 생활상이 부정될 위기에 직면해 있다는 현실적 공포가 우세하다. 하지만, 이 전쟁 서사에서 방기풍을 비롯한 점령세력에게 피력되는 반감은 다시 궁벽하고 억압받는 과거로 회귀할 수 없다는 주민들의 결의와 집단 행동으로 나타난다.

한편, 월남한 뒤 남한에서 살아온 방기풍의 삶은 매우 희화적으로 그려진다. 이는 월남자에 대한 풍자적인 반영의 결과이기도 하지만 고향을 버리고 떠난 자에 대한 냉소도 한몫을 한다. 방기풍은 월남한 뒤 자기의 전 재산을 모리배들에게 빼앗기고 시장에서 계란 좌판을 벌려 겨우 연명해 왔다. 이같은 인물 설정은 공화국의 풍요로움과는 대비되는 도덕적 경제적 전락에 가깝다. 그의 귀향은 '악질 지주의 재등장'이라는 의미를 넘어 '실패한 전근대인' '탕아'의 이미지에 가깝다. 하지만 그의 등장은 북한주민들에게 전세 역전과 함께 구시대 질서의 등장이라는 구체적인 위기감을 절감하게 만든다.

가산과 식량을 수탈하는 점령군의 폭력과 만행은 북한의 후방지역 인민들이 체감했던 전쟁에 대한 실질적인 공포를 단적으로 보여준다. 북한주민들에게 점령군은 한낱 낡은 사고에 사로잡힌 악질지주의 대변자, 부르주아와 식민지 잔재를 청산하지 못한 반민족세력과 결탁한 야만적인 오랑캐 군대에 지나지 않는다. 그런 관점에서 미군과 국군의 힘을 빌려 마을의 옛 작인들에게서 밀린 소작료를 받아내려는 전날의 지주 방기풍의 시도는 실패로 돌아갈 수밖에 없다. 그는 이를테면 체제를 부정하며 월남한 타자로서 남한체제에 대한 우월적 관념을 바탕으로 그려낸 타자화된 하위주체에 지나지 않는다. 왜냐하면 그에게는 자본의 논리에 물든 몰인간적인 부도덕함만이 아니라 남한 사법권의 패덕과 결탁한 존재이며 제국주의 질서에 익숙한 열등한 타자의 면모만이 부각되기 때문이다. 방기풍이 남한의 부패한 판사 장만수를 대동해서 '묵은 빚'을 받아내려는 기도는 부도덕하고 시대착오적인 것이어서 좌절되어 사라지는 구시대의 잔영에 불과하다. 게다가 국군은 약탈한 소를 잡아 먹으면서 일제 군가를 부르는 행동에서 보듯 식민체제의 연장에 다름없는 집단으로 추문화된다. 지주 방기풍과 판사 장만수, 국방군은 후방인민들의 유격대 활동과 인민군대의 지원 아래 격퇴되고 만다. 이야기의 설정은 후방 인민들을 주인공으로 삼아 후방지역에서 적대세력들을 축출하는 또하나의 영웅서사임을 보여준다.

하지만, 군인과 전선이 중심이 되는 전쟁서사가 후방 민간인들의 고통과 참상을 겪는 전쟁 서사로 옮아가는 과정에는 애초 설정되었던 전쟁의 명분이나 대의가 전면화되지 않는다. 무엇보다도 후방지역 민간인들이 등장하는 전쟁서사에는 역전된 전세 속에서 수세에 몰린 북한사회가 겪은 상처와 미래에 대한 위기의식이 잘 반영되어 있다. 체제 붕괴의 위기와 불안감은 해방 이후 축적해온 북한사회의 물적 토대의 전면적인 파괴와 직접 관련된 현실적인 공포로 나타나는데, 그것이야말로 「벼랑에서」와 「검정보자기」에서 추출할 수 있는 맥락과 함의이다. 전사를 주인공으로 삼거나 전선을 무대로 삼은 전쟁서사가 전쟁의 대의를 실현해가는 수행자들의 정치적 면모를 보여준다면, 후방인민들의 전쟁서사는 전쟁의 참상과 비극, 체제 위기감 속에 국군과 미군의 만행, 구세력의 출현을 다루는 사회문화적인 집단심성을 드러낸다는 점에서 차이를 보인다.

6. 결어

지금까지 이 글은 1950년대 종군문학과 소설을 중심으로 '북한문학이 그려낸 한국전쟁'을 살펴보았다. 북한문학에서 한국전쟁은 '미 제국주의와 남한의 북침에 반공격으로' 맞서며 제국주의 질서와 대결하는 정당한 군사적 행위라는 의미를 갖는다.

전쟁의 발발과 함께 종군에 나선 문인들은 전쟁의 대의와 명분, 전장의 긴박한 현장성을 무기로 '종군실기문학'이라는 장르를 만들어냈다. 북한의 종군실기문학은 전시 동원체제에 걸맞게 '무기로서의 문학'의 역할을 충실히 수행한 사례였다. 여기에는 전투 현장의 생생한 기록을 통해서 전쟁의 대의를 수행하는 인민군 전사들의 면면과 전장의 현실을 시시각각 포착하는 한편, 민족 해방이라는 헤게모니를 정당화하는 미디어 정치의 한 국면과 국가이성의 의지가 관철되어 있다.

1950년대 북한소설에서 전쟁서사는 군인들의 자기헌신을 통해서 그들의 국가영웅으로서의 면모를 만들어내고 있었다. 이는 북한문학이 해방 직후 남한의 완전한 해방을 지향하는 대의를 의심 없이 수용한 결과이기도 했다. 되풀이해서 강조하면 북한문학은 전쟁 발발 이전부터 한반도 현실을 미 제국주의에 의해 식민지화된 질서로 규정하고 남한사회를 해방시켜야 한다는 정치적 속내를 숨기지 않았다. 이른바 '민주기지론'이 바로 그것인데, 종군실기문학과 북한소설에서 반복되는 전쟁서사는 임진왜란과 이순신 장군을 전유하며 '제국주의적 질서' '외세 축출'을 통한 '조국해방' '국토완정'이라는 전쟁의 당위성에 활용하고 있을 정도이다.

그러나 전세의 역전과 함께 북한소설의 전쟁서사에서는 전쟁의 대의와 명분을 구현하는 면모가 약화되고 후방지역 인민들을 등장시켜 전쟁의 여파에 그대로 노출된 이야기의 새로운 면모가 형성된다. 이같은 전쟁서사는 연합군과 국군에게 점령된 뒤 전쟁의 상처 폐허와 상처를 야만성으로 몰아가며 위기에 봉착한 체제의 불안을 그대로 노출하고 있다. 요컨대, 후방지역 인민들의 전쟁서사는 폐허가 되어버린 참상을 바라보며 전전의 단란한 행복을 회상하는 면모 또한 북한사회가 겪은 전쟁의 직접성을 잘 드러내고 있다. 두 개의 전쟁서사가 가진 특징은 종군실기문학이 보여준 생생한 현장성과 전의를 고취하는 강한 전파력과는 달리, 1950년대 소설에서 정치적 차원과 사회문화적 측면을 반영한 결과이기도 하다.

이렇게 1950년대 북한문학에서 종군실기문학이나 전쟁서사는 식민지의 경험과 질서로부터 결별하고 있을 뿐만 아니라 남북한이 분열되고 이데올로기적 정치적, 군사적 대결 속에 만들어진 역사적 실재이기도 했다. 이 시기의 북한문학에서 전쟁은 새로운 국가 건설의 과제의 연장이었다. 한반도에서 세계 냉전 질서의 관철과 함께 싹트기 시작한 정치군사적 충돌은, 단정수립과 함께 고조된 긴장이 '북진론'(남)과 '국토완정론'(북)으로 맞서는 가운데 대결로 비화된 비극적 사태였던 셈이다. 북한문학의 전쟁서사가 해방후 수립된 북한 정권의 경제력 축적을 떠올리거나 남한사회를 '제국주의 미국과 주구세력'들이 탄압하는 감옥과 지옥의 현실로 규정하고 이를 해방시켜야 한다는 논리는 바로 그같은 사회적 배경에서 생성된 이야기의 도식이었다.

북한문학의 전쟁서사는 북한 체제가 전유해온 전쟁의 대의명분을 잘 함축하고 있다. 더구나 이 전쟁서사에는 해방기에 관철된 미소에 의한 냉전구도의 역학보다도 군사적 모험주의를 감행하는 북한사회의 국가이성의 맹목적인 면모도 얼마간 발견된다. 그 맹목성은 세계 냉전구도에 의해 획정된 국토 양단과 맞물려 있었던 민족의 단일국가 수립문제가 좌절되면서 생겨난 남북한의 상호폭력적인 대결 구도의 일단이기도 하다.

전쟁은 남북체제가 상호인정이 아니라 상호부정의 자세를 견지하며 전면적인 군사적 충돌로 비화된 분단 정치의 처참한 실패였다. 이런 맥락에서 보면 1950년대 북한문학에서 내세운 '전쟁의 신성한 대의'는 민족해방을 쟁취하려 했던 '군사적 모험주의'에 근거한 정치 헤게모니에 지나지 않았다. 1950년대 북한문학을 지배한 '남한 해방과 국토완정'의 논리는 남한의 문학이 보여주는 이데올로기에 대한 환멸이나 가치의 아노미 같은 정서의 구조와는 판이했다. 북한사회 스스로 구축한 제국주의와의 투쟁이라는 전쟁의 대의는 정당화될 수 없는 분단 정치의 수사학이었을 뿐이다. 이런 까닭에 종군문인들의 종군실기문학이나, 군인들의 영웅적인 투쟁으로 만들어진 전쟁서사, 그리고 후방인민들의 점령군 격퇴 일화로 만들어진 전쟁서사는, 혁명적 열기로 가득한 동원체제하의 국가서사라는 자장으로부터 결코 자유롭지 않았다.

전쟁기 북한 소설에 나타난 서울과 평양의 도시 이미지*

| 김성수 |

1. 문제 제기

이 글에서는 북한 소설에 나타난 6·25전쟁 전후 서울·평양의 형상과 도시 이미지 비교를 시도한다. 전쟁이라는 극한상황에서 소설에 표현된 남북한 양대 수도의 문화 표상과 상징 투쟁에 대한 문학적 분석을 꾀하고자 한다. 왜 도시 이미지에 주목하는가? 도시 이미지란 인간이 환경에 대해 가지는 총체적 표현이며, 마음의 그림으로 이것을 장소에 대한 인간의 도식적이고 간접적인 지식의 총합[1]이라고 할 수 있다. 소설을 읽고 머릿속에 상상하는 심상 지도(心象地圖, Mental Map)는 단순히 상대적 위치를 표시하는 공간심리구조만이 아니다. 그 속에는 공간과 장소라는 속성의 가치와 의미가 내재되어 있기에[2] 그 구조를 분석하고 의미를 해석해야

---

* 이 글은 「북한 소설에 나타난 6·25전쟁 전후 서울 평양의 도시 이미지」(『북한연구학회보』 15권 2호, 북한연구학회, 2011. 12. 30)을 수정 보완하였다.
1) 이진숙, 김한나, 「다변량 해석기법을 이용한 도시 이미지 평가에 관한 연구」, 『대한건축학회 논문집 : 계획계』, 제26권 제8호, 대한건축학회, 2010, 4쪽.
2) "도시 이미지의 이런 특색은 Mental Map이 공간관계 구성의 지식과 마찬가지로 장소에

할 터이다. 서울과 평양에 대한 심상지리적 인식(心象地理, imaginative geography)
은 이념적 의미에서 민족과 국가의 정체성을 확립해 주는 요인이 될 수
있기 때문이다.[3]

　그동안 남북 학계에서는 각각 자기 수도에 대한 문학적 형상화나 도시
연구를 다양하고 심층적으로 다루어 적잖은 성과를 냈다. 하지만 통일
수도라는 통합적 관점에서 이 문제를 바라본 국내외 학계의 연구는 매우
미흡하다고 할 수 있다. 정치 경제 분야의 도시학, 건축학적 접근뿐만 아
니라 서울과 평양이라는 도시에 대한 문학작품에 대한 연구는 전무하다
고 해도 과언이 아니다. 어쩌면 서울과 평양이라는 분단시대 수도에 대
한 남북한 작가의 상호 인식은 구체적인 실체가 거의 없다고 해도 과언
이 아닐 것이다. 통일을 위한 가시적인 청사진은커녕 상대편 수도에 대
한 기초적인 자료와 정보조차 확보하지 못한 상황에서 최소한의 문학적
이해에 기초한 민족문학적 통찰이나 구체적인 교류 협력의 노력이 있었
는지 의문이다.

　평양의 도시 이미지에 대한 남한 작가의 인식은 이중적이다. 남한 문
학사에서 분단 문제를 최초로 가시화한 최인훈의 『광장』(1960)을 보면 남
한을 '밀실만 푸짐하고 광장이 죽은 곳'으로, 북한을 '더럽고 처참한 광장'
만 있는 잿빛 공화국으로 묘사한다. 조정래의 기념비적 대하소설 『태백
산맥』(1989)에 그려진 서울과 평양의 모습을 보면 역사적 사실에 근거해
서 남북, 좌우익을 가능하면 객관적으로 형상화하려는 리얼리즘적 시각
이 엿보인다. 가령 전쟁 중인 평양을 보고 "평양도 역시 전쟁 속에 내던

　　대한 지식도 포함한다. 그리고 Mental Map은 환경에 대한 태도나 정보 같은 이미지의
　　총합을 내포하고 있다." 위의 글, 8쪽.
3) 임옥규, 「남북 역사소설의 심상지리적 인식을 통한 통일문화콘텐츠 구상」, 『북한 문화예
　　술 연구의 비전과 상상력 – 단국대 문화기술연구소 제17회 전국학술대회 자료집』, 단국
　　대 문화기술연구소, 2011.12.16, 46쪽.

져진 도시였다. 폭격을 당해 불탄 건물들이 흉측스러운 모습을 하고 있었고, 거리에는 사람들마저 드문드문해서 썰렁한 적막감이 무슨 공포감처럼 섬뜩하게 끼쳐오는 것을 이학송은 느꼈다."(7권 275쪽)는 좌파 지식인의 허탈감이나, 양심적 중도파 지식인인 민기홍이 서울역에서 남행 피난열차를 타려는 사람들로 북새통을 이루는 장면을 보고 다음과 같이 비판하는 것을 객관적으로 묘사하는 데서 치열한 역사의식을 읽을 수 있다.

> "서울은 어쩔 수 없는 우익의 집합소로구나, 하고 생각했다. 역사의 정당성이고 다수의 삶을 위한 혁명이고 다 필요 없이 자신들의 기득권만을 지키려고 몸부림치는 사람들이 우글우글 모여드는 도시가 서울이었던 것이다."[4]

기실 서울과 평양 주민들의 자기 도시에 대한 자부심은 상대에 대한 대타의식과 경쟁의식 속에서 분단체제의 심리적 기제로 정착되어버렸다고 할 수 있다. 1972년 남북 대화가 시작된 이래 '국제적인 세계화 도시', '인민의 낙원으로 변모된 도시'라면서 서로 서울과 평양의 역사성과 발전상을 과시하고 선의의 경쟁을 했던 것도 사실이다. 하지만 상대에 대한 정보와 지식, 이해도 부족한 채 선험적인 적대감을 앞세워 상대 수도에 대한 왜곡을 일삼는다면 통일을 위해 바람직한 태도는 아닐 것이다.

물론 서울과 평양은 분단 이전부터 고구려, 백제, 고려, 조선에 이르는 역사성 깊은 고도임에 틀림없다. 하지만 문학작품에 나타난 도시 이미지는 그러한 역사적 정통성 경쟁보다는 현실적인 삶의 질을 견주는 방향으로 분석되어야 할 것이다. 가령 남한 소설 중에서, 공원의 녹음이 풍성하

---

4) 조정래, 『태백산맥』 제8권, 한길사, 1989, 121쪽.

게 우거진 깨끗한 계획도시 평양의 시가지와 기념비적 건축물을 긍정적으로 묘사한 문학작품을 찾아보기란 쉽지 않다. 북한 작가의 서울에 대한 인식도 마찬가지로 볼 수 있다. 평양에서 나온 자료에 따르면 북한 주민들 대다수는 대한민국 수도 서울이 여전히 미국의 제국주의적 침략 아래 신음하고 있는 헐벗고 굶주린 거리로 알고 있다고 한다.[5]

본 논문은 이들 현상을 어떻게 볼 것인가 하는 문제의식을 가지고, 북한의 몇몇 대표적인 전쟁/전후소설을 분석하여 그 의미를 비판적으로 고찰하고자 한다. 지금까지 거의 연구되지 않은 주제라 할 '북한 소설에 나타난 전쟁 전후 서울·평양의 형상 비교'를 통해 최소한 기초 자료라도 정리 소개하고 나아가 북한문학 연구 및 도시학에 대한 연구 수준을 제고시켜, 최근 수년간 상호 무관심에 빠진 현 단계 남북한 문학의 소통 경로를 새로운 방향에서 살펴보는 계기로 삼고자 한다.[6]

2. 북한 소설에 나타난 6·25전쟁 전후 평양과 서울

1) 전전(戰前) 평양과 서울 표상

주지하다시피 서울과 평양은 오랜 기간 발전을 거듭해온 역사적 중심도시이다. 두 도시 모두 동아시아 중세 왕도의 전통적인 시가지 형태인 정자(丁字)형 패턴을 공유했다가, 일제 강점기에 격자형 제국주의 식민도

---

5) 평양에서 2001년에 나온 『조선대백과사전』의 '서울' 항목을 보면 지하철은 1호선밖에 없고 공해와 미군의 행패가 만연된 도시로 대한민국 수도의 도시 이미지가 왜곡되어 있다. 『조선대백과사전』, 과학백과서전출판사, 2001.
6) 기존 연구로는 염상섭의 『취우』와 한설야의 『대동강』을 비교하여 6·25전쟁을 형상화한 남북한 소설의 차이와 공통점을 부분적으로 분석한 논의들이 있다. 김윤식, 「우리 현대문학사의 연속성 – 염상섭의 『취우』와 한설야의 『대동강』」, 『한국 현대 현실주의소설 연구』, 문학과지성사, 1990 ; 안미영, 「1950년대 한국전쟁 배경 소설에 나타난 서울과 평양-염상섭의 『취우』와 한설야의 『대동강』 비교」, 『개신어문연구』 20집, 충북대 국문과 개신어문학회, 2003.

시로 변모한 바 있다. 중세 성곽이 해체되고 네오바로크양식의 르네상스식 식민 관가와 도심의 직선화, 철로 중심의 가로 건설 등이 이루어졌던 것이다.[7] 해방 직후에는 미소(美蘇) 군정의 영향으로 냉전 구도가 정착하면서 각각 자본주의적 다양화와 사회주의적 획일화의 방향으로 도시 재건이 이루어졌다. 하지만 6·25전쟁을 경과하면서 남북한 분단이 고착화되자 서울은 대한민국의 수도로, 평양은 조선민주주의인민공화국의 수도로 분단 대립하게 되었다. 그 결과 두 도시의 이미지는 역사적 정치적 중심으로서의 정통성 경쟁과 체제와 이념의 전시성, 대립상황에 대한 통치권력의 상징성, 문화적 표상으로서의 상징 투쟁의 대상이 되었다. 이런 사실은 문학에서도 예외가 아니었다.

서울은 조선 개국 이래 6백 년이란 오랜 시기동안 한반도의 정치적 문화적 중심지였다. 도시학 연구 성과에 의하면 중세 고도(古都) 서울의 근대적 도시화는 일제 강점기에 그 기반이 형성되었다.[8] 총독부에 의한 식민지 건설로 인한 '이중 도시'의 계획적 건설과 함께 민간 차원에서의 일본식 건물 축조를 통해 '경성의 왜색화'는 더욱 빠른 속도로 전개되었다. 이처럼 일제 치하에서는 식민지 도시화의 경로를 밟아 전통도시 한양이 식민도시 경성으로 변신하는 일련의 과정이 전개되었던 것이다.[9]

이렇게 중세 왕조 도시의 전통이 남아 있는 채 식민지적 근대 도시가 중첩된 이중도시적 경관이 해방 직후 서울의 도시 이미지였다. 하지만 8·15해방을 통해 식민지 질서가 해체되고 대규모 인구 유입과 새로운 사회 건설이 이루어지면서 도시 공간구조에도 상당한 변화가 일어났다. 그

---

7) 김영재 외 3인, 「해방 이후 서울과 평양의 도심 공간구조와 그 특성에 관한 비교 연구」, 『대한건축학회논문집』 17권 10호(156호), 대한건축학회, 2001.10, 35쪽.
8) 윤정섭, 『도시계획사 개론』, 문운당, 1985, 146-147쪽 참조.
9) 이상의 내용, 특히 '이중도시' '경성의 왜색화' 등 일제시대 도시화에 대해서는 다음 논문을 참조해서 정리하였다. 장세훈, 「한국전쟁과 도시 경관의 변화 : 전쟁 전후 서울의 도시화를 중심으로」, 김필동 외 편, 『한국 사회사 연구』, 나남출판사, 2003, 357-362쪽 참조.

과정에서 민족과 계층에 따른 주거지 격리 같은 식민 도시적 성격이 희석되어 이중도시의 양상이 서서히 사라졌지만 식민화 잔재는 거의 그대로 온존되었다. 이는 해외동포와 월남민의 도시 유입으로 주택 및 각종 기반 시설의 수요는 급증하는데 정치, 사회적 혼란과 행정적 공백으로 그 공급은 제자리걸음만 거듭한데다가, 정부가 심각한 재정 적자 상황에 봉착해 있어, 도시공간에서 왜색을 걷어내는 것보다는 기존 시설과 경관을 적절히 활용하는데 더 주력한 결과이다.[10]

해방 정국에서 도시 경관의 변화를 몰고 올 또 다른 변수는 미군정의 도시정책이었다. 그러나 미군정은 정치, 사회적 혼란을 수습해서 최소한의 사회 질서를 유지하고 원활한 식량 공급을 통해 민생을 안정하는 데에만 주력했기 때문에, 도시 계획에 대한 사회, 경제적 수요에 둔감했고, 도시 경관에는 아예 관심도 갖지 않았다.[11]

이러한 혼란상을 반영한 서울의 도시 이미지는 오장환의 「병든 서울」 (1945)에서 잘 형상화되어 있다.[12] 해방 직후 서울을 두고 "병든 서울, 아름다운, 그리고 미칠 것 같은 나의 서울아"라고 일갈한다. "우리 모든 인민의 이름으로 / 우리네 인민의 공통된 행복을 위하여 / 우리들은 얼마나 이것을 바라는 것이냐. / 아, 인민의 힘으로 되는 새 나라"를 꿈꾸고 기대했으나 현실은 전혀 달랐다. "짐승보다 더러운 심사에 / 눈깔에 불을 켜들고 날뛰는 장사치와 / 나다니는 사람에게 / 호기 있이 먼지를 씌워 주는 무슨 본부, 무슨 본부, / 무슨 당, 무슨 당의 자동차"로 형상화된 '눈물 없이 지날 수 없는 너의 거리'가 되어 버렸다.

북한의 대표 작가라 할 천세봉의 『대하는 흐른다』(1962)를 보면, 주인공

---

10) 위의 책, 362-364쪽.
11) 국토개발연구원 편, 『국토 50년 : 21세기를 향한 회고와 전망』, 서울프레스, 1996, 364쪽.
12) 1945년 12월 『상아탑』에 발표된 오장환의 시로 1946년 정음사에서 간행된 동명 시집에 표제작으로 수록되어 있다.

장인표가 해방된 오늘 이 나라의 심장인 서울이 이처럼 혼탁하게 될 줄
은 몰랐다고 반문하는 대목이 나온다. 그는 혼란상 속에서 그래도 새 국
가 건설의 모든 것이 서울에서부터 시작되리라고 믿었다. 그래서 자기가
모를 뿐이지 이미 사회 전체가 무엇이든 굳어지고 질서가 잡혔으리라고
믿었다. 그런데 예상과는 너무도 딴판이다. 오히려 서울이 이북보다도 더
욱 혼란에 빠져 있다고 박일에게 솔직히 토로한다.

　　박일은 팔을 휘두르며 소리를 질렀다. 장인표는 껄껄 웃었다.
　　"지금 서울바닥의 로동자들이 어떻게 살고 있는지 아는가? 하루에 호
떡 두어 개씩 먹구 연명을 하구 있단 말일세. 그러면서도 공장을 지켜내
기 위해서 윽윽하네. 모두 사람들이 아니라 불덩어리들일세. 눈물이 난
단 말야. 실로 그 정상은 눈물이 난단 말야. 그런데 자네 따위가 이런 환
경에 와서 투쟁을 해? 어림이 있는가? 어림이 응?" (… 중략 …)
　　다음 다음날 장인표는 신문사에라도 들려 보려고 또 거리에 나왔다.
　　황금정 "미장그릴" 앞으로 걸어가려니 번쩍이는 하이야들이 욱실거렸
다. 미군장교들이 호기 있게 자동차에 오른다. 그 속엔 사복을 한 조선사
람도 섞였다. 양식을 먹으러 왔다가 떠나는 것 같았다.
　　거리는 여전히 소란했다. 함성과 기발의 소등이다. 장인표는 어쩐지 그
소동하는 속으로 걸어가고 싶질 않았다. 무언지 모르게 위압이 느껴지는
것 같은 심정이기도 했다.[13]

　　그러다가 분단 후 평양이 새로운 정치 중심지가 되면서 서울과 평양은
선의의 경쟁이 아니라 이 땅의 주도적 지위를 차지하려는 적의의 대상이
되어 최고 도시 지위를 위한 무한경쟁을 벌이게 되었다. 해방 직후부터
미소 군정의 진입에 따른 각기 다른 정통성을 지닌 정치세력의 이합집산
과 무한경쟁의 장이 되기도 하였다. 심지어 해방 이듬해 3.1절 기념식을

---

13) 천세봉, 『대하는 흐른다』, 조선작가동맹출판사, 1962, 129쪽.

두고도 서울과 평양에서 상징적 의미로 별도의 행사가 치루어졌다.[14] 해방된 조국이 자주적 민주 국가의 건설로 바로 이어졌다면 큰 문제가 되지 않았을 텐데 남북이 분단된 채 외세에 기대다 보니 서로의 정치적 정통성이 보이지 않는 경쟁구도를 보이게 된 것이다. 특히 북한은 '민주기지'론을 내세워 미군이 점령해서 미국의 절대적 영향 하에 있는 남한을 해방시켜야 한다고 공공연하게 공언할 정도였다. 이는 서울과 평양의 역사적 문화적 표상을 두고 정치적 중심지 수도로서의 상징을 경합하는 형국까지 초래했다.

가령 해방 직후 나온 한설야의 비평 「예술운동의 본질적 발전과 방향에 대하여-해방 1년간의 성과와 전망」(1946)을 보면, '서울중심주의'를 비판하는 서울과 평양의 상징 투쟁의 이론적 거점이 어떻게 출발했는지 알 수 있다.[15] 그에 따르면 조선의 예술운동의 본질적 방향과 그 발전을 위하여 상식론적 현상추수론에서 배태되는 가장 큰 두 개의 경향 중 하나가 '서울중심주의'로서 극복해야 할 장애물이다. 물론 서울이 해방 전까지 좋은 의미에서겠든 나쁜 의미에서겠든 조선문화의 중심지인 것은 사실이다. 하지만 서울 문화의 거의 전부가 조선의 봉건문화와 일제 문화 그리고 그 가운데서 부패해버린 시민문화인 것 또한 사실이라고 한다.

그러므로 한설야의 논리에 따르면 해방된 당시 시점에서 문화의 중심을 막연히 서울이라고 당연시하는 '문화에 있어서의 서울 회향주의'는 오류이다. 이를테면 조선이나 일제의 문화적 구관과 구래의 시민문화를 그

---

14) 1946년 3.1절 기념식 이후 서울과 평양의 수도적 대표성을 둘러싼 상징 투쟁에 대한 단상은 다음 글을 참조할 수 있다. 공임순, 「김일성의 청년상에 대한 (남)북한의 상징투쟁과 체제 전유의 방식」, 『민족문학사연구』 39호, 민족문학사학회, 2009.4, 301-302쪽.
15) 한설야, 「예술운동의 본질적 발전과 방향에 대하여-해방 1년간의 성과와 전망」, 『해방기념평론집』(1946.8), 이선영 외편, 『현대문학비평자료집』1권(이북편 1945-50), 태학사, 1993, 19-33쪽. 이에 대한 분석은 김성수, 「통일문학 담론의 반성과 분단문학의 기원 재검토」, 『민족문학사연구』 43호, 민족문학사학회, 2010.8, 72-75쪽.

대로 답습하고 계승하자는 반동적인 사상과 일맥상통한다고 비판하고 있다. 따라서 서울은 "조선시대 비정, 악정의 근원지이자 파벌, 파쟁과 이른바 칠천팔귀 등 봉건사상과 제도 및 문화의 대표적 집중적 중심지"라는 부정적 이미지로 재규정된다. 더욱이 일본 제국주의의 침략 후 식민지 정책을 수립하기 위하여 그들에게 유용한 봉건적 잔재를 온존하면서 제국주의의 문화 독소를 새로 심고 키워온 중심도 물론 서울이라고 중첩적으로 비판하기까지 한다. 따라서 그의 대안은 남북 분단의 현실에서 서울 중심주의에서 벗어나 평양 중심으로 민주주의 문화의 꽃을 피워야 한다는 것이다. 인용문을 보자.

지금 남북의 유기적 연결이 차단되어 있는 것은 사실이요 또 북에서 적의한 방법으로 촉수를 남에 찌르고 있지 못한 것도 사실이다. 그러나 이것으로 조선예술운동의 남북 분리를 단정하고 실망하는 것은 한 개 피상적인 현상추수론에 불과한 것이다. (… 중략 …)

서울은 이조의 비정, 악정의 근원지였고 그 위에서 파벌, 파쟁과 이른 바 칠천팔귀 등 봉건사상과 그 제도와 그 문화가 가로 세로 얽히어 이조의 봉건문화의 대표적 집중적 중심지를 이루었던 것이다.

그리고 일본제국주의의 침략이 성공한 이후에는 일제가 또한 그들의 야만적 식민지 정책을 수립하기 위하여 그들에게 유용한 봉건적 구관과 그 문화를 인입 이용하면서 일본제국주의의 문화독소를 새로 심고 키워 온 중심도 물론 이 서울이다.

서울이 해방 전까지 좋은 의미에서겠든 나쁜 의미에서겠든 조선문화의 중심지인 것은 사실이나 그러나 여기에 이르는바 문화의 거의 전부가 이조의 봉건문화와 침략자 일제문화와 그 가운데서 이루어진 부패한 시민문화인 것도 또한 사실이다. 그러므로 오늘 막연히 문화의 중심을 서울이라고 하는 문화에 있어서의 서울 회향주의는 이를테면 이조나 일제의 문화적 구관과 구래의 시민문화를 그대로 잉용하고 답습하고 계승하자는 가장 무서운 반동적인 사상과 그 어디서든지 일맥상통하는 흐름을 가지고 있는 것이다. (… 중략 …)

　세계의 진보적 민주주의의 최량의 접수지대인 북조선인 것이다. 또 북부조선은 금후의 조선 민주문화에 있어서의 전형적 환경인 동시 조선민주문화의 전형적 성격의 중심적 대표적 주동적 발전지인 것이다.[16)

　평양이 '세계의 진보적 민주주의의 최량의 접수지대'라 한 것은 실은 국제공산당의 본거지인 소비에트 러시아를 염두에 두고 소련군 군정과 그 영향력을 당연시한 점에서 문제가 없지 않다. 하지만 서울이 해방 직후 나름대로의 도시 개혁을 시도하지 못한 데 비해 평양은 여러 개혁을 실시했다는 점도 외면할 수는 없다. 서울이 정치적 격변과 행정 공백, 해외동포의 유입 등 사회적 혼란 등으로 말미암아 도시적 측면에서 일제 잔재를 극복하지 못한 채 기존 식민도시 시설을 온존한 데 비해 평양은 토지 개혁과 도시 정비사업을 성공적으로 실시했던 사실을 염두에 둔 것이다. 게다가 평양은 조선시대부터 계몽기, 일제 강점기를 거치면서 서북지역의 지역적 아이덴티티의 핵심일 뿐만 아니라 조선인에게 변별적인 민족이라는 집합적 자기의식을 고무시킨 고대국가 고조선과 국조 단군 서사의 중심지이기도 하다.[17)

　북한이 민주주의 문화의 중심이고 대표이자 주동적 발전 장소라는 규정은 대표성을 상실한 '서울 중심주의'에 대한 명백한 대안으로서의 '평양 중심주의'의 발현이라 하겠다. 더욱이 평양 담론이 단순한 구호 차원이 아니라 실체화되었다는 점이 중요하다. 평양 중심주의 담론을 제기한 한설야 자신이 소설 『대동강』(1955)으로써 서울과 대비되는 평양의 수

16) 한설야, 「예술운동의 본질적 발전과 방향에 대하여—해방 1년간의 성과와 전망」, 『해방기념평론집』, 1946.8. 이선영 외편, 『현대문학비평자료집』1권(이북편 1945-50), 태학사, 1993, 19-33쪽.
17) 정종현, 「한국 근대소설과 '평양'이라는 로컬리티」, 『사이』 4호, 국제한국문학문화학회, 2008, 96쪽.

도 이미지를 실체로 형상화시키기도 하였다. 전쟁 당시 남한군과 유엔군에 의해 점령된 1950년 10월 평양에서 인쇄공으로 일하다가 게릴라 투쟁에 가담하는 주인공이 해방 직후 평양 거리를 회상하는 심경 한 대목을 보자.

> 그는 해방되던 그때의 광경을 회상하였다. 그날 자기의 운명 속에 전 인류의 운명을 포함한 붉은 병사들이 태양과 함께 이 거리로 들어왔다. 그래서 그날부터 이 거리는 민주의 수도로, 삼천만의 머리 우에 자랐고 새 력사의 요람으로 되었다. 김일성 광장은 스탈린 거리에 잇대여 태양이 가는 모든 지역으로 마치 끝없는 금무지개처럼 뻗어져가는 것 같았다. 그래서 이 거리의 사람들은 - 조선의 인민들은 새날을 찾았고 창조와 건설 속에 자랐다. 새 조선은 날마다 하늘을 떠받들고 일어섰다.[18]

점순의 회상에 의하면 평양은 '김일성 광장과 스탈린 거리'가 '빛나고 그리운 이름'(19쪽)이자 '사모치게 그리운 이름'(84쪽)이라고 반복해서 표현되어 있다. '해방후 민주 수도로 발전한 평양'[19]이란 규정은 단순히 정치적 슬로건이나 이념적 담론에 머문 것이 아니라 주민들이 실감할 수 있는 일상생활에서의 변화를 통해 실질적인 힘을 가져야 설득력이 생긴다. 해방 직후 평양이 서울보다 좋은 도시라는 경쟁의식은 북한 소설에 나타난 '보통강 개수사업'의 성공과도 관련되기 때문이다.

원래 해방 직후 평양은 서울과 마찬가지로 식민지적 기형성을 벗어나지 못한 도시 이미지를 갖고 있었다. 최학수의 『평양시간』(1976)에 보면 평양 중심가를 빙 둘러 대동강에 흘러드는 보통강의 식민지 시절 모습과 개수 공사(하천 정비사업) 이후 감격을 다음과 같이 대비적으로 묘

---

18) 한설야, 『대동강』, 조선작가동맹출판사, 1955, 19쪽(1954. 9. 20 탈고).
19) 고병삼, 「맑은 아침」(1967), 『평양은 노래한다』, 문예출판사, 1980, 18쪽.

사하고 있다.

> "지난 날 보통강이라면 평양의 오물구뎅이였고 빈민굴의 대명사였습니다. 보통강 사람들이 참으로 비참하게 살았습니다. 왜놈들은 저 창광산 부근에 가시철망을 쳐놓고 호의호식하며 살았고 미국놈들은 숭실 중학교 자리가 있는 양촌에서 살았습니다. 가난한 조선 사람들은 선조 대대로 살아오던 좋은 집터들을 다 빼앗기고 이 뚝 아래 움막집을 치고 짐승같이 살고 짐승같이 앓다가 짐승같이 목숨을 잃었습니다."
>
> (… 중략 …)
>
> 내가 며칠 전에 이 근방에서 앞 못 보는 늙은이와 이야기하다가 보통강이 평양 망신을 시킨다고 했더니 그 늙은이는 왜 보통강이 평양 망신인가, 이건 평양의 자랑이다, 개수 공사를 해서 천지개벽한 보통강이 자랑 아니면 뭣이 평양의 자랑인가 하고 성냈습니다.[20]

식민지 시절과 전쟁 전 평양 도시 이미지는 해방후 북한 정권에 의한 보통강 개수작업의 치적을 드높이기 위한 이분법에 사로잡혀 있다. 식민 도시의 열악함이 김일성 정권이 주도한 보통강 개수사업 이후에 '지상락원'으로 변했다는 것이 요지이다. 관습적인 서울중심주의에서 벗어나려면 평양이 더 살기 좋은 곳이라는 담론이 눈앞의 현실로 실감되어야 할 터이다. 그런데 일제 강점기에는 홍수 피해와 움집으로 상징되던 토성랑 빈민굴 지역이 (마치 청계천변 치수사업과 비견될) 해방후 보통강 개수사업을 통해 강변 산책로까지 구비된 정비 하천가 주택지로 변신하자 주민들에게 평양이야말로 새로 건국된 국가의 중심 도시라는 것이 실감으로 와닿은 것이다. 그래서 새로운 도시는 살아 숨쉰다.

확성기에서 울려나오는 건드러진 노래의 선율, 자동차의 경적, 아이들

---

20) 최학수, 『평양시간』, 문예출판사, 1976, 242-243쪽.

의 웨침소리, 웃음소리⋯ 이 도시의 온갖 소음은 반생을 산에서 살다싶이 하고 해방된 지금까지도 산에서 살다싶이 하는 그에게는 생소한 것이면서도 그만큼 자극적인 것이었다. 이따금 평양에 올라올 때면 차창으로 보군 한 그림 같은 도시였으나 지금은 눈으로, 귀로, 몸으로 보고 느끼고 부닥치는 현실이였다.21)

김일성과 함께 빨치산 투쟁을 한 바 있는 최현 장령이 1950년 6월 평양 도심의 소음 속에서 전차를 타면서 자신에게 생소하지만 자극적인 생기가 넘치는 평양을 두고 '그림 같은 도시'라 감격하는 대목이다. 이것이 전전 평양에 대한 당시 북한 주민의 감정을 전형적으로 형상화한 대목으로 이해해도 크게 틀리지 않을 것이다.

2) 전쟁 중 서울과 평양 형상

북한 소설에 등장하는 6·25전쟁 중 서울과 평양의 형상을 정리하다보면 '폐허, 초토화/평화, 안정'이라는 이분법적 구도가 도시 이미지를 지배하고 있음을 알 수 있다. 해방공간에서 오장환 시처럼 「병든 서울」로 이미지를 부여받은 서울은 전쟁을 겪으면서 또 다른 변모를 보인다.

1950년 6월 전쟁 발발 당시의 서울과 평양 모습을 다룬 안동춘 소설『50년의 여름』(1990)을 보면 6·25전쟁기 서울·평양의 도시 이미지가 어떻게 다른지 선명하게 확인할 수 있다. 비록 '수령론'과 '조선민족제일주의' 같은 북한 중심적 시각이 강하긴 하지만 서울 도심은 북한군의 포격에서 제외되어 멀쩡하고 평양은 전 시가지가 미군 폭격기의 융단폭격으로 폐허가 되었다는 사실이 대비되어 있다.

안동춘의『50년의 여름』은 1950년 한국전쟁 당시의 북한군의 서울과

---

21) 안동춘, 『50년의 여름』, 문예출판사, 1990, 18쪽.

대전 진공을 다룬 작품으로 김일성 우상화 산물인 '불멸의 력사 총서'시리즈의 한 편이다.[22] 소설에서 서울과 평양의 형상을 잠시 살펴보자. 전쟁 발발 직전인 6월 24일 아침의 서울의 골목가에서 주요 등장인물인 성송암이 집을 나서는 모습을 그린 대목을 보면, "쌀 사이소 물고기 사이소 성량 좋게 웨쳐대는 머리 푸수수한 싸구려 장사들이 골목을 누비고 신문 배달의 종소리에 눈을 흡뜨며 달려나가 받아쥔 신문 1면란에서 예수의 강림처럼 어마어마하게 보이는 덜레스나 맥아더의 하품소리라도 찾아볼가 하고 급급히 살펴보는 초췌한 선비님들이 '륙군장교구락부 파티'가 열리니 미남미녀들을 널리 환영하며 맞아들인다고 한 자그마한 활자들을 보며 정세가 풀리는가부다 하고 안도의 숨을 쉴 때 계동의 고 몽양 려운형의 뒤집에서 전이 노래진 파나마모를 쓰고 단장을 짚은 60대의 로인이 밖으로 나섰다."고 표현된다.[23]

이는 같은 시각 앞에서 인용한 평양의 최현이 전차를 타려고 시내에서 거닐 때 들리는 도시의 소음과 흥미롭게 대비된다. 북한 군 간부 최현이 전차에 올라타면서 빨치산 투쟁 때에 비해서 너무나 좋아진 해방 조국의 풍광에 감격해할 때 남한의 명망 지식인 성송암은 미 국무장관과 사령관의 하품소리와 장교파티의 참가자 모집 기사를 보며 한숨을 쉬는 것이다. 이는 '자주/외세'의 이분법으로 서울과 평양을 바라본 작가의 시선을 암암리에 반영하고 있다.

이러한 작가의 이분법적 시선은 북한군의 서울 점령 대목에서 김일성의 우상화와 맞물려 최고조로 달한다. 북한군이 남침하자 서울 사수에

---

22) 참고로 '불멸의 력사 총서'시리즈 중 6·25전쟁을 다룬 5권을 내용 시기별(괄호 안)로 보면 안동춘, 『50년의 여름』(1950. 68), 정기종, 『조선의 힘』(1950.9~1951.1) 문예출판사, 1992, 안동춘, 『푸른 산악』(1951.9~), 문학예술종합출판사, 2002, 박윤, 『전선의 아침』(1952), 문예출판사, 2005, 김수경, 『승리』(1953), 문학예술종합출판사, 1994. 등이다.
23) 안동춘, 『50년의 여름』, 문예출판사, 1990, 60쪽.

나선 남한군은 "서울이 말이 아니게 됐군요. 그 고현 놈들이 하필 창덕궁에다가 진지를 꾸리다니"하는 홍명희 부수상의 탄식처럼 조선왕조 왕궁을 전투용 바리케이트로 사용한다고 개탄하는 것이다. 이는 나름대로 명분을 지닌 정치적 공분의 산물이다. 게다가 그 발화의 주체가 빨치산이나 공산주의자 출신이 아닌 진보적 민족주의자라 할 홍명희의 입에서 나왔으니 문학적 상상력의 산물이긴 해도 사회적 파급효과는 적지 않을 터이다.

더욱이 6백년 고도 서울의 문화재를 전투용 방어수단으로 간주한 남한에 비해 김일성은 서울 진공 때 문화재 시설을 보호하라고 명령함으로써 정치적 이념적 선전효과는 극대화하게 된다. 최학수 소설에 따르면 6월 28일 당시 원래 북한군 전방 지휘소에서는 '서울 해방 전투'를 서울 진출 부대의 모든 포와 박격포를 시가 사정거리에 접근시켜 포당 11.5정량의 포탄으로 시가에 있는 일체 방어시설과 남은 적을 격파 소멸하려 했다고 전선사령관 김책이 보고하는 대목이 나온다. 그러자 30대 청년인 최고사령관 김일성이 김책과 강건, 최용건에게 포사격 말고 다른 방법은 없겠냐고 묻는다. 이 대목을 세심하게 보자.

"장군님…파괴된 것을 다시 건설하면 되지 않습니까. 저는 우리 포병들의 사격술을 믿고…그대로 했으면 합니다. 다른 방법이 없지 않습니까"
김일성 동지께서는 집무탁 쪽으로 천천히 걸음을 옮기시었다. 뚜벅뚜벅 지겨딛는 발걸음소리와 함께 시계의 초침소리가 유난히 크게 울렸다. 그이께서는 걸음을 멈추셨다.
"김책 동무, 도시는 복구한다 쳐도 사람들은 어찌합니까. 사람이야 다시 만들지 못하지 않습니까. 포탄에는 눈이 없습니다. 그 포사격으로 폐허가 된 도시에서 과연 승리의 만세를 부를 수 있습니까. 그런 승리가 우리에게 무슨 필요가 있습니까. 거기 서울엔 수십만이 넘는 우리 인민들이 사고 있습니다. 그래 우리가 그처럼 이 전쟁을 피하기 위하여 애쓴 것이 무엇 때문입니까" (… 중략 …)

　"언젠가 홍명희 선생은 서울의 옛 건축물과 우리 인민의 문화유산에 대하여 이야기하면서 그 건축물과 유산들은 남아있는 것보다 외래 침략자들의 침입에 불타고 잃어진 것이 더 많았다고 가슴아파했습니다. 그런데 그 얼마 남지 않은 선조의 유산들을 우리가 바로 우리의 손으로 파괴할 수 있습니까?"

　김책은 불시에 눈앞이 흐릿해졌다. 멀리 경복궁의 단청이 창덕궁의 퇴색한 바람벽이 얼른얼른 다가오는 것 같았다.[24]

　김일성의 직접 명령에 따라 서울 진공 전투계획이 무제한 포 사격에서 게릴라전 방식의 시가전 방식으로 바뀌게 된다는 대목이다. 실제로 북한군의 서울 진입 때 평양과는 달리 서울의 주요 문화재는 상당량 온전하였다.[25] 그것이 김일성의 직접 명령인지는 역사적 사실로 객관화시켜 확인할 길이 없으나 북한에서 역사적 사실로 취급하는 불멸의 력사 총서에 따르면 서울 전투에서 특히 중시한 것이 서울에 있는 "귀중한 우리 동포 형제들의 생명재산과 유구한 민족문화의 재보들에 조그마한 피해도 없도록"(265쪽) 하는 것이라는 것이다. 이러한 측면에서 볼 때 북한은 전쟁을 단순히 전투 승리의 물질적 차원뿐만 아니라 정치적 동기 부여를 통한 사상사업과 연계시켰음을 알게 된다.

　반면 6·25 당시 남한, 특히 서울의 풍경은 어떤가? 소설에서는 한강대교 폭파 장면을 성송암의 시선으로 다음과 같이 묘사하고 있다.

　그들이 뒤돌아보았을 때 한강다리 가운데가 불길 속에 휘말려 흔들리

---

24) 위의 책, 262-263쪽.
25) 양영조, "북한군 최대 미스터리… 서울 점령 후 3일간 공세 멈춰 - 나와 6·25(미니 戰史)," 『조선일보』 2016.09.25.(조선닷컴 2010.03.24.09:40, http://news.chosun.com/site/data/html_dir/2010/03/24/2010032400 016.html?Dep1=news&Dep2 =headline1&Dep3=h1_02)

였다. 한강대교의 폭파인 것이다. 침침한 어둠속에 거대한 탑마냥 적황색 불기둥이 일떠섰다. 그 화염의 기둥 속에는 부서진 교각, 철근쪼박과 세멘트덩이, 찢겨진 승용차들과 짚검불처럼 타버린 차체가 휘말려 올라갔다. 수초동안 하늘과 강물을 찬연한 백광으로 물들이던 불기둥이 사라지자 무서운 폭음이 진동하였다. 삽시간에 묘혈로 되어버린 한강은 사품쳐 끓어 번지며 수백수천의 인명과 수백 대의 차량을 삼켜버리였다.

장사진을 이룬 도주의 무리들, 군용트럭과 고급승용차에 몸을 실은 장교들과 "장관님"들, "국회의원"들은 미처 저주의 말을 뱉을 새도 없이 그 낭떠러지, 차와 사람이 겨끔내기로 떨어져내리는 물속으로 곤두박혀 들어갔다.26)

말 그대로 '아비규환 염라국의 한 장면'이 20세기 고도 서울에서 연출된 것이다. 이승만 정부가 서울 사수를 외치고 라디오 방송까지 했건만 실은 정권 수뇌부가 수원, 대전으로 몰래 빠져나가고 군 수뇌에 의해 미처 피란가지 못한 다수 서울 시민들을 희생시켜가면서 한강 인도교 폭파를 감행했던 것이 역사적 사실이다. 이것이 북한 소설이 인식한 6·25전쟁기 서울이란 도시 이미지의 대표적 상징이 되어버린 셈이다.

반면 6월 28일 북한군 점령 하의 서울 풍경에 대한 긍정적 묘사를 보자.

간간히 꽃으로 단장한 전차들이 명랑한 종소리를 울리며 장난감기차처럼 천천히 굴러갔다. 고성기에서 울려나오는 건드러진 노래소리가 전차의 종소리와 합쳐 활력에 차넘친 도시의 교향곡을 들려준다. 평화의 도시요 안정의 도시다. (… 중략 …)

추악과 혼돈 속에 죽어가던 서울은 그 낡은 수의를 벗어버리고 신천지의 부활을 맞이했다. 미국산 군화와 미국산 군복을 떨쳐입고 거리와 골목을 휩쓸며 다니던 괴뢰군들은 사라지고 이 나라 어데서나 나는 목화로 실을 자아 짠 천에 이 땅의 가을색을 입힌 군복을 입고 지하족을 신은

---

26) 위의 책, 285쪽.

어제날의 로동자, 농민들이 미소를 담고 거리에 밀려나온 사람들의 환호에 손을 저어주었다. 골목마다에서 쏟아져 나온 사람들은 귀가 아플 정도로 들은 "이마에 뿔이 나오고 손도 얼굴도 빨간" "빨갱이"들이 의외로 자기의 형제, 자식들과 다를 바 없는 애된 보통 젊은이들인 것을 신기롭게 보며 박수를 쳐주고 "만세!"를 불렀다.[27]

작품의 이분법적 구도에 따르면, 서울은 원래 '망조의 력사'(308쪽)를 지닌 '추악과 혼돈 속에 죽어가던 도시'(303쪽)였고 '적의 괴뢰 수도'(316쪽)였는데 북한군의 '6·28 서울 해방'을 통해 '도시의 망조의 력사에 종지부를 찍고'(308쪽) '이 새 세상 새 도시'(309쪽)가 되었다고 한다. 그 도시적 이미지는 '신천지의 부활을 맞이'(303쪽)하여 '활력에 차넘친 도시, 평화의 도시, 안정의 도시'(275, 476쪽)로 탈바꿈한 것이란다.

서울 도심에 진입한 주인공 림운학 전사(병사)가 남대문에서 전차를 타보니 주민들 "모두가 명절맞이를 가는 얼굴빛들이였다."고 느낀다. 그래서 감격에 복받쳐 눈을 감고 뜨거운 눈물을 흘리며 "이것이 바로 조선민족의 얼이고 정신이고 량심이다. 우리 전사들은 이 노래를 부르며 예까지 왔고 또 갈 것이다."라고 다짐한다.[28] 이는 북한군 병사의 시선으로 서울의 이미지를 국가와 민족과 동일시하는 대목으로 해석할 수 있다. 하지만 다음과 같은 대목을 보면 그때의 국가와 민족은 곧바로 김일성에 대한 우상화로 치환된다는 점에서 문제적이다.

그는 이 전차 안에 대고, 아니 이 맥박 치는 도시 전체를 향해 목이 터져라 웨치고 싶은 불같은 충동에 휩싸였다. 서울사람들이여, 당신들은 아는가. 그대들이 웃으며 활보하는 이 도시 이 거리가 어떻게 남아있게 되었는가를. 당신들이 자자손손 살며 물려온 집들과 당신들의 안녕을 위

---

27) 위의 책, 275, 303쪽.
28) 위의 책, 187쪽.

해, 력사 깊은 도시의 유적들을 위해, 민족의 봄을 가져오기 위해 이 길에서 흘린 전사들의 피와 땀, 우리 장군님의 거룩한 뜻을.

서울이여, 서울사람들이여, 이것을 잊지 말라… 29)

역사적 전통을 깊이 간직한 서울이란 도시의 유적이 그대로 남아 있는 데 대한 감동은 9·28 수복 이후 서울에 진주한 맥아더의 심경 묘사에서도 "5개 사단의 대병이 둔을 치고 싸웠다는 도시가 고층집 하나 부서진 것 없이 생생할 수 있는가."(198쪽)라고 재확인된다. 즉, 인천상륙작전에 성공해서 치열한 전투 끝에 서울을 탈환한 유엔군과 남한군의 시선에서 보면 서울이 그 사이에 폐허가 되어 있어야 하는데 그렇지 않아 당혹스러웠다는 것이다. 잿가루와 죽어가는 시민의 비명이 고도의 멸망을 장식하는 폐허의 도시가 펼쳐졌을 줄 알았는데 맥아더의 눈앞에 있는 도시는 '전쟁과는 너무 인연이 먼 평화와 안정이 굽이치는 도시였다'는 대목에서 작가의 의도는 최고조로 충실하게 표현되어 있다. 실은 이러한 묘사는 다음에 나오는 평양의 무지비한 폐허, 초토화와 대비시키기 위한 사전 포석의 성격을 지녔기 때문이다.

전쟁 중 평양의 모습은 어떤가? 전전 평양의 모습은 주인공 최현이 도시에 대한 새로운 인상을 느꼈다고 할 정도로 '력사 깊은 도시'이며 '그림 같은 도시'(18쪽)였으나 미군기의 무차별 폭격 때문에 평양은 '폐허의 도시'로 바뀌고 말았다. 전후 복구 건설을 다룬 최학수의 장편 『평양시간』에는 다음과 같이 묘사된다.

얼마나 황량한 폐허였던가? 어린 시절의 추억을 간직한 보통강과 대동강은 옛대로 흘렀으나 그 강을 끼고 있던 옛 도시는 없었다. 황량한 들과 벌거벗은 구릉들… 무연한 잿더미 우에는 폐허의 묘비와도 같이 헐어

---

29) 위의 책, 187쪽.

빠진 굴뚝들과 불타죽은 나무들이 듬성듬성 서있었다. 이 폐허 속에는 고향에 나타난 휴가 병사의 찬란한 군공메달들과 훈장들을 비쳐주는 성한 유리장이라군 한 장도 남아있지 못했다. 흙 한 삼태기를 퍼담으면 그 절반이 피 묻고 녹쓴 파편이었다.[30]

주목할 것은 북한 소설에서 전쟁 당시 서울의 온전함과 평양의 초토화를 이분법적으로 묘사한 것과는 대조적으로, 서울에서의 남측 저항이 거의 형상화되지 않은 반면 평양에서의 북측 저항은 매우 자세하게 묘사되고 있다는 사실이다. 가령 고병삼의 단편 「평양은 노래한다」(『평양은 노래한다』, 문예출판사, 1980)에서는 전시 평양이 지하요새였다는 사실을 형상화한다.

평양에 대한 놈들의 폭격은 전례없이 야수적인 것이었다. 이즈음 온 세계는 평양을 주시하고 있었다. 미제는 전 전선에 걸쳐 새로운 공세를 시도하는 한편 오끼나와를 비롯한 태평양의 여러 섬에 있는 공군기지와 함대들에서 날리는 모든 형태의 전투 폭격기의 대부분을 평양 상공에 집중시켜 단시일 내에 불바다로 만든다고 더들어댔다. 소위 초토화 작전을 시도하고 있는 것이다.

조선혁명의 수도에 대한 놈들의 이 광란적인 공중작전은 비밀이 아니어서 외전들은 우려를 표시하며 온 세계 선량한 사람들의 이목을 집중시키는 평양이었다. 그러기에 한치의 땅을 피로써 지켜나가는 최전선 전사들의 숨결에서도 평양을 념려하는 뜨거운 마음이 안겨왔다.[31]

작품을 보면 전쟁 중 미군의 융단폭격 치하의 암흑 속에서도 전시 예술제를 평양 지하대극장에서 성공리에 공연해서 평양 주민과 인민군의 사기를 크게 고양시켰다고 한다.[32] 폐허가 변했다던 평양이 1951년 8월

---

30) 최학수, 『평양시간』, 문예출판사, 1976, 6쪽.
31) 고병삼, 「평양은 노래한다」, 『평양은 노래한다』, 문예출판사, 1980, 21쪽.
32) 고병삼 단편 「평양은 노래한다」에 등장하는 '평양 지하대극장'의 존재는 평양시 복구 건설 총계획도와 1951년 8월 평양시 모란봉지하극장의 실체를 바르샤바 세계건축가모임에

어느날 불야성을 이루고 새로 건설한 지하 대극장 무대에서 군인들의 예술축전이 진행되었다는 것이 형상화되어 있다.

한설야의 장편소설『대동강』(1956)에서는 연합군의 점령에 놓인 1950년 겨울의 평양 시내 풍경과 인쇄공 소녀의 투쟁을 형상화한다. 여기서 평양에 대한 북한 작가의 인식은 공허감과 침략자에 대한 적대감이다. 대신 전쟁후의 새 도시 건설에 대해서는 커다란 자부심을 가지게 되는데, 가령 최학수의『평양시간』(문예출판사, 1976)을 보면 전쟁 때의 평양 폭격과 전후의 복구건설을 선명하게 대비시키고 있다. 이를 통해 볼 때 북한 소설에 나타난 전쟁 기간 중의 평양 인식은 철저하게 적에 대한 적개심과 항전에 성공했다는 자부심이라는 이분법이 암흑과 광명의 이분법적 미학으로 형상화되었음을 알 수 있다.

3) 북한 소설에 나타난 전후(戰後) 평양 형상

북한 소설에 나타난 평양의 다양한 풍경과는 달리 전후 서울의 형상은 별반 찾기 어렵다.[33] 대신 최학수의『평양시간』등 복구 건설기 평양의 도시 이미지는 여러 곳에서 볼 수 있는데 한결같이 '전쟁 중 폐허 도시 / 전후 낙원 도시'의 이분법 구도에서 한 치도 벗어나지 않는다.

전후 북한의 복구 건설의 중심은 중공업기지화였지만 그에 못지않게 중요한 것이 전쟁으로 폐허가 된 평양 등 주요 도시를 사회주의적 도시로 재건하는 일었다. 유엔군의 융단 폭격으로 말미암아 남아있는 도시

소개했다는 서술 등에서 확인할 수 있다. 리화선,『조선건축사 2』, 과학백과사전종합출판사, 1989(서울 : 발언, 1993, 재간행), 87-89쪽 ; 김현수, 「북한의 도시계획에 관한 연구」, 서울대학교 박사논문, 1994, 60쪽.

33) 남한 소설에 나타난 전후 서울의 참상과 복구 건설의 애환은 이범선의 「오발탄」과 김광식의 「213호 주택」 등 단편에서 탁월하게 형상화된 반면, 북한 소설에서는 이 소재를 형상화한 작품을 별반 찾을 수 없다.

기반 시설이나 전통 문화유산, 유적이 별로 없었기에 근대적 도시화의 모델을 사회주의적 계획 도시로 새로 건설할 수 있었다. 전후복구 건설 과정에서 소련을 위시한 사회주의 국가들의 원조를 통해 동구식의 사회 주의 도시화가 이루어졌다. 그 내용은 도시를 가로 중심의 선형(線型) 개발, 직주(職住) 근접, 주택 건설의 표준화, 공업화, 기계화 등으로 개발하는 것 인데, 여러 이유로 사회주의 도시화의 내용을 제대로 담아내지는 못했다 고 한다. 그 과정이 리신현의 『전환의 년대』, 최학수의 『평양시간』 등 김 일성 행적을 다룬 '불멸의 력사' 총서 시리즈 장편소설에 잘 그려져 있다.

도시 건설과정에서 빼놓을 수 없는 것이 주민을 위한 주택 공급이었 다. 시급한 주택 부족 해결 방안으로 1953년 당 중앙위 제6차 전원회의에 서 주택 및 건설에서 설계의 표준화, 건재 생산의 공업화(자재 규격화), 시 공의 기계화 방안이 제시되었다. 이는 조립식 집합 주택의 건설로 이어졌 는데, 처음엔 소련식 모델이, 나중엔 북한식의 독자 모델이 개발되었다.

전쟁 직후인 1954-1955년에는 주택 공급을 획기적으로 늘리고 공동체 생활을 부추길 목적으로 화장실과 부엌을 공동으로 사용하면서 방별로 세대가 거주하는 방별 거주형 살림집이 평양 등지에서 일부 건설되었는 데, 북한의 생활 방식과 맞지 않아 곧 중단되었다. 김정의, 김승화 등 동 구권 유학생 출신 건축가들은 동구 및 소련의 건축양식을 본떠 사회주의 리얼리즘에 입각해서 도시 계획을 수립하고 집합주택 및 대형 건축물을 건립하고자 했다. 소련 풍의 벽돌식 아파트로 조성한 평양의 륜환선 거 리(일명 스탈린 거리)와 통방주택 건축 방식이 대표적이다. 그러나 이들은 1950년대 후반 수정주의 논쟁 과정에서 평양의 중요 거리에 외국의 촌 풍경을 그대로 옮겨놓으며 외국의 건축양식, 심지어 생활양식까지 통째 로 받아들이려 한 사대주의자, 교조주의자로 비판받았다. 그 결과 이들 대부분이 숙청당했고 통방주택 방식도 더 이상 확산되지 못했으며, 이들이 조성한 륜환선 거리는 전후 종파분자의 해악을 일소한다는 의미에서 완전히 철거되고 1980년과 1985년에 두 단계에 걸쳐 완전히 새롭게 재건되어, 거리 명칭까지 '창광거리'로 바뀌었다.[34]

북한 당국은 이들의 숙청 이후 평양 속도전을 시발점으로 전국 대도시에 조립식 주택 건설 붐을 확산시켰다. 특히 1958년 반쯤 조립된 상태로 공급되는 '통방 블록'이 등장했고 주택 설계를 보다 단순화하고 규모를 축소시키면서 14-16분만에 주택 1채를 짓는 이른바 평양 속도전이 전개되었다. 이를 계기로 전국적으로 속도전 경쟁이 붙어, 1959년부터 지방 대도시마다 조립식 주택 건립 붐이 거세게 일어났다. 이 과정을 그린 소설이 최학수의 『평양시간』(1976)이다.

『평양시간』에 따르면, 보통강변 토성랑 일대의 빈민가가 일제시대 이래 매번 반복되는 수해와 전염병 등으로 끔찍한 가난과 고통을 겪었는데, 1946,7년의 보통강 개수공사와 1954년 이후의 평양시 복구건설 총계획 시행에 따라 몰라보게 좋아졌다고 한다. 이때 나온 것이 16분에 집 한 채씩 짓는다는 유명한 '평양 속도'였다. 비록 조립식이지만 내 집에서 산다는 것이 평양 주민들에게 다음과 같이 대단한 자긍심을 불러일으켰을 것이다.

"... 우리는 도시 안에 공원이 있게 할 것이 아니라 공원 속에 도시가 들어있게 하여야 합니다. 이것이 우리가 생각하는 도시입니다. 그렇게 돼야 도시가 옷을 입었다고 할 수 있습니다. 우리는 평양의 모든 강변들과 아름다운 구릉성 산지들을 다 잘 꾸리고 녹화해서 평양은 어디 가나 산이 푸르고 물이 맑고 백화만발하게 해야 합니다. 이렇게 되면 참말로 평양이 천하 제일강산이 될 것입니다."[35]

---

34) 강근조 외, 『평양의 어제와 오늘』, 사회과학출판사, 1986; 리화선, 『조선건축사 2』; 김현수, 「북한의 도시계획에 관한 연구」, 서울대학교 박사논문, 1994. 등 참조. 이 과정을 소상하게 다룬 소설이 바로 리신현의 건축가 주인공 소설 『전환의 년대』(문학예술종합출판사, 1998)이다.

최학수 소설에 따르면 1958년의 조립식 주택 건축현장에서 이루어진 성공적인 사업을 외국 기자들이 "폐허로부터 현대적 새 도시를 건설한 천리마 속도를 가리켜 평양속도라고 부른다."고 묘사하고 있다. 소설에는 당시 평양에서는 8시간이면 수도와 난방 장치가 된 주택이 건설되며 조립공들은 16분에 한 세대분씩 건축자재를 조립한다고 하였다. 그래서 1958년 12월 15일, 드디어 2만 세대 주택건설은 넘쳐 완공되었다. 2만 839세대를 마감 지은 결과 10만 명 이상의 수도 시민들이 현대적 주택들에 들어갔으며 소설 주인공 상철 같이 도심 수해민의 쓰라린 경험을 지닌 수도 한복판의 반토굴집 주민들은 영원히 사라졌다는 자랑스런 표현이 나온다. 이 무렵 당 최고지도부인 김일성의 다음과 같은 언급이 북한 주민 및 문학 영화 작품에 각인된 평양의 유일무이한 이미지일 것이다.

"평양은 조선 인민의 심장이며 사회주의 조국의 서울이며 우리 혁명의 발원지입니다. 우리는 커다란 긍지를 가지고 명년에 영웅도시 평양을 더욱 아름답고 웅장하게 건설하여야 하겠습니다."[36]

하지만 문제점도 적지 않았다. 이후 평양시 재건에서 이전의 기계화 및 공업화, 설계의 표준화 및 규격화 등과 같은 구호가 점차 약해지고, 도시 공간의 개발 및 조성에서 근로 대중의 창발성과 노동력을 부각시키기 시작했다. 50년대 말부터 60년대 초까지 평양속도라 자랑하며 많이 지었던 조립식 주택의 문제점이 속속 드러나자 어느 사이에 슬그머니 조립식 주택은 사라지게 되었다. 문제는 평양 속도전의 산물인 조립식 주택을 찬양하는 최학수 소설 같은 작품은 더러 찾아볼 수 있는데, 삶의 질을 따지는 주거 기준에 맞지 않는다는 비판적 시각은 당시에는 어느 작

35) 최학수, 『평양시간』, 244쪽.
36) 위의 책, 399쪽.

품에서도 찾아볼 수 없다는 점이다.

하지만 2000년대 들어서서 새로 나온 소설에 이 문제를 정면에서 비판한 작품이 있어 주목된다. '평양속도'라 자랑하며 많이 지었던 5,60년대 조립식 주택의 문제점이 8,90년대에 문제가 생겼음을 알게 모르게 문학 작품 속에 노정했던 것이다. 다음은 그 한 예라 하겠다.

간밤에 한 일군으로부터 륜환선거리에 새로 입사한 사람들이 방들이 추워 고생한다는 말을 들으신 그 순간부터 그이의 가슴속에 차오르기 시 작한 불안과 걱정은 시간이 흐를수록 그이를 괴롭히였다.

"륜환선거리에 새집들이를 한 사람들이 추워서 떨고 있다는데…" (… 중 략…)

"사실 그렇습니다. 늙은 부모를 모시는데다 갓난아이를 키우는 데는 온돌방이 제일입니다. 그래서인지 환갑이 지난 시아버지가 촌에서 여기 와 며칠밤 자보더니 널마루방이 선득선득한 게 허리병이 도지는 것 같다 고 하며 어제 촌집으로 돌아갔습니다."

"그럴 것입니다. 확실히 마루바닥도 여기 이 뻬치까도 우리 인민의 생 활풍습에는 맞지 않습니다. 우리 조선사람들은 옛날부터 온돌방에서 살 아 왔기 때문에 따뜻한 온돌방을 제일 좋아합니다."

그이께서는 여기에서 살림집들을 인민들의 요구에 맞게 건설할데 대 하여 가르쳐 주시면서 남이야 뻬치까를 놓든 널마루를 깔든 상관하지 말 고 이미 건설한 다층살림집들은 물론 새로 건설할 살림집들에도 반드시 온돌을 놓아주어야 하겠다고 간곡히 말씀하시였다.[37]

불멸의 력사 총서 시리즈 중 하나인 박룡운의 장편, 『번영의 길』(2001) 에 따르면 외형적 성장과 목표치 달성이라는 속도에만 취해서 주민들의 실제 삶의 질을 문제 삼지 않은 전후 복구 건설의 문제점을 지목한 대목 이 나온다. 속도전에 몰두한 나머지 외형적 성장에만 치우쳐 삶의 질을

---

37) 박룡운, 『번영의 길』, 문예종합출판사, 2001, 542쪽.

소홀히 한 소련식 복구의 한계를 주체적 시각에서 형상화한 대목이지만, 이를 달리 보면 195,60년대의 평양속도로 이룩된 '영웅도시 평양시'[38]의 한계를 스스로 자인한 셈이기도 하다는 것이다. 문학이야말로 삶의 총체성을 담기에 아무리 치밀한 북한 문예의 검열시스템이 작동해도 여과기제를 넘어서서 시대의 총체적 진실을 토로할 수밖에 없는 좋은 예가 된다고 하겠다.

3. 결론 : 서울과 평양의 도시 이미지 상징 투쟁

이 글에서는 북한 소설에 나타난 서울과 평양이라는 지리적 공간을 문제 삼았다. 체험과 기록의 문학화가 수도라는 구체적 공간 기표를 통해 지리적 실체를 이미지화하고 심리적으로 각인시키는 기제이기에 분석할 필요가 있기 때문이다. 서울과 평양이라는 공간 재현의 문제를 통해 북한 소설에 표상되는 이념적, 심미적 양상을 기존의 접근법과는 변별되는 새로운 각도로 살펴볼 수 있었다.

주지하다시피 서울과 평양은 남북한의 정치·경제·문화의 중심이자 역사적 고도라는 점에서 문화적 표상이자 상징성이 매우 강하다. 서울은 조선왕조 이래 6백년간 도읍지이자 해방후 남한의 수도로서 전통과 최첨단 도시화가 공존한 도시적 특징을 보여주며, 평양은 철저히 계획된 '전시용 도시'로서 현대적 건물들과 우상화 건축물들이 배치되어 있다. 둘 다 수십만 년 전 원시사회의 유적부터 고대·중세사회의 유적, 유물뿐 아니라 수많은 현대식 공원·유원지도 조성되어 있다. 이들 수도의 도시적 정체성은 수많은 문학작품과 영상을 통해 남북 주민들에게 긍정적인

---

38) 위의 책, 19쪽.

이미지로 각인되어 있다.

따라서 서울과 평양 주민들, 남북 작가들이 서로 상대방 수도를 칭찬하고 긍정적 이미지를 북돋아줘서 국제무대에서 상호상승하는 미래지향적 모습을 보여야 함에도 불구하고 실제 소설을 읽어보면 상호 비방하는 공멸의 양상을 보이고 만다. 가령 안동춘 장편소설 『50년 여름』은 서울과 평양의 도시 이미지를 상호 비방하는 기존의 냉전체제적 발상이 얼마나 위험한지 잘 보여준다. 비록 북한체제의 우월성을 상투적으로 결말짓는 내용이라 할지라도 그 서사 전개과정에서 남북이 서로 반성할 부분을 형상화했다고 판단된다.

북한 소설에 따르면 서울은 6·25전쟁을 통해서 6백 년 고도로서의 문화유산은 보존했지만 식민지 잔재와 해방후 혼란기의 도시 이미지를 온존시켰다. 반면 평양은 6·25전쟁을 통해서 천년 고도로서의 문화 유산과 식민지 근대도시적 면모를 철저히 파괴당했지만 역설적으로 그 덕분에 사회주의적 근대 계획 도시의 면모를 체계적으로 갖추게 되었다. 더욱이 1950년대 말 륜환선 거리 리모델링 등의 예를 통해 주체사상에 입각한 주체형 현대도시, 북한 수도로서의 상징성, 문화적 표상까지 진정으로 획득할 수 있게 되었다.

6·25전쟁은 천 년 고도 평양 시가를 철저하게 파괴했지만 역설적으로 근대적 계획 도시화의 기반으로 작용했다. 전후복구 건설을 통해 평양이 고구려 이래의 전근대적 전통이나 일제 잔재의 식민성을 벗고 사회주의적 근대 도시를 계획적으로 건설하는 계기로 작용한 것이다. 이와 반대로 6백 년 수도 서울은 전쟁을 겪고도 재래 시가지와 왕궁 등 문화재가 별반 파괴되지 않았다. 그런데도 전쟁 전후 서울의 경관은 식민지적 도시의 잔재에 새로 판자촌 등 분단도시, 병영 도시의 문제가 덧씌워져 기형적인 모습을 띠게 된 것이 사실이다.

불행하게도 2011년 현재에도 북한은 문호 개방이 되지 않은 채 폐쇄적인 길을 걷고 있으며, 이 점은 문학과 영화 등 사회문화 부문에서도 예외가 아니다. 본론에서 분석했듯이 문학작품에 나타난 서울과 평양의 상호인식은 그리 긍정적이지 않다. 이러한 때 우리 학계, 문단의 노력으로 남북한 공유의 문화적 자산을 늘리고 나아가 문화적 개방을 유도함으로써 통일로 나아가야 된다는 당위성은 명확하다. 당위성이 관념과 명분에 젖어 공염불로만 그치는 것이 아니라 '서울과 평양의 도시 이미지'의 공통점을 찾아 문화적 교류를 실행하는 구체적 실천을 강화하자는 것이 본 연구의 결론이다. 지금까지 통념처럼 인식된 바와 같이 북한의 도시 특히 평양이 정치 슬로건이 난무하는 전체주의 체제의 선전물에 불과하다는 냉전이데올로기적 비판을 불식하고 유서 깊은 역사 도시로서 통일/통합의 대상임을 분명히 인식했으면 한다. 즉, 통일을 향한 구체적 노력의 일환으로 문학작품에 나타난 평양의 도시적 이미지에 대한 긍정적 이해를 수행하고 그 성과로써 교류 단계를 거쳐 자매 도시 결연이나 통일 수도를 건설하기 위한 협력방안 등을 모색하는 점진적인 통합 프로그램을 상정할 수 있게 된다.

　서울과 평양의 문화적 관련성 연구는 남북한 근현대문화사 전반과 통일문화를 연구하는 입장에서는 매우 중요한 의미를 지니고 있다. 남북한의 문학을 통해 수도의 이미지를 비교 고찰하는 것은 통일 이후의 사회문화적 통합을 위해서도 필요성이 있기 때문이다. 서울과 평양을 중심으로 한 민족지적 경관의 창출이 앞으로 언젠가 이루어질 통일된 민족문학의 한 이미지로 떠올랐으면 한다. 이는 남북한 공통의 문화유산으로 평가될 작가에 대한 비정치적 접근을 통한 '민족 공통체의식 회복'에 기여할 것으로 믿는다.

분단 초기(1945~1953) 북한소설의 균열적 틈새*

| 오태호 |

1. 서론

이 글은 북한문학의 지배 담론과 실제 텍스트의 균열 양상을 고찰하기 위해 해방에서 한국전쟁기까지(1945~1953)에 이르는 대표 작품을 선별하여 구체적으로 분석해 보고자 한다. 문학은 담론적 강제 속에서도 시대와 길항하며 문학적 입지와 외연을 끊임없이 다양한 해석의 지대로 끌고 가는 다성성의 장르에 해당한다. 따라서 '종자'의 차원이 아니라 레토릭의 수준에서라도 지속적으로 개인과 사회의 관계를 조망하며 시대적 모순을 착목하게 되어 있다. 북한문학의 당문학적인 성격을 감안할 때 실제 텍스트들 역시 전일적인 주형물로서의 문예물들로 환원하여 해석하기 십상이다. 그리하여 새로운 해석의 개입이 어려운 텍스트이거나 근대 미달의 항일혁명문학류 또는 수령형상문학의 아류 등으로 폄하되는 일차원적 접근 방식이 존재한다. 하지만 이 글은 북한문학 작품 중 시대와

* 이 글은 「북한문학의 지배 담론과 텍스트의 균열 양상 연구-해방에서 한국전쟁기까지 (1945~1953)의 주요 작품을 중심으로」(『한국근대문학연구』 33집, 한국근대문학회, 2016.4)를 단행본 취지에 맞게 수정 보완하였다.

길항하는 작품이 지배 담론 생산자들에 의해 상찬과 비판, 선택과 배제의 경쟁 속에서 드러내는 균열과 틈새를 들여다보고자 한다. 그 균열적 틈새에 대한 주목이 남북한 통합문학사를 기술하기 위한 밑돌로서 남북한의 문학적 차이를 점검하면서도 북한문학에 대한 이해의 폭을 넓히는 방법이기 때문이다.

북한문학사에 대한 개괄적 인식은 이미 김재용[1], 김윤식[2], 신형기 · 오성호[3], 김성수[4], 김용직[5] 등의 선행 연구를 통해 1990년대 이래로 정리된 바 있다.[6] 하지만 이들 문학사들은 북한문학 내부의 논리를 그대로 수용하여 문학사를 재정리하거나(신형기 · 오성호), 외부적 시각으로 북한문학의 역사를 재해석하거나(김재용, 김윤식, 김용직), 북한문학과 남한문학의 물리적 결합을 꾀하는 시도로 재구성(김성수)된 바 있다. 하지만 이제 북한문학사의 개괄적 인식을 넘어서 좀더 입체적이고 구체적인 분석과 평가가 진행되어야 한다고 판단된다. 즉 북한에서 발간되는 '조선문학사'를 반복적으로 재요약하면서 북한문학의 주류 담론과 텍스트들을 개괄하는 것에서 벗어나 심층적으로 '문학적 보편성과 예술성'을 확인할 수 있는 균열과 틈새를 확인하는 작업은 북한문학에 대한 새롭고 중요한 해석학적 시도에 해당한다.

이 글은 남북한 통합문학사의 기술과 재구성을 위한 선결 작업의 첫

---

1) 김재용, 『북한문학의 역사적 이해』, 문학과지성사, 1994.
2) 김윤식, 『북한문학사론』, 새미, 1996.
3) 신형기 · 오성호, 『북한문학사』, 평민사, 2000.
4) 김성수, 『통일의 문학 비평의 논리』, 책세상, 2000.
5) 김용직, 『북한문학사』, 일지사, 2008.
6) 물론 이외에도 권영민의 『북한의 문학』(1989) 등의 개괄적 선행연구가 있었으며, 최동호 외의 『남북한문학사』(1995)나 민족문학사연구소의 『북한의 우리문학사 재인식』(2014), 김종회 외의 『한민족문학사』(2016) 등의 공저도 있다. 하지만, 문제의식의 분리적 사유를 드러내는 공저가 아니라 단일한 저자의 집중된 문제의식을 반영한 연구 성과는 이들 6인의 문학사적 입장이 대표적이라고 판단된다.

단계로서 1945년 8월 해방 이래로 1953년 7월 한국전쟁이 휴전되는 시기 중에서 세 편의 단편소설을 통해 북한문학의 지배 담론과 텍스트 사이의 균열적 양상을 조명해 보고자 한다. 우선 해방기(1945~1948)에는 '『응향』 사건' 이후 각종 '결정서'들을 통해 '고상한 리얼리즘'을 확정하는 과정에서 비판되는 텍스트 중에서, 한설야의 「모자」를 구체적으로 점검해 보고자 한다. 1946년작인 한설야의 「모자」는 발표 당시에 이미 긍정적 의미 부여와 함께 부정적 비판의 대상이 되지만, 결과적으로 공식적인 북한문학사의 기술에서는 사라진다는 점에서 북한문학의 담론적 강제성을 비판적으로 해석할 수 있는 작품이기 때문이다.

1948년 대한민국 정부 수립과 조선민주주의인민공화국 수립 이후 분단 초기의 양상을 다룬 작품으로는 이태준의 「호랑이 할머니」(1949)를 분석하고자 한다. 북한에서 1947년 긍정적 인간형을 강조하는 '고상한 사실주의'가 창작방법론으로 확정된 이후 북한 사회 현실에서 문맹 퇴치 사업의 성과를 강조하는 이 작품은 발표 당시에 문학적 공과에 대한 상찬과 비판이 공존하다가, '반동작가 이태준'에 대한 배제 논리에 의해 문학사적 삭제의 대상이 되는 텍스트에 해당하기 때문이다.

한국전쟁기(1950~1953)에 애국심과 헌신성을 강조하면서 '고상한 애국주의'를 표방하는 시기의 작품으로는 김남천의 「꿀」(1951)을 검토하고자 한다. 이 작품은 발표 당시에는 문학적 상찬과 비판이 공존하지만, 1953년 이래로 반종파 투쟁 과정을 거치면서는 '반동적 부르주아 작가'의 작품으로 평가절하되어, 결과적으로 북한문학의 지배담론과 텍스트의 균열 양상을 검토할 수 있는 텍스트이기 때문이다.

이들 세 작품은 문학성에 대한 양가적 평가 속에 정치적 담론이 문학을 강제하는 당문학적 견지에서 평가절하되는 공통된 특징을 보여준다. 따라서 북한문학에서 지배담론이 텍스트를 강제하는 모습을 통해 북한

문학의 유연성과 경직성을 함께 들여다볼 수 있는 소중한 텍스트가 된다. 특히 이 세 작가의 작품에 대한 평가의 극단을 오가는 상찬과 비판은 분단 체제의 비극성을 여실히 보여준다. 이러한 비극성의 문학적 양상을 구체적으로 검토하는 것은 남북한 통합문학사의 밑돌을 놓기 위한 선결 작업에 해당한다.

2. 주제의식의 호평과 리얼리티의 비판 : 소련군 병사의 동요하는 내면 – 한설야의 「모자」(1946)

먼저 한설야의 「모자(帽子)」(1946)[7]는 북조선문학예술총동맹의 기관지인 『문화전선』 창간호에 실린 작품이다. 제호에서부터 잡지 내용에 이르기까지 소련문학을 사회주의 리얼리즘의 전범으로 전유하려는 의도가 전면화된 창간호에서, 동요하는 내면을 지닌 소련군의 시각을 통해 소련군이 '해방군'임에도 불구하고 '충동적 내면의 소유자'임을 그려 존재의 양면성을 드러낸 단편소설이다. 이 작품에서 소련군인이 조선인을 총으로 위협하거나 술에 취해 총을 난사하는 충동적인 인물로 그려진다는 점에서 발표 당시에 북한에서는 '조소친선'이라는 주제의식을 약화시키는 것으로 비판을 받는다. 하지만, 오히려 그러한 비판적 대목이 이 작품의 당대적 리얼리티를 보여주는 내용에 해당한다.

「모자」는 부제인 '어떤 붉은 병사의 수기'라는 내용에 걸맞게 1인칭 독백체 형식을 띤 모더니즘적 경향의 소설에 해당한다. "우리부대가 K시에 온 것은 바루 이나라가 해방되던 직후인 1945년 팔월그믐께였다."[8]라는 문장으로 시작되는 이 작품은 우크라이나 콜로즈 출신의 소련군 병사가

---

7) 한설야, 「帽子-어떤 붉은 兵士의 手記」, 『문화전선』 창간호, 1946.7.25, 198~215쪽.
8) 한설야, 앞의 글, 198쪽.

제2차 세계대전을 겪은 뒤 북한에 진주하게 된 내용을 다루고 있다. 작품 속에서 K시에 진주한 '나'는 C강을 사랑한다. 이 C강을 배경으로 드러나는 풍경의 잔잔함이 우크라이나 고향을 연상시키기 때문이다. 그는 늙은 어머니와 젊은 아내와 나이 어린 남매를 가진 가장이었지만, 독일 파시스트에 대항하기 위해 참전한 용사이다. 참전 중에도 딸 프로쌰에게 줄 선물로 '손풍금' 대신 '모자' 하나를 준비했지만 전쟁의 와중에 독일군에 의해 어머니와 아내, 남매가 살해당한다. '나'는 상처를 잊기 위해 열정적인 전사가 되지만, 그로 인해 정신적 상처를 깊이 앓게 된다. 특히 복수심과 공포, 악몽에 시달릴 때면 간헐적으로 단총을 허공에 대고 쏘는 돌발적 행동을 하게 된다. 조선인 친구와 함께 승무 공연을 본 '나'는 단총을 빼들고 거리에 나와 격발하는 충동적인 행동을 하게 된다. 그때 가게 앞에서 '모자'를 훔치다 들킨 모녀를 놓아주게 하면서 '나'는 총으로 가게 주인을 위협한다. 이후 딸 프로쌰와 조선의 여자 아이를 중첩시키면서 프로쌰에게 주려던 모자를 소녀의 머리에 씌워주면서 작품은 마무리된다.

작품 발표 이후 「모자」에 대한 평가는 공식적인 비평문으로 안함광의 「북조선 창작계의 동향」이라는 원고 한 편에 불과하다. 하지만 창작 의도에 대한 호평과 함께 작품 내적 리얼리티에 대한 냉정한 비판이 공존한다는 점에서 귀중한 논문에 해당한다. 즉 안함광은 1947년 '북한 창작계의 동향'을 전체적으로 검토하면서, 「모자」에 대한 긍정적인 평가로는 해방기에 '해방군'으로 북에 진주한 소련과의 친선이라는 '조쏘친선'의 주제의식을 거론한다.

전체의 행문이 다감한 붉은 군대의 심상에 알맞은 윤택미를 가지고 있을 뿐만 아니라 소설 결부에 있어 붉은 병사가 팟쇼 독일 병정한테 무참

히도 희생되어버린 자기가족 특히 어린아들 딸들에 대한 절절한 추모를 조선의 어린애들에게 대한 애정에다 의탁하여 조선의 어린 아이들과 더불어 희롱하며 자기 딸 프로샤에게 주려고 사가지고 다니던 모자를 조선의 어린 아이의 머리에 씌워가지고 포옹하면서 조소친선의 핏줄이 새삼스러히 따뜻함을 느끼는 장면은 대단히 인상적이고 회화적인 동시에 맑게 개었던 그날의 날씨와도 같이 지극히 친선한 감정을 자아내게 한다.[9)]

인용문에서 보이듯, 안함광은 "다감한 붉은 군대의 심상에 알맞은 윤택미"와 함께 '조선 어린이에 대한 애정', '조소친선의 따뜻함' 등이 이 작품의 성과라고 평가한다. 특히 독일군에게 희생된 가족을 연상하며 자신의 딸 프로샤에게 주려던 모자를 조선의 어린이에게 건네주며 포옹하는 모습이 '조소 친선의 따뜻함'을 인상적으로 형상화한 작품이라는 것이다.

하지만 작가의 정치적 의도에 대한 긍정성에도 불구하고 문학성에 대한 비판이 더욱 철저하게 수행된다. 그리하여 첫째, 전체적으로 "주제의 통일성을 갖고 있지 못하"여, "붉은 병사의 심리적 굴곡"과 "모자 수여사건에서 형상된 조소친선"이라는 두 개의 주제가 "불통일 상태에서 접합되어" 있다고 비판한다. 주제의 이원적 형상화가 문제라는 지적인 것이다. 둘째로 '붉은 병사의 승무에 대한 소감'을 지적하면서 "붉은 군대의 명예를 정당히 평가"했지만, "심리의 극명한 묘사"(사상적으로 굳게 무장한 붉은 군대의 전형)가 부족했음을 지적한다. 소련군 병사의 심리 묘사가 사상성의 약화를 보여준다는 것이다. 셋째로 "처자의 희생에서 받은 침통한 심정" 때문에 고향을 두려워하는 모습으로 소련군 병사를 형상화한 것이 "작자의 수법상의 과장"(공감력의 부족, 묘사력의 미비)이라고 비판한다. 넷째로 소련군인이 충동적 인간이었다가 "정상한 인간"이 되어 "심히 친절하고 단정한 인간이 되는 장면"에서 내적 필연성이 부재하다면서 '작

---

9) 안함광, 「북조선창작계의 동향」, 『문화전선』, 1947.2, 12–29쪽.

가의 설득력과 묘사력 부족'을 비판한다. 다섯째 소련군이 체감하는 '망각의 행복'이 기억 상의 문제일 뿐 심리상의 문제는 아니라면서, "극명한 심리묘사를 외재적 조건과의 연관"에서 진행했어야 하는데, 행동과 심리가 별개로 드러나고 있다고 비판한다. 이러한 다섯 가지 문학 내적 형상화에 대한 비판은 「모자」의 문학적 한계를 명쾌하게 지적한 논평에 해당한다.

결론적으로는 결국 '상처의 망각'을 포괄하는 "근본적인 문학적 모티브"의 부재가 이 작품의 한계로 비판된다. 그리하여 "면밀한 모티브의 설정과 심각하고도 면밀한 심리묘사를 필요로하는 위치에서 주인공을 다루"면서도 "주인공에게 문학적 진실을 부여하는 데 성공하지 못했"으며, 결과적으로 「모자」는 "작자의 의도는 좋았음에도 불구하고 그 좋은 의도에 대한 통일적 인상을 독자에게 주는 데에 성공한 작품은 되지 못하고 말았다"[10]라고 혹독하게 비판한다. 안함광의 논지를 요약한다면 결국 '조소친선'이라는 주제의식만이 긍정적으로 평가받아 마땅하지만, 근본적인 모티프의 부재 속에 주제의 이원화, 사상성의 약화, 적절한 심리 묘사의 부족, 문학적 진실성의 훼손, 텍스트 내부 이야기의 내적 통일성의 결여가 비판되고 있는 것이다.

안함광의 논의를 제외하고는 북한문학사를 비롯하여 공식적인 북한 내부의 평가나 의견 개진은 없다. 동요하는 내면을 지닌 소련군 병사가 '고상한 리얼리즘'에 적합한 '고상한 인간'으로 형상화되지 않았기 때문에 배제된 것이다.[11] 이 작품은 특히 소군정으로부터 강한 항의를 받았으며

---

10) 안함광, 앞의 글, 21-22쪽.
11) 동일한 주제의식 속에서 긍정적 인간을 다루고 있는 한설야의 「남매」(1948)는 1950년대 북한문학사에서 "조선인민들의 참된 생활적 감정으로서의 조·쏘 친선의 감정을 감명깊게 보여준 우수한 소설"로 평가받고 있기 때문에 더욱 그렇다.(사회과학원 문학연구소, 『조선문학통사(현대문학편)』, 인동, 1988(북한 사회과학출판사, 1959), 207-209쪽)

작품 개작 소동이 벌어지기도 하였다는 일화[12]가 전해진다. 하지만 월남 작가인 오영진이나 현수(박남수)에 따르면 「모자」에 드러난 적절한 묘사가 한설야의 당대 현실에 대한 관찰력과 리얼리티를 높이 평가하게 한다.[13] 물론 현수는 "「모자」가 실린 『문화전선』은 판매가 중지되었고 「모자」는 그의 작품집에서도 제외"[14]되었으며, 소련군 사령부의 의심을 샀다고 판단한다. 그러나 "「모자」가 원산의 『응향』처럼 사건화되지 않은 것은 작자가 저명하고 공산주의 문인의 괴수"[15]였기 때문이라면서, 「모자」 이후 검열이 강화되었다고 자신의 재북 체험을 기술한다.

이 환호에 벅작궁 끓어넘치는 조선의땅! 그러나 내게는 이것이 고향이 아닌 것이 당행하였다. 이땅은 아무데 가도 내가족의 영원히 움지기지않는 파아란 눈동자가 없을것이요 또 짓밟히고 깨여진 내 옛터전이 여게 있을까닭이 없는 것이다. 그러므로 아무데라도 안심하고 걸어다닐수 있다.

다만 때로 환호의 소리, 만세소리가 뜻지않고 흘러오는 것이 걱정이였다. 해방된 인간의소리! 이에서 더 아름다운 음악이 있으랴. 원수가물러간 거리의 표정! 이에서 더 명랑한 풍경화가 있으랴.

그러나 이 밝음이 내맘속에 서러운 「어둠」을 너무도 선명히 비춰주는 것이다.

이거리의 집집에서 마다 펄렁그리는 태극기의 붉은빛, 푸른빛이 내가족의 잃어진 피요 움지기지않는 파아란 눈동자를 상상케하는 것이다. 울수있는때 - 술이 취해서 울수있는때는 그래도 행복한 시간일 수 있다. 전쟁이 그립다. 주검을밟고 넘어가는 말리전쟁이 내고향이다. 그럼 예상밖에 전쟁이 빨리 끝장이 나서 너무 갑자기 내주위는 괴괴해섯다. 내게는 아직 소음(騷音)이 필요하고 총소리가 필요하였다.

---

12) 김재용, 「냉전시대 한설야 문학의 민족의식과 비타협성」, 『역사비평』 47, 1999 여름, 233-234쪽.
13) 오영진, 『하나의 증언』, 국민사상지도원, 1952, 90쪽.
14) 현수, 『적치 6년의 북한문단』, 국민사상지도원, 1952. 39-41쪽.
15) 현수, 앞의 책, 41-42쪽.

그러나 지금 내 주위는 대낮에도 만귀 잠잠한 것 갓다. 어떤때는 이나
라의모든 환호의소리와 해방의 빛깔이 그저 까마득한속에 잠겨서 보이
고 들리지 않는 것이다.[16]

작품 중반부인 3장 끝부분에 보면 소련군의 심리적 동요의 양상이 자
연스레 드러난다. 즉 거리에서 부지불식간에 울려오는 환호 소리와 만세
소리가 "해방된 인간의 소리"의 아름다움을 선사하며, "거리의 표정"이
"명랑한 풍경화"를 보여준다고 감탄하고 있으면서도, 그 밝은 풍경이 소
련군 병사의 "맘속에 서러운 「어둠」을 너무도 선명히 비춰주는 것"으로
대조된다. 해방된 조선의 밝은 풍경 속에서도 해방군으로서의 소련군의
내면이, '폐허가 된 고향'에 대한 연상으로 인해 어둠에 장악될 수밖에 없
다는 심리적 우울감이 드러나는 것이다. 이렇듯 어둠에 침윤된 소련군
병사의 내면은 강박증적으로 강화되어 전쟁에 대한 그리움과 소음의 필
요, 총소리의 필요를 갈구하게 된다. 그리고는 대낮에도 소리를 제대로
감지하지 못한 채, "환호의 소리와 해방의 빛깔"을 보거나 들을 수 없는
감각의 상실로 이어진다. 이렇듯 「모자」는 고향에서 희생된 가족에 대한
그리움 속에서 해방된 조선의 풍경을 제대로 응시해내지 못하는 소련군
병사의 동요하는 내면을 잘 포착해낸 작품인 것이다.

하지만 전체 5장으로 구성된 「모자」의 1946년 7월 판본은 1956년 9월
판본과 1960년 9월 판본으로 개작되어 출간된다. 이때 원본이 개작본보
다 해방 직후 북한사회의 모습에 대한 한설야의 당대적 현실 감각을 더
욱 정확하게 보여준다. 왜냐하면 개작된 1956년 판본과 1960년 판본에서
는 고통스러운 소련군의 모습이나, 조선인을 위협하거나 단총을 빼들고
행패를 부리는 등의 부정적 모습이 삭제[17]되기 때문이다. 개작본의 경우

16) 한설야, 「모자」, 『문화전선』 창간호, 1946.7.25, 205쪽.
17) 남원진에 따르면, 원작과 개작본의 차이는 다음의 다섯 가지로 요약할 수 있다. 즉

는 해방군으로서의 소련군인의 긍정성을 강조하기 위한 내용으로 수정
되며, 대부분 원작에서 문제점으로 지적된 대목들이 삭제된 것이다.

  낡은 것이 완전히 없어지기위해서는 반드시생겨나야 하는 것이다. 이
거리는 지금도 날마다 낡은 것이 가시어지고 새것이 생겨나면서 있다.
  자연과 인간을 가장 행복한 길로 인도하는 나라의 구름가티 일어나는
창조의 고동이 내귀에 역력히 들리는 것 가탓다.
  내입에서 흐르는 흥겨운 수파람은 고향의 노래를 실어 이하늘에 부첫다.
  가을 햇빛에 물든 금모래 마당을 밟으며 나는 계집아이를 안은채 내방
으로 걸어들어갔다.
  새싹을 키우는 이 거리로 귀엽게 걸어가는—프로쌰의 모자를 쓴 프로쌰
의 동생 그리고 모든 이나라의 어린이를…… 이런 것이 파노라마처럼 내
머릿속에 떠돌고 있다.[18]

  인용문에서처럼 결국 작품 말미에는 '낡은 것과 새 것의 대비' 속에 '행
복한 나라'에서 '창조의 고동'을 듣는 것으로 그려지면서 작중 화자인 소
련 병사 '나'가 "흥겨운 수파람"을 부르며 "고향의 노래를 실어 이 하늘에
부"치는 것으로 드러난다. 특히 "가을 햇빛에 물든 금모래 마당을 밟으
며" "새싹을 키우는" 거리로 걸어가는 "프로쌰의 모자를 쓴 프로쌰의 동
생"과 "모든 이 나라의 어린이를" 연상하는 것은 심신의 불안감 속에서도

---

  1) 1946년 판본 「모자」에서의 고통스러운 소련 군인의 모습은 개작본에서는 사라진다.
  2) '단총(권총)'으로 조선인을 위협하는 소련 군인의 부정적 모습이 개작본에서는 사라진
  다. 3) 원작에는 '승무' 공연을 제일 재미있게 관람한 뒤 '종교의 힘'이 인간을 지배하는
  것으로 드러나지만, 개작본에서는 '인간 의식'이 '종교 의식'에 승리하는 것으로 드러난
  다. 4) 승무 관람 후 조선의 전통에 대한 이해 부족으로 단총을 빼들고 행패를 부리지만,
  개작본에서는 소련군이 자신의 희생당한 가족으로 인한 상처를 치유받는 것으로 그려진
  다. 5) 조선인을 위협하거나 난사하는 등 단총과 관련된 장면들이 대거 삭제되거나, 조
  선아이에게 '총부리를 돌리는 시늉'을 하는 모습을 개작본에서 '모른 체 하며 돌아서는'
  것으로 수정한다. (남원진, 「해방기 소련 인식, 한설야의 「모자」론」, 『한설야 문학연구 :
  한설야의 욕망, 칼날 위에 춤추다』, 도서출판 경진, 2013, 103-137쪽.)
  18) 한설야, 앞의 글, 215쪽.

조소친선을 강화하기 위한 주제 의식으로 마무리하려는 작가의 의도가 선명하게 드러난다.

이렇듯 '해방의 은인'이나 '조선 발전의 동무'로 소련군대를 말하던 시점에서, 「모자」가 '조쏘친선'을 강화하기 위한 의도로 창작된 작품이긴 하지만, 결과적으로는 북한 주민들에게 행패를 부렸던 소련군대의 부정적 면모와 함께 소련군의 충동적 양가성을 함께 드러내고 있다는 점에서 주목을 요한다. 특히 1946년 원본의 경우 해방기에 소련군이 진주한 북한의 현실을 소련군 병사의 강박증적 시선으로 묘파하면서 당대 현실의 리얼리티를 확보한 작품이라고 평가할 수 있다.

결과적으로 「모자」에 대한 논란은 한설야 단편집 『초소에』[19]에 기존에 발표된 「남매」, 「마을 사람들」, 「얼굴」, 「어떤 날의 일기」, 「초소에서」 등의 작품은 실리지만, 「모자」는 함께 수록되지 못한 결과로 드러난다. 편집자 주를 보면 작품집의 의도에 대해 해방과 함께 작가가 "새로운 사회적 조건에서 자유롭게 자라나고 있는 인간들의 형상과 그들의 상호관계에서 자라나는 새 윤리들"을 보여준다면서, 단편집을 통해 "작가로써의 씨의 발전"과 함께 "북반부의 사회현실을 보게 되는 것"[20]이라고 기술한다. 그러나 「모자」는 소련군 병사의 동요하는 내면을 다루었기 때문에 작품집에서 배제된 것으로 추정된다.

이후 한설야의 「모자」는 북한문학사에서 전혀 언급이 되지 않는다. 반면에 「남매」(1948)가 국제 친선을 강조하는 작품으로 거론되고, 「개선」(1948)과 「승냥이」(1951) 등의 작품은 김일성 형상화와 반미를 강조하는 소설로 끊임없이 주목받으며 북한문학사에서 지속적으로 평가를 받는다. 따라서 「모자」에서 그려진 충동적인 내면을 지닌 소련 병사의 모습은 소

---

19) 한설야, 『초소에』, 문화전선사, 1949.
20) 편집자 표사글, 『문학예술』, 1950.2, 180쪽.

련문학을 사회주의 리얼리즘 문학의 정수로 수용하던 당시 분위기에서 납득하기 어려운 인물의 형상화였던 것으로 파악된다. 결국 소련 병사의 심리적 동요를 탈색시킨 개작본만이 사후적으로 조소친선을 강화한다는 명목으로 그려질 뿐인 것이다. 「모자」는 개작본이 아니라 1946년 원본을 통해 북한문학 초기의 지배담론과 텍스트의 균열 양상을 선명하게 보여주는 작품이라고 평가할 수 있다.

3. 집단주의적 교양과 인물 성격의 과장 : 문맹 퇴치 사업의 공과
   – 이태준의 「호랑이 할머니」(1949)[21]

이태준의 단편소설 「호랑이 할머니」(1949)는 평론가 기석복에 의해 "해방후 조선문학에서의 최대걸작"[22]이라고 평가를 받을 정도로 북한에서 실시한 문맹퇴치사업을 소재로 만든 분단 초기의 대표적인 작품이다. 보수성이 매우 강한 65세 '호랑이 할머니'가 한글학교에 나가기를 완강히 거부하다가 우여곡절 끝에 한글을 깨치게 된다는 계도적인 내용을 다루고 있다. 이 작품은 1949년 겨울 농한기를 맞은 농민들을 위해 농민소설을 창작하라는 김일성의 격려를 계기로 작가들이 농촌으로 동원되어, 일주일 만에 창작된 작품들 중의 하나로 알려져 있다.[23]

「호랑이 할머니」는 작품 발표 직후 성과와 한계가 함께 거론된 텍스트에 해당한다. 한식[24]에 의하면, 북한사회의 민주주의 정신을 고양하는 민

---

21) 이태준, 「호랑이할머니」, 『첫전투』, 문화전선사, 1949.11.(이태준, 「호랑이 할머니」, 『해방전후·고향길』, 깊은샘, 1995, 105~120쪽.)
22) 기석복, 「우리 문학평론에 있어서의 몇가지 문제에 대하여」, 『노동신문』, 1952.2.28.
23) 한설야는 「김일성 장군과 문학예술」이라는 글에서 이태준, 최명익, 이춘진, 천청송, 윤세중, 한설야 등이 농촌으로 동원되어 일주일 만에 모두 작품을 창작했다고 언급하면서 장군이 문학예술 부문에 대해 적절한 비판을 가한다고 언급한다.(한설야, 「김일성 장군과 문학예술」, 『문학예술』, 1952.4, 4~10쪽.)

주건설기의 작품이지만 구성력이 미흡한 작품으로 평가된다. 즉 민청원 중의 우수한 일꾼인 '상근'이 치밀한 계획과 겸손한 설득력으로 '호랑이 할머니'의 문맹을 퇴치하는 이야기라면서, 민주주의 정신의 교양과 민주 조국 건설에 참가하게 만든 의의가 있다고 평가한다. 하지만 호랑이 할 머니의 개인적 역할을 사회적 힘보다 더욱 강하게 형상화한 작품 내용의 구성력을 비판한다. 그리고 "새로운 농민전형들을 형상화하고 있는 건실 한 작품"이지만, 아직도 "자연주의적 수법의 잔재"가 남아 있다는 점을 지적한다.

하지만 한식과는 다르게 박중선[25]은 '호랑이 할머니'의 모습이 해방 후 조선문학의 새로운 "전형적 형상"에 해당한다고 높이 평가한다. 특히 이 소설이 "민주건설에로의 장애물로 되는 봉건적 유습의 완고성을 폭로하 며 그러한 부패한 완고성을 가지고 있는 인물들에 대하여 유모아하게 풍 자함으로써 그러한 유습과 인습들을 근절할 목적"을 내세운 작품이라는 것이다. 그리하여 "고결한 목적을 빛나게 예술적으로 달성"한 작품이며, 이태준이 '산파와 매장자'의 역할을 이행하고 있다면서 민주건설을 위한 작가적 실천을 상찬한다. 특히 "인민대중을 새로운 민주주의적 정신으로 교양하는 사업에서의 가장 중요한 방법인 집단주의적 교양을 옳게 예술 적으로 묘사"하고 있다면서, "당의 영도성과 사회단체들의 역할을 바로 보이고 있"다고 고평한다. 소설의 예술성에 대한 평가에서도 1) 불필요한 인물이 없으며, 2) 쉬운 말로 사건을 서술하고 3) 독자에게 흥미를 제공한 다면서 "인물묘사에 있어서나 언어사용에 있어서 인민작가로서 자기의

---

24) 한식, 「주제의 구체화와 단편의 구성―농민소설집을 평함」, 『문학예술』, 1949.7, 48–61쪽.
25) 박중선, 「대중을 집단주의로 교양시키자―이태준작 단편소설 「호랑이할머니」에 대하여」, 『노동신문』, 1949.8.20. (이 논문이 기석복의 논문임은 한설야, 엄호석, 황건 등의 글에 의해서 1956년에 밝혀지지만, 구체적으로 박중선이 기석복의 가명임이 적시된 논문은 윤세평의 「「농토」와 「호랑이 할머니」에 대하여」(『문예전선에 있어서의 반동적 부르죠아 사상을 반대하여』2, 1956, 228쪽)에서이다.)

예술적 특성을 표현하였"음을 고평한다.

그러나 작품의 결점으로 첫째 "문맹자의 연령이 16세로부터 55세까지 규정"된 것을 근거로 들면서 호랑이 할머니의 연령을 65세로 제시한 것이 내적 리얼리티의 훼손에 해당한다고 비판한다. 둘째로 촌민들의 성과가 과소평가된 반면 할머니의 성격이 과장된 점을 지적한다. 그러나 그럼에도 불구하고 결론적으로 이 작품이 "민주건설에서 인민들을 새로운 사상으로 교양하는 사업에 절대한 방조"가 되리라고 극찬한다.

한식과 유사한 견해인 엄호석[26]은 민주주의적 교양과 민주조국 건설이라는 작품의 성과는 인정하지만 전형적 형상화는 아니라고 비판한다. 즉 '호랑이 할머니의 완고성'이라는 개성적 측면이 과장되었기 때문에 "문맹 퇴치 대상자로서의 형상"을 지닌 "전형적 타이프"로 형상화되지 못했으며, 더구나 "65세의 파파 늙은이"는 "문맹퇴치 대상"이 아니라면서 작품 속에서 작품 외적 현실이 과장된 것을 비판한다. 물론 작품 "전체의 성과를 의심"하는 것은 아니지만, 호랑이 할머니의 성격 구성의 일부 단점을 거론하는 지적이라면서 촌평을 마무리한다.

한효[27] 역시도 1949년도 소설을 회고하면서 "새로운 인간성을 묘사"한 작품이라면서 긍정과 비판의 양면적 평가를 보여준다. 즉 "문맹퇴치사업을 통하여 봉건적 인습과 완강한 고집 속에 파묻혀있던 단순하고 평범하고 소박한 인간성이 어떻게 새로운 제도 아래서 특히 인민정권의 올바른 시책과 민청원들의 열성에 의하여 개변"되는가를 보여준 작품으로 평가한다. 그리하여 호랑이 할머니의 개변이 "새로운 사회제도의 산물"이라고 긍정적인 평가를 내놓는다.

---

26) 엄호석, 「농촌 묘사와 예술적 진실 - 농민소설집『자라는 마을』을 말함」, 『문학예술』, 1949.10, 37-51쪽.
27) 한효, 「보다 높은 성과를 향하여-1949년도 소설계의 회고」, 『문학예술』, 1950.1, 22-39쪽.

하지만, 문학적 형상화의 측면에서는 '성인학교 후원회 회장' 취임 부분과 다른 할머니의 말에 발분하는 내용 등의 '작위성'을 비판하면서, 호랑이 할머니의 "긍정적인 생활의 구체적인 묘사를 통"해서가 아니라 "인물의 성격 내부에서의 인위적인 계기를 통하여" 새로운 시대의 사상을 표현하려 한 것이 문제점임을 지적한다.

이렇듯 한식, 박중선, 엄호석, 한효 등의 1949~50년 평가는 해방 이후 성과작으로서 문맹퇴치라는 민주주의 교양과 민주건설 사업의 형상화에 대한 우호적 평가가 주를 이룬다. 당의 영도성과 집단주의적 교양을 강조함으로써 예술적 형상화를 이루었다는 것이다. 하지만 공통적으로 작품 내적 리얼리티의 훼손, 성격의 과장, 작위적 표현 등의 문제점이 동시에 지적된다.

후원회장 호랑이 할머니는 이때에 벌써 인민군대에 가 있는 맏손자 영돌군에게 다음과 같은 편지를 써 보낼 수 있었다.

"영돌이냐 잘 있느냐 춥지는 않느냐 너이 대장어룬도 무고하시냐 대장어른 말 잘 들어야 쓴다. 너 우리 김장군 더러 뵈입겠구나. 이 할미는 글쎄 성인 학교 후원회장이 되었단다. 국문 배울랴 학교 일 다시릴랴 변스럽게 바쁘다. 네 어미도 공부 잘한다. 내가 글 해 뒷에 쓰리 했더니 알고 나니 이렇게 써 먹는고나. 올에는 차조가 잘되어 조찰밥 잘 먹는 네 생각 난다. 언제 휴가 맡느냐 아모쪼록 우리 나라 잘되게 힘써라. 우리 소가 새끼 가졌단다. 나 아니고는 회장 재목 없다 해서 마지못해 나왔지만 무식꾼들의 어룬 노릇하기 힘들더라. 열이 열소리 백이 백소리 귀가 쏠 지경이다. 할말 태산 같으나 눈이 구물거려 이만 적는다."

호랑이 할머니가 생전 처음 써 보는 이 편지에서 할말이 태산 같다는 것 속에는 그 작은년이 할머니가 '총'자를 '꽝'자라 한 이야기도 들어 있었으나 아직 그런 복잡한 말을 쓰기에는 요령을 잡을 수가 없었다. 연필 끝에 침만 여러 번 묻혀 보다가 그만두고 말았다.[28]

작품 말미 부분인 인용문에서 보이듯 「호랑이 할머니」는 구어체적 표현 속에 할머니의 개성적 성격이 생생하게 형상화된 작품이다. 즉 인민군에 입대한 맏손자 영돌에게 '호랑이 할머니'는 성인학교 후원회장이 되었다면서 "국문 배울랴 학교 일 다시릴랴 변스럽게 바쁘다"면서 자신의 근황을 솔직하게 고백한다. 더욱이 며느리도 공부를 잘 하고 있으며, "나 아니고는 회장 재목 없다 해서 마지못해 나왔지만 무식꾼들의 어룬 노릇하기 힘들"다는 식으로 '무식꾼들에 대한 어른 노릇하기'에 대한 자신의 자랑을 허세 삼아 솔직하게 토로하는 것으로 이어진다. 이렇듯 '호랑이 할머니'는 분단 초기 북한사회에서 개성적인 인물[29]로 창조된 존재인 것이다.

하지만 1952년 12월 15일 조선로동당 중앙위원회 제5차 전원회의에서 김일성이 보고한 「로동당의 조직적 사상의 강화는 우리 승리의 기초」에서부터 '임화, 김남천, 이태준' 등 월북 작가들에 대한 비판이 시작된다. 즉 이들이 "문화인들내에 있는 종파분자들"이라고 규정되면서, 1953년 이래로 이태준에 대한 날선 비판이 진행된다.[30] 즉 「호랑이 할머니」에 대한 비판은 아니지만, 이태준의 해방 이후 작품들 전체를 평가절하하면서 한효는 "새 생활을 창조하는 길에 들어선 북조선 인민들의 의식을 마비시키며 그들에게 불신과 절망의 사상을 주입할 목적으로 산문 분야에서 노골적으로 자연주의의 독소를 뿌린 자"[31]로 이태준을 비난한다. "새로운 사회제도의 산물"을 집필한 작가에서 "자연주의의 독소를 뿌린" 작가로 평가절하되는 것이다.

---

28) 이태준, 「호랑이 할머니」, 『해방전후・고향길』, 깊은샘, 1995, 120쪽.
29) 이병렬, 「『첫전투』와 『고향길』의 의미-해설을 겸하여」, 이태준, 『해방전후/고향길』(전집3), 깊은샘, 1995, 377-391쪽.
30) 김재용, 『북한문학의 역사적 이해』, 문학과지성사, 1994, 125-142쪽.
31) 한효, 「자연주의를 반대하는 투쟁에 있어서의 조선문학(4)」, 『문학예술』, 1953.4, 131-148쪽.

이어서 구체적 작품인 「호랑이 할머니」에 대한 비판은 1956년에 진행된다. 즉 1955년 12월 김일성이 「사상 사업에 있어서 교조주의와 형식주의를 퇴치하고 주체를 확립하는 데 관하여」라는 글에서 이태준을 반동적 부르주아 작가로 규정한 뒤, 1956년 1월 7일 조선작가동맹 중앙위원회 제22차 상무위원회 논의와 1956년 1월 18일 「문학예술 분야에 있어서의 반동 부르주아 사상과의 투쟁을 더욱 강화함에 대하여」라는 결정서가 채택되면서부터 이태준은 '부르주아 반동 작가'가 된다.[32] 대표적으로 한설야는 보고문[33]에서 이태준의 「호랑이 할머니」가 "우리의 인민정권을 무시하고 인민민주 제도를 비방하는 극악한 반동작품"이라고 비난한다.

　　몽매와 미신의 화신인 『호랑이 할머니』를 마치 해방 후 농촌에서의 긍정적 인물인 것처럼 내세움으로써 우리의 근로 인민들을 모독하였으며 기형적이며 성격 파산자인 『호랑이 할머니』의 형상을 통하여 북반부 인민들을 우매하고 비문화적인 사람들로 선전하였을 뿐만 아니라 이미 1948년에 북조선에서 문맹이 기본적으로 퇴치되었음에도 불구하고 1949년에 있어서 20세대가 사는 한 농촌에 79명의 문맹자가 있다고 씀으로써 북조선 인민들을 전부 문맹으로 외곡하여 민주 개혁의 제반 성과들을 말살하려고 시도하였습니다.[34]

인용문에서 드러나듯 "몽매와 미신의 화신"인 '호랑이 할머니'의 형상이 '기형적인 성격 파산자'로 그려졌다는 것이다. 특히 "북방부 인민들을 우매하고 비문화적인 사람들로 선전"했다는 비난과 함께 1948년 북한에

---

32) 김재용, 『북한문학의 역사적 이해』, 문학과지성사, 1994, 139-140쪽.
33) 한설야, 「평양시 당 관하 문학예술선전 출판부문 열성자 회의에서 한 한설야 동지의 보고」, 『조선문학』, 1956.2, 187-213쪽.
34) 한설야, 앞의 글, 197쪽.

서는 이미 문맹이 퇴치되었다는 근거를 들면서 이태준이 "민주 개혁의 제반 성과들을 말살하려고 시도"했음을 비난한다.

특히 1956년 한설야의 문건은 노동신문 주필이었던 기석복에 대한 비판을 통해 이태준의 「호랑이 할머니」를 재비판한다. 즉 기석복이 1949년 쓴 논문에서 "이태준의 해독적인 작품인 <호랑이 할머니>를 해방후 조선문학에서의 최대의 '걸작'으로 추켜세"웠음을 비판한다. 그리하여 "민주 건설의 성과를 말살하려 하였으며 기형화한 인물을 그림으로써 근로 인민을 비속화하였으며 인민 민주주의 제도를 냉소한" 작품인 「호랑이 할머니」에 대해 '새로운 사상'이라고 말함으로써 "틀림 없이 우리가 말하는 새로운 사상과는 반대되는 사상"을 피력했다고 비난한다. 그러면서 "우리 당이 근로자들 속에서 진행하고 있는 계급 교양과는 아무런 인연도 없는 낡은 부르죠아 사상으로의 교양에 대하여 말하였으며 근로자들을 기형화하는 것을 그 어떤 '집단주의 교양'으로 설교하려 하였"다고 비난한다. 결국 한설야의 보고는 민주건설의 성과를 말살하고 민주적 제도를 냉소하며, 기형적 인물로 근로 인민을 모독한 낡은 부르주아 사상의 잔재가 담긴 작품이 이태준의 「호랑이 할머니」라는 비난이다.

한효 역시 1956년에 이르면 「도식주의를 반대하며」[35]라는 글을 통해 기존의 태도를 바꾸어 '낡은 부르조아 사상'으로 '잘못된 집단주의 교양'을 설교하기 위해 창작된 작품이 「호랑이 할머니」라고 비난하게 된다. 결국 '임화와 이태준 도당의 책동'에 의해 도식주의 문제가 발생했다면서, "리태준의 <호랑이 할머니>와 김남천의 <꿀>이 자연주의 작품이 아니라 사실주의 작품으로 찬양을 받게 되는 한심한 사태가 벌어지게 되었

---

35) 한효, 「도식주의를 반대하며」, 『제2차 조선작가대회 문헌집』, 조선작가동맹출판사, 1956(이선영·김병민·김재용 편, 『현대문학비평자료집(4)』(이북편/1956~1958), 태학사, 1993, 76~84쪽.)

다."라고 자기의 기존 논의를 뒤집는 비난을 퍼붓는다.

이태준에 대한 비난을 쏟아부은 한설야와 한효의 논의는 1956년 내내 엄호석, 황건, 또다른 한효의 글, 김명수, 리효운, 엄호석의 또 다른 글, 윤세평 등의 글에 이르기까지 거의 동일한 수사와 표현을 동원한 비난으로 이어진다. 즉 엄호석은 이태준이 「호랑이 할머니」에서 북한 인민을 "무식하고 무도덕적이고 미개"하게 그려, "인민에 대한 참을 수 없는 모독"과 "북반부에 대한 역선전"[36]을 했다고 비난한다. 황건 역시 "미신덩어리 고집쟁이"인 "왈패 할머니를 위하여 마을 전체와 당과 민청이 있는 것"[37]으로 왜곡 형상화하였다고 비판한다. 한효는 "민주건설의 성과를 부정하며 우리 근로인민들을 문명치 못하고 저렬한 인간으로 묘사하였으며 당이 근로자들 속에서 진행하는 계급 교양 사업을 방해"[38]했다고 평가한다. 김명수는 "괴이하고 우매한 미신의 화신"으로서 "북반부 근로인민들을 비문화적인 인간들로 중상"하고 "인민정권을 비방"[39]했다고 비판한다. 리효운은 "당과 인민정권의 제반 민주정책에 대한 발악적 반대" 속에 "농촌에서의 반동적 력량의 구현자인 추악한 호랑이 할머니"[40]를 적극 지지했다고 비난한다. 엄호석은 다른 글에서 "북반부의 민주건설의 성과"와 "인민들의 애국적 역량을 비방"[41]하여 조국애를 빼앗으려고 시도했다고 비판한다. 윤세평은 "공화국 북반부에서 진행된 문화혁명의 전

---

36) 엄호석, 「사실주의로 변장한 부르죠아 반동문학」, 『문예전선에 있어서의 반동적 부르죠아 사상을 반대하여』 1, 1956, 100–163쪽.

37) 황건, 「산문 분야에 끼친 리태준 김남천 등의 반혁명적 죄행」, 『문예전선에 있어서의 반동적 부르죠아 사상을 반대하여』 1, 1956, 166–180쪽.

38) 한효, 「부르죠아 문학 조류들을 반대하는 투쟁에 있어서의 조선 현대문학」, 『문예전선에 있어서의 반동적 부르죠아 사상을 반대하여』 2, 1956, 6–39쪽.

39) 김명수, 「반동적 부르죠아 작가들의 반혁명 문학 활동의 죄행」, 『문예전선에 있어서의 반동적 부르죠아 사상을 반대하여』 2, 1956, 42–66쪽.

40) 리효운, 「우리 문학에 대한 부르죠아적 견해와 철저히 투쟁하자」, 『문예전선에 있어서의 반동적 부르죠아 사상을 반대하여』 2, 1956, 68–91쪽.

41) 엄호석, 「리 태준의 문학의 반동적 정체」, 『조선문학』, 1956.3, 140–168쪽.

형적 발전을 외곡하고, 우리의 민주 개혁의 위대한 성과를 모독 중상하기 위하여 씌여진 악의에 찬 작품"[42]이라고 비난한다. 즉 1956년도는 '림화, 김남천, 리태준' 등의 반동적 부르죠아 문학에 대한 원색적이고 감정적인 비난과 그를 옹호했던 '기석복, 정률, 정동혁' 등에 대한 단죄의 해가 되고 있는 것이다.

이태준의 「호랑이 할머니」는 월북작가 이태준의 성과작에 해당한다. 왜냐하면, 북한에서 새로운 사회 건설이 화두가 된 시기에 당대 현실 속에서 '호랑이 할머니'라는 개성적 인물을 통해 문맹 퇴치 사업의 현실을 예리하게 풍자하고 있기 때문이다. 당시에 '고상한 리얼리즘'으로 소련 문학의 사회주의 리얼리즘을 전유하려는 풍토에 물들지 않고, 경직된 북한문학의 도식성으로부터 벗어난 창작물에 해당하기 때문이다. 하지만 북한에서 이태준의 「호랑이 할머니」는 부르조아 반동 작가가 '스무담이'라는 20호밖에 되지 않는 마을에 문맹자가 대부분인 것으로 왜곡 형상화하여, 문맹퇴치 사업이 성과가 없는 듯 잘못 설명하고 있는 그릇된 작품이 된다. 특히 독자들에게 문맹퇴치에 대한 부정적 견해를 믿도록 함으로써 결론적으로 이태준이 북한의 제도적 현실을 왜곡하고 민주 건설의 성과를 조소하며, 인민정권을 비방하기 위하여 사실주의의 탈을 쓰고 교묘히 위장된 자연주의적 작품을 써냈다고 비난을 받는 것이다. 이렇듯 북한 문학의 지배 담론에 의해 텍스트성이 억압되는 현실은 역설적이게도 북한사회의 지배 담론과 텍스트의 균열 양상을 선명하게 보여준다.

---

42) 윤세평, 「「농토」와 「호랑이 할머니」에 대하여」, 『문예전선에 있어서의 반동적 부르죠아 사상을 반대하여』 2, 1956, 204-234쪽.

4. 새로운 전형과 낡은 형식적 잔재 : 한국전쟁기 부상병의 형상 – 김남천의 「꿀」(1951)

김남천의 단편소설 「꿀」[43](1951)은 한국전쟁기에 합천 관기리 야전병원 부상병의 이야기를 다룬 액자소설이다. 6·25전쟁 초기 인민군의 남하 중 선발대로 정찰하다가 국방군의 피격에 총상을 당한 주인공이 산 속에서 78세 할머니에게 구출되어 꿀물과 미숫가루로 기사회생하게 되는 내용을 다루고 있는 소품 성격의 소설이다. 할머니의 가족은 아들과 손자가 다 빨치산인 집안으로 할머니의 연락을 받은 빨치산 유격대에 의해 부상병이 구출되어 야전병원으로 이송된 사연이 드러난다.

이태준의 「호랑이 할머니」처럼 「꿀」 역시 발표 당시에는 성과와 한계에 대한 양가적 평가를 받는다. 즉 한효는 "자랑스러운 새로운 전형의 주인공"[44] 중의 하나로 「꿀」의 '부상병'을 언급한다. 하지만, 작가의 의도를 직접적으로 묘사하지 못한 점에 대해 아쉬움을 표명한다. 그러면서 이 시기 작가들에게 4가지 과제로 '1) 현실 속 체험을 통한 작품 창작, 2) 형식주의나 자연주의와의 투쟁 속에 고상한 리얼리즘을 추구할 것, 3) 주제를 다양화할 것, 4) 맑스-레닌주의 사상으로 무장하는 교양사업을 진행할 것' 등을 주문한다.

한효와 달리 엄호석은 김남천의 「꿀」이 지닌 과거 회상의 액자소설 형식을 문제 삼아 비판한다. 물론 회상적 형식이 "일시적이나마 감동적인 인상을 주는 수"가 있긴 하지만, 그것은 "인공적 예술성이 주는 환각 또는 감상성"에 불과할 뿐 현실적 인상은 아니라고 부연 설명한다. 특히 이 작품이 "한 작가에 의한 회상의 형식을 빌어 과거의 원경 속에서 구지

---

43) 김남천, 「꿀」, 『문학예술』, 1951. 4, 36–50쪽.
44) 한효, 「우리 문학의 전투적 모습과 제기되는 몇 가지 문제」, 『문학예술』, 1951. 6, 87– 101쪽.

사건을 묘사하는데 만족하였다"⁴⁵⁾면서 과거 회상 형식이 서구의 낭만파들이 개인의 심정 고백과 '로마네스크적인 것의 추구'를 위해 차용하던 구시대적 수법으로서 사실주의적 창작방법에 부합하지 않는 '낡은 형식적 잔재'를 드러내고 있다고 비판한다.

하지만 1952년 4월호 『문학예술』에 게재된 <평론합평회>⁴⁶⁾에서는 엄호석의 평론이 비판의 대상이 된다. 부제로 '기석복 동지의 「우리 평론에 있어서 몇가지 문제」에 대하여'가 달린 이날 합평회는 이태준(위원장)의 사회로 김남천(서기장), 엄호석(평론분과위원장), 최명익, 이용악, 이원조(중앙당 선전선동부 부부장) 등을 포함하여 60여 명이 참석한다. 박찬모의 보고 요지는 『노동신문』에 발표한 기석복의 논문이 "우리 문학 운동에 저해를 주는 평론을 옳은 방향으로 돌려 세우는 귀중한 문건"이라고 고평하는 것이다. 그러면서 "일부 평론가가 자연주의와 형식주의를 옳게 이해하지 못하여 그릇 평가한 현상을 비판"하는데, 엄호석이 범한 "독단적 비평 태도"를 실례로 지적한다. 결국 엄호석이 김남천의 「꿀」을 "수법상에서 자연주의적 작품인 것처럼 오인"했으며 문단에 대해 왜곡 중상하였고, 기석복의 논문은 이러한 현상을 시정하고자 노력한 논문이라고 엄호석에 대한 비판을 수행한다. 박찬모의 보고 이후에는 윤세중, 이갑기, 한효, 최명익, 홍종린의 토론이 있었고, 이들은 기석복의 논문을 지지한 것으로 기술된다. 결국 3시간의 보고와 토론 이후 엄호석의 자기비판이 진행되고, 이원조의 결론이 진술된다.

이렇듯 한효의 성과와 한계 제시, 엄호석의 「꿀」비판, 박찬모의 재비판, 엄호석의 자기비판 등의 백가쟁명하는 모습은 1950년대 초반이 한국전쟁기임에도 불구하고 북한문학의 생생한 현장감과 함께 문학적 특수

---

45) 엄호석, 「작가들의 사업과 정열-최근 창작을 중심으로」, 『문학예술』, 1951. 7, 74-88쪽.
46) 사회 이태준, 「평론합평회」, 『문학예술』, 1952. 4, 82-83쪽.

성과 예술성에 대한 합리적 비판이 자유롭게 진행되고 있었음을 보여주
는 대목에 해당한다.

> "내가 다시 소생해서 이렇게 오늘 저녁으로 전선에 나가게 된 것은 말
> 하자면 팔순이 가까운 그 할머니 덕분이지요."
> 하고, 1950년 8월 하순의 어떤 날, 낙동강전선에서 얼마 아니 격(隔)여
> 있는 합천 관기리 야전병원에서 한나절을 나와 같이 지낸 부상병 동무는
> 다음과 같이 이야기를 계속하였다. (… 중략 …)
> 나는 부상병 동무의 이야기를 귀 기울여 듣고 나서 이 짧다란 이야기
> 가 남기고 가는 여운을 따라가느라고 잠시 아무 대꾸도 건네지 못하였
> 다. 이야기를 끝마치면서 그는 무연히 읊조리듯 하는 것이었다.
> 빨치산의 청년 동무는 그 뒤 한 번쯤 자기 집에 들러볼 수 있었는지?
> 혹여 아직도 팔순의 할머니는 표주박처럼 빈방을 지키고 앉아서 영웅적
> 인 자기 손자가 나타나는 날을 조용히 기다리고 있지나 않는지?[47]

인용문은 「꿀」의 첫 부분과 마지막 부분이다. 앞뒤 내용에서 확인할
수 있듯 「꿀」은 액자소설이라서 부상병의 이야기를 전달하는 서술자가
작품 내용에 전혀 개입하지 않는다. 그저 첫 부분이 호기심을 유발하는
도입부에 해당하며 마지막 부분은 빨치산 청년과 할머니 가족에 대한 궁
금증을 던지며 여운으로 마무리된다. 그리고 액자 속 이야기는 주인공인
정찰병이 전투 중 부상한 몸으로 낙오되었다가 팔순의 할머니가 먹여준
꿀과 미숫가루의 효험으로 구출된다는 내용이 그려진다. 물론 부상병으
로서 심리적 동요와 허무주의적 자의식이 드러나기는 하지만, 복귀해서
다시 전선에 나서고 싶다는 욕구를 지속적으로 드러내는 전형적인 전쟁
소설의 유형을 담고 있다.

하지만 1953년에 이르면 한효[48]는 김남천의 「꿀」을 거론하면서 '자연

---

47) 김남천, 「꿀」, 『문학예술』, 1951.4, 36–50쪽.

주의적 일반화'의 작품이라고 비판한다. 즉 "우리들의 장엄한 현실을 어떤 높은 자리에 앉아서 방관하"고 있을 뿐만 아니라, "인물들의 깊은 감정 세계로 들어가기를 끝까지 거부하"고 있으며, "작가의 사색이 억지로 제약되었으며 따라서 자연주의적 '일반화'의 방식이 지배적"이라고 비난한다. 그리고 이러한 태도가 일제 강점기의 "반인민적 「고발문학론」"에서부터 유래"한 것이며, "해방전의 반동적 립장이 해방 후에 「원뢰」를 거쳐 「꿀」에로 일관하여 발로되고 있는 것"이라고 비판한다.

안함광49)에 따르면 「꿀」에 대한 이러한 비판의 근거는 김일성이 1952년 12월 15일 조선로동당 중앙위원회 제5차 전원회의 보고에서 지적한 '종파분자'에 대한 내용 때문이다. 즉 "지금 문예총 내부에 잠재하고 있는 남이니, 북이니, 또는 나는 무슨 그룹에 속했던 것이니 하는 협애한 지방주의적 및 종파주의적 잔재 사상과의 엄격한 투쟁을 전개하며 문화인들 내에 있는 종파분자들에게 타격을 주는 동시에 당과 조국과 인민을 위한 고상한 사상을 가지고 조국의 엄숙한 시기에 모든 힘을 조국 해방 전쟁 승리를 위하여 집중하여야" 하는데, 종파분자들이 그것을 가로막고 있다는 것이다. 그 대표적인 반종파분자가 바로 '림화, 김남천, 리태준'이며, 이때 김남천의 대표적인 종파분자로서의 작품이 「꿀」이라고 비난을 받는다.

엄호석 역시 재비판50)에 나서 김남천의 「꿀」에서 드러난 '비극적 퇴폐미와 반동적 심미감'을 비판한다. 즉 '임화 이태준 김남천 박찬모 등'이 "부르죠아적 퇴폐주의와 야비한 동물주의를 지니고 있었기 때문에" 북한에서의 노동계급의 위업을 "의식적으로 증오하면서 그 고상한 형상의 묘

---

48) 한효, 「자연주의를 반대하는 투쟁에 있어서의 조선문학(3)」, 『문학예술』, 1953.3, 110-153쪽.
49) 안함광, 「김일성 원수와 조선문학의 발전(4)」, 『문학예술』, 1953.7, 117-152쪽.
50) 엄호석, 「노동계급의 형상과 미학상의 몇가지 문제」, 『조선문학』, 1953.11, 110-132쪽.

사를 거부"했다고 비난한다. 그러면서 김남천의 「꿀」이 "남반부에 진주한 인민 군대 전사가 우연히 만난 외로운 80세의 파파 늙은이의 애처로운 처지와 그로부터 얻어먹은 꿀에 대한 이야기를 슬픈 회상으로 묘사"했으며, "우리 인민 군대가 남반부에 진주한 감격적인 사건과 그들의 영웅적인 씩씩한 면모를 애수의 흐느낌 속에 잠기게 했다."라고 비판한다. 그리하여 "비극적인 것에서 오히려 어떤 아름다운 것을 찾고 있"는 "반동적 심미감을 증명"한다면서, 김남천 등의 반동적 문학활동이 "그들의 예술적 취미가 퇴폐적이며 형식주의적"인 것에서 기인한다고 판단한다.

홍순철[51] 역시 김남천의 「꿀」이 '형식주의와 자연주의의 독소'로 가득한 해독적 작품이라고 비난한다. 그리하여 한국전쟁의 피흘리는 현실을 "냉담하게 관조하면서 인민들의 장엄한 투쟁을 작가적 정열로써 고무하는" '애국자의 입장'이 아니라 "남의 일을 곁눈질하듯이 바라보"는 '방관자적 입장'에서 쓴 '해독적 작품'이며, "형식주의와 자연주의의 독소로 충만된" 작품이라고 비판한다.

뿐만 아니라 1956년에 이르면 한설야[52] 역시 '미제의 앞잡이'인 김남천이 「꿀」에서 '값싼 센티멘털리즘'과 패배주의에 젖어 있다고 비판한다. 즉 「꿀」에서 김남천이 "우리 인민군 정찰병을 비방적으로 묘사하면서 우리 인민 군대의 고상한 동지적 전우애를 모독하였으며, 부상당한 정찰병이 죽음 앞에서 비겁하며 향수에 잠기어 애상의 세계에서 허덕이는 광경을 보여주었"다면서 작품 전체를 "값싼 쎈치멘탈리즘으로 일관"시키면서 "비애와 절망의 독소를 전파하여 인민들에게 염전 사상과 패배주의 사상을 고취하려 하였"다고 비난한다. 그리고 그것이 "박헌영 도당의 반혁명

---

51) 홍순철, 「문학에 있어서의 당성과 계급성」, 『조선문학』, 1953.12, 76–96쪽.
52) 한설야, 「평양시 당 관하 문학 예술 선전 출판 부문 열성자 회의에서 한 한설야 동지의 보고」, 『조선문학』, 1956.2, 187–213쪽.

적 '문화노선'이 지향하는 길"이며, "반동적 부르죠아 사상을 침식시켜 인민들의 혁명 의식을 마비시키며, 미국 침략자들에게 사상적 방조를 주려고 책동"하였다고 간첩 행위와 연결짓는다. 특히 한설야는 "저열한 부르죠아 자연주의로 꾸며진 김남천의 작품"을 찬양한 기석복을 함께 비판한다.

한설야는 이뿐만 아니라 다른 보고문53)에서도 「꿀」을 다시 비판한다. 김남천의 「꿀」이 "전선과 후방과의 철벽 같은 연결을 왜소하게 그려서 우리 조국 해방 전쟁의 빛나는 공훈을 보잘 것 없이 작은 것"으로 보이도록 만들었다는 것이다. 한설야의 논의에 이어 1956년에 이르면, 이태준에게 쏟아진 동료 문인들의 비난처럼, 김남천 역시 엄호석, 황건, 또다른 한효의 글, 김명수, 리효운, 윤시철 등의 글에 이르기까지 거의 동일한 의미의 유사한 수사적 표현을 동원한 비난을 받게 된다. 즉 엄호석은 "내용의 반동성"이 명백하며, "80세의 「표주박 같은」 파파 늙은이의 구원"을 받는다면서 "우리 군대의 해방적 역할이 제외되어 있는 반면에 자기 일신상의 생명을 구하려는 본능적 충동만이 강조"54)되었다고 비판한다. 황건은 한설야의 견해를 거의 그대로 따르며 "원쑤에 대한 적개심"과 투지가 없다면서 "인민 군대를 중상 비방"55)하였다고 비난한다. 한효는 "원쑤에 대한 적개심과 복수심은 털끝만치도 없이 슬픔에 잠겨 있는" 인간으로 묘사하는 "쩬찌멘탈리즘은 독자들에게 아편과 같이 작용"하여 "비관과 영탄과 패배주의"56)로 인도한다고 비판한다. 김명수는 "「표주박」 같

---

53) 한설야, 「전후 조선 문학의 현 상태와 전망─제2차 조선 작가 대회에서 한 한설야 위원장의 보고」, 『제2차조선작가대회문헌집』, 조선작가동맹출판사, 1956.

54) 엄호석, 「사실주의로 변장한 부르죠아 반동문학」, 『문예전선에 있어서의 반동적 부르죠아 사상을 반대하여』 1, 1956, 100~163쪽.

55) 황건, 「산문 분야에 끼친 리태준 김남천 등의 반혁명적 죄행」, 『문예전선에 있어서의 반동적 부르죠아 사상을 반대하여』 1, 1956, 166~180쪽.

56) 한효, 「부르죠아 문학 조류들을 반대하는 투쟁에 있어서의 조선 현대문학」, 『문예전선에

은 한 기형적인 할머니"를 등장시켜 "동물적 본능만을 소유한 저렬한 인간인 듯이 우리 군대를 중상"하였으며, "인민군대의 해방자적 성격을 말살"하고 "미군 강점하의 남조선이 바로 생명의 원천인 듯이 선전"[57]했다고 비난한다. 리효운은 "조국과 인민의 자유 독립이 아니라, 동물적 생명의 보존이라는 독소를 퍼뜨"[58]렸다고 비판한다. 윤시철은 「꿀」이 "인민군 전투원이나, 인민들이나 할것없이 원쑤들과의 싸움 앞에서 비겁하며 오직 생명의 구원만을 바라는 비렬한 반역자의 형상을 보여주려고 전력을 다했다."[59]라고 비난한다.

이렇듯 김남천의 「꿀」은 '새로운 전형'이라는 기존의 긍정적 평가는 사라진 채, 반동적 부르죠아 작가가 만들어낸 패배주의와 퇴폐적 감상성에 젖은 해독적 작품으로 평가절하되고 만다. 이 작품 역시 이태준의 작품처럼 북한문학사에서 배제되면서 문학사에서 종적을 감추게 된다. 그러나 「꿀」은 부상병의 심리적 동요와 함께 생명에의 의지를 표명하고 있는 전쟁기의 수작에 해당한다. 즉 전쟁기의 소설이라고 해서 미제와 국방군에 대한 적개심만을 강조하는 것이 아니라, 부상병의 내적인 동요 속에 "자포자기에 가까운 체념"도 느끼며, '고향에 대한 그리움'을 떠올리다가 노동당원들에게 구조될 때면 눈물을 흘리며 살아 있음을 체감하는 '인간적 인물'로 액자 속 '나'가 그려지기 때문이다. 하지만 북한에서 김남천의 「꿀」은 결과적으로 새로운 전형이라는 긍정적 평가가 배제되고, "동물적 생명의 보존"을 앞세우며 부르주아 반동작가의 센티멘탈리즘과 패배주

있어서의 반동적 부르죠아 사상을 반대하여』 2, 1956, 6-39쪽.

57) 김명수, 「반동적 부르죠아 작가들의 반혁명 문학 활동의 죄행」, 『문예전선에 있어서의 반동적 부르죠아 사상을 반대하여』 2, 1956, 42-66쪽.

58) 리효운, 「우리 문학에 대한 부르죠아적 견해와 철저히 투쟁하자」, 『문예전선에 있어서의 반동적 부르죠아 사상을 반대하여』 2, 1956, 68-91쪽.

59) 윤시철, 「인민을 비방한 반동 문학의 독소 - 김남천의 8·15 해방후 작품을 중심으로」, 『조선문학』, 1956.5, 142-156쪽.

의를 드러낸 작품으로 비난된다. 이러한 평가의 변화는 북한 문학의 지배 담론이 텍스트의 생동감을 획일화하는 도식적 잣대를 강요하고 있음을 보여준다. 따라서 북한문학 텍스트를 조명할 때는 지배 담론과 텍스트의 균열 양상을 함께 고찰해야 더욱 생생하고 유연한 문학적 텍스트성을 복원할 수 있음을 확인하게 된다.

5. 결론

해방 이후 북한문학은 혁명적 로맨티시즘과 고상한 리얼리즘을 강조하면서, 당 문학적 특성을 내세우고, 당성, 계급성, 인민성을 강조하는 사회주의 리얼리즘 문학을 표방한다. 특히 1967년 이래로 수령형상문학이라는 김일성 가계의 수령형상화를 전면에 앞세우는 문학적 획일화 논리는 문학적 자유를 호흡하는 남한 작가들에게 이해 불가능한 텍스트에 해당하기도 한다. 그러나 그러한 경직화된 논리로 공고해지기 이전에 북한문학의 생생한 현장을 보여주는 작품들을 북한문학사에서 배제된 텍스트를 통해 복원해 볼 수 있다. 한설야의 「모자」, 이태준의 「호랑이 할머니」, 김남천의 「꿀」은 해방기 이래로 한국전쟁기에 이르는 북한문학의 지배 담론과 텍스트의 균열 양상 속에 북한사회의 내부적 변화를 보여주는 유의미한 작품들에 해당한다.

이 글은 남북한 통합문학사의 기술과 재구성을 위한 선결 작업의 첫 단계로서 1945년 8월 해방 이래로 1953년 7월 한국전쟁이 휴전되는 시기 중에서 세 편의 단편소설을 통해 북한문학의 지배 담론과 텍스트 사이의 균열적 양상을 조명해 보았다. 한설야의 「모자」(1946)는 발표 당시에 '조소 친선'이라는 주제의식이 긍정적으로 평가받지만, 소련군 병사의 동요하는 내면 등을 포함하여 작품 내적 리얼리티의 훼손이 비판되면서 문학사에서 사라진다. 이태준의 「호랑이 할머니」(1949)는 분단 이후 북한 사회 현실에서 문맹 퇴치 사업의 성과로 조명받지만, 인물 성격의 과장적·형상화를 확대하면서 근로 인민에 대한 모독과 제도의 비방이라는 비난에 이르게 된다. 김남천의 「꿀」(1951) 역시 한국전쟁기에 부상병의 독백이 새로운 전형으로 고평되다가, 센티멘탈리즘에 젖은 패배주의적 반동성의 작품이라는 비판을 받게 된다.

이들 세 작품은 문학성에 대한 양가적 평가 속에 정치적 담론이 문학을 강제하는 당 문학적 견지에서 평가절하되는 공통된 특징을 보여준다. 따라서 북한문학에서 지배담론이 텍스트를 강제하는 모습을 통해 북한문학의 유연성과 경직성을 함께 들여다볼 수 있는 소중한 텍스트가 된다. 특히 이 세 작가의 작품에 대한 평가의 극단을 오가는 상찬과 비판은 다른 체제의 이데올로기를 배제할 수밖에 없는 분단 체제의 비극성을 여실히 보여준다. 이러한 비극성의 문학적 양상을 구체적으로 검토하는 것은 문학사적 평가에서 배제된 텍스트의 문학적 원형을 복원함으로써 남북한 통합문학사의 밑돌을 놓기 위한 선결 작업에 해당한다.

편저자(수록순)

김성수_성균관대학교 학부대학 글쓰기 교수

김은정_한국외국어대학교 HK세미오시스 연구센터 교수

조은정_성균관대학교 국어국문학과 강사

김민선_동국대학교 국어국문학과 박사수료

배인교_경인교육대학교 한국공연예술연구소 학술연구교수

이지순_서울대학교 사회과학연구원 선임연구원

오창은_중앙대학교 다빈치교양대학 교수

유임하_한국체육대학교 교양과정부 교수

오태호_경희대학교 후마니타스칼리지 교수

북한문학예술의 지형도 5
전쟁과 북한 문학예술의 행방

초판 1쇄 인쇄 2018년 11월 28일
초판 1쇄 발행 2018년 12월 12일

저 자 남북문학예술연구회 편
펴낸이 이대현
편 집 홍혜정
디자인 홍성권

펴낸곳 도서출판 역락
주 소 서울시 서초구 동광로 46길 6-6 문창빌딩 2층
전 화 02-3409-2058(영업부), 2060(편집부) | **팩시밀리** 02-3409-2059
이메일 youkrack@hanmail.net
역락홈페이지 http://www.youkrackbooks.com
역락블로그 http://blog.naver.com/youkrack3888
등 록 제303-2002-000014호(등록일 1999년 4월 19일)

ISBN 979-11-6244-340-8 93810

이 도서의 국립중앙도서관 출판예정도서목록(CIP)은 서지정보유통지원시스템 홈페이지(http://seoji.nl.go.kr)와 국가자료공동목록시스템(http://www.nl.go.kr/kolisnet)에서 이용하실 수 있습니다.(CIP제어번호 : CIP2018036846)